世界を救う 100歳老人

ヨナス・ヨナソン — 著
中村 久里子 — 訳

西村書店

Hundraettåringen som tänkte att han tänkte för mycket
Jonas Jonasson

First published by Piratförlaget, Sweden, 2018

Published by agreement with Partners in Stories, Sweden

Printed and bound in Japan

目次

まえがきのまえがき

前作『窓から逃げた100歳老人』あらすじ

100歳の誕生日パーティの当日、アラン・カールソンは老人ホームの窓から逃げ出した。ひょんなことからギャング団の大金入りスーツケースを奪ってしまい、アランの追っ手は増えていく。ギャングや警察、途中で知り合ったひと癖もふた癖もある仲間たちと珍道中を繰り広げるも、当の本人はどこ吹く風。

それもそのはず、アランは爆弾専門家として、フランコ将軍やトルーマン、スターリン、毛沢東ら各国要人と渡り合い、酒を酌み交わし、数々の修羅場をくぐりぬけてきたのだ。20世紀の歴史的事件の陰にアランあり！

1世紀分の過去と現在が交錯するなか、次々展開するアランのドタバタコメディは全世界45カ国で刊行され、1000万部を突破するベストセラーとなった。2014年11月には映画が日本で公開され（邦題『100歳の華麗なる冒険』2013年製作）、2015年には本屋大賞翻訳小説部門 第3位となった。

話はこれで終わりではなかった……。

まえがき

わたし、ヨナス・ヨナソンから、ひとこと説明申し上げたい。

『窓から逃げた100歳老人』の続編を書く予定はまったくなかった。望んでくれる人はたくさんいた。とりわけ熱心だったのが、当のアラン・カールソンで、ひっきりなしにわたしの頭の中をうろうろしては、好き勝手なときにこちらの気を引いてきた。

「なあ、ヨナソンさん」わたしが考えごとをしていると、どこからともなくそう呼びかけてくる。「まだ気は変わらないのかな?　もたもたしているうちに、わたしは本物の年寄りになってしまうぞ」

いいや、変わらない。おそらく歴史上もっともみじめだった1世紀について、もう言いたいことはすべて言い尽くした。そもそもは、20世紀の過ちをみんなでお互いに指摘しあえたら、この先も忘れることなく、とりあえずは同じ過ちを繰り返すことにもならないだろうと考えたのだ。わたしはこのメッセージを、ほのぼのとしたユーモアに包んでお伝えしたつもりである。そして本は、世界中でベストセラーとなった。

それで世界がよりよい場所にならなかったのは、地獄の火を見るより明らかだ。


時がたち、わたしのなかのアランは話しかけてくるのをやめてしまった。一方で人間とは、前に向かって進み続けるものだ。まあ、どの方向に向かってかはともかくとして、動き続けてはいる。さまざまな事件が起こるなか、わたしは世界がかつてないほど不完全なものになりつつあるという気持ちでいっぱいになった。そのあいだずっと、わたしはただの傍観者だった。

次第に心のなかに、そろそろ声をあげるべきではないのかという気持ちが大きくなっていった。わたしなりのやり方で。いや、アランのというべきか。ある日、アランにこう切り出す自分の声が聞こえた。まだ、そこにいてくれているかい、と。

「ああ、いるよ」彼は答えた。「はて、ずいぶん時間がたってしまったが、ヨナソンさん、あんたはなにを考えているものやら」

「力を貸していただきたい」わたしは言った。

「なんのために？」

「本当のことを語るために。そして、間接的には、そうあるべきことを」

「あらゆることについて？」

「多かれ少なかれ、あらゆることについて」

「ヨナソンさん、そんなことをしても、なんの役にも立たないことはおわかりだね？」

「ええ、わかっています」

「よし、仲間に入れてくれ」

＊＊＊

もうひとつだけ言っておこう。この小説は、ごく最近のできごとについて書いている。実在の政治家たちを何人もプロットに盛り込み、彼らの周辺の人物も登場する。ほとんどは実名で、ほかはわたしの想像上のキャラクターだ。

市井《しせい》の人びとを尊重するどころか、ことあるごとに見下す指導者たちを、ちょっと皮肉ったところで文句は言われまい。かといって、人間以下の扱いをしていいわけではない。そこそこそれなりの敬意は払うべきだろう。これらの偉大なる指導者諸氏には、心からお詫びを申し上げたい。そして大目に見ていただきたい。それほどひどいことになってはいないはずだから。まあ、もしそうだとしても、それがなにか？

ヨナス・ヨナソン

アメリカ
100歳老人
アランの足跡

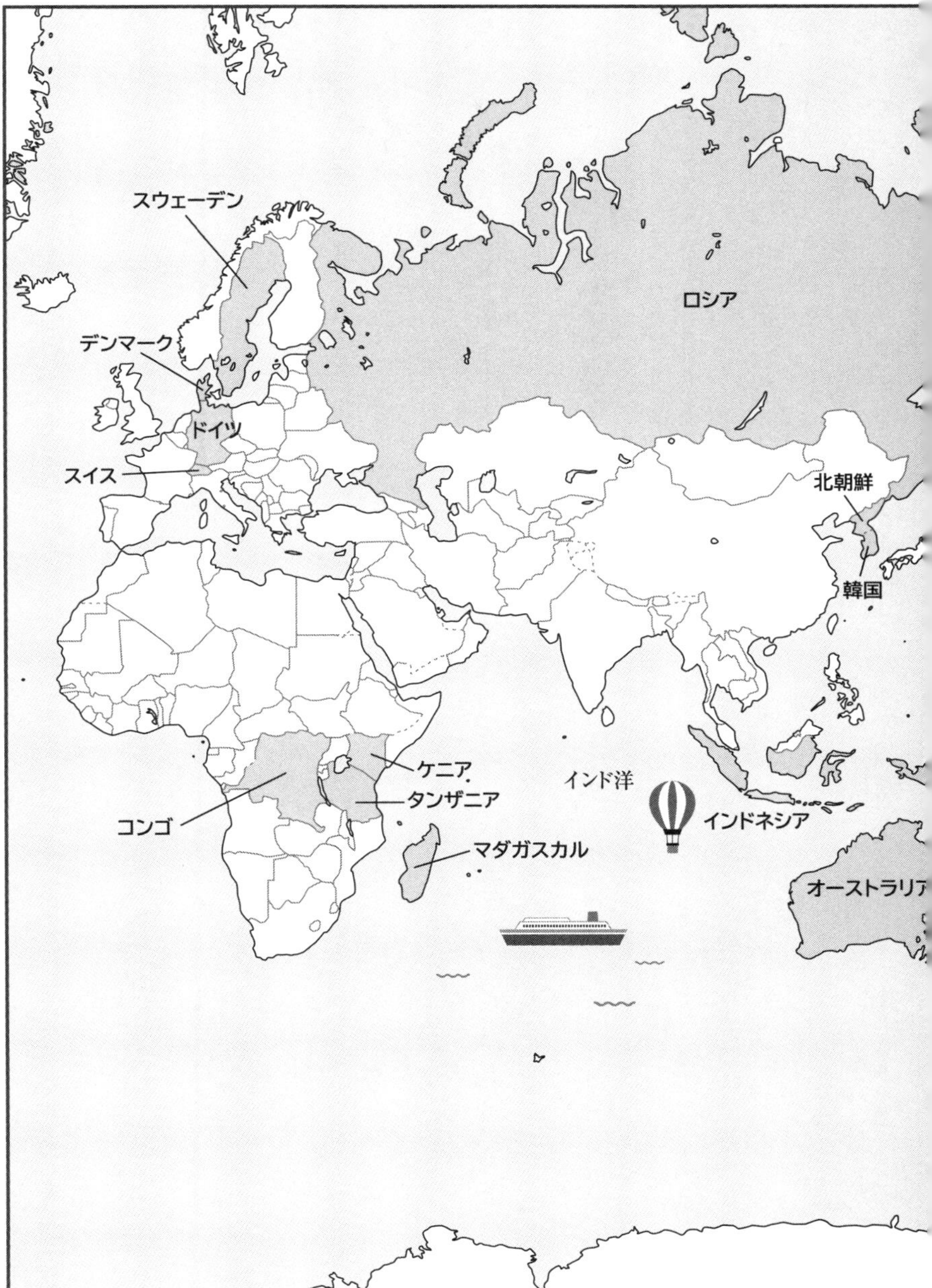

スウェーデン
ロシア
デンマーク
ドイツ
スイス
北朝鮮
韓国
ケニア
インド洋
タンザニア
コンゴ
インドネシア
マダガスカル
オーストラリア

主な登場人物

■アラン・エマヌエル・カールソン　101歳の誕生日をまもなく迎える主人公

■ユーリウス・ヨンソン　66歳。アランの親友にしてコソ泥。アスパラガスビジネスを興《おこ》す

■グスタフ・スヴェンソン　ユーリウスの相棒。本名はシムラン・アーリヤバト・チャクラバーティ・ゴーパルダス

■サビーネ・ヨンソン　59歳。日用品店のオーナー兼レジ打ち。スピリチュアルに関心がある

■金正恩《キムジョンウン》　朝鮮民主主義人民共和国（北朝鮮）最高指導者

■ドナルド・トランプ　アメリカ合衆国大統領

■アンゲラ・メルケル　ドイツ連邦共和国首相

■ウラジーミル・プーチン　ロシア連邦大統領。愛称ヴォロージャ

■マルゴット・ヴァルストローム　スウェーデンの外務大臣および国連安全保障理事会特使

■ゲンナジー・アクサーコフ　プーチンの親友兼私設秘書。愛称ゲーニャ

■ヨンニー・エングヴァル　スウェーデンの危険人物、ケンネット・エングヴァルの弟

世界を救う１００歳老人

1 インドネシア

南国の楽園で贅沢三昧の日々といえば、およそ万人にとっての極楽に違いない。しかしアラン・カールソンは100年の人生においてつねに、「万人」に含まれないひとりだった。そしてそれは、101歳の誕生日を迎えたからといって、なんら変わることはなかった。

それなりの間、ゆったりした服でパラソルの下にすわり、極彩色のドリンクを気まぐれにオーダーする日々も悪くはなかった。隣にいるのが唯一無二の友、根っからのコソ泥であるユーリウス・ヨンソンとあれば、なおのこと。

しかし老大人ユーリウスもさらなる老大人アランも、そんな暮らしは早々に飽きてしまう。なにせ特別やることもなく、故郷スウェーデンから行きがかり上持ち込んだスーツケースの中の大金を浪費するだけの毎日なのだ。

浪費が悪いのではない。ただ、とにかく退屈だった。ユーリウスはクルー付き150フィートヨットをレンタルしたこともあった。自分とアランは釣り竿を手にデッキにすわっていればいい。釣りを楽しめさえしたら最高の気晴らしになったはずだ。魚を食べるところまでいけたら。しかしこのヨット遠足は、陸上で知り尽くしていたことの繰り返しでしかなかった。つまり、することがなにもない。

アランはといえば、アメリカからベテラン歌手のハリー・ベラフォンテを呼び寄せて、ユーリウスの誕生日に3曲ほど歌ってもらったりもした。ギャラをたっぷりはずんだところ、どうやら仕事をし足りなかったらしく、追加料金なしで夕食の時間までいてくれた。終わってみれば、なかなかのマンネリ打破となったひと晩であった。

　ほかでもないベラフォンテを選んだ理由をアランは説明した。だって、ユーリウスの好みは、ああいう若手歌手の新しめの音楽だろう？　ユーリウスはアランの気持ちに感謝を表して、第二次世界大戦が終わってからこっち、あの歌手はもはや若手の部類には入っていない話はしないでおいた。アランに比べたらハリーだって、ほんの洟垂《はなた》れ小僧に過ぎないのだ。

　スーパースターのバリ島訪問は、退屈で単調だったそれまでの生活にわずかばかりの彩りをもたらすものとなった。しかしアランとユーリウスにその後の長きにわたって影響を与えることになるとは、まだ知る由《よし》もなかった。ベラフォンテの歌によってではない。彼がアメリカから持参し、帰国前の朝食中ずっと持ち主の気を逸らし続けていたある物によってである。それは一種の道具だった。黒くて平べったく、一方の面には食べかけのリンゴの絵が描かれ、もう一方の面は触るとぱっと点灯するスクリーンになっている。ハリーはその面を触りまくっていた。そしてたびたび、あーとかうーとか声を出す。そうかと思えば忍び笑いをする。さらにもう一度、あーうーだ。アランはけっして詮索好きなほうではないが、それにも限度がある。

「わたしがベラフォンテさんのようなお若い方のプライバシーにあれこれ干渉する筋合いはないとは思いますが、無礼を承知でお尋ねいたします。それでなにをしていらっしゃる？　そこで、なにか起きているんですか……ええと、その中で？」

　ハリー・ベラフォンテはアランがタブレットを見たことがないと気づいて、喜んで使い方を教えてやった。これは、世界で今現在起きていることやすでに起きてしまったこと、この先なにが起こりそうかということまでも見せてくれる。画面のある場所にタッチすると、思い浮かぶかぎりのありとあらゆる画像や動画が現れる。時には思いもしなかったものまで。別のボタンを押せば、ほら音楽も。また別のボタンで、ほら、しゃべり出した。どうやら女性のようだ。「シリ」と名乗っているから。

　ひととおり披露して朝食を終えると、ベラフォンテは小さなスーツケースと黒いタブレットを手に帰国の途につくべく空港へ出発した。アランとユーリウスとホテルの支配人はさよなら《アデュー》と手を振って見送った。スター歌手が乗ったタクシーが視野から消えもしないうちに、アランはさっそく支配人に頼み込んだ。自分もハリーが使っていたのと同じタブレットが欲しい。あんなにおもしろいことがいろいろできるなんて、１００歳の老いた心も踊った。こんなこと、そうめったにはない。

　支配人は、ちょうどジャカルタで開催された「おもてなし会議」から帰ってきたばかりだった。そこで学んだことによれば、ホテルスタッフの最重要任務とはただのご奉仕にあらず、ワンランク上のご奉仕をすること。加えてカールソン氏とヨンソン氏のおふたりは、バリ島観光業界史上、最高の上客でいらっしゃる。支配人が翌日にはアラン・カールソンのためにタブレットをご用意差し上げたのも当然のことだった。さらにおまけとして携帯電話もお付けした。

　アランは、本心はともかく感謝の気持ちは表すべしと考える性質《たち》なので、せっかく電話を贈られても、思いつくかぎりのかける相手は、この50年でみんな死んでしまったとは言わずにおいた。もちろんユーリウスは別だが、こちらがかけても出るための電話を持っていない。だがこの問題については改善する術《すべ》がある。

「ほら、あげよう」アランは友人に言った。「支配人からわたしへのプレゼントだ。嬉しいじゃないか。ただ、おまえさんのほかにかける相手がいなくてね。そしておまえさんは今この時まで、わたしからの電話に出る手段を持たなかった」

ユーリウスはアランの親切に感謝した。そして、そのまったく逆の理由で、今でもアランはユーリウスに電話をかけることはできないと指摘するのはやめておいた。

「なくさないでくれよ」アランは言った。「ずいぶん高価そうじゃないか。昔は良かったな。電話はコードで壁につながれていたから、どこでどうなってるかがちゃんとわかったもんだ」

＊＊＊

黒いタブレットはアランのいちばんの宝物となった。さらに支配人が、デンパサールのコンピューターストアの店員にタブレットと携帯電話の設定を一から十までやらせたおかげで、使い放題になった。「一から十まで」にはSIMカードをホテルの番号に紐付けする工程も含まれていたため、電話料金が倍にはねあがることになったが、誰もその理由がわからず首を捻《ひね》るばかりだった。

100歳老人は驚くべき夢の機器の仕組みを理解するや、朝目覚めると最初にその電源を入れ、夜の間のできごとをチェックするのが日課となった。老人がもっとも好むのは、世界各地から届く心温まるささやかなニュース記事だった。たとえばイタリアのナポリで、100人の医師と看護師がたがいに交代で出勤簿にサインをしていき、誰ひとり働かず給料だけを受け取っていた話。またはルーマニアで、汚職により捕まる国家公務員があとを絶たず刑務所が満杯になってしまったが、逮捕前の役人たちが刑務所を新設せずに済む策として汚職の合法化による解決を図った話。

アランとユーリウスの朝にも、新たな日課が生まれることになった。以前のアランは毎朝、夜じゅう壁越しに聞こえるユーリウスのいびきに文句をつけながら朝食の席に着いたものだった。今では新たに、タブレットで見つけたニュースの報告が加わった。ユーリウスは、自分のいびきへの集中攻撃が弱まるという理由だけでなく、アランから聞くニュースが楽しみになった。違法が合法になるルーマニアの話はたちまちユーリウスを魅了した。それはまた、なんてコソ泥に優しい社会なんだ。

しかし、アランはただちにユーリウスの考えを否定した。なぜなら、もしコソ泥が犯罪ではなくなったら、コソ泥自体の概念がなくなるのだから。アランと自分は今すぐバリ島を離れてブカレストに行くべきだと口から出かかっていたユーリウスは、一気に意気消沈した。コソ泥の肝《きも》は、誰かを騙《だま》してなにかをくすねることにある。より楽しいのはその「誰か」が、そういう目に遭っても然《しか》るべき人間の時、少なくとも大して困らない人間の時だ。だがペテンがペテンとみなされなくなってしまったら、なんの意味もないではないか。

アランはユーリウスに言った。安心していい。政治家と役人たちのその企みには、ルーマニア国民がそろって反対した。一般のルーマニア人は権力の座にあるルーマニア人ほど道義的に偏ってはいないようだ。盗みを働いた人間は地位や身分に関係なくぶちこむべきだし、場所がなくてもそうすべきだと考えている。

バリ島での生活がすっかりマンネリ化した現在、ホテルの朝食の席では、自分たちはあらたに世界のどの地域へ行くべきかという話題がかつてないほど頻繁にのぼるようになった。北極の気温が平年より20度高くなった話がトップニュースになった朝には、アランはここも新たな候補に加えたものかと考えた。

ユーリウスは口いっぱいのヤキソバを咀嚼《そしゃく》し飲みこんでから言った。北極はアランと自分向きの土地ではないと思う。とくに最近は氷が溶けかけているから。自分は足が濡れるとすぐ風邪をひく。

それにあそこにはホッキョクグマがいる。あの連中は、生まれつき寝起きが悪くて一日じゅう不機嫌だと聞いている。少なくともバリ島のヘビは恥ずかしがりやで実害はない。

アランは、足もとの氷が溶けかけているのだからホッキョクグマが怒りっぽくても不思議はないと言った。事態が悪化しているなら、クマも時間があるうちに地盤のしっかりした場所に移動するべきだ。だったらカナダがいい。アメリカはまた大統領が新しくなったから。はて、ユーリウスにはもうこの話はしたっけな？　なんとこの新顔は、誰にもいっさい国境は越えさせないんだそうだ。

そうだ、ユーリウスもトランプのことは聞いている。それがその新顔の名前だった。ホッキョクグマは色こそ白いが、連中にとってよそ者には変わりない。たぶん要望は聞いてもらえないだろう。


アランの黒いタブレットのおもしろさとは、大小のニュースの両方を提供してくれる習性があるところだった。多くは不愉快な大きいニュースだ。アランは愉快な小さいニュースだけを求めていたが、大きいニュースは必然的に目に入る。見えるのは大きな山ばかりで小さなモグラ塚が見られない。

人生最初の１００年、アランは世界を大局的に見たことはなかった。新たに入手したこのおもちゃが、世界は今悲惨な状態にあるとアランに教えてくれた。そして遠い昔に、アランが世界に背を向けて自分のことだけを考えて生きようと決めた理由を、思い出させた。

故郷フレンの火薬工場で使い走りをしていた少年時代。従業員の半分は求めてやまない共産主義革命に休憩時間を捧げ、残り半分は中国と日本による脅威に怯えていた。連中にとっての「黄禍論」は、黄色人種が白人を食いつくすと煽《あお》る小説や小冊子の類いが大元になっていた。

アランは、周囲のそうした微妙な空気をまったく意に介さなかった。第二次世界大戦が終わり、ナチの褐色シャツ隊のせいで褐色がこの世でもっとも忌むべき色とされた時にも、同じ道を行った。その時わずかに感じとった空気には、つぎに人々が新たなイデオロギーの周辺に群がり出した時にも気が付いた。今度は排斥ではなく、強く求める動きだった。流行の中心は「ピース・オン・アース」のスローガンか花の絵をペイントしたフォルクスワーゲンのワゴン車、または両方の合わせ技。誰もが誰かを愛したがアランはその輪の外で、愛されることもなければ、誰のこともなんのことも愛さなかった。猫以外。辛いと思ったことはない。アランはアランだったというだけのことだ。

花の時代は、マーガレット・サッチャーとロナルド・レーガンが登場するまで続いた。ふたりは、己と己の成功を愛するほうが現実的とする主義の持ち主だった。誰かを嫌いと主張するなら、それはロシア人でなくてはいけない。事実、ほかに脅威は存在しないのだ。そしてレーガンが宇宙からミサイルを撃ち込むと口にしただけでソビエト共産主義を崩壊させてしまうと、すべての者たちに喜びと平穏が訪れた。ただし人類の半分は日々の食糧を得られず、数千ものイギリス人炭鉱夫には働き場所がなかった。隣人の心配をしてやる道理はないとする新たな主義に基づいて、人々は自分を寛容に扱った。そうしてやり過ごすうち、ふたたび風向きが変わった。

予想を裏切って、褐色シャツイデオロギーが復活を遂げたのである。ただ、今回最初に台頭したのはドイツではなかった。それを言うなら2番目にもならなかったし、ほどほどにも盛り上がらなかった。しかし、ほかの多くの国では大流行となった。アメリカは最初の波にこそ乗らなかったが、近年当選を果たした新大統領のおかげでたちまち最先端をいくことになった。大統領の信念がどれくらい褐色かはなんとも言いがたい。なにしろ日によって言うことがころころ変わる。ともかく、「正しく行われてほしいことはまず自ら行え」という古い格言など生ぬるい、われわれ西洋の白人が当然享受すべき生活を脅かす外部の存在を、今こそ明らかにすべき――らしい。

アランはもちろん、黒いタブレットを純粋な楽しみのための道具と思いたかった。しかし、そこに見えはじめたより大きな世界から目を逸らし続けるのはとても無理だった。触わるのをやめようかとも考えた。1日、置いたままにしておく。さらにもう1日。認めたくはないが、すでに手遅れだった。この世の誰よりも世情に注意を払わなかった男は、今では世情が気になって仕方がない。

「まったく、こんちくしょうだ」アランはぼそっとつぶやいた。

「なんだって？」ユーリウスがまぜかえす。

「なんでもないさ。言ったとおりのことだ」

「こんちくしょう？」

「そうだ」

2 インドネシア

こうしてアランはこの世の全人類に関心を抱くようになった自分と折り合いをつけ、黒いタブレットはアランの失われた足場を取り戻す頼もしいサポート役となった。まずは挨拶代わりとばかりに、ノルウェーで湖を所有する男のニュースが提供される。自分の湖に生息するコイにカロテンたっぷりの餌を与えていたところ、コイを食べたカワカマスの身がピンク色になったという。そこでノルウェー人はカワカマスを切り身にし、サーモンと偽って売ることにした。商売のリスクを最小限に抑えるためニセの切り身はすべてナミビアに個人輸出したが、かの地には当然のことながらオスロから移住してきた衛生検査官のご隠居がいて、偽装を見抜いた。件《くだん》のノルウェー人は逮捕され、アフリカ南西部におけるサーモンの価格は平常に戻った。

と、この調子で黒いタブレットがアランの生活にふたたび楽しみをもたらした一方、ユーリウスはあいかわらず欲求不満だらけの日々を過ごしていた。ひとりで裏稼業をこなしていたのは何か月も前のこと。故郷スウェーデンを出る数年前には、ノルウェー人の偽装サーモンビジネスを若干穏便にした商売を手がけていた。某国から輸入した野菜を再包装し、スウェーデン産と称して売りさばいていたのだ。これがじつに良い儲けになった。北欧の涼しい気候と沈まない太陽の組み合わせによってゆっくり成長したトマトとキュウリは、世界最高の味と香りになるといわれる。19世紀のスウェーデンの詩人、カール・ヨーナス・ローヴェ・アルムクヴィスが言うように「スウェーデンでしかスウェーデンのグーズベリーはとれない」。

グーズベリーは特別ユーリウスの関心を引かなかったし、なにより市場が小さかった。対して、グリーンアスパラガスは違う。春から初夏にかけてのアスパラガスには、ひと束につき4倍から5倍の値がつくのだ。ただしスウェーデン産に限る。

その点ユーリウス・ヨンソンのアスパラガスは、遠くペルーから船で運ばれてきたスウェーデン産だった。ビジネスは長い間うまくいっていた。しかし、次第に欲をかくようになったユーリウスの売り子のひとりが、ゴットランド島でようやくアスパラガスが見られるかという時期からさらに5週間も前に、ゴットランド産アスパラガスをストックホルムのマーケットで売り始めた。これが偽装だと噂を呼び、国の食品管理局が動いた。寝耳に水の立入り検査が行われると、ユーリウスのペルーから来たスウェーデン産アスパラガスは3ロット分まるまる差し押さえられ、法の下に破棄された。売り子も全員、アスパラガスとともに差し押さえられ、破棄は免れたものの収監された。

法の手は売り子の黒幕にまで及ばなかったものの、ユーリウスはビジネスへの興味を失った。正しい姿勢を貫くあまりに不合理を通すスウェーデンという国には、ほとほとうんざりだったのだ。ペルー産のアスパラガスを食って死んだやつがいるかっていうんだ。

そうとも、誉れあるコソ泥はこれ以上悩むことはない。ユーリウスは引退を決めた。それからは密造酒を作り、あちこちでヘラジカを密漁し、隣人の電気を無断で拝借する、そんな暮らしを送っていた。そう、100歳老人が我が家のドアを思いがけずノックしたあの日までは。じいさんはアランと名乗り、盗んできたスーツケースを持っていた。ふたりはウオツカを飲みつつ楽しく夕食をともにした。そしてその後、スーツケースを開けたのだ——開けてびっくり、そこには何百万もの札束が詰まっていた。

一が二となり二が三となり、ユーリウスとアランはスーツケースを返せと言って聞かない頑固な連中をつぎつぎ振り切って、ついにはバリ島へと辿り着いた。そしてこの地で、中身の処分を順当に進めている。

アランはユーリウスがふさいでいるのに気づいた。退屈している友を元気づけたくて、黒いタブレットから世界各地のあらゆる不埒《ふらち》な話を聞かせてやることにした。イタリアとルーマニアとノルウェーの話はもうしたな。南アフリカのズマ大統領は、税金で自宅にプライベートのプールと劇場を造ったことが明るみに出た時にも、朝食はしっかり食べきったらしいぞ。それからわれらがスウェーデン王室のダンシング・クイーンは、ドレス7着に靴18足分の支払いを「出張費」として帳簿に計上して注目を集めている。

　しかし、ユーリウスのふさぎの虫はおさまらなかった。このまま本物の鬱状態になってしまう前に、手を打つ必要がある。

　100年もの間何事にも心を悩ませることなく生きてきたアランは、友人が輝きを失ってしまう事態に穏やかではいられない。ユーリウスにもなにか夢中になれるものとの出会いが必ずあるはずだ。

　それは、ユーリウスが本格的に沈みこんでしまわないうちにやってきた。その夜、アランはすでにベッドに入り、ユーリウスは己の死にゆく魂に悲しみを覚えて眠れずにいた。ホテルのバーで、地元産のアラックを注文する。米とサトウキビで造るラムに似た強い酒で、飲むと目に涙がにじむ。1杯飲めば悩みは薄れ、2杯飲めばすっかり消えてしまう。念には念を押して、寝る前のさらなる1杯を飲むことも多かった。

　最初の杯を空け、2杯目が運ばれてきた時だった。気分が落ち着き、自分以外に客がいることに気づいた。3つ離れた席にアジア系の中年男がすわっている。手にはやはりアラックのグラス。

「乾杯」ユーリウスはグラスを掲げて言った。

　男が微笑みで答える。ふたり同時に飲み干し、顔をしかめた。

「なんだかいろんなことがうまくいく気がしてきたよ」男が言った。その目にはユーリウス同様に涙がにじんでいる。

「1杯目か？　それとも2杯目？」ユーリウスは尋ねた。

「2杯目だ」

「同じく」

ユーリウスと男は席を詰めてすわり、それぞれに同じものの3杯目を飲むことにした。しばらく世間話をしたあとで、男が自己紹介をした。「シムラン・アーリヤバト・チャクラバーティ・ゴーパルダスだ。よろしく！」

ユーリウスは男をじっと見た。体内には腹を割って話すのに十分な量のアラックがすでに入っている。

「そんな名前の人間がいるもんか」

いや、いるのだ。とくにインドにルーツのある人間なら。シムランなんとかかんとかは、自分は不幸にも娘を持つ理解のなさすぎる男と揉め事になり、インドからインドネシアに流れついたと言った。

ユーリウスは頷《うなず》いた。娘を持つ父親というのは、たいていの人間より理解がない。だがそれが、名乗るのに午前中いっぱいかかる名前を持つなんらかの理由になるのか。

命名されたとおりに名乗った男は、アイデンティティの意義について実際的な考え方の持ち主だった。言い換えればユーモアのセンスがある。

「だったら、俺はなんて名乗ったらいいと思う？」

ユーリウスは国外追放されたこのインド人のことが好きになっていた。だが友達になるなら、長ったらしい名前は勘弁だ。ここでチャンスは逃すまい。「グスタフ・スヴェンソン」ユーリウスは言った。「これこそ正しい名前だ。舌の上を転がるように言いやすいし、覚えやすい」

男は、シムラン・アーリヤバト・チャクラバーティ・ゴーパルダスという名前だって覚えるのに困ったことはないと反論したものの、グスタフ・スヴェンソンの響きが良いことには同意した。「スウェーデンの名前だね?」男が尋ねた。

そうだ。ユーリウスは再度頷いた。これ以上スウェーデンらしい名前はない。

ユーリウスの新たなビジネスアイデアの種が、ここで根を張り出した。

＊＊＊

ユーリウス・ヨンソンとシムラン・ナントカは3杯目のアラックが効いてくるころにはすっかり打ち解け、夜明け前には再会を決めた。明日の夜、同じ場所、同じ時間に。加えてユーリウスは、あり得ない名前の男をこれからはグスタフ・スヴェンソンと呼ぶことも決めていた。シムラン・アーリヤバト・チャクラバーティ・ゴーパルダスもそれは良い考えだと思った。この名前は自分にありあまるほどの幸運をもたらしてはくれなかったから。

以後数日は、同じような夜を過ごした。インド人の男は自分の偽名にも慣れ、今ではすっかり気に入っていた。

男はユーリウスと出会った日に元の名前でホテルにチェックインし、ユーリウスと将来的な協力関係について計画を練る間も宿泊を続けていた。ホテルの支配人が宿泊費の支払いを若干大きめの声で請求してくると、グスタフはユーリウスにこのホテルからは永遠におさらばするつもりだと言った。支払いはせずに。意思表明もせずに。どうせホテルの責任者は、グスタフはシムラン宛ての請求書には責任を持てないと言っても理解できっこないだろう。

ユーリウスには理解できた。それでおまえさんは、いつここからおさらばする予定なんだ?

「できれば、15分以内には」

ユーリウスはこれも理解した。けれども新しい友人とこのまま別れたくはない。ユーリウスはグスタフにアランからもらった携帯電話を渡した。「これがあればこっちから連絡がとれる。部屋から電話するよ。もう行け。厨房を抜けていくのがいいな。俺ならそうする」

グスタフはユーリウスの助言に従った。夜になろうかというころ、忽然と姿を消したインド人宿泊客を小一時間探しまわったあとで、支配人がやってきた。

ユーリウスとアランはビーチで沈む夕日を眺めていた。座り心地の良い椅子に体を沈め、かたわらには美味《うま》い酒がある。支配人は邪魔を詫びて切り出した。

「ヨンソン様、もしかしたらお客様のシムラン・アーリヤバト・チャクラバーティ・ゴーパルダス様がどちらにいらっしゃるかご存知ないでしょうか。先日から、おふたりが当ホテルの施設でご一緒のところをお見かけしておりましたので」

「シムラン、なんだって？」ユーリウスは言った。

＊＊＊

それ以後、仕事の話をする時、グスタフ・スヴェンソンとユーリウス・ヨンソンはホテル以外の場所で会うことにした。支配人は消えた宿泊客の件をユーリウスの責任と確信することはできなかったが、スウェーデン人紳士ふたり組に対する疑念のレベルを一定程度引き上げることにした。このふたりに関しては、もしもの時の金額は相当なものになる。現時点での清算は済んでいるが、このところ請求額が増えてきているし、今後は目を光らせておいたほうがいいだろう。

　ヨンソンとスヴェンソンの会合は、デンパサール中心地の薄汚れたバーで続いていた。今ではグスタフも、ユーリウスに劣らぬコソ泥であることが判明している。故郷のインドでは、レンタカーを借りてはエンジンを入れ替えて返すことで何年も良い暮らしをしていた。レンタカー会社の知らぬ間に車が7年古くなり、数か月が過ぎて発覚したころには、何百人もの客から悪党を特定するのは、社員本人が犯人でもないかぎり不可能だった。

　当時グスタフにとって、高級車は暮らしの一部だった。そのうち、高い車ほどきれいな女の子の気を惹《ひ》けるとわかってきた。この方程式は一度ならず彼をいざこざに巻きこみ、ついには先だって、自動車業界はもとより女の子からもインドからも撤退するのが最善と判断する事態となった。女の子が妊娠したのだ。彼女の父親は国会議員にして軍人であることがわかり、グスタフは戦略上の理由から彼女に結婚を申し込んだ。父親はそれに第七歩兵団派兵という脅しをもって応えた。

「怒りっぽくていやな野郎だな」ユーリウスは言った。「娘にとってなにが一番いいのか考えてやれないものかね」

　グスタフも同感だった。話がここまで複雑化したのは、父親のシンガポール出張中に、愛車のＢＭＷのエンジンが六気筒から四気筒になっていたと、発覚したからでもあった。

「それをあんたのせいにされたのか」

「そうだ。証拠もないのに」

「濡れ衣だったってことか」

「それはまた別の話だ」

結論として、グスタフはシムラン・アーリヤバト・チャクラバーティ・ゴーパルダスがいなくなって良かったと思うと言った。

「だが、彼がホテルと話をつける時間がなかったのはよろしくなかったな。乾杯だ、友よ」

＊＊＊

バーではじめて楽しい夜を過ごしてからしばらくして、ユーリウス・ヨンソンと新たな相棒グスタフ・スヴェンソンは、スーツケースにたっぷり残っていた金にも助けられ、山なかのとあるアスパラガス農場の経営を引き継いだ。ユーリウスが指揮をとり、グスタフが現場の責任者を務める。そしてたくさんの貧しいバリ人たちが腰をかがめて働く。

スウェーデンにいたころのコネで、ユーリウスと新しい相棒は「グスタフ・スヴェンソンの地元産アスパラガス」を、青と黄色の小ぎれいなリボンで束ねて輸出することにした。ユーリウスも最近まで別の名前だった男も、アスパラガスがスウェーデン産とはどこにも表示していない。スウェーデン的なのは価格、それとインド人生産者の名前だけ。ペルー・プロジェクトと比べてユーリウスの本来の好みに敵《かな》うほど違法ではないが、ぜいたくは言えない。それにユーリウスとグスタフは、より後ろ暗い派生ビジネスも確立させていた。スウェーデンのアスパラガスは国際的に非常に高い評価を受けているため、グスタフのバリ産の別種はスウェーデンに運ばれたのち、ほかの箱に入れ替えて、世界中の豪華ホテル向けに輸出することができた。たとえばバリとか。この地の有名ホテルでは国際的評価がなにより重要だ。風味に欠ける地元産の安物をお客様に出さないためなら、コストが何ルピアかかろうともそれだけの価値があるとされた。

アランはかつてのユーリウスが戻ってきて喜んだ。これでユーリウスにも黒いタブレットを持つ100歳の友人にも、人生はふたたび楽しくすばらしいものになると思われた。ただ、けっして涸れるはずのないスーツケースが、ここにきて少しずつ涸れはじめていた。山の野菜畑で得られる収入はそこそこの額にはなったが、高級ホテルでの暮らしにも当然それなりの金がかかる。レストラン用の輸入アスパラガスビジネスに使った経費は、スーツケース資産の半分にもなっていた。

ユーリウスは時を見てアランと財政問題について話をしたいと思いつつ、なかなか切り出せずにいた。今日こそその時だ。朝食の席で、アランはいつものように黒いタブレットで見たニュースの話を始めた。今日の話題は、兄弟愛について。北朝鮮の指導者、金正恩《キム・ジョンウン》が、ついさっきマレーシアの空港で実の兄を毒殺したそうだ。だが、このニュースにはちっとも驚かない。自分は金正恩の父親とは個人的な付き合いがあった。それを言うなら祖父とも。

「あの男の父親と祖父には、両方から命を狙われたなあ。そのふたりももうこの世にいない。そしてわたしは今ここにいる。人生とはそういうものだ」

ユーリウスは突如飛び出すアランのこうした昔話にはだいぶ慣れっこになっていたので、この時もそれほど驚かなかった。もしかしたら以前に同じ話を聞いたかもしれないが、よく思い出せない。

「北朝鮮の指導者の父親に会ったたって？　じいさんにも？　あんたいくつになるんだっけ？」

「100歳。忘れるといけないから言っておくが、もうじき101歳。じいさんの名前は金正日《キム・ジョンイル》、そして父親は金日成《キム・イルソン》。父親のほうはまだほんの子どもだったが、ひどく怒っていた」

ユーリウスはもっと聞きたい気持ちをぐっとこらえた。かわりに、はじめから決めていた今日の話題のほうへと話を持っていった。

前にもちらっと話したが、じつは札束入りスーツケースがこのところ急速に札束なしスーツケースに変わりつつある。そして最後にホテルに支払いをしたのが2か月半前。つぎの請求書がどうなっているかは考えたくない。

「だったら考えなければいい」アランは助言して、辛さ控えめのナシゴレンを口にした。

より差し迫った問題はボートレンタル会社の件だった。先日届いた通知では、与信取引額を制限したこと、カールソン様ヨンソン様に対しても今週中に清算が完了しない場合は同様の措置とさせていただくと書かれていた。

「ボートレンタル？　はて、ボートなんかレンタルしたかな？」アランが言った。

「あの豪華ヨットさ」

「ああ、なるほど。あれもボートなのか」

ユーリウスは打ち明けた。アランの１０１歳の誕生日にはなにかサプライズを用意したかったのだが、現在の財政状況ではハリー・ベラフォンテのレベルにはとても達しそうにない。

「いやいや、ハリーには一度会っているからな」アランは言った。「それにわたしは、自分の誕生日パーティと気が合ったためしがない。だから気にしなくていい」

そうはいかない、とユーリウスは思った。アランにベラフォンテ企画に対する感謝の気持ちをどうしても伝えたい。まさか、あそこまでしてくれるなんて。自分ももう若造ではないが、これまでの人生でアラン以上に良くしてくれた人間はいなかった。

「だが、歌ったのはわたしではない」アランは言った。

それでもユーリウスは、パーティは絶対にやらないといけないと言い張った。ケーキはすでにカード払いができるケーキ屋に注文している。そのあとで、美しい緑の島の上空を熱気球で飛行する。パイロット付きで、シャンパンを２本持ち込んで。

アランは熱気球で飛ぶのは楽しそうだと思った。だがケーキはやめておいたほうがいい。なんといってもカード払いが制限されているわけだから。そもそも、ロウソクを１０１本も用意するとなったらとんでもない出費になる。

ユーリウスによると、ふたりの共有財産は１０１歳の誕生日のロウソク代でどうこうなる状況ではなかった。昨日の晩、スーツケースの中をさらって残額をざっと計算した。それから、ホテルが貸しだと言ってくるであろう分を見積もって引く。ヨット分は計算するまでもなかった。親切にもきっちり正確な額を知らせてきてくれていたからだ。

「少なくとも十万ドルの赤字だ」ユーリウスは言った。

「それはロウソク代を入れてか、それとも入れないでか？」アランが尋ねた。

3　インドネシア

１００歳のアラン・カールソンにはいつでも周囲の人間を和ませる力があった。ただし人生のある時期においてはその限りでなく、義理も道理も関係なく人々を苛立たせていたこともある。たとえば

１９４８年にスターリンに会ったころ。その後の５年間は強制収容所で過ごす羽目になった。さらにその数年後には、北朝鮮人にもそれほど好かれるわけではないとわかった。

それもすべて過去のこと。今ではユーリウスという友がいて、まずは計画どおりに１０１歳の誕生日を祝うべきで（ユーリウスはどうしてもそうしたかい）、財政問題はそれから腰を落ち着けて話し合えばいいと同意してくれる。きっとすべて丸く収まる。ちょっとした幸運があればいいのだ。たとえば金がぎっしり詰まったスーツケースが新たに見つかるとか。

ユーリウスはさすがにそれは信じていなかったが、それでもアランという人間のそばにいるとなにが起こるかはまったく予想がつかないと思っていた。最善とはいえない財政状況にもかかわらず、ユーリウスはアランの助言に従って熱気球に持ち込むシャンパンは２本ではなく４本にしようと決めた。上空高くは、静かすぎる恐れがある。念のため、なにかお楽しみがあったほうがいい。

「サンドイッチもいるかも？」ユーリウスが考え込むように言った。

「ああ、いいね」アランも言った。

＊

ホテルの支配人はこのところ、例の年配のお客とさらに年配の彼の友人に目を光らせていた。未回収の請求額は15万ドルを越えている。この1年でスカンジナビア人の濫費家ふたり組が支払った額を考えればわずかな数字だが、踏み倒されていい額ではない。すでにしかるべき手を打ち、策は講じてある。数日前、あるいは数夜前というべきか、紳士方が宿泊している豪華バンガローの外に監視役を置いた。万が一にも、ガラスをはめていない窓から逃げられて姿を消されたりしないようにだ。

とはいえ支配人がヨンソン氏とカールソン氏とのおつきあいから得るものはたくさんあった。ヨンソン氏は信頼してもよさそうな態度で、今週末には新たな送金があると話していた。それにこの客がずるずると金を出し惜しみするのも、今回がはじめてではない。もしかしたら、単に自分の金が大好きとかそれだけの話に過ぎないのかもしれない。だいたい、みんな自分の金は好きなものだ。

ともあれ、支配人はこの件については慎重に対応し、静かに時機をうかがう作戦をとるつもりだった。ビーチで開催されるカールソン氏の誕生日パーティには、ケーキを持って、スピーチを十分に考えてから参加することにしよう。

＊＊＊

パーティには、主役のほかにユーリウスとホテルの支配人、気球のパイロットが出席した。グスタフ・スヴェンソンも参加したかったはずだが、さすがに控えておくだけの良識はあったらしい。

気球に熱した空気が入り、準備ができた。ヤシの木にくくりつけるだけの昔ながらのアンカーで、浮き上がるのを防いでいる。球皮内の温度を調整していたパイロットの9歳になる息子は、気球の横にいるよりも、数メートル離れて置かれたケーキの前へ行きたくてじりじりしていた。

アランは、いりもしない101本のロウソクを見つめた。おそろしい無駄遣いだ。それに時間も！　ユーリウスは全部に点火するのに何分もかかり、途中で支配人が金のライターで加勢した（ライターはその後ユーリウスのポケットの中へ）。

少なくともケーキはおいしかった。ホットワインはなかったが、シャンパンはさすがシャンパンだった。アランに言わせれば、もっとひどいことになっていてもおかしくはなかった。

そこへ突然、その危険が生じた。支配人がスピーチをしようと、グラスを指でこつこつ叩き出したのだ。「親愛なるカールソン様」と切り出す。

アランはすかさず遮った。「支配人さん、じつに心あたたまる、すばらしいスピーチでした。しかし来年のわたしの誕生日まで、ここに突っ立ったままではいられません。そろそろ気球を飛ばすのにいい時間ではないですかな？」

支配人は不満そうな顔をした。ユーリウスが頷いて合図をすると、パイロットがあわててケーキの皿を置いた。彼が呼ばれた本来の目的は仕事のためだ。

「了解しました！　空港の気象予報室に確認の電話をしてきます。風向きが変わっているといけませんので。少々お待ち下さい」

スピーチの危機は免れた。さあ、搭乗時間だ。バスケットに乗り込むのは、101歳の老人でも簡単だった。外側の取り付け式階段を6段上がり、内側の少し小さめの階段を3段下りる。

「やあ、こんにちは。小さいのに偉いな」アランは、9歳の少年の髪をくしゃくしゃと撫でた。

少年は恥ずかしそうに「こんにちは」と答えた。自分の立場をわきまえ、仕事のできる子だった。

外国人のお客様が乗って重くなったから、アンカーはもういらないだろう、と考えた。

ユーリウスは少年に気球が飛ぶ仕組みを尋ねた。なるほど、火力がすなわち気球の高さを決めるわけだ。調整するには、燃料ホースの上についた赤いレバーの向きを変える。離陸の時は右に、着陸したい時には逆に左に回せばいい。

「はじめに右、それから左」ユーリウスが言った。

「そのとおりです」少年が答えた。

それからわずか数秒の間に、みっつのことがいっせいに起こった。
一、アランは9歳の少年がケーキを食べたそうに見つめているのに気づいて、ちょっと走って食べにいってはどうかと提案した。皿もフォークもテーブルの上にあることだし。説き伏せるまでもなかった。少年はアランが言い終わらないうちにバスケットを飛び出した。
二、ユーリウスが赤いレバーをテストした。左、それから右。力を入れすぎてレバーが取れた。
三、気球のパイロットが残念そうな様子でホテルから出てきた。風が北向きに変わりそうなので、飛行はしばらく待ったほうがいい。その風向きだと気球はおかしな方へ流されてしまう。
ここで、さらにみっつのことが起こった。やはり、ほぼ同時と言っていいタイミングで。
一、パイロットは息子がケーキに鼻をつっこんでいるのを見て、持ち場を離れるなと怒った。
二、ユーリウスがささいなことで取れてしまった赤いレバーを罵《ののし》った。そうしている間にも熱せられた空気がどんどん球皮に流れこんでいき……。
三、気球が上昇しはじめた。
「止めて下さい！　いったいなにを……？」パイロットが叫んだ。

「俺じゃない。このくそったれのレバーのせいだ」ユーリウスが声を上げた。

気球は3メートルほどの高さまで上昇していた。そして4メートル、そして5メートル。

「さあ、行くぞ！」アランが言った。「パーティの始まりだ！」

アランとユーリウスと気球はふわふわと宙を進み、やがて外海に出た。そのころには、追い風に乗って聞こえていたパイロットの叫び声もまったく届かなくなっていた。

声が聞こえなくなってからも、ばたばたと手を振る姿は見えた。横に立つホテルの支配人のほうは、それほどでもない。ただ、表情は同じくらいに冴えない。いや、むしろもっとひどい。目の前で、15万ドルが飛び去るのを見ているのだから。9歳の少年は大人たちがほかのことにかまけている間、ひとりケーキに戻っていた。

さらに数分がたち、四方のどこにも陸地が見えなくなった。ユーリウスは赤いレバーを罵るのをやめ、元の場所にはめなおすのもあきらめて、バスケットの外にぽいっと放り投げた。

ガスと炎はこのまま燃え続けるしかなくなった。ある意味それで良かった。逆ならふたりは、バスケットもろとも海に向かってまっさかさまだった。

ユーリウスは気球内を見回した。ガスタンクの反対側にGPSナビゲーターがある。これは助かる！　方向転換をする舵はないが、少なくともいつごろ陸地が見えてくるかは把握できる。

ユーリウスが地理問題を探求する横で、アランは持ち込んだ4本のシャンパンの最初の1本を開けにかかった。「おーっとっと！」コルクがぽーんとバスケットの外に飛んで、アランは声を上げた。

ユーリウスは、アランが事態を軽く見すぎているんじゃないかと思った。どこへ向かっているのかも、まったくわからないのに。

もちろんわかっていると、アランは言った。「わたしは長年、世界を渡り歩いてきたのだ。今後の見通しも立っている。風がこっちの方向に吹いているなら、数週間もすればオーストラリアに着くだろう。だが、もしちょっとあっちに向いたら、もうしばらくかかるかもしれないな」

「その場合はどこへ行くんだ？」

「うむ、北極ではない。だが、どちらにしろあそこは、おまえさんの行きたい場所ではなかっただろう？　まあ、南極にはなるかもしれない」

「ちくしょう、この――」ユーリウスの答えはそこで遮られた。

「ほら、グラスを持って。さあ、わたしの誕生日に乾杯といこうじゃないか。心配するな。どうせ南極に着く前にガスタンクは空になるから。さあ、すわって」

ユーリウスはアランの言うとおりにした。友達の隣に腰を下ろし、虚《うつ》ろな目でまっすぐ前を見つめる。アランにはユーリウスが不安がっていることがわかった。慰めを必要としている。「そうだ、今まさに一歩先は闇。だがわたしの人生は、幾度となく闇に包まれた。それでも今こうしてここにいる。わかるかね。風は変わる。どうにかなる」

ユーリウスは、アランの説明不能な落ち着きに少し救われた気分になった。シャンパンを飲めば、残りの不安も吹っ飛ぶんじゃないだろうか。「ボトルをくれ」静かに言った。

そして、グラスを使うなどもったいつけたことはせずに、瓶から直接４口、喉に流し込んだ。

アランは正しかった。ガスは陸地が見えてくる前に切れた。タンクがゴロゴロいいだしたかと思うと、炎が何度か不規則に大きく揺れ、やがて完全に消えた。ふたり仲良く1本目のボトルの中身を飲み干そうとしていたところだった。

気球はゆったりとインド洋の海面へと降下していった。その時には実質、太平洋になっていたが。

「籠《かご》は浮くと思うか？」海面がいよいよ近づいてきて、ユーリウスが尋ねた。

「じきにわかる」アランが言った。「おや、これを見ろ」

101歳の老人は、緊急時用の部品が入った木の箱を探り当てた。中に真新しい赤いレバーの替えを見つけて、手に取る。

「時間があるうちに見つけられなくて残念だったなあ。ああ、まだなにかあった！」

照明弾が2本入っていた。


海への不時着は、ユーリウスが捨て鉢で祈っていたよりもずっとましに済んだ。バスケットは海面に衝突して50センチほど沈んだあと、速度と重量のあおりで45度傾いて、まっすぐに戻った。その後は釣りの浮きのようにぷかぷかと上下運動を繰り返していたが、その動きもやがて止まった。

老人ふたりは着水時の衝撃と傾斜の影響で、仲良くバスケットの側面にぶつかって転がった。ユーリウスはすぐに立ち上がるとナイフを手にして、バスケットからしぼんだ球皮を切り離した。これ以上なんの役にも立たないどころか、今は広がって海面に浮かんではいるが、そのうちバスケットとふたりの老人を道連れに沈もうとするに違いなかった。

「さすがだな」アランがバスケットの底に転がったまま褒めたたえた。

「まあな」ユーリウスは友達を助け起こしてベンチにすわらせた。

つぎにユーリウスはガスボンベを燃料部品もろとも海に捨てた。これで一気に50キロは軽くなった。

ユーリウスは額の汗を拭きつつ、友達の横にどさっとすわりこんだ。「さて、あとはどうしようか」

「まずはつぎのシャンパンを開けるべきだな。黙ってすわっていたら、酔いが醒めてしまう。わたしが栓を抜くから、その間にあの照明弾を1本打ち上げておいてくれ」

すでにバスケットの側面から海水が浸み込み始めていた。しかし、まだそれほど悲惨なことにもなってはいないから、あと2、3時間は沈むことはないとアランは考えた。ひょっとしたら、もっと持つかも。ただ水を汲み出す道具が必要だ。

「2時間は長い。いろんなことが起こりうる」アランは言った。

「たとえばどんな？」

「そうだな。ほとんどなにも起こらないとか。あるいはいっさい起こらないとか」


ユーリウスは1本目の照明弾の包装を破り、インドネシア語の使用説明書の解読を試みた。本当はもっと必死になるべきだが、ほろ酔い気分のせいで力が出ない。死が近いことはわかっている。けれども一方で、横にはほぼ不死身の男がいる。フランコ将軍による処刑を免れ、アメリカの入国管理局で無期収監にならず、同志スターリンから抹殺されず（危ないところだった）、金日成《キム・イルソン》にも毛沢東にも殺されず、イランの国境パトロール隊にも撃たれず、冷戦時代には政権中枢で二重スパイとして25年過ごしながら禿げあがりつつあった頭の毛は1本たりとも危険に晒《さら》さず、ブレジネフの口臭に倒れず、ニクソン大統領没落のとばっちりを食うこともなかった。

長年の間死にそこねてきた今、アランが万が一にも死ぬことがあるなら、インドネシアとオーストラリアと南極大陸の間のどこかの海で、乗っている籐製の籠の編み目からじわじわ水が浸み込んでくるこの状況といえる。しかし、もしも１０１歳になりたての老人がこのピンチをまたも生き延びるなら、ユーリウスもその運に便乗できると考えるのは妥当ではないか。

「こいつをこうやって引っ張ったらいいんじゃないか」ユーリウスは言って、正しい紐を間違った方向に引っ張った。緊急時用照明弾は海に向かって発射され、おそらくはそのまま数百メートル海底に向かったところで消えた。

ユーリウスは諦めることも考えた。しかしアランは２本目のシャンパンの栓を開けてユーリウスにボトルごと手渡すと、数口飲んでみたらいいと言った。グラスは使っても使わなくても、お好きなように。いや、なんだか飲まずにいられない様子だから。

「飲んだらもう１本の照明弾を試してみたらいいよ。でも今度は空に向けて打ち上げてくれてかまわない。わたしが思うに、そのほうが見つけてもらいやすい」

5 インド洋

北朝鮮のばら積み貨物船の「名誉と力」号の公的任務は、穀物３万トンをハバナから平壌《ピョンヤン》に運ぶことだった。公的とは言いがたい任務はマダガスカル島の南東で速度を落とし、闇に紛れてある貨物を運び出すことだった。４キロの濃縮ウランだ。複数の運送業者を使ってコンゴからブルンジ、タンザニア、モザンビークを経て、アフリカ大陸の東側に浮かぶこの島へと運ばれてきた。この海域では「名誉と力」号の運航が合法的に認められていた。

北朝鮮は、自分たちが監視下に置かれていることは認識していた。数年前には、この船の姉妹船が、反乱軍統制のために封鎖されたリビアの港で抑留されたことがあった。この時は積荷が石油のみだったため、船長が賄賂でうまく切り抜けた。また、キューバからの帰路にソマリア、イラン、その他同様の評判の国々に停泊すると、公海上で国連軍に乗り込まれて臨検を受ける結果になる。これも過去に何度か経験があった。最近ではパナマ沖での一件だ。あの時は、たまたま航空機エンジンと高度電子装置を穀物の下に積んでいて、誉高き朝鮮民主主義人民共和国に対する国連の制裁決議違反であるとされた。動揺した北朝鮮は、エンジンと電子装置をそこに隠したのは世界であってわれわれではないと世界に向けて発表した。

今回のキューバからの帰還は、反対方向の航路を取ることにした。なにしろ地球は丸い。表向きの説明は、われらが民主主義人民共和国がふたたびパナマで不当な扱いを受けることは断じて受け入れられないためとされた。途中の瑣末な用事については言及されていない。

これまでのところ、すべて間違ったほうにではなく正しいほうに進んでいる。船長の朴《パク》は高品質の穀物をきっちり運んでいるが、最高指導者にはそれはどうでもよい。最高指導者の腹はつねに満たされているからだ。しかし今では、北朝鮮製ブリーフケースにしっかり収納した鉛シールド濃縮ウラン4キロが積荷に加わったのだ。ウランは、アメリカの犬どもとやつらに味方する38度線以南の連中と継続中の、厳しい戦いのために必要だった。4キロという量は国家の将来を建設する土台としては十分ではないかもしれないが、問題はそこではない。これは流通経路のテストだった。すべてうまくいけば努力は何倍にもなって返ってくるとロシアから約束されている。

パク船長は、帝国主義者どもの衛星が平壌までの帰路を追跡していると知っていた。いつものように、なにかしら臨検に持ち込める理由を見つけてこちらを辱《はずかし》めてやろうと手ぐすねを引いているに違いない。

　ブリーフケースは船長室の金庫に保管していた。もし臨検になれば、どうせ野蛮人どもは自分たちが見つけたいものを見つける。しかし今のところその兆候はない。手違いも起きていない。このまま何者にも邪魔されず、成功裡に帰還したい。

　一等航海士がノックもなしに船長室に入ってきて、船長の思考は中断された。

「船長！　北方四海里先に緊急照明弾の発射を認めました。どうしましょう。無視しますか」

　ちくしょう！　すべてうまくいきそうだっていう時に。船長の脳内を数々の考えが行き交う。罠なのか？　ウランを奪おうとする何者かの企みか？　一番いいのは今一等航海士が言ったとおり見なかったふりをすることだ。

　しかし、見たと言い出す輩がきっといる。アメリカ人とか。宇宙から写真も撮っているだろう。北朝鮮船舶が海上で遭難者を見捨てたと言い出す――これは重大な海事法違反であり、最高指導者の広報活動にとっては大きな痛手だ（そしてパク船長は銃殺隊と対面することになる）。

　だめだ、問題を最小限に留めるには、照明弾の理由を確認する選択しかない。

「恥を知れ、きさま！」船長は言った。「朝鮮民主主義人民共和国の代表として、危機にある遭難者を放置するなど断固あってはならない。針路変更し、救助体制に入れ。以上、命令だ！」

　一等航海士は恐れおののいて敬礼すると、あわてて船長室を出た。うっかり口を滑らせた自分を呪う。もし船長が自分のこの発言を報告したら、航海士としての未来は終わってしまうだろう。いや、それで済めばむしろ……。

＊＊＊

バスケットの底にたまった海水はすでにふたりの足首まできていた。アランはベンチにすわり、手に持った黒いタブレットが、海のど真ん中のどこでもない場所でもきっちり動いていることに感嘆の声をあげた。「おい、聞いてくれ！」

アランは友に、世界に向けて自分は馬鹿だと触れて回るのは例の大統領たちだけではないと教えてやった。たとえば、ジンバブエのロバート・ムガベなる男。かつて同性愛者を「非アフリカ人」と定め、10年の禁固刑に処して矯正すると決定した。報道によると、つい先日ムガベの妻が、ホテルの一室で自分たちの息子といた女性を延長コードを用いて攻撃したという。つまりこの一家は異性愛にも反対の立場なのだ。

ユーリウスは最低の気分だったので、友人が教えてくれた最新のニュースに見解を述べる気力もなかった。いいから黙って静かにしててくれ。せめて平穏のなかで死にたい。その訴えを遮るように汽笛の音が響いた。遠くに船の姿が見えたかと思うと、近づいてきた。

「すげえクソみたいな話だな」ユーリウスは言った。「アラン、あんた今回もまた生き延びるぜ」

「どうやら、おまえさんもね」アランが言った。

＊＊＊

ふたりが船に持ち込んだのは、アランの黒いタブレットとシャンパンの最後の1本だけだった。デッキでパク船長に会った時、アランは片手にタブレット、もう一方の手にシャンパンを持っていた。

「はじめまして、船長」アランは、英語、ロシア語、北京語、スペイン語で各1回挨拶をした。

「こちらこそ」船長は驚き、英語で返した。

船長はロシア語と北京語の両方に堪能で、キューバへ何度も航行しているためスペイン語にも通じていた。ただ英語は自分以外に話せる船員がおらず、直感的にこの会話はなるべくほかの者に聞かれないほうがいいと考えた。少なくとも、この奇妙な状況の詳細が明らかになるまでは。

パク船長は、漂流者2名に対し、彼らは朝鮮民主主義人民共和国の栄えある最高指導者の名のもとに救助されたと伝えた。

「では、その最高指導者さんにお会いすることがあったら、どうぞよろしく。それと、ありがとうと伝えて下さい」アランは言った。「さて、わたしたちは、どこか途中で降ろしてもらえませんか。もし面倒でなければ、インドネシアだと助かります。なにせわたしたちふたりとも、身分証明書の類いはいっさい持ってきていない。ほら、帰る国を変えるとなると、いろいろ面倒でしょう」

そうだ、パク船長は国を変えるのがどれほど面倒かは知っている。出た国に帰るだけとはわけが違う。だがそれは、公海に浮かぶバケツから引き上げた外国人の紳士と親しく交流する理由にはならない。目の前の乗組員にも示しがつかないではないか。たとえ話を理解していないにしても。

「航行中、わたしは船長として細心の注意をもって積荷を保護するための法律を遵守し、広く荷主の利益を守ることが求められる。また当該法において、船舶を正当速度により運行する義務がある」

「どういう意味だよ？」ユーリウスが不安そうに尋ねた。

「言ったとおりの意味だ」パク船長は言った。

「平壌に着く前にわたしたちを降ろすつもりはないってことだ」アランが言った。

ユーリウスには、北朝鮮を見てみたい気持ちはこれっぽっちもなかった。「そんなこと言わないでお願いしますよ、船長」と頼み込む。「うまい具合に、シャンパンを持ってきている。こんなふうに助けられた時に使えると思ってたんだ。もっと冷えていたら良かったんだが、もし船長が気にしないんなら、ぜひ一緒に飲みませんか。お互いのことをよく知れば、見えていなかった解決法だって見つけられるかもしれません」

うまく話をつなげたなと、アランは思った。援護射撃にシャンパンを差し出す。

船長はボトルをアランから受け取ると、船上ではアルコール類は禁止されているため没収すると告げた。

「アルコール禁止？」ユーリウスは言った。

アルコール禁止？　アランは思った。あやうく今すぐ籠に戻してくれと言うところだった。

「あなた方ふたりには、これから2時間ほど事情聴取をさせてもらう。現時点ではいかなる犯罪の容疑者でもないが、状況が変わることはある。聴取はわたしが行う。最初にまずふたつ尋ねる。あなた方は何者か。そしてなぜ公海上を籠に乗って漂流しようなどと考えたのか。しかもシャンパンを持って。この件はこちらで処理しておくが」

パク船長は一等航海士に、荷物を持って下の船員室に移れと言った。指揮官室から移動させる話はすでにしていた。航海士のかわりに外国人ふたりを入れるためだ。それから、彼らの部屋の前に見張りを立たせるよう命じた。もしくは自分で立つこと。外国人ふたりになんら被害が及ばないよう、むしろ彼らがわれわれに被害を与えんと画策することのないよう、注意すること。

一等航海士は敬礼した。この展開にはまったく納得がいかなかった。年寄りの白人なんかのために、自分が船員と同じ扱いになるだって？　そう、一等航海士が最初に進言したとおり、船長は彼らを見捨てるべきだった。あとに続く悲惨な結果は、始まりの時点で約束されていたに等しかった。

パク船長は良からぬ企《たくら》みの気配を感じた。今一度、船長室で扉をしっかり施錠した金庫の中身を確認する。鍵はチェーンにつなげて首にかけていた。

金庫に入っているのは、法定の航海記録、海事法の写し、そして鉛シールド濃縮ウラン四キロ入りのブリーフケース。

最高指導者様からじきじきに請け負ったこの任務も、あと3日で完遂だ。目指す先の水平線には、雲は一片たりともかかっていない。文字どおりの意味で。つまり、アメリカの衛星はいっさい遮るものなく船長の動きに目を光らすことができる。船長にとってはその目こそが雲であり、船は今まさに、分厚い雲のただ中にいる。比ゆ的な意味で。そして新たに出てきた雲が、壁を隔てた隣の一等航海士の部屋にいる外国人の男ふたりだ。

パク船長は隣室に入る前に立ち止まり、状況を整理する時間を持った。「うむ」見張り番が船長のためにドアを開けることに気づくまで、じっとその顔を見つめる。そしてふたたび船長のためにドアを閉めるまで、同じように見つめる。

「さあ、尋問の時間だ」船長が言った。

「すてきだね」アランが答えた。

6 コンゴ

コンゴ民主共和国はアフリカ大陸第二の大きな国土を持ち、常にふたつの点に恵まれている。ひとつは天然資源で、ひとつは貧困状態だ。

史上もっとも貧困状態に恵まれていた時期は、ベルギー王レオポルド2世がコンゴを私領のゴム園として搾取していた時代だった。出くわした人間すべてを奴隷とし、最大で1000万もの人々を殺した。スウェーデンの全人口に匹敵する数だ。より良い例えで言うなら、ベルギーの全人口とも。

長い苦難の年月ののち、ようやく独立を手にしたというのに、けっきょくはジョセフ・モブツなる人物が大統領の座につくことになった。モブツは自国の資源を不正取引業者に最高値で売り、その金を着服し、名前を〈忍耐と不屈の闘志により勝利の道をひた進み炎の足あとを残す全能の兵士〉と変えたことで大いに有名になった。

アメリカは、この男はコンゴとアフリカの未来だと考えた。そしてCIAの手厚い支援を受けた〈全能の兵士〉は、その後数十年に渡って全能であり続けた。その間に、もっとも利益を生む天然資源はゴムからウランに替わった。アメリカが広島と長崎に落とした爆弾に使用したウランはコンゴ産で、アメリカは戦後、その返礼としてコンゴが〈炎の足あとを残す全能の兵士〉の指導力のもとで核研究施設を設立する手助けをした。アメリカ合衆国史上もっとも輝かしいとは言い難い政治的決断だった。

やがてすべてが例外なく崩壊した国家で、大量の濃縮ウランが消えた。そのうちいくつかは各所で見つかり安全に確保されたが、正確にはどの程度あるのかわからない量のウランが所在不明のままになっている。

時は過ぎ、西側世界で最大の諜報機関は、けっして見つからないものを探し出す余力を失った。わずかに残った力で、闇市場でこれ以上の裏取引がなされないよう防ぐのみだった。作戦部隊にいる人間たちにとって、所在不明のウランの威力は年を経るごとに減っていく事実だけが、わずかな慰めになっていた。

しかしドイツ首相のアンゲラ・メルケルは、事態全体をそれほど楽観視できないと考えるだけの見識を持っていた。世界のリーダーの中でももっとも長くその座に就き、つぎの秋の選挙でも再選が期待されている。物理学者だったメルケル首相は、行方不明のウラン同位体がついに自国に対する潜在的脅威ではなくなるであろうその日、自分はすでに今の地位にいないとわかっていた。政界入りして28年、すでに63歳になった今でも、もちろんまだまだやれることはある。しかし首相のその半生は、濃縮ウランの半減期45億年に比べたらあまりにも短い。

7 北朝鮮

金正恩《キム・ジョンウン》は、誰に頼まれてその地位に就いたわけでもなかった。事実、列の前にはふたりの兄がいた。ところがひとりは国をこっそり抜け出し、偽名を使って家族連れで東京へ遊びに行ったのが見つかってその運命が終わった。しかも行先はディズニーランド。重罪中の重罪だった。あとひとりは、父親の金正日《キム・ジョンイル》によって弱虫すぎると判断された。ゲイの疑いがあるという意味だ。国によっては、望む相手を愛することに疑問を呈されることがあるのだ。

金正日が、父親である永遠の主席、金日成《キム・イルソン》からその地位を譲られたのはすでにいい年になってからのことだった。おそらく彼は自分の後継者である末息子にも、同じくらいの引き継ぎ期間があると考えていたはずだ。しかし人間は、身分の上下にかかわらず死ぬ時は死ぬ。それが人生だ。20代半ばの金正恩はある日突然、あっけなく亡くなった父親の後継者となった。どうか父上の遺志を推し進めてほしい、いやむしろ飛び越えてほしい。なぜなら父上は、人民を空腹から飢餓へと導いた指導者として歴史に名を刻んだから。

腕の良いゲームボーイプレイヤーだった正恩ぼっちゃんは、わずか数か月のうちに大将になった。国際情勢の専門家たちの見方は厳しかった。あんな子犬が、自分の叔父も含めてずらりと居並ぶ叩き上げの強面《こわもて》武官たちの指揮官をするだって？　うまくいくわけがない。

そう、うまくいかなかった。強面の叔父と武官たちが。たとえ彼らがなにか企てていたとしても、実行する前に全員が粛清された。ひとりひとり順繰りに。ぼっちゃんは軽くあしらったり、うまく転がしたりできる玉ではなかった。叔父は、金の妻との不適切な関係をはじめとするさまざまな罪状で死刑を宣告された。12ページにも及ぶ判決文では、金の父親が3人の女性との間に5人の子どもをもうけた話はひと言も触れられていなかった。

金正恩は子ども時代の数年間、偽名を使ってスイスの学校に通い、母親はヨーロッパ中で、北朝鮮の大半の人民が生涯写真ですら見ることのない類いの高級品を買いあさった。正恩少年は女の子よりバスケットボールとテレビゲームに関心があったというが、学校の成績もけっして悪くなかった。後年、祖父があわただしくしかも然るべき熱意を持って作りあげ、父がその一部をだめにした国を引き継いだ時、手本と仰いだのは祖父の方だった。社交的で、人民と交わるのが好きで、気が向くと市民の背中を叩いたり、話しかけたりもする。なにより、手作りの共産主義国家システムを巧みに調整し、多くの家庭で食料品を以前ほどすばやく切らすことがなくなった。

世界は、あいかわらず子犬を不気味がり、裏で馬鹿にして笑っていた。金正恩は自分が受け継いだ国は萎縮して死ぬか、そうさせようと努める全世界を敵に回して喧嘩を吹っかけるかのどちらかしかないことを理解したうえで、人民がこれ以上飢えないように手を打った。

喧嘩を選んだのだ。

ただ、ひとつ小さな問題があった。財政難である。ソビエト製の古い戦車と大砲を新調するのに必要なコストが、ちまちま貯《た》め込んできた額を上回りそうだった。ここは、父さんが一定レベルの成功を収めたプロジェクトをさらに推し進めることにしよう。

爆弾を何発か。たくさんはいらない。ただし中に、お色気たっぷりで破壊力抜群のやつを詰め込む。

端的に言うと、核兵器。

核兵器の開発や度重なるミサイル発射実験を通して、金正恩は冷笑する世界に対して北朝鮮はまだ試合を投げていないと示してきた。世界が自分たちに怯え、制裁を課し、非難を繰り返すのは、むしろ願ったり叶ったりだった。そうして彼は今や「ぼっちゃん」ではなく、国家の「最高指導者」となった。

天の賜物《たまもの》か、アメリカがノーベル平和賞を受賞した大統領の後任として選んだ男は、定期的に金正恩の罠にかかってくれた。北朝鮮など「炎と怒り」に打たれてしまえとドナルド・トランプが口走るたび、金正恩の最高指導者としての地位は固まった。

権力の座に就いて最初の数年で、金正恩は父親が生涯成し遂げた以上の成果をあげた。懸案事項はただひとつ、国内の工場でプルトニウムの生産がうまくいっていないことだった。プルトニウムには自然界に存在しないという欠点がある。この物質でお遊びがしたいなら——たとえば核兵器製造とか——まずは自ら作り出さねばならないのだ。

とはいえ、けっして簡単なことではない。

わずか5グラムの生産だけでもたいへんな作業だが、たとえ生産に成功してもそれで終わらない。つぎは、99パーセント以上の安定化を実現するため、ガリウムを加えて合金にする必要がある。このガリウムが、日光で溶けるチョコレート並みに融点が低く、扱いが非常に難しい。

プルトニウム生産の工程を確実に行うには、高性能の遠心抽出器を入手しなければならない。だがその入手にも、実際の作業に匹敵する困難を伴う。

これらすべてが、たった5グラムの兵器級プルトニウム239のために求められる。ちなみに議論に価するだけの核電荷を得るには、最低でも5キロが必要となる。

事態はロシアが北朝鮮に対する言い逃れをやめれば一気に解決するはずだった。遠心抽出器の提供を密約したくせに、今になって言い訳を繰り返す。相手がぐずぐずするのを永遠に待つだけの選択肢はない。金正恩は誰の飼い犬にもなったりしない。

自家製プルトニウムがだめなら、濃縮ウランはどうだろう。アフリカの最暗黒地帯の闇市場で手に入る。しかし誇り高き朝鮮民主主義人民共和国は、かの大陸に敵が多い。核兵器の材料０・５トンは、ＤＨＬ便で国際輸送を頼める類いの代物でもない。

ところでロシアは、二枚舌を使う達人だ。月曜に対北朝鮮制裁に賛成票を投じ、火曜に遠心抽出器について中途半端に約束し、週末前には貴重な濃縮ウラン入手のコネについて提案してくるのだ。そしてモスクワの多重人格者は、コンゴの濃縮ウランにまつわる内緒話を持ちかけてきた。

しかし、その製造業者は信頼できる相手なのか？

その方法で配送はうまくいくのか？

現在これらふたつの懸案事項が試されている。

8 アメリカ、北朝鮮

アメリカの新大統領は、任命したばかりの安全保障問題担当補佐官がなによりの安全保障上のリスクになると判明したため、解任せざるを得ない状況に陥っていた。加えて大統領就任直後には、メディアを鍛え直す必要もあった。こちらはなかなかうまくいった。

平壌《ピョンヤン》の最高指導者は、中距離弾道ミサイルの北極星２号を日本海沖５００キロメートル地点に４発発射して新大統領に釘を刺し、歓迎の意を表した。

アメリカ、日本、韓国の主導により、国連安全保障理事会が召集され、ただちに北朝鮮の発射実験を批難することで合意した。アメリカ国連大使は「北朝鮮に対し、言葉ではなくわれわれの行動によって責任を課す時期にきている」と発言した。具体的行動については大統領に喜んで任せたいとし、大統領は喜んでツイッター上にいくつも提案を投稿した。

その年たまたま、小国スウェーデンは前述の国連安全保障理事会のメンバーになっていた。スウェーデン外相のマルゴット・ヴァルストロームは歯に衣着せぬ物言いと大胆な性格で知られている。事実未確認の噂だが、ベンヤミン・ネタニヤフはストレス解消が必要な時、エルサレムのオフィスの壁に貼ったヴァルストロームの写真に向かってダーツを投げるらしい。スウェーデンがヴァルストロームの主張でパレスチナの地位を引き上げ、国家承認したためである。ネタニヤフら何人かの人間に言わせれば、パレスチナは国家ではない。国境がない、機能する政府もない、テロリストだけは多い。

しかしヴァルストロームは譲らなかった。現在は、安全保障理事会で新たな画策をしていた。みずからがスウェーデンおよび国連安全保障理事会を代表して平壌を訪問し、この深刻な問題について最高指導者と直接対話を行う計画を、他国の代表とともに進めていたのだ。この訪問は北朝鮮への制裁に先だって、そして完全に非公式で行わなければならない。非常に高レベルの外交駆け引きであり、しかし同時に、両陣営がほのめかす戦争の脅威を収束させる重大な企みでもある。

西洋諸国において、スウェーデンは北朝鮮ともっとも強い外交関係を持つ。安全保障理事会はヴァルストロームの案を進めることに決めた。残るは、最高指導者を説得し同意を得ることのみだ。

＊＊＊

トシュテン・ローベンシェーナがスポーツ選手だったら、世界的に有名な億万長者になっていたかもしれない。しかし実際の彼はただの外交官で、それゆえ誰も彼の名は知らない。

スウェーデン外務省に勤務して約30年。質の高い仕事をエジプト、イラク、トルコ、そしてアフガニスタンで人知れず請け負ってきた。その功績には、ニューヨークの国連本部における査察期間中のイラク特別顧問や、マザーリシャリーフでの実質的指導者、在イスタンブール総領事などが含まれる。

進歩的な外交のなんたるかは、トシュテン・ローベンシェーナにとって知る価値のないことだった。現在の職務は北朝鮮大使。あらゆる大使職のなかでもっともややこしいポストと言ってよい。

ある人に言わせるとローベンシェーナは天才だった。ともかく、慎重さを要する調停のレールに北朝鮮を乗せるというデリケートな任務を負ったのは、この男だった。

世界平和は今や危機に晒されている。トシュテン・ローベンシェーナはいつもながら細心の備えをした。準備が整うと、最高指導者との謁見を求め、許可された。緊張はなかった。長くこの仕事をしてきて、今さらそうした心理状態になることはない。ただ尋常ではないほど集中していた。

大使は最高の緻密さをもってこれ以上ないタイミングで的確な言葉を選び、ここ平壌で穏便な調停を進めることが、先に述べたとおり世界平和にとって最善であるとする国連の見解を伝えた。その卓越した弁術は、途中の反論を許す隙をいっさい与えなかった。トシュテン・ローベンシェーナは、最高指導者の眼前で偉大なる外交の手腕を発揮したのだ。

演説を終えた大使は、最高指導者の貴重な時間をいただいたことに感謝の意を表し、返答を待った。最高指導者は花形外交官の目をじっと見つめ、そして言った。「秘密の平和会談？　ここで？　わたしの人生で最高に間抜けな話だ」

これで謁見は打ち切りだった。

「では、これにて失礼いたします」大使は言い、あとずさりで最高指導者の巨大な執務室を出た。

すべてはこれで終わりのはずだった。ところがアラン・カールソンが絡むと、そうはいかなくなる。

9 インド洋

パク船長は、一等航海士の部屋のテーブルでひとつだけ空いていた椅子にすわった。アランとユーリウスは先に3脚あるうちのふたつに着いていた。

船長はペンと紙を取り出すと尋問を始めた。まず名前と出身地。それから、なぜ陸から50海里も離れた公海上を籐の籠に乗って漂流していたのか。

これはアランの一番得意なパターンだと、ユーリウスは考えた。そこで自分は黙っておくことにした。アランはと言えば、さほど多くは考えていない。そのかわり口は多くを語る。

「わたしはアラン。こちらは親友のユーリウス。ユーリウスはアスパラガス農家をしている。わたしはなにもしていない。ただ年を取っているだけ。今日で101歳になった。想像できるかなあ」

パク船長は想像できた。始まりがこれでは先が思いやられる。普通では考えられない年齢を自称するこの老人には、なにか能天気な雰囲気があった。それが尋問する船長を不安にさせ、警戒させた。

「ミスター・アラン、好きなだけ年を取ればよろしい」パク船長は言った。「出身地はどこか。そしてここでなにをしている？」

「ここでなにをしているかって？」アランは言った。「頼みますよ、船長さん。われわれをここに引き留めているのはあなたたちでしょう」

「つまらない言いがかりはなしだ」パク船長は言った。「こっちはあんた達が気づきもしないうちに、船から降ろすこともできる。10秒とかからない。ここからなら、12日も泳げば東ティモールに着く。

もしそれがお望みだというならな」

いや、アランもユーリウスもそんなことは望んでいなかった。そこでアランはバリ島での誕生日パーティがおかしなことになった一部始終を説明した。熱気球で島の上空を1周する予定だったが、風向きが変わって気球が飛ばされてしまった。船長の船が親切にそばを通りかかってくれるころには、籠しか残っていなかった。自分だって、こんな話はずいぶん奇妙に聞こえるだろうと思う。だが、何事も裏にはさまざまな事情があるものだ。

「そうではないですかな？」アランは言った。

「『そう』とは？」船長は言った。

「何事にも裏にはさまざまな事情があるという話です。あらゆることに。船長さんだって、そう思うことはあるでしょう？」

ユーリウスは心配になってアランを見た。あまりしゃべりすぎるのは得策ではないと、ひそかに伝えようとした。船長には、まだこっちを海に投げ落とす手は残っているのだ。

「ということは、あんた達はインドネシア人なのか」船長が信じられないというように言った。

「いや、スウェーデン人です」アランが言った。「すてきな国だ。船長さん、行ったことは？　ない？　ああ、それはぜひ一度考えてみたらよろしい。冬には雪、夏には白夜。人間も最高。まあ、一般的にはですが。もちろん、わたしたちの国にだって関わり合いになりたくない連中もいるにはいます。こっちに来る前、わたしが暮らしていた老人ホームにも、おそろしく意地の悪い所長がいました。こっちって、バリ島のことですよ、もちろん。所長のことは思い出すだけでぞっとするな。わたしの話、わかってくれるでしょう？」

船長はテーブルの向こうにすわる老人が自分に質問を返してくるのが気に食わなかった。警戒を怠ると主導権を握られかねない。

「最初のところから片付けよう」

船長は、アランとユーリウスの氏名、国籍、職業を書き留めた。職業は、実質的に無職。自らの意志で海を漂流していたわけではない。いったんふたりの話を信じることにすると、しだいに自分も人生のこの章をなんとか生き延びられると信じられるようになってきた。

ノックの音で尋問が中断された。ドアの外から、任務を課せられ仕方なくやってきたのか、船員が怯《おび》え切った声で、お客に夕食を出す時間は取りますかと尋ねてきた。船長はそれが適切だと考えた。15分か20分後ならばちょうどいい。

「やっぱり酒は禁止なんでしょうね」アランは船員が去ったあとで念を押した。

船長は、そのとおりだと念を押し返した。ここでの食事には水かお茶がつく。

「お茶」アランは言った。「確認ですが、本当にわたしたちを途中どこかで船から降ろすことは考えていない？」

「そんなことをしたら、荷物もわたしの命もたいへんな危険に晒される。おかしな真似さえしなければ、あんた達はわれわれといっしょに朝鮮民主主義人民共和国へ行くことになる」

「おかしな真似さえしなければ？」

「そうだ。われわれの最高指導者様がもっとも適した方法でもてなして下さる」

「少し前に、自分のお兄さんにしたのと同じ方法で？」アランが尋ねた。

ユーリウスは心の中でアランを罵倒した。このじいさんには自制心というものがないのか？　まさかサメの餌《えさ》になりたいって言うのか？

パク船長はアランのように黒いタブレットを持っていなかったかもしれないが、海上にいる時に限っては世界各地のニュースを知る手段があった。海外メディアの攻撃的な論調は知っていたので、怒りを隠さずに答えた。ミスター・カールソンは明らかに資本主義的プロパガンダに騙されている。

「朝鮮には、身内や外国からの客を殺す指導者などいない」

その1秒、ユーリウスは無駄な希望に歓喜した。それを101歳があっけなく打ち砕く。1秒経過したところでアランはこう言ったのだ。「いやあ、どうかな。わたしが今ここにこうしていられるのは、何年か前に金日成《キム・イルソン》に銃殺されかけた時、毛沢東に助けられたからですよ。まさに最後の瞬間、毛が考えなおしてくれたおかげです」

パク船長は耳を疑った。今、なんと言った？　いろいろなことがおかしすぎる。ヨーロッパの白色人種ごときがわが国の永遠の主席を侮辱しているうえに、そもそも主席様は23年も前に永遠の存在となられている。

「何年か前？」どうにか頭の中が整理されるのを待って、パク船長は言った。

「ああ、時間がたつのは早いなあ。あれは1954年のことだったか。スターリンが調子に乗っていたころです。それとも53年だったかな？」

「ミスター・カールソン……、わが国の永遠の主席に会ったことがあると？」

「ええ、会いました。怒りっぽい息子のほうにも。しかし、もちろんふたりともあれから長い航海に出てしまった――人は年を取ると誰しも健康になっていくわけではありませんからね。わたしはそうですが。まあ、記憶力は別として。それと耳も。それから膝も。ほかにもあちこちあるけど、どこだったかな――ほら、やっぱり記憶力がこれだもの」

パク船長は悟った。自分の命の危機はまったく去ってなどいない。まず目の前にいるこの男が、直接こちらの健康を害する恐れがある。さらに、永遠の主席をどんな形であれ貶《けな》す可能性がある人間を平壌《ピョンヤン》に連れて行ったりしたら、当然考えられることは、自分の今後にはあの件……資本主義者どもが主張している最高指導者の実兄の件と同じことが起こる可能性がある。

だが、永遠の主席と面談した人間を、その孫に確認もせず殺すのは……。

究極の選択か？　パク船長はどうするべきかを慎重に検討した。

ユーリウスはまだ自分に意識があることに驚いていた。アランのやつ、これがどれほど危険な賭けかわかってるのか？　それともついに耄碌《もうろく》した？　どっちにしろ101歳のじいさんのしゃべりは、船から追い出すぞという船長の脅し文句をかつてないほどの時事問題にしている。

どうしたらこの状況を改善できるか考えていたはずが、ユーリウスは気づくと口走っていた。「ここにいるアランは、あんたたち民主主義人民共和国さんの自由に対する偉大なる擁護者だ。それに核兵器の専門家でもある。そうだよな、アラン？」

パク船長の呼吸が数秒止まった。首にかけた金庫の鍵を確認しようと、無意識に右手がそこに触れた。核兵器の専門家だって？

アランも船長と同じことを思った。核兵器の専門家だって？　テーブルの向かいにすわる疑り深い禁酒主義者をからかってやるつもりが、ちょっとばかりやりすぎたかもしれないと考えていたところだった。こうなったら親友が始めたこのはったりに乗るのが、最善ではないか。「ユーリウス、ご親切にどうも。そう、わたしたちはほぼおおむね本物の専門家といえるだろう。ただしそれぞれ別の分野でね。わたしの専門は、古き良き時代、われわれが原子爆弾と呼んでいたものを急ごしらえすることだった。それと同じくらい、ヤギの乳でウオツカを造るのも得意だ。しかし、ウオツカがこの船ではまったく点数を稼げないことは承知している。どちらにしろ、この船にヤギは乗っていない」

アランは、核兵器が話題にのぼるたび、船長が首のあたりでなにかを探るように手を動かしているのに気づいた。もちろん、単なる偶然かもしれないが、それが船長の顔に浮かぶ苦悶の表情の理由を語っている可能性もある。

アランは、北朝鮮の核開発に関する記事を目にしていた。そうだ、ほんの数日前、金正恩《キム・ジョンウン》が日本海を飛び越すミサイルを発射して、世界中の怒りを買っていた。このニュースに触発され、元ダイナマイト職人はこの分野の最新情報を収集することにした。黒いタブレットのおかげだ。見るべきところを知っていれば、文字どおりなんでも読むことができる。

そこでわかったのだが、アランが理由《わけ》あってこの問題に深く関わっていた70年あまり前からこのかた、核開発の最前線ではじつに多くの変化が起きていた。しかし北朝鮮は、明らかにこの分野でトップを走ってはいないようだ。むしろ「初心者」と言ってよい。各国の専門家は、北朝鮮のプルトニウム工場では未だ目的に適《かな》う成果をあげられてはいないとの見解を示している。

アランは考えた。船長にこの話をして、反応を見るべきだろうか？　念のため、安全策を取っておいたうえで？　アランとユーリウスの選択肢は――そもそも選択肢があったかどうかもあやしいが――船を降りる場所がインドネシアか北朝鮮かではなくなっていた。北朝鮮で降りるか船の手すりから投げ落とされるか。だったら北朝鮮だ。「先ほども言ったとおり、核兵器とわたしはたいへんに仲がいい。だがあなた方は、あまりうまくいっていないらしい」

パク船長の手が、間をおかず首の近くを探る。

アランは続けた。「最初の発射実験のお粗末さから判断するに、どうやら貴国はプルトニウム生産のなんたるかを理解しきれていないか、深刻なウラン不足かのどちらかではないかな。あるいは両方。ウランの話でいうと、ひとつには、おそらくどうやって最大化したらいいかわからない。核兵器開発のど素人は、だいたいみんなそうだ。そりゃあ笑いものになっても仕方ない」

「誰がわれわれを笑いものにしているって？」船長が抗議の声を上げた。

「逆に誰がしていない？」アランが応じ、ユーリウスはひそかにこれで終わりにしてくれと祈った。

しかしアランは勝利の香りを嗅ぎ取っていた。船長が抗議しているのは話の本質の部分ではない。「笑いもの」という言葉につっかかってきただけだ。思っていた以上に正確に核心を突いたということか。「ウラン」方向を探るつもりで言ってみた。

これでいい。よけいな言葉はいっさいなし。もう一度。

「ウラン」

鍵を握る船長の指の関節は、真っ白だった。

「なんでさっきからウランの話ばかりしている？」船長の声には、怒りと不安の両方があった。

「自由に使えるプルトニウム工場をふたつも持っていて、あいかわらずおもちゃみたいな爆弾を発射していたら、なにか問題があるんだろうと思うからだ。みずからプルトニウムを作れないとなったら、誰だって慰めて欲しくなる。ご想像のとおり、ウランに」

パク船長はふたたび鍵に手をやろうとして気が付いた。すでに握り締めていた。アランは、そんなに怯えなさんな、と船長に言った。謙遜はいっさいなしで言うが、自分は世界トップの核兵器専門家だ。状況をすっかり理解できたからといって、驚くことなどなにもない。

ユーリウスにはまったく理解できていなかった。なんだ？　アランは読心術でもしているのか？

「状況とは、なんの？」パク船長は答えを恐れながら聞いた。

アランは、船長の船には闇取引のウランがいっぱい積まれているんだろうと口にしかけた。しかしもし違っていたら事態の悪化は避けられない。そこでこう言った。

「すでにわかっている話で時間を無駄にするのはやめておこう。この手の問題は慎重に扱うべきだ。しかし、船長さんには即断していただかなくては。ユーリウスとわたしを平壌へ連行し、あなた方の核兵器製造のお粗末な企てにテコ入れするか、わたしたちを船から海に投げ込みその事実について最高指導者に弁明するかの、どちらか」

パク船長は、ふたりを水深数千メートルの海底に沈めてやりたかった。しかし、こっちの老人にはとんでもない知識がある。おそらくは国の専門家以上に。この頭脳を魚の餌にする行為ははたして愛国的といえるのか？

アランには船長が決めかねているのがわかった。あとひと押しだ。

「今日は船長さんのラッキーデーだったんじゃないかな。ミスター・ラッキー船長だ。ここはやはり、みんなにとって良いことをしてはどうだろう」

そしてわたしは、朝鮮民主主義人民共和国最高指導者に、熱間真空高速加圧処理の技術について、そのコツを余すところなくお伝えしよう。

「熱帯性雨林……？」

「惜しい。ざっくり言うと、4分の1の量でウランの威力を2倍にすることだ。または別の言い方をするなら、同じ量で8倍の威力を出せる。わたしの助けがあれば、あなた方はウラン数キロで日本の半分を空まで吹き飛ばすことができる。とはいえ、お勧めはしない。残り半分の日本人が怒り狂うだろうことは、現時点でわかる。それとアメリカ人たちも。連中もかつて同じことをして、しかもかなり成功を収めたというのに」

「熱帯性……」船長はもう一度繰り返したが、アランがその声を遮った。

「船長、あまり大きな声でしていい話じゃない。たとえ言葉を間違えているにしたって」

船長は静かに椅子にすわったままだった。アランのつぎの指示を待っているのがわかる。

では、船長がまず最初にやらねばならないのは、例のアルコールを禁止する無用な規則を破棄することだ。もしわたしどものシャンパン仲間に加わりたいと言うならそれもよし。もちろん無理には誘わない。万が一、船長室に良さそうな飲み物が隠してあるなら、持ってきてくれてまったくかまわないどころか、シャンパンが寂しくなくなるだろうから大歓迎だ。

「アルコール禁止の規則を破棄？」船長が言った。

「黙って最後まで聞きなさい」

ユーリウスは、自分たちの命運を握る人物をアランが叱りつけたのを聞いて目を閉じた。

アランはかまわず話を続けた。自分はできればユーリウスとは別室で寝たい。この友人は睡眠中に騒音を出す傾向があるからだ。だが、健全なる関係性を保つという利益のためなら我慢しよう。しかしながら、船長は――アルコール問題が片付いたら――最高指導者に連絡を取るべきだ。その際の伝達文は暗号化したほうがいいと、アランは提案した。

「主席の抱える全問題を解決する方法を入手した、朝鮮民主主義人民共和国はかつてないほどに大きく花開く、すべては熱間真空高速加圧処理と自分の機転のおかげだと、言えばいい。北朝鮮の核開発は、考えたこともないほどの高いレベルに達するだろう。ただし、シャンパンの件がうまくいく前提でだが。それとほかの件も」

パク船長はメモを取った。

「熱間、真空、高速、加圧、処理」アランが言った。「熱間真空高速加圧処理1200は、60から80GDM、アメリカの生産量を上回れる。そしてそれは、ロシアの能力の2倍だ」

「GDM」パク船長がペンを走らせながら言った。

「2倍だ、船長さん。きみには理解できるかなあ」

いいや、船長には無理だった。ユーリウスにも。アランにさえも。ということが、その後ふたたび友人ふたりの水入らずとなった時に明らかにされた。

「もしかしたら、必要以上にでっちあげてしまったかもしれないな」アランは言った。

「え？　どのあたりが？」とユーリウス。

「全部かな」

＊＊＊

パク船長は、ふたりの船室を出る時にはなにも約束しなかった。「話を進める」と言うに留めた。

船長の心はすでにある程度決まっていた。自分の未来はあいかわらず破滅の可能性を秘めている。

しかしわが民主主義人民共和国にとっての秘めたる可能性は、その延長線上にいる自分も含めて大きな希望に満ちている。熱間なんとか処理の知識を持つあの老人に危害を加える、あるいは単に機嫌を損ねるだけでも、おそらくはたいへん愚かな判断だといえる。

船長は自分なりの結論は出たと感じた。ともかく、自分にできることがなにかはわかった。すぐにでも最高指導者に送る暗号形式の伝言を考えよう。まずはその前に、配慮しておくべき件があった。


船長が「話を進める」ためアランとユーリウスの船室を出てから10分後、ドアをおそるおそる叩く音がした。見張り役の船員で、パク船長からの挨拶を伝えるとまずはシャンパン、つぎに褐色のキューバ産ラム酒のボトルをふたりに渡した。さらにロシア語で、食事の時にはほかにお飲みになりたいものはありますか、と尋ねた。

「今のところは、これだけあればけっこう。ありがとう」アランは言った。「良かったら、お茶は持っていってくれてかまわない」

船員はおじぎをすると部屋を出ていった。お茶は置いたままだった。数分して、今度は煮込んだ肉と米の食事を持って戻ってきた。

老人ふたりは腹いっぱい食べた。さて問題だ。食べたものを消化するには、なにを飲むべきか。

「まずはラムかな」アランが言った。「シャンパンはデザート向きじゃないかな。お茶は歯磨きに使ったらいい。歯ブラシを持ってきていたら良かったんだがね。ふたりで熱間真空高速加圧処理とGDMについて気のきいた話を考えるのは、明日にとっておくとしよう」

「ふたりで？」ユーリウスが言った。

10 インド洋

「名誉と力」号から届いた暗号文の報告は、たいへんな衝撃をもたらした。金正恩《キム・ジョンウン》みずから報告書を読み、みずから結論を出した。側近に仕事を任せるのに積極的ではない点で、金正恩とワシントンのトランプは似た者同士といえる。違いがあるとしたら、トランプの場合、読むところをとばして結論を出す点だろうか。

船長は存在しない言葉である「熱間真空高速加圧処理」を正しく綴ることに成功していた。また、意味をなさない略語「ＧＤＭ」の文字順も間違えなかった。しかし船長がこの明晰な文書中に記述した国際的専門家アラン・カールソンの国籍は、たまたまスウェーデンではなくスイスになっていた。のちのちのことを考えると、これは幸運だったともいえる。核兵器について話し合いを持ちたいスウェーデンの外務大臣と、同じ意向を持ったスウェーデンの核兵器専門家がわずか数日のタイミングでいあわせたとなると、陰謀論者たちの脳には負担が過ぎる。

すべて物事は、起こりうる可能性がある範囲内で起こった。そして金正恩には先々の算段があった。「名誉と力」号は数日以内に平壌《ピョンヤン》の港に到着する。そういうことなら……金正恩は自分に問いかけた。そして同意した。情報戦争も戦争だ。国連とスイス人の力を借りて、わが民主主義人民共和国は数日以内にこの分野において非常に重要な地位を得ることになる。

最高指導者はドアの外にいる秘書を呼ぶと簡潔に命令した。「スウェーデン大使を呼べ」

「承知いたしました、最高指導者様。いつでしょうか、最高指導者様」

「今すぐだ」

＊＊＊

「最高指導者様がわたしと話し合いたいとうかがいましたが？」1時間後、気づくとふたたび金正恩の執務室にいたローベンシェーナ大使が言った。

「話し合いたいのではない。わたしが話をする」金正恩が言った。「国連安全保障理事会との非公式会談に応じることにした。もう一度聞くが、わが国への訪問を希望している人物は、なんという名前だったか」

「外務大臣のマルゴット・ヴァルストロームです」ローベンシェーナ大使は答えた。

「そうだった。その者をここに呼べ。今すぐに」

ローベンシェーナ大使は、了承の意を示すため、頷いた。

「では、これにて失礼いたします」と、この24時間で2度目の挨拶をした。

そして今一度、大使は最高指導者の巨大な執務室をあとにした。思うことは多々あれど、自分だけの心に留めておいた。

11 タンザニア

アメリカ人の同僚と違って、宇宙はドイツ人の得意分野ではない。しかし地上は得意だ。とりわけアフリカ大陸。アメリカの中央情報局《CIA》に相当するドイツの諜報機関である連邦情報局《BND》は、世界中に配置している存在しない支部のひとつをタンザニアのダルエスサラーム中心部にある理容店内に置いていた。支部を率いるのは自己陶酔型で性格は悪いが有能な男性諜報員。助手として、従順で陰鬱で能力はやや勝る女性諜報員が勤務していた。

数か月にわたってコンゴにある研究所の胡散《うさん》臭い実験助手と共謀し、さらに誰もが自分ではない何者かを演じる環境で慎重に人脈を構築したことによって集めた情報から、連邦情報局は、ごく少量の濃縮ウランがコンゴからタンザニアを経由して南方へ流出する明確な兆候を掴むに至った。

しかし不幸にも、目前には祝日と休暇の週が迫っていた。傲慢な諜報員Aにとって多々ある案件のうち最重要問題は、世界を救うことではなく、クリスマスから新年にかけてドイツに帰国し家族といわれるなにものかを救出することだった。

従順な諜報員Bは、甘んじて仕事の休暇と年末年始の祝日をダルエスサラームの理容店内でひとり過ごすことにした。帰る家もなければ家族もいないから。レーデルハイムに残してきたパートナーは、若くて歯並びの良い女に乗り換えてしまった。

休暇が終わると、彼らはふたたび来る日も来る日も、週が変わっても、慎重にパズルのピースを埋める仕事に戻った。荷物はすでにコンゴを出て、モザンビーク国内へと運ばれていた。これは大きな懸念を生じさせた。モザンビークの国家元首が元解放運動の戦士でマルクス・レーニン主義者で平壌《ピョンヤン》の金正恩《キム・ジョンウン》の仲間だからだ。

　尊大な上司と従順な部下は目標に近づきつつあった。ウランが釣り船でアフリカ東海域の島国マダガスカルに運ばれたのは明らかだった。旧ソビエト連邦と密接な繋がりがあった国だ。

　そして荷物の形跡はマダガスカルで途絶えた。新たな情報もあがってこない。

　諜報員Aは上司として諜報員Bが現状を解明すべきと判断し、従順なBは命令に従った。短時間の分析を経て諜報員Bが上司に報告したところによると、問題のウランについては3通りのシナリオがあると考えられた。もっとも考えにくいのは未だマダガスカル国内にある可能性。あとのふたつが、飛行機または船で運び出された可能性だ。マダガスカル発着の飛行機は必然的に国際線となる。その場合、数キロを超すウランを含む手荷物の持ち込みは即発覚を意味する。とすると残るは船、つまりマダガスカルに運び込まれた時と同じ方法である。合理的に考えて、再梱包して別の漁船に積みなおし同じ航路を戻った可能性は低い。

　従順な女諜報員は、ウランはすでにマダガスカルから船により運び出されていると結論づけた。ただし小型船ではなく遠洋航行が可能な大型船。針路はインド洋もしくは大西洋。

　尊大な上司は頷いて同意し、その推理を自分のものとして経過報告書に記し、ベルリンに送った。従順な部下からの抗議はなかった。

　つづいてふたりは、最近トゥアマシナの港に寄港した、あるいはそこから出航した貨物船をリストアップした。それらしい名前が引っかかってこないと、つぎは問題の期間にマダガスカル近海にいた疑わしい船にまで調査範囲を広げることにした。

その結果を受けて、現在は何隻かの船舶名が並ぶリストに注目している。うち一隻が、北朝鮮のばら積み貨物船である「名誉と力」号だ。

ハバナから平壌へ向かう船。

15日前、マダガスカルのすぐ南方を通過していた。


独米関係は、アンゲラ・メルケル首相の携帯電話をアメリカ人が盗聴していた件が明るみになって以来、最良とはいえない状況だった。本件についてメルケル首相は問題の電話機でオバマ大統領に電話し、この会話もCIAに聞いてもらいたいものだと言ったらしい。

こうした独米間の緊張関係に加え、本人の性格上の特性もあって、ドイツ連邦情報局中央アフリカ支部長の男が、アメリカの同業者に北朝鮮船「名誉と力」号の正確な航路と速度を特定する協力を求める際には、苦もなく嘘が口から出てきた。そうだ、もちろん、現在地がどこかも頼む。

CIAは、ブラジルのフォルクスワーゲン車製造業者に対する産業スパイ活動に関連する調査だと聞いて、文句を言ったり出し惜しみしたりせず手元の情報を提供した。首相の電話にまつわる不始末のせいで、当分の間はドイツに借りができてしまったためでもある。

問題の北朝鮮船は、最適航路よりややマダガスカルの南部寄りを通過していた。CIAの衛星レポートから計算されたさまざまなタイムスタンプによると、その周辺で速度がやや下がった形跡も認められる。

これによりドイツ諜報機関は、近日中に北朝鮮にウランが運び込まれ、ドイツと広く世界が糾弾してきた核兵器開発に使用される恐れがあると結論づけるに至った。

早急に対処する必要がある！

いや、もうその必要はない。先ほどそれが判明した。

「名誉と力」号は、２時間ほど前に北朝鮮領海に入り、その日のうちに南浦港《ナムポ》に到着する予定だった。

12 北朝鮮

ウランかプルトニウムか？　プルトニウムかウランか？　金正恩《キム・ジョンウン》が望んだのはプルトニウムだった。そして、もしロシアが遠心力方面での約束を守っていたら、あるいは平壌《ピョンヤン》の原子力研究所所長と寧辺《ヨンビョン》核施設のプルトニウム工場にいる同僚が北半球で一、二を争う間抜けでさえなかったら、望んだとおりの答えが得られたはずだった。間抜けどもがやったことと言えば、さんざん国家予算を浪費して、アメリカと半島近辺に散らばる操り人形どもに若干の懸念を与えただけで、真の威力を示すには到底及ばない程度のことだった。

そこで最高指導者はまず、首都北部のプルトニウム工場の研究室長を処分した。理由は無能、つまり反逆罪だ。当然これは、最高指導者が下すあらゆる判断同様に、正しい判断とされた。しかし実際には、処分された男に代わる新たな室長もけっきょくは同罪を免れないため、なんの解決にもならない。そして平壌にいるもうひとりの男は、なんらかの理由でつねに怯え、背中を壁に沿わせてこそこそ歩き回っている。

ここからはひとりですべてをやる。最高指導者は自由市場で濃縮ウランを注文した。手始めに３、

4キロ。ロシアが仲介した提供者にまずその力量を証明してもらわねばならない。この密輸ルートはなんらかの有効な実験結果が得られるまで用いることになるだろう。入手のためにかかるコストは1億ドルはくだるまい。悪魔がみずから抱える荷物を試すだけのために。

ウラン数キロでは、いや、たとえ0・5トンでも、大規模戦争に勝利するにはほど遠いことはわかっている。だがそもそも、それは目的ではない。金正恩は韓国や日本を攻撃すれば、すべてを破壊することになりかねないと認識している。ましてやアメリカ本土、それどころかグアムに到達するだけで、さらに大ごとになることも。

同時に4キロでは（0・5トンならともかく）、真の目的を果たすには少々足りないのも事実だ。自分たちの力を示し、ワシントンの犬どもに連中がこれまでイラクやアフガニスタンやリビアで使ったのと同じ手を使う考えを捨てさせる目的。やられてもやり返さなかった国が叩き潰されるのは、歴史が証明している。軍事力の望ましい副作用とは、ない時よりも物騒な物言いができるようになる点だ。そしてそれが、国民の戦意を新たな次元に引き上げることにもなる。この方法を通じて、最高指導者はさらに最高の指導者になっていくのだ。

金正恩は自分自身と父と祖父のことしか信じていないし、北朝鮮では広く宗教は禁じられている。それでも、目的達成のためにこの地球上で自分が誰より必要としている人物が、数日前、籠に乗って海を漂っているところを発見されたとあっては、なにか高次の力が働いたのではないかと思いそうになる。しかも拾ったのは、ウランを試験的に運ぶ帰国途上の船だったのだ。もちろん、すべては男が自称するとおりの人物だったらの話だ。詳細は追ってしっかり確認しなければならない。

ともかく、男は拾われた。そして船長はみずから考える力を示した。その点は勲章に値する。そして国家保衛省長官による厳しい精査を必要とする。みずから考える力について。そこからクーデターへと続く道は、簡単に転がり落ちていける坂のようなものだ。

窓口さえあれば、ウランはいくらでも手に入る。現在、彼らにはその窓口があった。金正恩にとってとりわけ愉快なのは、コンゴにあるウランの主な提供者の工場がもとはアメリカ人によって建てられた事実だった。

むろん夢は水素爆弾だが、それにはまずプルトニウム生産ラインが機能していなければならない（繰り返しになるが無能どもはまだ生産に成功していない）。さらに、重水素核と三重水素核を融合させてヘリウム核と……なにかが同時に生成される、まったく他とは違う複雑な……なにかしらが必要になる。最高責任者の頭脳は国家にとってこそ価値あるものゆえ、こうした事柄にかまけてはいられない。代わりに部下である研究者たちが半日で可能にするべきである。

水素爆弾の利点は、一度の爆発で日本と韓国を同時に地図上から消し去ることができるところだ。欠点は、その30秒後に朝鮮民主主義人民共和国も存在しなくなるところ。とはいえ、邪悪な米日韓3国が金正恩にはその認識がないと思い込んでいる限り、戦略的機能は十分に果たせる。あとは実際に作るだけだ。

水素爆弾はまだ少し待とう。プルトニウム工場も引き続き成功できずにいればいい。今はウランがわが国に向かっているのだ。おそらくは、最良の利用法を知る男とともに。

あとは世界に向けて、この事実を知らせるのみ。

金正恩《キム・ジョンウン》は過ちを犯すことなどないので、当然のことながら「名誉と力」号船長から暗号文の報告を受け取ったあとも若さに駆られて慌てたりはしなかった。内容は、核開発において目下の懸案事項を解決する101歳老人の件と、船がもうじき平壌《ピョンヤン》の南約60キロにある南浦《ナムポ》港に到着する知らせだった。

金正恩は夕方のお茶を飲みながら、しばし考えこんだ。そのカールソンとかいうスイス人が、もし自称しているだけでなく、本当に言っているとおりの人物であり能力があるとしたらどうなる？「名誉と力」号の船長から最高指導者宛てに届いたより詳細な第2報によると、カールソンはプルトニウム生産に関してわが国が目下抱える苦難について、驚くべき洞察力を示しているようだ。これはもちろん、判断材料のひとつとなる。もうひとつはその男がスイス人であるという事実だ。最高指導者は幼いころスイスに滞在し学校にも通った。スイス人についてなら一家言ある。連中は、多数の人間の例にもれず憎むべき資本主義者で、しかも大多数の人間以上にそうである。おまけに自分たちの忌《い》ま忌《い》ましいスイスフランを崇《あが》め奉る。まるで北朝鮮ウォンにはないものがあるかのように。

加えていつでも時間に正確で、脳にはスイス製時計が埋め込まれているのではないかと思うほどだ。そしてどんな仕事でも成功させる。率直に考えて、スイス人核兵器専門家が詐欺師のわけはない。そうではないか？

それでもスイス人の入国を許す前に、念には念を入れて確認する必要があるだろう。

熟考の末、金正恩は寧辺《ヨンビョン》にあるプルトニウム工場の研究室長に連絡を取った。先だって姿を消した前任者のあとを引き継いだばかりの男である。現時点ではまだ工場の欠点に責任を負ってはいないが、それも時間の問題である。今、彼に課せられたのは、件のスイス人が北朝鮮に足を踏み入れると同時に面談を行い、本人が主張するとおりの人物で、かつそうあるべき人物であると判明するまでは、けっして最高指導者に近づかせない任務だった。

＊＊＊

アランとユーリウスは南浦港に上陸するや、軍服姿ではない中年の男のもとへ連行された。男の周囲を緊張した若い兵士６人が取り囲んでいる。

「カールソンさんとヨンソンさんですね？」男が英語で話しかけてきた。

「そのとおり」アランは返した。「わたしはカールソンです。あなたは？　われわれは最高指導者にお会いして有益な助言をさせていただくことになっております。見たところ、あなたは彼ではない。その場合は、彼はあなたではないということになるでしょうな？」

男は自分の任務に集中するあまり、アランの講釈にも気を逸らされたりしなかった。

「いかにも、わたしは最高指導者ではありません。わが国の某開発施設の研究室長です。わたしの名前は伏せておきましょう。すわって静かに話ができる場所を用意しました。話がしかるべき方向へ進んだら、そののちに最高指導者があなた方とお会いになります。今はともかく時間を無駄にできる状況ではない。では、まいりましょう」

研究室長は答えを待たずに港湾事務所に向かって歩き出した。兵士６人はアランとユーリウスの周りを囲んで、ふたりが間違いなく室長のあとをついて行くよう促す。

3人は港湾事務所の会議室に落ち着いた。最高指導者の側近からの要請で事務所が喜んで用意した部屋だ。兵士6人は外に残された。

「では始めます。まずはあなたからだ、カールソンさん。核兵器専門家を名乗り、わが国に助言をする用意があるとのこと。われわれの利益にどのように関与するつもりか、いかなる貢献ができると考えているか、より具体的にいくつか質問します。率直に言うと、詐欺師かどうか確認するのがわたしの任務です」

詐欺師？　アランは思った。必要に迫られて自分について作り話をしたからと言って、詐欺師のわけがないではないか。「いや、わたしは詐欺師ではありません」と嘘をつく。「ただの年寄りです。それと旅好き。少々空腹で喉も渇いている。自分では、それ以上のなにかでもあると、思っております。ああ、ここにいるユーリウスはアスパラガス農家です。主に、グリーンアスパラガス」

ここに至るまでユーリウスはひと言も発していなかった。なにを言えようか。用心深く頷き、ここではないどこかにいたかったものだと心の底から思っていた。「アスパラガス」とユーリウスは言った。「グリーンです。お聞きになったとおり」

研究室長はユーリウスに興味を示さなかった。机に身を乗り出しアランの目をじっと見つめて言った。「あなたが真実を話す人物とわかって嬉しいですよ。ここで思い出していただきたいのは、このわたしも核の専門家だということです。アスパラガスがどうしたとかいう無意味な無駄話は、なんの役にも立たない。わたしの質問に答える準備はよろしいですかな？　まず、われらが民主主義人民共和国を助けたいと思った動機について」

ユーリウスは、今いる国にふさわしく神はいっさい信じていない。その神に今は必死に祈った。どうかアランが調子に乗りすぎませんように。

「率直に言わせていただくと、室長さんはそれほど優れた核兵器専門家ではないようだ。優秀なら、なにもわざわざわたしの助言を必要とはしないはずですから。勤務先の『開発施設』とはプルトニウム工場のことでしょう？　首都の北部にある？　まあ、どこだっていい。どうせ測定可能量の兵器級プルトニウムも取り出せていないんだから」

室長はほんの数秒で会話の主導権を失った。アランは続ける。「だが、そんなにうろたえることでもない。なにせプルトニウム絡みのこの仕事はじつに難しい。わたしが思うに、あなた方はウランに方向転換するのがいい。そして、おそらくはすでにご自分たちでその認識を持つに至っている、そうではないですかな」

有能な詐欺師は、周囲を圧倒する自信を放射する。室長は、最初に抱いていた確信をもはやほとんど持てなくなっていた。「いいから、こちらの質問に答えていただきたい」平静を装って言う。

「喜んでそうしましょう」アランは応じた。「しかし、いかんせん年を取りすぎて、実を言いますと質問がなんだったか思い出せない」

室長もあやうく同じことになりそうだったが、必死で脳を働かせて質問を繰り返した。

なぜ彼らを助けることを望むのかという質問に対するアランの答えは、まったくそんなつもりはないというのが真実だ。しかしながら、2度目の北朝鮮訪問を生き延びる方針を反古《ほご》にする気もない。その点を考慮すれば、若干表現を調整するのが最善だろう。「それは、あたりをよく見てさえ下さればわかるはずです」アランはそう言って、港湾事務所の窓の外を指さした。

見えるのは寂れた工業地帯。荒れ果てた倉庫の左には枯れたカエデの木が1本立っていた。本当ならこの光景に唯一見られる緑だったはずだ。

「あなたたちの美しい民主主義的な人民共和国を打ち負かすのは忍びない。豊かな自然。献身的な国民。かつてないほど残酷な世界に対する厳しい戦い。誰かが平和と愛の側の味方をせねばなるまい。数日前、あなた方の国はわたしと友人のユーリウスの命を救ってくれました。そのご恩に報いるため、せめてできる限りのことをしようというわけです。われわれになにができるかは、すべてあなた方次第。もしアスパラガス生産を最効率化する助言をお望みなら、ユーリウス以上の適任はいません。あるいはたまたま、そのへんに転がしたままの濃縮ウランかなにかを最大限利用することを優先したいのであれば、このわたしがお役に立てます」

時により、人間の心は聞きたいことを聞き、信じたいことを信じるように機能する。室長は祖国の真実をとらえた描写にすこぶる満足して頷くと、民主主義人民共和国はヨンソンではなくカールソンの力を主に利用する意向であることも伝えた。ただ、もう少し具体的には？　報告書によると、カールソンさんは熱間真空高速加圧処理の専門家だとか？　室長がどれほど調べても、その単語が存在する確証を得られなかった。どのような技術かについては、さらに情報がない。

ユーリウスはふたたび神に祈った。

アランが答える。「アメリカのロスアラモスにいた比較的若かったころのことを思い出します。アメリカ人は昼夜必死で核兵器製造に没頭していた。そこへわたしが進み出て、連中になにをすべきか教えたのです。しかし、あれについて、インターネットではいっさい見つけられなかったと？」

そのとおり。室長は、いっさい見つけられなかったと認めざるを得なかった。そしてその理由が、インターネットがその40年後に発明されたからというだけではないことは理解している。

「熱間真空高速加圧処理は、ジュネーブ郊外の極秘研究所で、このわたしが発明したのです。ただ、たった今言及してしまったので、現在はそれほど極秘ではありません。室長さん、あなたもおわかりだろうが、そのグレードの濃縮ウランの臨界質量は25キログラム――厳密には25・2――だ。わたしの加圧処理では、中性子が長時間保持されることで、さらに少量の主要同位体で強力な核分裂連鎖反応が発生し、爆破エネルギーを得て、破壊すべき目標を破壊するに至る。これはとりわけ、数トンもの重量の爆弾を運ぶより、ミサイルに核弾頭を搭載する方法を望む場合にうってつけだ」

アランは25・2という数字をどこかで読んだことがあった。自分にもそれっぽく聞こえるくらい自信たっぷりに言えば、室長にも同じくらいそれっぽく聞こえるだろうと思った。

「さらに詳しく言えば？」室長がさらに粘る。

「さらに詳しく？　いったい何週間余裕があるんです？　どうやら最高指導者は待つことを苦とされないらしい。ならば自分自身とここにいるアスパラガス農家の友人のために言いますが、こんなことが続くなら、まずは食事と休むためのベッドをご用意いただきたい。ああ、ベッドはできればふたつお願いしますよ。ユーリウスとわたしは良い友人同士だが、寝るのは別々が望ましい。腹を満たしゆっくり休んだら、喜んで、それはもう心からの熱意を持って、あなた方が知りたいことをお話ししましょう。どうですか、研究室長さん？」

この101歳はしゃべりの才能がある。室長はアランの疑念は当然だと思った。最高指導者は1週間も2週間も待ちたいわけがない。1時間ですら、絶対に。決断せねばならない、しかもすぐに。室長はふたりのスイス人に対し、必要があれば食事と寝る場所、ではなく頭の後ろに銃弾を供給する許可を与えられていた。しかし同時に、もし国家にとって最大の利益となりそうであれば、入国を許可するようにも命じられている。

さあ、どうする？　この年寄りがおしゃべり人間であることは間違いない。そして、ウランの臨界質量を正確に、しかも小数点以下までもきっちり答えることができた。この状況にまったく動じていないようにも見える。

研究室長は煙草を手に取るとライターを探してあたりを見回した。ユーリウスはポケットからバリのホテル支配人のライターを探り当てると、室長に差し出した。室長は礼を言うと火をつけ、深く吸い込んだ。

もう一度深く煙草を吸い込んで、室長は迅速な決断を下した。迅速という言葉が大事なのだ。最高指導者は国連特使を招聘《しょうへい》する意志を示し、特使とこのスイス人を引き合わせたいと考えている。特使がそろそろ到着するころだと考えると、決断する以外の時間は残されていない。

「あなたのその加圧処理については、かならず全工程通して確認させてもらう」室長は言った。「そこは誤解なきよう。だがまずは、あなた方を最高指導者の元へ送るうかがいを立てる」

室長はライターを見つけられなかった自分に腹を立てたが、自信たっぷりに話せたことには満足していた。本心よりもずっと自信ありげに聞こえたはずだ。おそらく今後の人生でも、これ以上にできることはないかもしれない。

室長は緊張して待機していた6人の兵士を招集すると、外国の客人を送迎車まで案内させた。

アランとユーリウスは朝鮮半島の地で第1位の生命の危機に関わる巡り合わせを無事に切り抜けて、

いまだ健やかな身体を保っていた。五体満足すべて無事。今ふたりはそれぞれ隣を北朝鮮軍兵士に固められて、ロシア車の２００４年式ＧＡＺ-３１１１の後部座席にすわっている。ＧＡＺ社のロシア人がその年に生産を断念するまで製造していた９車種の試作品のひとつで、北朝鮮にそのポンコツを送りつけたあとでクライスラーと契約を締結した。

「こんにちは、わたしの名前はアランだ」アランは兵士に向かってロシア語で言った。返事はなかった。前の座席にいるふたりの兵士にも同じ挨拶をしてみたが、同じく沈黙が返ってきただけだった。アランはユーリウスを見て、最高指導者はもっとおしゃべり好きだと良いのだがと言った。さもないと、ずいぶん退屈な午後になってしまう。

ユーリウスは答えなかったが、現在自分たちが置かれているこの状況で「退屈」という言葉を使える人間は、常識のかなりの部分を欠いているに違いないと思った。ユーリウスが今していることは、１０１歳の完全なる楽観主義者の手に自分の命を預ける挑戦だった。深く呼吸をし、頭のなかで９９９から数字を逆に数えていく。こうすると多少気が紛れると、これまでの経験から学んでいた。

アランは空気の変化から、ユーリウスの心になにかが重くのしかかっていることに気づいた。なにかはっきりとはわからない。ユーリウスが自己救済の数を２００まで遡《さかのぼ》ったあたりで、アランは黒いタブレットからなにかわくわくするニュースを読んであげたら少しは元気になれるかい、と尋ねた。

１８７、１８６……ああ、なんでそんなことを聞くんだ。ユーリウスは数えるのを中断して目を開けた。「くそったれめ！」と声を上げる。「用心してなきゃ自分たちがもうすぐニュースになるかもしれないんだぞ。あんたは、せいぜい自分のくそったれ熱帯性雨林加圧に集中しててくれよ。10分もすれば、俺たちの命を預かる人間にその話をする必要があるんだからさ。１秒くらいそのむかつくタブレットを下に置いて、もっと役に立つことを考えたりできないのかよ？」

アランはじっとユーリウスを見ていた。そしてほんの少し視線を左にずらして窓の外を見る。

「『10分もすれば』の部分は間違いだな。もう着いたらしいぞ」

＊＊＊

アランとユーリウスは聖なる場所でももっとも聖なる場所、最高指導者の執務室へと案内された。面積は300平方メートル、天井までの高さは16メートル。部屋の奥にはオーク材のデスクがあり、上にブリーフケース、インターカム、羽根ペン、書類何枚かが置かれている。壁には永遠なる主席の絵が4枚飾られているが、現職の最高指導者その人は席にいない。案内の者があわてて部屋を出て二重扉を閉めると、老人たちはしばし部屋にふたりきりで残された。

「部屋のなかで凧あげができるな。窓から向かい風が吹いてきさえすればだが」アランが言った。

「熱気球だっていけそうだ」

「熱帯性雨林加圧のことを考えてろ」ユーリウスは言った。「聞いてるか？　熱帯性雨林加圧」

存在しないものについて考えるのは難しい。しかしそんなことを言って、ユーリウスを苦しめたくはない。友は今でも十分に不安定のように見える。

その時、デスクの奥の小さなドアが開いた。ホルスターに銃を携帯した兵士がひとり入ってきて警護に立つ。後ろから、最高指導者がその姿を現した。ずいぶんチビなんだなと、アランは思った。

「おすわり下さい」金正恩はデスクを挟んだ向かい側に置かれた2脚の椅子を指し、自分も腰を下ろした。

「ありがとうございます、最高指導者様」ユーリウスはそわそわと、こびへつらって答えた。

「そうしましょう」アランは言った。「おいしい飲み物でもあれば打ち解けやすくなるんでしょうが、なにかないですかな？　手間がかかるなら、食べ物は我慢するけれども」

金正恩のほうは打ち解ける必要は感じていなかった。それでも、机上の70年代ソ連製インターカムを使ってお茶を持ってくるよう命じた。命令されたお茶は1分後に届いた。持ってきた北朝鮮の兵士は、姿勢を正してお盆をまっすぐ持とうとするのに、かなり苦労していた。朝鮮語だったが、どうやら遅れたことを詫びているようだった。

最高指導者は兵士を追い払い、自分のカップを客人に向けて掲げた。

「長く実のある相互協力に乾杯。あるいはそうはならないことに」

アランは飲むふりをした。ユーリウスは飲んで、最高指導者の乾杯の言葉はどういう意味だったのかと心配になった。けれども、クソまずいお茶が腹に染み渡ると、自分の命はこのままアランに預けておこうと覚悟を決めた。１０１歳の老人にはたしかに困った点がいくつかある。しかしこの男がなにに長《た》けているかといえば、生き延びることである。あらためて今大事なのは、転ばぬ先の杖。ユーリウスは、アランにボールを託すベンチメンバーの気分で自分にできることをやろうと思った。

「最高指導者様」ユーリウスは切り出す。「わたしはユーリウス・ヨンソンです。ここにいるわたしの親友にして世界トップレベルの核兵器専門家であるアラン・カールソンの上級助手をしております。ここではわたしからアランにご用件をお伝えいたしましょう」

「いや、それには及ばない」金正恩は笑顔で言った。「これはわたしの会談だ。誰が話すかはわたしが決める。上級助手と言ったが、では下級助手はいったいどこに?」

ユーリウスは、たった今かき集めたはずの対話能力を一瞬で失った。アランが気づいて、すかさず助け舟を出す。

「最高指導者様、上級助手が考えをまとめている間に、このわたしにも重要な話をする権利を認めて下さるようお願いいたします。いや、非常に重要と申し上げておきましょう。もちろん、あなたがどれほどお国の未来を気にかけておられるかにもよりますが」

金正恩は祖国の未来を尋常でなく気にかけていた。それと自分自身の未来とが密接に結びついていることだけが理由ではない。「認めよう」そう言うと、哀れなユーリウスに向けていた注意を少し逸らした。

「それは良かった。まずは、貴国を包囲する悪党どもに対する徹底した戦いぶりを称賛したいと思います。模範的手法という点では、お父上や祖父君のご遺産をさらに輝かしいものとしておられる」

ユーリウスはいまだ口を開ける状態にはなかったが、生き延びるかすかな希望を取り戻しつつあった。アランは正しい道を突き進むモードに入っている!

「なにを知っている?」金正恩は用心するように尋ねた。

真実を言えば、アランは金正恩の仕事ぶりはほとんど知らなかった——黒いタブレットで読んだ、大抵あまり聞こえの良くない話以上のことは。「すべて知っていますとも」とアランは言った。「ですが、ここで貴殿の多大なる業績を褒めたたえようとしたら、貴重なお時間をいくら使っても足りません」

たしかに時間は貴重だ。少なくとも、あまり多くは取れない。例のスウェーデン外相で国連特使も務めるマルゴット・ヴァルストロームが、いつ平壌国際空港に到着してもおかしくないのだ。その瞬間、最高指導者のPR計画は臨界期に突入する。

「なるほど」金正恩は言った。「ではその大事な話をしてもらおう。熱間真空高速加圧処理のことですかな?」

「まさに、そのとおり」アランは答えた。「僭越ながらご提案いたします。わたしと助手は熱間真空高速加圧処理に関する重要な知識を、貴国にすべてお教えいたします。その報酬として、任務が完了したのちには、われわれがヨーロッパの祖国に帰れるようお力添えをいただきたいのです。貴国はたしかにすばらしい国ですが……どんな場所より故郷が一番とは、よく言ったものです」

金正恩は、同じ気持ちだとでもいうように頷いた。その類いの取引なら承認するのになんの問題もない。履行義務を守るつもりがない場合はなおのことだ。この男が年齢に比例して有能ならば、ヨーロッパだろうがどこだろうがその知識とともにうろつき回るのを認めるわけにはいかない。それは永遠にわが民主主義人民共和国のものである。最期まで。

「認めよう」最高指導者は言った。

さらには、カールソンと助手には濃縮ウラン4キロを好きに使ってかまわないし、新たに500キロがこちらに向かっていると明言した。ちなみに、最初の4キロは貴殿らと同じ船で到着した。

「きちんと鉛シールドを施してある」そう言って、机上の茶色いブリーフケースに手を置いた。だが残念なことに、熱間真空高速加圧処理がブリーフケースの中身にどう作用するかを聞く暇はなかった。側近のひとりが部屋にこそこそ入ってきたからだ。最高指導者に何事か耳打ちする。

「わかった」金正恩は言った。「貴殿の加圧処理についてもっと詳しく聞きたいところだが、そろそろここを出なければいけない。これからKCNAに向かう。われわれ3人一緒だ。ああ、失礼、そちらの上級助手には用はないから、このままホテルに送らせよう」

金正恩は立ち上がり、ふたりについてくるよう身振りで示した。

ユーリウスにはどちらがより悪いかわかりかねた。金正恩に同行してしてなにやら謎めいた略語の場所に無理やり連れて行かれるのと、行くのを許可されないのと。

「KCNA?」ユーリウスは不安げにアランにささやいた。「なんのことだ?」

「間違いなく、それであるなにかだ」アランは言った。「願わくば、あのお茶とは違って、飲めるものであってほしいね。少なくとも食べられるもの」

14 北朝鮮

朝鮮にはかつて1274年間にわたって統一王朝が存在していた。以降は坂を転がり落ちるように分裂に向かう。第二世界大戦後、アメリカ人とロシア人は朝鮮人がなにを望んでいるかで同意に至らず、また両国とも朝鮮人の意向を問うことを選択肢としなかった。ロシア人は北で共産主義者に、アメリカ人は南で反共産主義者に権力を与えた。北側は朝鮮全土における権利をわがものと考え、南側も反対の立場で同じことを考えた。

これが歴史書で朝鮮戦争と呼ばれる大惨事を引き起こすことになる。もちろん朝鮮半島で起こった戦争はそれが最初ではないが、人間の記憶は長くは持たない。

200万人もの朝鮮人（と補助兵の外国人）が戦闘で亡くなったところで、もう十分だという話になった。地面のある地点を示して線を引き（戦前からあった線と同じ）、今後新たな通知があるまでは互いに自分たちの側に留まることを決めた。

北側の共産主義者は「主体思想《チュチェ》」を発明し、政治的イデオロギーとした。一方南の対立相手は賢明さを見せてみずから築き上げた独裁体制に馬鹿正直な名前をつけることはしなかった。

そして年月が過ぎた。よくあることだが、南北両側ともに国家指導者は代替わりしていた。南側の独裁体制は徐々に権威を失い、北側では主体思想の成功が広範囲に渡りすぎて人民が飢え始めた。

自分のことしか信じない人間は他人を容易に疑う。境界線の南側でアメリカ軍に戦術核兵器の配備が認められると、北側の人間はその事実を完全に曲解した。少なくとも軍縮の観点からは。

同じころスウェーデンのヨーテボリ郊外にある自動車メーカーのボルボでは、平壌《ピョンヤン》にピカピカの新車1000台を配送して祝賀ムードに沸いていた。お祝い気分は時期尚早だったことがのちに判明する。北朝鮮が優先事項を変更したからだ。すでに所有する自動車の支払いより、新たな核兵器実験場の建設を選んだのである。今日に至るまでボルボは1ウォンの弁済も受けていない。

問題は多々あったが、境界線をまたいだ話し合いは何度か持たれた。解決に至る可能性も十分にあった。そう、おそらくは。今世紀に入って最初の何年かは、実際に明るい兆しも見られた。

しかし、ここで再び持ち上がるのが指導者の入れ替わりの問題だ。2017年、境界線の北側と、それ以外の世界の大部分との間の緊張はかつてないほどに高まった。一連の交替劇で最後に登場し未だ退場していないのが、金正恩《キム・ジョンウン》とドナルド・J・トランプのふたりである。その板挟みになっているのがスウェーデン外相にして国連特使のマルゴット・ヴァルストロームだ。

これが簡単な仕事だなどという幻想は、まったく抱いていなかった。

＊＊＊

国連特使を乗せた飛行機は平壌国際空港に予定より十分早く到着した。最高指導者はその知らせを受け、予定どおりただちにカールソンとヨンソン両氏との会談を打ち切った。

リムジンカーに案内されたヴァルストロームは、最高指導者がお待ちです、と告げられた。荷物は予約済みのホテルかスウェーデン大使館のいずれか希望の場所に届けられることになっていた。

車は平壌中心部に向かって南下していった。40分後、最高指導者官邸を通り過ぎ、なおも街を進む。

「あの、このあとは最高指導者に会う予定だったのでは？」ヴァルストローム外相は言った。

「そのとおりです」運転手はそう答えるだけで、詳しい説明はない。

10分後、ともかくも車は止まった。外相は車を降ろされ、8階建てのビルに案内された。

「ここはどこですか」わけもわからず、笑顔の女性案内役に尋ねる。

「KCNA、朝鮮中央通信の本社です。最高指導者様がお待ちです」

中央通信、つまり報道機関？　マルゴット・ヴァルストロームは不安になった。この訪朝はなにをおいても最大限の注意をもって慎重に行われるべきで、関係者間にさらなる断絶を生じさせるものであってはならない。しかし一方で、ここは最高指導者にして国務委員長のありがたき承認なしで、勝手に自分の訪問を公にする報道機関が存在する国ではない。おそらくはすべて杞憂《きゆう》に終わるはず。

一行は3階まであがり、長い廊下を通って左に曲がり右に曲がりまた左に曲がった。

「どうぞ、こちらへ」案内役が言った。「お入り下さい」

外務大臣マルゴット・ヴァルストロームがガラスのシャンデリアとベルベット地の椅子を期待していたとしたら、大いに失望しただろう。ここはむしろ……なんと言えばいいのか。劇場の楽屋？　テレビスタジオ？　壁に沿ってケーブルが伸ばされ、一角に廃棄されたスポットライトが二台置かれ、そして……。

あの男がいた。

「ようこそ、外務大臣」最高指導者が歓迎の言葉を述べる。「良い旅でしたか？」

「ええ、ありがとうございます。お目にかかれて光栄です。ただ、ぜひお聞きしておきたいのですが……ここはどこですか？　ここでいったいなにを？」

「なにをおっしゃる、われわれはともに世界を救うのです」金正恩は言った。「その前に、ぜひご紹介したい人がいます。わたしもまだきちんと挨拶する時間も持てていないのですが」

年老いた西洋人がカーテンの陰から押し出され、マルゴット・ヴァルストロームの前へと進んだ。

「こちらは、おそらく世界でもっとも優れた核兵器専門家のカールソン氏、スイス人です。わが民主主義人民共和国へは、わたしたちの共通の目的のため慈愛の精神からいらして下さいました」

ヴァルストローム外相は、状況はすでに自分の手に負えないところにあると気が付いた。それでもともかく、金正恩の熱意に押されて年老いたスイス人の手を取った。

「こんにちは」戸惑いつつも英語で挨拶をする。

「こんにちは」アランも答える。かすかにセルムランド訛《なま》りがある完全なスウェーデン語で。

金正恩からはなんの反応もなかった。核兵器専門家の挨拶が理解できなかったからだ。けれどもヴァルストロームにはわかった。なんたることか、この男はスウェーデン人だ。スイス人ではない。スウェーデン人が北朝鮮の核兵器庫の改善を試みようとしている。いったいなにが起きているのか？　名前はカールソンといっただろうか。ヴァルストローム外相は目の前の男とスウェーデン語で話すのは控えることにした。最高指導者からはスイス人と紹介されたのだし、今はこの状況を確実に切り抜けることが肝要だ。

最高指導者は、アランと外相の背中を軽くたたき、その晩に人民文化宮殿で予定されている晩餐会を楽しみにしていると言った。そちらにはカールソン氏の上級助手のヨンソン氏も招かれている。

ヨンソン？　そちらの名前もまったくスイス人らしくない響きではないか。

「さて、まずは記者会見を始めましょう」金正恩は言い、ヘッドセットをつけた男に合図をした。男がマイクに向かって話し出した。

突如、すぐ近くで歓声が上がった。では、ここはなにかの舞台裏？　記者会見？

「ですが、委員長、記者会見を開きながら、同時にわたしたちの対話を伏せておくことは不可能です。このような話に同意した覚えはありません」ヴァルストローム外相は言った。

金正恩が声を上げて笑った。「もちろん、いかなる対話の内容もひと言も話したりはしません。そもそも無理でしょう。まだなにも対話していないのですから」

金正恩に言わせると、これは両者に共通する目的の範囲内だ。朝鮮民主主義人民共和国の最高指導者として、自分には人民に対する責任がある。その矜持はもしかしたらマルゴット・ヴァルストローム外相には完全にご理解いただけないかもしれない。「『透明性』と言われるものです、大臣」

「やあ、はじめまして」アランがスウェーデン語で言った。

いったい誰？　おそろしく年を取っていて、明らかにスウェーデン人で、スイス人と称されて、北朝鮮の核兵器の今後を担っている？　そして自分の雇用主に対する敬意はよくても中程度のこの男。

ステージ上では、聴衆を前に女性が朝鮮語で話し出した。歓声がぴたりと止《や》む。話が英語に切り替わった。

「さて、ここで国連特使にしてスウェーデン王国外務大臣でいらっしゃるヴァルストローム氏をお迎えしたいと思います。さらに、世界屈指の核兵器専門家にしてわが朝鮮民主主義人民共和国の忠実な友人、アラン・カールソン氏もスイスから駆けつけて下さいました」

金正恩はヴァルストロームとカールソンを舞台の袖まで案内した。最高指導者はそこで止まり、ゲストはそのまま舞台上へと進む。ふたりとも四方から降り注ぐスポットライトの中に出ていくほかなかった。それぞれにテーブルの両脇につけられた印まで進まされ、聴衆からの丁寧な拍手喝采で迎えられた。ヴァルストロームにとってこの状況は、なにひとつ本意ではなかった。

アランはあたりを見回し、少なくとも3台のテレビカメラが向けられていることに気づいた。「すごいな、テレビに出るのははじめてだ」そうスウェーデンの外相に向かって言う。ふたりはマイクの置かれたテーブルに着かされた。

司会が国連特使に向かって話し出した。

「大臣が今回わが国を訪問なさったのは、世界における核兵器の蔓延に関して、そして一方の側から他方へとたびたび投げつけられる強硬発言について、国連とわが国とが懸念を共有しているのが理由だそうですね」

そのとおり。ここまでは、マルゴット・ヴァルストロームもおおむね同じ考えだ。

「発言については、他方ももう一方の側へと発信しています」ただ、この点ははっきりさせておかねばならない。「相互的な問題です」

「外務大臣、これまでご覧になったところ、わが国についてどのようにお考えですか」

マルゴット・ヴァルストロームがこれまでご覧になったものといえば、空港と、車中からちらりと見えた途中の郊外と街の風景、平壌の中心地だけだ。郊外は貧しそうではあったが荒れ果てているとまではいかなかった。街では広い通りに車はまばらで、さまざまな記念碑が目についた。個人崇拝が明らかに見て取れた。

外交官らしく、その質問にはこう答えた。帰国する前にはできることなら観光も楽しみたい、緑の美しい風景には感銘を受けた。気候もたいへんにしのぎやすい。

最後のひとつに関しては、典型的スウェーデン人にとって気温が氷点下より上という意味で、実際にそのとおりだった。

司会者は頷いた。「そうですね、わたしたちのモットーは『力強く繁栄する国』です。大臣にはご理解いただけていることと思います」

ヴァルストロームの返事を待たずに、司会者はアランのほうを向いた。「さて、アラン・カールソンさんですが、熱間真空高速加圧処理１２００の世界的権威でいらっしゃいます。その知識を、平和の名のもとにわが国とぜひとも共有したいと望んでいらっしゃるとのことですが、カールソンさんは、われわれのこの美しい国についてどのようにお考えですか」

「ああ、じつはこちらを訪れるのは今回がはじめてではないんです」アランは言った。「以前、永遠の主席の時代にさかのぼりますが、仕事で来たことがあります。わたしの目には、今日では路上バリケードが当時ほど巨大ではないように見えます」

金正恩が自分をステージに呼べと合図した。司会者はスイス人に尋ねる新たな質問の準備をしているところだったが、最高指導者はこの老人が身の程をわきまえて返答するとは信じられなかった。路上バリケードだって？　いったいなんの話だ？

最高指導者による演説は非常に優れた内容のようだった。朝鮮語を話せない人間には正確に理解できなかったが、さっきまでは無関心に見えた聴衆たちが立ち上がり、一斉に大歓声を上げている。

金正恩は最初にヴァルストローム外相に向かって、つぎにスイス人に向かって頷き、ふたりとともにテーブルに着いた。

聴衆はあいかわらず歓声を上げ続けている。

さらなる歓声。それは最高指導者がみずから腕を振って制止するまで続いた。司会者はようやくまた自分の声が聞こえるようになった。

「最高指導者様、あなたは世界でも第一級の平和の闘士です。先ほどお話のありました、世界があなたの指導力のもとでより良い場所になる可能性をどのようにお考えなのでしょうか」

金正恩は思案深げに頷いた。非常に良い質問だ。まるで指導者その人がみずから考えたかのようなその質問を考えたのは、指導者その人だった。

「二国間における平和は、全体的な協力体制が前提となる。わたしの独力では平和の達成は不可能だ。支援が必要である。平和とは、全体が望んでこそ可能になるのだ。心痛の極みながら、それに反してアメリカ合衆国および同盟諸国は、われわれを破滅へと向かわせようとしていると言わざるを得ない。だがわたしは自分にできることをする。自分にできることを。わが民主主義人民共和国の国民ひとりひとりは、最後の最後まで希望を捨てないことだ。そして、この戦いにおいて、国際連合がわれわれの味方であることは嬉しいかぎりである。こちらにおられるヴァルストローム氏はその代表であり、中立国スウェーデンの外務大臣でもある。先ほど紹介したカールソン氏に代表される中立国スイスの助けも得て、戦争挑発側のワシントン、東京、ソウルに長期にわたり置かれていた核威力という最終手段が、平和と愛の中心地であるわが国にも再配置されることになった」

ヴァルストローム外相はあやうく卒倒するところだった。あの青二才が、いけしゃあしゃあと中立国のスウェーデンとスイスを核兵器競争で自分たち北朝鮮の味方にした。この会見がどこに向けて放送されているかは不明だが、いずれにせよただちに世界中に配信されてしまうはずだ。

「ひと言よろしいですか」

「ええ、この場はそれが目的です」金正恩はそう言って話を続けた。「われわれは、今晩にも必要な作業を始める。わが民主主義人民共和国と国際連合、スウェーデンとスイスの２国は誇りをもって、北アメリカの強硬論者の連中の言いなりになることを断固として拒否する」

司会者は、これがショーの結びであると悟った。感謝を述べ敬意をこめて一礼すると、これ以上時間を使って最高指導者様とお客様の大事な仕事のお邪魔をするわけにはまいりませんと言った。

「最高指導者様、どうぞ平和の名のもとにお進み下さい。人民の愛を感じて下さいますように。どうぞご友人もご一緒に。わたくしどもはご友人たちにも愛をお送りいたします」

ふたたびの舞台裏で、金正恩はすべてうまくいったとご満悦だった。そう思いませんか、ヴァルストローム外相？

いや、ヴァルストロームはそうは思わなかった。

「お言葉ですが、今ほど述べられたことはわれわれが同意した内容には一切含まれていません。そして今後進めるべき話し合いを容易にするどころか複雑にしました」

金正恩は微笑んだ。「ああ、そうですね、わたしたちの話し合いですね。一度で十分でしょう。先ほども申し上げましたが、今晩、人民文化宮殿での早めの夕食にご招待します。さあ、まずホテルへご案内してから、午後5時ごろに迎えの者をうかがわせます。柳京《リュギョン》ホテルでのすばらしいサービスをお楽しみいただけますように。世界一のホテルと評判ですから」

外相は不安と困惑を同じくらい抱えたまま、大勢に囲まれて長い廊下を例のスイス・スウェーデン人の老人と並んで外に向かった。リムジンに乗り込み、外相と老人はようやくふたりきりになれた。運転手にはふたりの会話は聞こえないし、ふたりが話す言語も理解できない。車が数百メートル進んだところで、外相はそろそろ良い頃合いだろうと考えた。

「いくつか知りたいことがあります」声を抑えてスウェーデン語でアランに話しかける。

「そうでしょうな」アランが返す。「なにを一番お知りになりたいですか？　そこから始めて順を追っていくとしましょう。いや遡ってもいいですが、お好きなように」

ヴァルストローム外相は本当のところ大使館で時間を過ごすつもりだったが、横にいるおかしな老人から話を聞く時間が必要だと判断した。「ではまず、いったいどういう経緯でスウェーデン人がスイス人と偽って平壌で仕事をすることになったのか、そこから始めましょう。しかも、わたしが代表としてここに来た目的とは、まさに正反対の目的をお持ちのようですから」

「良い質問だ」と、アラン。「そして非常に明確。そもそもの始まりから話していてはいつまでも終わりませんので、それはやめておきます。なにしろ、この年ですからな。かわりに、わたしの101歳の誕生日、インドネシアはバリ島の白砂が美しいビーチでのできごとから始めましょう」

まずは熱気球。海への墜落。救助。とりあえず生き延びようと思って口にした、熱間真空高速加圧処理にまつわる罪のない嘘。平壌に到着したのが外相のほんの数時間前だったこと。自分がどうしてスイス人になったか、それは知らない。思い出せるかぎりで、スイスに行ったことはない。「でも、良いところだそうですな。そしてスイス人は度を越して几帳面だとか」

「そのとおり」と外相。「ただ、彼らが国事犯の容疑者を捕らえてどの程度喜ぶかは疑問です」

「捕まえたんですか？」

「あなたを、カールソンさん」

「ああ、そういうこと」

＊＊＊

柳京ホテルはじつに立派な建築物だ。高さ330メートルの105階建て。1987年以来、北朝鮮国民はけっして終わらない工事を続けている。なかなか進まないのは、国庫が実質的に核兵器製造と軍事パレードで使い果たされているためだ。着工後30年が経過してなお、ロビーと2階以上の建築は進んでいない。このペースだと完成までにはあと1500年ほどかかる計算になる。

とはいえ、ロビーのある1階部分は非常に洗練されている。右手のレセプションデスクは金色で、チェックインとチェックアウトが12組同時に行えるだけのスペースが設けられている。そして左手には趣味の良い装飾が施されたピアノバー。３人のピアニストが一日の時間帯ごとに最適な曲を演奏すべく真っ先に揃えられ、あとは予算が下りてピアノが購入されるのを待つばかりだ。

ユーリウスは１０４号室のベッドに腰かけ、アランがアルファベットのごった煮ＫＣＮＡから帰るのを待っていた。そこがどんな場所か想像もつかないため、しばらくは自分たちの置かれた状況について悪い想像を働かせずに済んでいた。かわりに今思うのは、バリ島に残してきたアスパラガスビジネスの相棒のことだ。間違いなく、あいつにとっても愉快な話ではない。今ではひとりでなんでもやらなくてはいけなくなっているだろうから。いったいどうなっていることやら。

ナイトスタンドに電話があった。８台あったエレベーターはひどいものだったが、この電話はちゃんと使えるんだろうか？　ともかく試してみよう。

ユーリウスは相棒のインド人、グスタフ・スヴェンソンに電話した。繋がることは繋がった。ただし呼び出し音のあとに聞こえたのはグスタフの声ではなく、留守番電話だった。

ユーリウスは焦ってなんとか短いメッセージを残した。あわてたせいで無事だと言うのを忘れたが、それはわかってくれるだろう。

それから靴を脱ぎベッドに横になった。あくびが出て目を閉じ、どうにかして考えをアスパラガスとアルファベットのごった煮以外に向けようとした。

うまくいかなかった。

15

韓国

アスパラガスはどうなってる？

配送は今月も３回？

返品は？

今年前半が終わる前に、５億はいけるだろうか？

韓国の首都ソウルの北西、高陽《コヤン》市に建つ14階建てビルの最上階で、ヘッドフォンをした男女がコンピューターモニター４台とさまざまな周辺機器を前にすわっていた。ふたりとも公務員だ。ここまでは注目に値することはなにもないが、場所がふた間つづきの簡素なアパートであることは特筆すべきかもしれない。そしてふたりの公務員が奉仕する国家は韓国ではなくドイツだった。

女のほうは下級外交官だった。男もそうだがさらに少しだけ級が下がる。表向きは韓国とドイツの住宅プロジェクトをいくつも手がけていることになっているが、そうした場でふたりを見かけることはついぞない。かわりに今すわっているその場所にすわって、ドイツ連邦情報局の命令に従っている。ダルエスサラームの横柄な支部長と気弱な部下とは遠く離れた同僚の関係だ。

身分を偽る外交官ふたりが高陽市のアパートで就いている任務は、北朝鮮でアメリカが盗聴した内容を記録することだった。これで自分たちが同じことをせずに済み、さらにはちょっとしたお楽しみも得られる。アメリカの情報機関をおちょくってやる、それは人生のささやかな喜びだ。

容易な標的のひとつが、永遠に工事の終わらない柳京《リュギョン》ホテルだった。ただし皆無にも等しいほどまれにしか、興味を引く話は得られない。

今日はそのまれな日だった。

１０４号室の宿泊客から、インドネシアの電源切れ携帯電話に向けてメッセージが残されたのである。いずれの人物も連邦情報局では身元の確認はできていない。メッセージは英語の暗号文で、４つの質問文で形成されていた。

アスパラガスはどうなってる？

配送は今月も３回？

返品は？

今年前半が終わる前に、５億はいけるだろうか？

アスパラガスがなんの暗号か、身分を偽る外交官たちにはわからなかった。しかしその金額――５億！――から推察するに、麻薬かさらに恐ろしいものか。少量の濃縮ウランが平壌《ピョンヤン》に到着した情報についてはすでに把握していた。あれの取引額は５億にもならないはずだ。だがもし、現在配送中とされる分だとしたら？　３回と言っていた？　毎月？

金正恩《キム・ジョンウン》はなにを企んでいるのか。全世界を相手に戦争を仕掛けるつもりなのか。そして金はどこから得ている？　５億もの大金！　それに、１０４階分の工事が終わっていない国内唯一の豪華ホテル。

答えのわからない疑問はまだある。返品？　その場合、北朝鮮から運び出されるのはいったいなんだ？　どうやって？　そしてどこへ向かう？　インドネシア？　くそ、なんてことだ。

不本意にも北朝鮮の首都で軟禁状態に置かれたユーリウスは、バリ島での慣れ親しんだ平穏なイカサマ生活が恋しくてたまらなかった。目標額の5億ルピア――ドルに換算するとおよそ4万――は目前だったのだ。だが目付け役の自分がいなくなった今、達成はもう不可能だろう。

一方、自分とアランがホテルとレンタルヨット会社に負う借金はずっと多い。その点は、この距離が経済的に有利に働くと言ってよい。だとしても北朝鮮訪問はいささかやり過ぎの感は否めない。

この騒ぎが落ち着いたら、どこか誰にも借金を負っていない土地に引っ越してアスパラガス農場を経営することにしてもいいかもしれない。

「タイとか？」思わず声に出して言ったその時、ドアが開いた。

アランはドアを押さえ、マルゴット・ヴァルストローム外相を先に部屋へ通した。「こちら、友人のユーリウス・ヨンソン」アランが言った。「ちなみに独身。大臣にその気がおありなら」

マルゴット・ヴァルストロームはむっとした顔でアランを見た。「それはご親切に。でもけっこう。結婚して30年、幸せに過ごしておりますので」

ユーリウスは大臣に挨拶し、アランを許して欲しいと付け加えた。年のせいだと思うが、時々口から突拍子もないことが飛び出す。実を言えば、ほとんど毎回だが。

ヴァルストローム外相は頷いて、それは自分も気づいていたと言った。

恐怖の記者会見後のリムジン車内で、外相はカールソンとヨンソンなる男たちについて大まかな人物像を把握した。101歳の老人はどうやら実際に核兵器の専門家のようだ。少なくともかつてはそうだった。その日唯一の朗報は、アランが金正恩《キム・ジョンウン》への協力を切望しているわけではないとわかったことだ。

本当のところもっとも厄介な問題は、アランがそれをどう避けるかについてまったくなにも考えていないことだった。

国連本部ビル内の共通見解では、北朝鮮は核兵器製造能力を有するが、現時点ではきわめて限定的であるとされていた。最高指導者は誰にも気づかれないように騒ぎを起こそうとしている。なんであれ、脅威は現実だ。たとえ小規模であっても核兵器の威力は甚大で、半分失敗作であっても容易に都市ひとつを破壊する。たとえばソウル。あるいは東京。またはグアムのような島ひとつ。

マルゴット・ヴァルストロームはその考えに震えた。そして今明らかになっている真実は、北朝鮮の核兵器製造の問題を解決できる男が、今ホテルのこの部屋にいて、からっぽのミニバーを探っていること。さらには、その男がスウェーデン人であること。まさかスウェーデンが、世界のパワーバランスを変動させる最大の原因を作ってしまうことになる？

だめだ、可能な限り阻止せねばならない。ただしスパイ罪その他、最高指導者がたまたま思い浮かべた罪状により、この国で30年以上の禁固刑に処される結末は避けたい。

「わたしの飛行機で一緒にこの国を出る気持ちはありますか？」外相が言った。「30席のうち29席は空いています」

ユーリウスの顔がぱっと輝いた。

アランは酒を探すのをやめた。「このミニバーみたいにがら空きなんだな。ホテルもそうだが」

スウェーデン外相は続けた。「わたしの権限で外交パスポートを発行することもできます。それ以外のことは、ご自分たちでなんとかしてもらわないといけませんが」

「それ以外？」と、ユーリウス。

「離陸時間に間に合うように飛行機に乗り込むこと」

アランは話の初めの部分しか聞いていなかった。「外交パスポート？　手に入れるとしたら、1948年以来になるかなあ。あれはチャーチルといっしょにテヘランから帰国する時でした。あれ、47年だったか？　いや、やっぱり48年だ」

「チャーチルって、ウィンストン？」外相が言った。

「そう、そんな名前でしたな。今もそのはずだが、ただ、死んでからもうずいぶんたっている。ほかの連中同様」

外相は突如として映画の中にいる気分になった。自分がやろうとしていることを考えて胃が痛くなる。スパイと訴えられてもあながち不当といえない行為だ。それでも携帯電話のカメラでアランとユーリウスの写真を撮り、数日以内にはパスポートを用意すると約束した。

「わたしの名刺の裏に署名をして下さい。これを送れば、あとは当局がなんとかしてくれるでしょう」

このご婦人はきっちり仕事をすると、ユーリウスは考えた。そのうえ愛嬌もある。結婚しているのが、つくづく残念だ。

＊＊＊

外相の部屋は105号室だった。アランとユーリウスの隣室だ。部屋に入り、その夜の晩餐会の支度をしているつもりが、実際は同胞ふたりをどうやって救助するか、金正恩によけいな知恵を授けることなく出し抜けるか考えこんで、時間が過ぎていた。金は必要がないかぎり、これ以上自分を近付けたくないと思っているようだが、カールソンとヨンソンが計画どおり動ける準備をする時間を稼がねばならない。それと計画を実行するための外交パスポート。数時間後に大使館に行くまでは手配を指示することができない。目下最大の敵は時間だった。もちろんほかにも深刻な戦いは続いている。

シャワーを浴び着替えと化粧を済ませる。ようやく準備を整えて姿見の前に立った。鏡のなかの自分に向かって言う。「わたし、ここでなにをしているんだろう?」

答えは返ってこなかった。

＊＊＊

晩餐会のテーブルで、金正恩はゲストに着席を勧め、自分は立ったまま椅子の背もたれに手を置いた。なにか話すことがあるようだ。

手に皿を何枚も乗せた給仕がふたり、ドアから入ってきた。つづいて3人目はワインボトルを2本持っている。しかし最高指導者が一瞥をくれると、3人ともたちまち引っ込んだ。

アランは食事と飲み物が一瞬のうちに出戻るところを見てがっかりした。

「友人のみなさま」金正恩が口を開いた。

「食べながら話しませんか?」アランが提案する。

最高指導者はこのコメントを聞かなかったふりをした。平和と自由に関するスピーチが始まった。最高指導者によると「平和」とは、この国においては死をもたらす最強の兵器によってこそ実現するものらしい。「自由」を形成するものはあまり明瞭ではないが、どうやらすべての人民には指導者を愛する権利があり、それを怠らない義務と結びついているものではあるようだ。

そこで最高指導者は、カールソン氏によって世の摂理がもたらされたことに対し、満足の意を表した。氏は遠くスイスからわが国とアメリカ帝国主義との戦いに貢献するためわざわざ来て下さった。さらにはヴァルストローム国連特使も同様の理由で参加して下さった。

「失礼」マルゴット・ヴァルストロームが声を上げる。「おわかりかと思いますが、わたしの任務はそれ以上に、異なる立場の人たちの間に対話の路線を開こうとするものです。離れたところで互いにパフォーマンスを繰り返すだけではなく、今こうしているように、向かい合い対話を始めるためなのです。その意味で、今日テレビカメラの前で行われた件については、すでに述べたとおりたいへん遺憾に思っております。ご理解いただけますね」

ユーリウスは思った。このご婦人は愛嬌だけじゃない、度胸もある。ああ、あとはアランが正気を保ってさえくれたら……。

金正恩は特使の顔を見たが、言葉はいっさい聞いていなかった。スピーチを続ける。

ここ朝鮮民主主義人民共和国では、すべての人民が幸福で、穀物が豊かに育つ。半島北部の気候は南部に比べて実に快適だ。要するに、毎年何万人もの人が南から北へと流入してくるのも、なんら不思議なことではない。

食事と飲み物が今一度ドアまで来て引っ込み、ついにアランの我慢も限界に達した。場合によっては口を慎み同意を示すのも賢明な戦法たりうるが、この状況では今こそ全員が餓死する前に物申すべきだ。

ユーリウスはアランがやらんとしていることに気づいて、必死で視線を送り、身振りと表情で伝えようとした。「やめろ、アラン、やめておけ！」

しかしアランはやめることをやめなかった。

「ちょっとお許しを、最高指導者様。つい今しがたの広く浅いスピーチでわたしの名前に言及されました。そう、わたしはここにおります。年を取り弱った体で最高指導者様に奉仕するためです。しかし、そんなわたしも死んでしまってはなんのお役に立つこともできません。そして今わたしはまさに餓死寸前です。言いたいことがおありなのはわかりますが、ここはちょっとそのお考えをぎゅっとまとめて素早く終わらせていただくことはできないでしょうか？」

金正恩の誇らしげな笑顔が凍った。「カールソンさん、食事ならすぐお出しします。ただし、いかに核開発技術方面に長けているとはいえ、ここ、人民文化宮殿では、好きな時に自分の気持ちを披露できる権利を与えられるわけではありません」

なるほど、今はそういう気分なんだ。

「おお、最高指導者様、お邪魔をするつもりではなかったんです。ただ、どうせでしたら付け加えさせていただくと、このところわたしは十分な睡眠を取れておりません。おわかりですかね、ここにいるアスパラガス農家の友人は、夜間にふさわしい静寂を保つのに問題がある男でして」

金正恩は話についていけなかった。「どういう意味で？」

「意味なんかありませんよ」ユーリウスは必死で取り繕った。

「いびきをかくという意味です」アランは言った。「そりゃもう、ひどいいびきで。最高指導者様にも、そのひどさをおわかりいただけたらなあ！　われわれを拾った船は倉庫１棟分くらいの広さはありましたが、われわれが船室を共有せずに済むほどには広くなかった。そして、ええ、そこでは必要な量の睡眠がとれませんでした。しかし、いったいなんの話をしていたんでしたかな？　そうだ、そうそう、食事だ。それからいっしょにいただく飲み物。ひょっとしたら、もうそろそろ出していただける？」

金正恩の思考はそこで完全に路頭に迷った。給仕がふたたび厨房から頭を突き出してくると、そのまま進むよう合図した。

メインディッシュは最高級の牛肉を使ったステーキのマッシュルーム添えだった。とくにアジア風ではないがゲストの心に訴えかけるメニューではあった。お供はオーストラリア産のカベルネ・ソーヴィニヨンの赤ワインだ。

テーブルを囲む空気が盛り上がった。アランは最高指導者の話があれこれと長引いても許すことに決めた。しかし最高指導者が、前年わが国が水素爆弾を大爆発させたと主張しはじめた時には、抗議の声を上げずにはいられなかった。その件ならタブレットで読んで知っている。実際は、その爆弾とやらはボンと音を立てすらしなかったのだ。

「だいたい、神のみぞ知る某所からはるばる平壌《ピョンヤン》まで、３万トンはいけそうな船で４キロぽっちしか運んでこない事実だけでも、３つのことを確信する証拠になります。ひとつ、あなたがたは水素爆弾を持つ状況には到底いたっていない。ふたつ、あなたがたはプルトニウムの基本のキの字も知らない。3つ、あなたがたが現在保有するウランの総量はブリーフケースに収まる程度。つまり、あなたがたの手元で使えるものといったら、ウラン4キロだけ。そして幸運にも、このわたし。そしてわたしのグラスにはなにも残っておりません」

金正恩は給仕に向かって手を振った。スイス人のじじいめ、厚かましいにもほどがある。さて、選択肢はふたつだ。こいつが使えるとわかったらヨーロッパの故郷に帰す理由はなくなる。使えないとわかったその時は永遠の休息につける場所にお帰りいただくまでだ。いずれにせよ、敬意を欠いていた自分を悔やむことになる。

最高指導者は今しばらく感じ良く寛大な態度を続けることに決めた。「カールソンさんは実に率直だ。年齢を考えたら、それも当然の権利でしょう。わが国へ来た一番の理由はもちろん仕事だが、せっかくなので美しい首都の観光も楽しんでもらいたいものです。明日は仕事が終わったら、ぜひ当地最大のショッピングセンターを訪問して下さい。残念ながらわたしは同行できないが、案内役をつけますので不便はないでしょう」

最高指導者が「当地最大」と言ったのは、「当地唯一」の意味である。

デパート訪問？　アランはそれほど必要性を感じなかったが、ちょっと遊びに出るアイデアも悪くないと思った。ユーリウスのしかめ面をやめさせられるかもしれない。「ご親切にどうも」アランは言った。「研究室で長い一日を過ごしたあとでは、あらゆる点で良い息抜きになりそうです。小銭を1、2枚お借りしたりはできませんかな？　急な出発だったものですから、なにも持ってきていないんです。シャンパン数本を除いて。それももう残念ながら使い切ってしまいました」

金正恩は、カールソンさんとご友人は代金を気にする必要はないと言った。故郷へのみやげに欲しいものがひとつふたつあっても、われわれからの贈り物と思ってもらってかまわない。

平和プロジェクトの件だが、カールソンさんには6日間ほど研究室で過ごしていただきたい。生産性は時間を制限すると高まる傾向がある。最高指導者は、結果が出れば、武勇勲章とスイス行きのファーストクラスチケットの両方を授与すると約束した。

ユーリウスは、前日に最高指導者の執務室での試みに失敗し、今さらなにも口を挟む気にはなれなかった。

しかしアランは挟む気満々だった。「6日もあればかなりのことを成し遂げられます。ただし、生きている状態を保ち続けられればの話ですが……もう長いこと、弱りっぱなしなんです。この30年か40年くらい。本当です。今のわたしは、いわゆるメロディの最後の繰り返し部分を歌ってるんでしょうな。もちろん、ノアは950歳まで生きましたが、違いはわたしが現実の人間である点です」

「誰ですって？」金正恩が言った。

「ノア。聖書です。刺激に満ちた文学ですよ。ああ待てよ、わたしったらなにを言ってるんだ。まさか、最高指導者様があの本を読んでいるわけがない。それではみずからを死刑に処すことになる。貴国の法律ではたしかそうなっていましたね？」

このスイス人のじじい、まさか聖書の話を持ち出したのか？　あの禁書《ふんしょ》を、人民文化宮殿の晩餐会の席で？　これはさすがに看過できない。

ここでマルゴット・ヴァルストロームから救いの手が差し伸べられた。話に割って入り、最高指導者と会談の機会を持てる件について感謝の意を伝えた。

金正恩はそんな約束はしていなかったが、ひとまず頷いた。「明日は重要な任務が多くて時間がないのです。あさっての昼食でしたら、調整できるかもしれません。その後は帰ってけっこうです。帰国して、みなさんに世界屈指の核兵器専門家がわたしの元にいると伝えて下さい。アメリカもいくらかは謙虚になるかもしれない。もっともそれだけの徳性があの国に存在していればの話だが」

マルゴット・ヴァルストロームは、もし誰かが金正恩とベンヤミン・ネタニエフを同じ部屋に入れてしまったらどうなるかと考え、注ぎ足されたまま飲まないつもりだったワインを口いっぱい含んで、気分を落ち着けた。「ユーモアおよび自己認識の歴史的欠如」対「ユーモアおよび自己認識の歴史的欠如」。仕上げに、仲裁役のドナルド・トランプだ。

＊＊＊

ユーリウスは人民文化宮殿からホテルへ帰る道中、アランに嚙み付き続けた。なんであんなふうに最高指導者と言い争ったりしたんだ？

「言い争った？　少々正直になったからと言って誰か死んだりしたか？」

「この国ではもう何年も人が正直だったせいでハエみたいに叩き落とされてるんだよ。同じ目に遭ったら、話にもならない」

アランは、そんな結果になったら話にならないのはそのとおりだと認めた。「ただ、頼むから、細かいことでいちいちくよくよ悩むのはやめてくれ。すべてうまくいくから、まあ見ておくがいい」

「なにをどうしたらうまくいくなんて言えるんだ。今夜のことで、あの男は絶対に俺たちを解放しないと決めたに違いない」

「もともとそのつもりだっただろうさ。あのおしゃべり坊やを必要以上に助けるつもりなどない。そうと気づかれるころに、わたしたちもこの国からおさらばできたらベストだ。できれば、坊やご自慢のあのブリーフケースをお供にしたいものだね」

「それで、どうやって姿を消すつもりなんだよ？」

「あの魅力的なスウェーデンの外務大臣のお助けを借りるのさ、もちろん。忘れたのか？」

「もっと詳しく聞かせてくれよ、アラン」

「それはあとでのお楽しみ」

＊＊＊

マルゴット・ヴァルストロームは、宮殿で催された半ば現実離れした晩餐会からそのままリムジンで大使館へ向かい、パスポート発行の手続きに取り掛かった。大使館でパスポートを急ごしらえするのは簡単なことではない。スウェーデンはスウェーデンだし、規則は規則なのだ。

スウェーデン警察の旅券事務所所長は、平壌からの電話を喜ばなかった。うろたえ、まごつき、さらにうろたえ、規則に照らし合わせて、明らかに常軌を逸したあやしげな理由で外交パスポートを２通発行してほしいという外務大臣からの要請に、丁重なる言葉を並べて抗議した。なぜ大臣が自分をこのような立場に置こうとするのかまったく理解できないとも言った。

マルゴット・ヴァルストロームにしても、第三次世界大戦を避けるためにスウェーデン人ふたりを北朝鮮から密出国させるためだと説明するわけにはいかない。そこで方針を変え、所長には、事情を理解する必要はない、重要なのは自分の指示どおりにすることだと告げた。所長が今一度、本気で署名を偽造してストックホルムの旅券事務所の誰とも会ったことのない人間ふたりにパスポートを発行しろと言っているのか疑問を呈したところ、大臣はひと言「ええ」と答えた。そして「さっきも言ったとおり、外交パスポートを」とも。

「外交パスポートはともかく、しかし、そのほかのことは……」

「そのほかのことは、あなたがわたしの言ったとおりにするか、わたしの言ったとおりにあなたがするかのどちらかです。必要とあらば、首相からも電話をしていただいて、わたしと同じ要望を出すようお願いをしておきます。それでも不足なら、王室にも連絡をします。お望みなら、国王からあなたに電話をしていただきましょう。国会議長も。ほかに連絡がほしい方は？　国連事務総長のグテーレスとか？」

旅券事務所の所長は黙りこんだ。国王がこの件にいったいなんの関係があるっていうんだ？

「お願いします、所長。時間がないのです。スウェーデン国民ふたりの命が危機にさらされているのです。そして、それ以上の数の人々の」

スウェーデン警察の旅券事務所所長はついに折れた。ただし写真と署名の電子データは、大臣の指示を一筆添えて送ってもらうことが条件だ。

「ええ、ええ」ヴァルストロームは言った。「ただしパスポートはただちに発行して1時間以内に平壌への外交伝書使を利用して発送して下さい」

「1時間以内ですって？　でも、もうじき昼休みです」

「いいえ、まだです」

17 アメリカ

「ちくしょう、なんだって?」トランプ大統領が、着任したての国家安全保障問題担当補佐官、H・R・マクマスターに言った。前任のマイケル・T・フリンは、本人が安全保障上のリスクであると判明して更迭されていた。

問題となっているのは、フォックス・ニュースがたった今流した北朝鮮で開かれたという記者会見のニュースだった。直後にブライトバート・ニュースが同じ話題で記事を配信したことで、大統領は全体の詳細以外、知るべきことはすべて把握した。

そもそもは、スウェーデンのはねっかえりヴァルストロームが、北朝鮮のなんとかいう首都でキム・ジョンなんとかと秘密会談をすると言って譲らなかったのだ。そのうえやつの隣におさまって北朝鮮テレビに映るとは！　あんなことをしやがって、人目を忍ぶってのがどういうことかわかってるのか？　頭がおかしいんじゃないのか？　しかもそれじゃまだ足りないとでも言わんばかりに、北朝鮮の核兵器製造システムを改良しに来たとかいうスイスの共産主義者と生放送でハグしていた。

「まあまあ」マクマスター陸軍中将は言った。「ハグはしていませんよ。その件はブライトバートの誤報でしょう」

大統領は国家安全保障問題担当補佐官のコメントを一蹴した。ヴァルストロームが帰ってきたら、鼻っ柱をへし折ってやる必要がある。しかし、あの女がハグした共産主義者っていうのは誰なんだ？

「ですから、ハグはしていないと」

トランプ大統領はひとしきり独り善がりのスイスを罵ったあとで、ここはひとつ直接言ってやるべきだと思いついた。電話を手にすると秘書に大急ぎでスイスの大統領に繋ぐよう命じた。

「それと、繋いでいる間にその男の名前を調べておけ」大統領に言われた秘書は、お名前はドリス・ロイトハルトですが、ファーストネームからはどうやら男性ではなく女性のようです、と答えた。

「またはねっかえりか？　胸糞悪い。いいから早く繋げ！」

「ヨーロッパ時間では午前2時なのですが」

「上等だ」

・

18
スイス、アメリカ

その日ロイトハルト大統領は目の回るような一日を過ごし、夕方になっても夜になっても目は回りっぱなしだった。無理やりベッドに入ったのは午前1時過ぎ、これでどうにか6時までは休めそうだ。補佐官に起こされるまで45分は眠れただろうか。ワシントンのホワイトハウスから電話が入った。ドリス・ロイトハルトは立ち上がり、眩暈を覚えたが、必死で頭を切り替えた。アメリカ大統領から電話があったのに、枕で頭をすっぽり隠して眠り続けるわけにはいかない。

「おはようございます、大統領」ドリス・ロイトハルトは言った。「……起こしたかですって？　いえ、どうぞご心配なく」

「たいへんけっこう」と、トランプ大統領。「チューリッヒは、もう夜なんだろうね？」

ロイトハルト大統領は、そのとおりだと認めた。ただし自分がいる場所という意味なら、それはベルンだった。ともかく、わざわざ電話を下さるとは、なんの話でしょう。

ドリス・ロイトハルトは少し黙って、答えを待った。前日の午後、彼女が代表を務める連邦政府は、身元不明の同胞が平壌《ピョンヤン》に滞在しているという報道で衝撃と恐怖に見舞われた。その後終日、大統領と連邦議会は、自国の諜報機関と情報網を通じて事態の把握に奔走していた。

トランプ大統領は、スイスの同僚に対しては会話より怒声を好むと判明した。あんた方はいったいなにをするつもりだ？　わかっているのか、北朝鮮と合同で核兵器製造を始めるということはアメリカに喧嘩を売っていることになるんだぞ。この前ＥＵが決めた制裁に逆らおうって気か？

ドリス・ロイトハルトが答えようとして少しばかり長い時間をかけて息を吸っていると、トランプが追い討ちをかけた。今すぐあのマヌケ男に貸してやっている手をすべて引っ込めないかぎり、ＥＵに言ってあんたの国を仲間うちから追い出させてやる。

ロイトハルト大統領は、どこから始めるべきか途方に暮れた。これほど短時間のうちに、いったいいくつの間違いがあった？

「トランプ大統領、スイスはＥＵに加盟していませんので、追い出すのはそもそも難しいと思います。それから大統領閣下の統治力が遠く欧州にまで及び、連合の加盟国リストを書き換えさせることが可能かどうか、わたくしにはなんとも言えません。ちなみに、北朝鮮に対する制裁は国際連合によって定められていますが、スイスはそちらのメンバーにはなっております。それについて修正をお望みの場合、わたくしではなくグテーレス事務総長を電話で起こして下さいますよう、お願いいたします」

「でも、あんたは、寝てなかったと言ったじゃないか」

ドリス・ロイトハルトは自分が真夜中の2時に寝ていたか否か、アメリカ合衆国大統領との話し合いに突入せずにいる冷静さは保っていたので、大統領の心配には同意すると言った。「われわれも、そのスイス人と主張する男が何者かは把握しておりません。ですがこれは、徹底的に調査をすれば解明できる類いの案件と保証します」

「それはけっこう」トランプは言った。「だが、それだけじゃだめだ。なにかわかったら、その瞬間すぐにわたしに電話をかけてこい。わかったか？」

ロイトハルト大統領はすでにくたくただった。アメリカ大統領と2分電話で話しただけで、すっかり消耗しきっていた。「状況が判明したら、然るべき措置をとります。それは状況に応じて必然的に決まるでしょう。大統領からのご要望があった以上、お約束はできないまでも、この件について個人的にご連絡する選択肢は排除いたしません。しかしながら、スイス連邦は自国の安全保障に関してはみずから決定する権利を有しております」

トランプは挨拶もせずに電話を切った。ブライトバート・ニュースのサイトにログインしながら、スイスめ、本当は大統領が認める以上のことを知ってるんじゃないのか、とぶつぶつ言う。しかし、ブライトバートもこの件については十分なアンテナを張っていないようだった。

ドナルド・トランプがスイスのムカつく女と話している間、大統領室のドアの外ではふたつのことが起きていた。引退した元ＣＩＡ課報員のライアン・ハットンがホワイトハウスに電話をかけてきて、何度かの転送を経て国家安全保障問題担当補佐官マクマスターに繋げられたのだ。ハットン元諜報員は80歳近くになっていたが、頭も目もまだ衰えていないと主張した。補佐官がお望みなら、平壌にいるスイス人核兵器専門家が誰かを教えてやることができる。

「お願いします」H・R・マクマスターは言った。

第一に、問題のスイス人はスウェーデン人以外の何人でもない。名前はアラン・カールソン。年は100歳近くになっているはず。70年代から80年代にかけて、わが国の雇われスパイとしてモスクワに配置されていた。50年代には、スターリンに対して賞賛に値すべき闘争を試みた結果シベリアの強制労働所送りになっている。さらにそれに先立っては、世界で最初の核兵器製造において重要な働きをしたとして、大統領自由勲章を授与されている。

「またスウェーデン人か?」がトランプ大統領の第一声だった。「いったい何人いるんだ? スウェーデンって国はどっかおかしいのか?」

「自由勲章を授与されたそうですよ、大統領」

「60年前にな。大昔過ぎて、自由がなにかなんてすっかり忘れちまったんだろう。それでなきゃ、いったいなにをしに、えーと、ピヨ……ピョン……ピ」

「平壌。わかりません。事実は、われわれには記者会見で言われていた以上のことはわからず、パズルのこの新しいピースは元CIA諜報員のハットン氏から提供された情報だけです」

「スウェーデン人ふたりに北朝鮮人ひとり。あわせて3人の共産主義者だ」トランプが言った。「今すぐ、馬鹿女のヴァルストロームをここに呼べ。早くしないとスウェーデンに世界を乗っ取られる。

ほかになにかあるか？　頼むから、ちょっとの間、静かに心穏やかに過ごさせてくれ」

国家安全保障問題担当補佐官には、もうひとつ話があった。たまたまではあるが、アメリカ国家安全保障局は平壌にあるホテルに盗聴器を仕掛けていた。めったに宿泊客がいないホテルなので、盗聴に値する情報があったためしはない。しかし明らかに今日は大当たりだった。どうやら北朝鮮には、暗号名《コードネーム》「アスパラガス」と称されるなにかが定期的に搬入されているらしい。額にして5億ほど。その単位はドルと推察せざるを得ない。

アスパラガスはトランプ大統領の大好物で、幸せなことに大統領は気づいていなかったが、アメリカでの御用達ホテルの多くで供される最高級品種のアスパラガスはスウェーデンからの輸入品だった。ブランド名は「グスタフ・スヴェンソン」。

「アスパラガスが5億ドル？」トランプ大統領は言った。「いくらなんでもそんなに高くないだろう。なんの暗号かを解明しろ」

19

北朝鮮

アランとユーリウスは、平壌《ピョンヤン》北部のプルトニウム工場に赴《おもむ》く初日の朝、ヴァルストローム外相とホテルの朝食の席で顔を合わせた。

席に着くと、外相は約束した外交パスポートが北京から外交伝書使によりこちらへ向かっているところだと告げた。順調にいけば、翌朝には渡すことができる。「いろいろ考えたのですが、ほかにおふたりのためにできることは思いつきませんでした」

「おかげさまで状況は、少し明るくなりました」アランは言った。

ユーリウスは、ただ頷いた。大臣はたしかにありがたいことをしてくれたが、ユーリウスの悩みを晴らすすばらしい人間はどこにもいそうになかった。俺の人生は終わったも同然だ。もう二度と愛するアスパラガスを、いや、アスパラガスが生み出す金を目にすることができないなんて……。

「金正恩《キム・ジョンウン》との会談は明日の予定です」マルゴット・ヴァルストロームは続けた。「その後すぐに出国して欲しいとの要請を、すでに受けています。つまり、どれほど引き延ばしても明後日にはここを発たねばなりません。それまでに脱出する方法を思いつけますか?」

「どうだろう、アラン?」

ところが101歳の老人は、心ここにあらずだった。質問には答えず、今は黒いタブレットの調子が最高によさそうだぞと言った。ポーランドの欧州議会議員が、女性は男性より知性に劣るので給料も安くていいと主張したそうだ。男の知性といえば、アメリカのトランプがたった今ツイッターで、世界でもっとも愛され、映画賞も受賞している女優を無能呼ばわりした。それとブラジルでは、現職大統領のテメルが汚職の罪で起訴された。ちなみに前大統領のルセフは汚職疑惑で罷免され、その前の大統領のルーラは汚職の罪による収監待ちをしている。

「人間とは哀れむべき存在だと書いた作家がいなかったかな?」アランは言った。それからトランプといえば、あの男は「ツイート」の意味をちゃんと理解していないね。

ユーリウスは、虚ろな目で友人の顔を見た。

外相は、機会があればカールソンさんにツイッターなる現象について説明して差し上げたい、それをいうならスウェーデン文学史についても掘り下げたいと言った。だけど今、より緊急性の高い問題は、あなた方おふたりに生き残りに向けた計画があるかどうかです。

アランは言った。大臣がそこまで話題を変えたいと決意を固めていらっしゃるなら、自分は「計画」とはいささか誇張表現ではないかと答えたい。

「カールソンさん、だったら『計画』以外にどんな言い方があると？」

「なにもない」とアラン。「問題ならあります。それと自信がいくらか。ほとんどが問題だな。あるいはほとんどが自信。どちらを求められているかによりますが」

マルゴット・ヴァルストロームは、両方を意識するべきだと思うと言った。ユーリウスが希望を失った状態に陥っている今、アランはふたりを代表して意見を述べる必要があった。

プルトニウム工場での初日が終わればはっきりすることも多いだろうと思われる。問題解決の道は、期待していない時にこそ開けることがある。最近の例で言えば、ユーリウスと海に気球の籠で浮かんでいて、海水が膝の高さまで浸みてきていた時がそうだ。水温が高いのだけが救いで、それ以外に楽観的な状況はなにもなかった。

「そこへ船が救助に現れたのだ。じつに幸運だった」

「そうか？」ユーリウスが茫然自失を脱して言った。「ここ以外のどこか別の国から来た船ってわけにはいかなかったのか？」

「朝食を食べてしまえよ、ユーリウス。ひょっとしたらもっとひどい国だってある。あるいはまったくないとか。しかしわれわれは今ここにいる。見たこともない食べ物ばかりだが味は良い」

テーブルには、白米、魚、中身はよくわからないが黄色のスープ、それからこの国の言葉でキムチと称される食べ物がずらりと並んでいた。これら豪華な料理を完璧なものにするべく添えられたのが、邪悪な取り合わせの西洋風コーヒーとフレンチクロワッサンだった。

「戦後すぐに中国にいた時のことを思い出す。あれは橋を吹き飛ばすためだった。当時はコーヒーなんて夢のまた夢。だがあの国には、米から造ったウオツカがあった。一日を始めるのに、もっとひどいやり方もあり得るのだ」

外相はカールソンの能天気さに感銘を受けるべきか、ヨンソンの不安状態の仲間に加わるべきか、わからなくなった。どちらもふたりの状況にとって有意義とはいえないので、やり過ごすことにした。

「出国が迫ってきたら、正確な時間はあらためて知らせます。来られるなら来て下さい。来られなかった場合、わたしが西側の国に到着してすぐに、できる限り大きな外交的騒動を引き起こすと約束します。この国にいる間はこれ以上ほつれた糸を引っ張らないほうがいいでしょう。官邸にいるあの友人が、もしわたしの違法行為に少しでも勘付いたら、逮捕もありえます。国連安全保障理事会特使が北朝鮮で逮捕！　そんなことになったら、これまでにない危機に発展しかねません。わたしの置かれた苦境は、わかっていただけたでしょうか？」

アランは外相が食事を終えて、そろそろ席を立とうとしているのに気づいた。「そのクロワッサン、もらっていいかな？　もちろん、大臣がもう行かれるのであればという意味ですよ」

「いい加減にしろよ、アラン」ユーリウスが言った。

外相は、好きなだけ取っていいと答えると、先に部屋に戻った。大臣には来るべき金正恩との会談に備えて大使館でやらねばならない仕事がある。いったいなんのために？　人は疑問に思うかもしれないが、それでもだ。

ヴァルストロームはやるべきことをやる。ロビーでリムジンを待っていると、カールソンが友人に向かってトルコのエルドアン大統領の話をしている声が聞こえてきた。オランダ国民全員がファシストだとか、ドイツのメルケル首相はナチだとか、イスラエルは国の資源のほとんどを子どもの殺害に使っているテロリスト国家だとか言ったらしい。

「そいつの名前なんて、俺にはどうでもいいんだよ」ユーリウスが暗い声で言った。

「じつは、わたしもだ」と、アラン。「でもこのトルコ人、ちょっと言いすぎだと思わないか」

ヴァルストローム外相はリムジンに案内された。座席に落ち着くと、この世界がカールソンを狂わせたのか、あるいはその逆なのだろうかと考えた。

＊＊＊

アランが黒いタブレットの中味以外なににも興味を示さない様子でいる一方、ユーリウスは気合いを入れ直して自分たちが生き延びる確率をあげるためにできることをやろうと決めた。知識だ。この状況で知識をつけることは、悪いスタートじゃない。そこで研究のため、少し歩いてみることにした。

柳京《リュギョン》ホテルには全部で4つの出入り口があった。それぞれ案内係と称した守衛がふたりずつ立ち、スイス人と助手が勝手に外に出ようものならただちに部屋に連れ戻そうと待ち構えていた。このホテルからは、先日まで泊まっていたホテルほど簡単には逃げ出せなさそうだ。気球のあるなしは関係ない。さあ、どうしよう。平壌の街をぶらぶら歩いて空港まで行く？　電話でタクシーを呼ぶ？　番号は何番？　頼むのは何語で？　料金はどうする？　逃亡を図ったとして警報が作動しない確証は？

個人的に運転手を雇うのはどうだろう。これから6日間、ホテルからプルトニウム工場まで送り迎えをする予定の男。途中でちょっと空港に寄ろうと親切心を起こしたりしないだろうか？　アランがその気になりさえしたらうまく言いくるめるのだって……。

ユーリウスは朝食用の部屋にいる101歳の老人のところに戻ることにした。もうじき9時になる。アランは自分の分のキムチと残ったクロワッサンを食べ終えていた。ただし最後の一個は未来の備えとしてコートのポケットにしまいこんだ。戻ってきたユーリウスを歓迎し、タブレットでまた新しいニュースを見たと言った。ユーリウスが止める前にアランが言った。メキシコとアメリカの間に建てる壁のコストは、東アフリカの飢餓を終わらせるのにかかるコストの4倍だそうだよ。

「東アフリカの飢餓？」

ユーリウスはアランの黒いタブレットが憎かった。こんなふうに世界のみじめな話に取り憑《つ》かれる前の、昔のアランに戻って欲しい。

「それに、聞いてくれ」アランはかまわず続ける。ストックホルムにできた新しい病院で、165のトイレの個室に欠陥が見つかったそうだ。水が逆流するとわかって作り直すことが決まったらしいが、これにもアフリカの飢餓を救うコストの半分くらいかかる。

ユーリウスが怒りを爆発させた。「もう、うんざりだ！　お腹を空かせた子どもや使えないトイレには同情するが、それにしたって、自分たちが数日以内に撃ち殺されそうだって話をちょっとは頭の中に叩き込んでもいいんじゃないか？　頼むから、まともに物事を考えてみたらどうなんだ」

アランは傷ついたふりをした。「だったら、おまえさんは自分の頭でなにか考えたことはあるのか。わたしは自分で自分を最新版に更新していたぞ。そっちはずっと悲観して文句ばかり言っていたわけじゃあるまいな」

　ユーリウスは出口にふたり守衛が立っていると教え、自分たちが守るべきルールについて再確認した。うまい具合に、その中には数分のうちにホテルの外に停まっている車に乗り込んでいなくてはいけないルールも含まれていた。それこそが、自分たちの移動手段問題の解決策になるかもしれない。車と、運転席にいる男。

「だったら、行ってその男にこんにちはと挨拶しておいたほうがいいな。新たな出会いはいつだってわくわくするものだ。行こう、わが友よ！　顔を上げて！」


　運転手は敬礼して外国人の客を出迎えた。車の後部座席に乗り込むよう丁重に促す。ただし水溜りの泥はなるべく車内に持ち込まないようにしていただければ。

「前にすわりたいなあ。そしたらおしゃべりができる」アランが言った。「英語がお上手だ」

　アランは、後部座席に乗り込んだユーリウスの隣へと運転手から案内される前に、さっさと助手席に収まった。

「本来は正しいことではありません」運転席にすわると運転手が言った。

「わたしはアランだ」と、アラン。「われらが運転手さんのことはなんて呼んだらいいのかな？　金という名前が多いのは知っているよ」

　運転手は自分の名前など自分の存在同様に取るに足らないものだと言った。しかし仕事には真面目に取り組んでいる。ご存知のとおり、おふたりは毎朝９時には研究所に向かって出発し、16時きっかりに帰ると決まっている。名無しの運転手は毎日研究所の外で予期せぬ出来事に備えて待機することになっていた。

「空港はきれいらしいね」アランが言った。「明日あたり、ちょっと見に行ってみるのはどうだろう。名無しの運転手さんのご都合はどうかな？」

　都合は悪い。ホテルと研究所の往復経路から外れる予定は今日の午後だけと決まっていた。平壌で最高級のデパートにお連れしろとの命令だった。

「でも、少し遠回りするくらいなら——」

「できません」と、運転手。

　なんとも愛想がない。アランはコートからさっきしまったクロワッサンを出した。運転手が恐怖におののいた。車を停《と》め、車内での飲食はいっさい固く禁じられていると言った。

「今すぐそれを側溝に捨てて下さい！」

　食べ物を捨てる？　それはいい考えなのか？　アランの理解が正しければ、この国では軍事パレードより食べ物のほうにめったにお目にかかれないはずだが。

「最高指導者様の国では飢えている者などいない。さあ、それを捨てるんです！」

　アランは言われたとおりにした。

「だがそれは、必ずしも腹を空かせていないという意味ではありません」運転手が付け加えた。以後車内は、つぎに運転手が口を開くまでまったく会話がなかった。

「着きました」

「楽しいドライブをありがとう」アランは言った。

＊＊＊

ホテル同様、プルトニウム工場も自由に出入りすることは不可能だった。しかし保安検査ゲートで通過する物や人間すべてを厳しくチェックする守衛は、ひとりしかいなかった。

「こんにちは」アランは言った。「わたしはアラン・カールソンだ。きみは——運転手とは違って——名前はあるんだろうね？」

守衛はおっしゃるとおりですとアランに答えた。しかし今は、カールソンさんのポケットを調べることが最優先だ。工場内には不適切な物はいっさい持ち込めない。あるいは外に持ち出せない。

アランは言った。わたしと友人ユーリウスが「不適切な物」に分類されないといいのだが。もしそうなら関係者のみなさんに多大なるご迷惑をおかけしてしまうだろうから。けっきょく守衛の名前はわからなかった。

「入っていただいてけっこうです」守衛は言い、スイス人とされている男ふたりを中に通した。


アランはその日、研究室長を相手に終日意味のない話に徹する計画でいた。最近死亡した前任者と交代したばかりの、南浦《ナムポ》港湾事務所で前日にアランとユーリウスを尋問したあの男だ。

アランは会う人ごとに名前を知りたいと言うのだが、北朝鮮にはつれない人間しかいないらしい。

「技術者さんでけっこうです」と室長は言った。

「ああ、なるほど」アランは言った。「そういう方向でいくのでしたら、わたしのことはカールソンさんと呼んでいただきたい」

「最初からそうしています」技術者は言った。

呼び名が決まると、アランは時間を潰すことに一日の大半を充《あ》てた。研究室を清潔にしておくことの重要性について演説し、また別の時には核兵器は重要なビジネスであるという事実について語り、つぎには近づきつつある春は楽しみに待つ価値があると話した。

技術者はついに我慢しきれずに言った。「そろそろ仕事にかかる時間では?」

「仕事にかかる?」アランが返す。「わたしもちょうどそのことを考えていた。たった今考えていたところだ。そろそろ仕事にかかる時間だと」

アランの甚だ不完全な計画とは、もちろん、自分たちとともにこの国に到着した濃縮ウラン4キロを持って国を出ることだった。ひとつ明るい材料は、ウラン入りのブリーフケースを探し回る必要がないことだった。最高指導者の執務室のデスク上から今ではここ研究室に運び込まれて、部屋の一角で使われるのを待っているからだ。

「最初に、わたしがこれから精製するウランの形態を精査する許可を求める」アランが言った。

「なんでです?」と技術者。

なぜかはアランにも明確にわからない。けれども間違いなく、自分が盗む物がどんな姿をしているかを知るのは良いことだという理由はある。「偽造ではないか確認したい」アランは言った。「技術者さん、偽造ウランがいくらで売られているか知っていれば、恐ろしくてとても冷静ではいられませんよ。しかしひょっとしたらその可能性もある」

「どういうことです?」

「恐ろしくて冷静でいられなくなるということです。さて?」

技術者はどうやら耄碌しているらしい専門家に向かって首を振り、ブリーフケースを取ってきた。カウンターに置き、蓋を開ける。

濃縮ウランは高密度で、放射線的観点からいうと危険性は低い。レンガほどの大きさのケース全体が薄い鉛の膜で密閉されている。長さと幅を測る。「縦28センチ、横12センチ。つまり鉛の内部は縦27センチ横11センチになるな。完璧なまでに正確だ！　おめでとう、技術者さん」

技術者は驚いた。そんなに早く結論を出せるものだろうか。「もう終わりですか？　開けて中身を確認しなくても？」

「いや、なぜその必要がある？　計測値は正しかった。重量も測っておこう。念には念を入れて」

アランはウランの包みを持って、数メートル離れたところにある計量器に置いた。

「正しい重さはどのくらいなのですか？」技術者が聞いた。

アランは計量器に数字が表示されるまで答えなかった。

「5・22キロ。8ミリの鉛シールドの分を考慮するとまさにこれが正しい。あらためておめでとう、技術者さん。やはりきみは、自分がなにをするべきかを知る人だ」

技術者にはわけがわからなかった。「やはり？」

「言葉尻をとらえるのはやめておこう。ブリーフケースはさっさと片付けて、そろそろつぎに進むことにするのはどうだろう。やらねばならぬことは山のようにあり、時間はきわめて少ない」

技術者は内心、物事がちっとも進まないのがいつの間にか自分のせいになっているのはなぜだろうと不思議に思った。

「さて、どこまでいったんだったかな」アランが尋ねる。「研究室内を清潔に保つことの重要性については議論したんだったかな」

「ええ」技術者が答える。「2度」

「そしたら、ウランの重量が適正か確認することの重要性は?」

「今それをしたのでは?」

ユーリウスは黙ったまま見つめていた。まったく、アラン以上に天賦の才能に恵まれている人間は、到底この世には存在しない。


新任室長の技術者は困り果てていた。自分の未来はすべて、アラン・カールソンの仕事の成果にかかっている。港湾事務所で面談したあと、最高指導者に良い報告をした立場としてはなおのことだ。プルトニウム工場は今に至るまで目的を達成できず、ロシアは遠心抽出器を提供する約束をはぐらかし続けている。技術者は、最高指導者様の期待に応える最後の手段として、原料に濃縮ウランを要求した。

技術者にとって恐ろしいのは、密輸相手のアフリカとの繋がりを仲介したのが、ロシアだということだった。試験用のウラン4キロが実際に届いた今、技術者はなんとしても自分の言葉を証明せねばならない。そこへもってきて、同量の原料で5倍から10倍の威力を得る方法を知っていると言う前時代の専門家とやらを抱えることになった。熱間真空高速加圧処理1200? 技術者は能無しではないが、どうしてもこの概念が論理的結論に結びつかない。ともかくあと5日ある。明日はこちらがもっとしっかりと会話の主導権を握らねばなるまい。

デパートに向かう道中、ユーリウスは後部座席でうとうとし、助手席のアランは考えをめぐらせた。話し相手がいないのだから仕方がない。さらにもう少し考える。しばらくしてユーリウスに向かって言った。「わたしがなにを持っているかわかるかな？」

ユーリウスがぱちっと目を開けた。「え？　なんだろう？　なんだい？」

「計画だ」

ユーリウスは一気に目が覚めた。

「俺たちがこの国を出ていくための計画か？」

「そうだ。だって、おまえさんが欲しいのはそれなんだろう？　それとももう気が変わった？」

後部座席の友達はきっぱり言った。いや、変わるもんか。それより今すぐでも詳しく聞きたい。

アランのアイデアはこうだ。技術者を騙して部屋を追い出した隙に、ウラン入りのスーツケースを持って脱出し、保安検査をすり抜ける。それから外で待っていた運転手を説得して車を置いていかせる。あの男はどうしてもわれわれを空港まで乗せていかないと言って聞かないから。

ユーリウスはアランがした話をじっくり考えた。

「それがあんたの計画ってやつか？」ユーリウスは言った。

「短縮版だが、そうだ」

「言いたいことは多々あるが、まずどうやって出入り口の守衛の目をすり抜けてウランを持ち出す？　どうやって運転手に車を置いて行かせる？　空港の職員に捕まらずに大臣の飛行機に乗る方法は？」

アランは、年寄りの脳では一度にそんなに多くの質問に答えられないと言った。

平壌で最大にしてその名で呼ぶにふさわしい唯一のデパートは４階建てで、商品は豊富だが客はまばらだった。名無しの運転手が全階アランとユーリウスに付き添い、案内した。

１階は紳士・婦人服売り場だった。前者はすでに持っていて後者は不要だった。

２階は靴、コート、手袋、鞄の売り場だった。最高指導者が支払いをしてくれるなら、コートを１枚ずつ買うのはどうだろう？　なにしろ外は薄ら寒い。

コート売り場のそばの棚には、ブリーフケースが40個ほどずらりと並んでいた。どれも見分けがつかないほど同じ作りをしている——研究室にあるウラン入りブリーフケースとも。北朝鮮ではブリーフケースのデザインは１種類しかないらしい。

「共産主義には共産主義の良い面がある」アランは言った。ひとつを手に取る。

ユーリウスは、アランがスーツケースを入れ替えることにしたのだと気づいた。

３階にはとくに興味を惹かれるものはなかった。玩具、多種多様な文房具、美術用品の類いが売られていた。アランが先を行き、２、３歩遅れてユーリウス、さらに２、３歩遅れて見るからに退屈しきった運転手がついていった。

４階でユーリウスは鉛テープのロール１本を手に取った。「これはどうだい、アラン？」

「冴えてるじゃないか。これで買い物は終わりにしていいだろう」

＊

会計は1階でまとめてすることになっていた。アランとユーリウスがカウンターにコート、ブリーフケース、鉛テープを置くと、運転手は若い女性店員に請求書は最高指導者宛てに送るよう言った。途端に女性店員が卒倒した。運転手は店員を床から起こして、スイスの客人に自分の認識が甘かったことを謝罪した。

ホテルに戻るまでのわずかな時間で、運転手は後部座席のユーリウスと、あいかわらず助手席にすわると言って聞かなかったアランに向かって、明日は朝食の席から車内になにか持ち込むのは固く禁止すると強調した。

「キムチでもだめ？」アランは言った。

「とくにキムチがだめです」

「お話はしっかりお聞きしましたよ、名無しさん。明日の朝はとくに早起きをして、満腹で万全の体調でお会いできるようにしておきます」

アランは部屋に戻ると、寝るまでの間ずっと黒いタブレットを持ってデスクにすわっていた。紙とペンも置いてある。なにか化学式のようなものを書き留めているようだった。時おり「ふむ」と満足げに声を漏らす。一方ユーリウスは、鉛テープで包むのに適した物がないか部屋を探し回っていた。ようやく見付けたのがシンク横の洗面用具入れの黒い箱だ。

「良い選択だ」アランが褒め称える。「サイズもなにもかもちょうどいい」

形と見た目は、技術者の濃縮ウランにそっくりだった。重さはかなり足りないが、守衛にはまず違いはわかるまい。

日付が変わる前に、アランはネットサーフィンとメモを終えた。「よし、いいだろう。これだけあれば、明日は技術者と余計なおしゃべりをせずに済む」

20 北朝鮮

アランに考えがあるのは明らかだった。そしてユーリウスは、そこに関わる一部は把握できていた。ただし、本当にごく一部だ。

翌日の朝食の席で、アランは配膳台の下にティースプーンの入った蓋付きのプラスチックケースを見つけた。容器だけ必要なので、中身を全部テーブルに空ける。激しい金属音を聞きつけたウェイトレスが飛んできて、なにをしているのかと尋ねた。

アランはユーリウスに指示を出し、インドネシアのホテル支配人からくすねた金のライターを使って買収しろと言った。

「くすねたんじゃないよ。ただポケットに入っただけだ」ユーリウスは抗議しながらも、ウェイトレスとはすぐに話をつけた。

アランは窃盗症の定義について議論を始めても良かったが、かわりに大喜びのウェイトレスに指示を与えた。「この容器にシリアルと牛乳を入れてもらえないかな？　蓋をしっかりきっちり閉じてから、あなたがたった今譲り受けたライターの持ち主だった男に渡してほしい」

若いウェイトレスは手に入れたばかりのライターに自分の顔を映すのをやめて、走って行った。

「シリアルに牛乳なんて、われらが運転手がいちばん持ち込んでほしくないものじゃないか」ユーリウスは言った。

「それには大筋では同意する」

箱の中身は、運転手を車の外に誘い出すために必要なのだ。アランにもユーリウスにも運転手を抱え上げる筋肉はないうえに、確かなことがふたつある。一、運転手はけっして自らの意志では車から去らない。二、運転手はどれほど頼まれようとふたりを空港まで乗せて行くことはない。

ヴァルストローム外相がやってきた。ふたりのテーブルの横に立ったまま、コーヒーを飲み朝鮮風フレンチクロワッサンをほおばり、急いでいるのだと言った。外交パスポートは予定どおり到着していた。ナプキンの包みをふたりに手渡す。

「恩に着ます、大臣」アランは言った。「出発は何時でしょうか。段取りがありますので、知っておいたほうがいいと思うのですが」

ヴァルストローム外相も、その話をするつもりだった。金正恩《キム・ジョンウン》からは、外相とのつぎの会談はそれが最後であり、なおかつ終了後すみやかに出国していただきたいと伝言が届いていた。

「つまり、わたしとはもう関わりたくないということ。そうかと思えば、トランプ大統領の側近が、いくつか説明してもらいたいことがあるから大統領に会いに来いと言ってきたわ。空港からは、わたしの飛行機の出発は15時30分になると確認がありました」

「今日？」ユーリウスが不安げに聞いた。

「アメリカの大統領がいったいなにを聞きたいと言うのかねえ」アランが聞いた。

「カールソンさん、あなたの名前がすでにあがっている可能性も否定できませんよ」

外務大臣は悲しそうに見えた。ユーリウスは大臣に同情した。だが誰よりも自分に同情した。

「お伝えしたとおり、15時30分です。いらして下さることを願っています」外相は、カールソン氏とヨンソン氏に再会できるかどうかはわからないと思っていた。

ユーリウスも同じ気持ちでいた。「今日?」と繰り返す。「時間が十分あるのかどうか――」

「ユール、やめとけ」アランが言った。「うまくいくか、いかないか。それしかない。わたしはほかの選択肢は考えない。ほら、もう9時だ。予定が狂う。シリアルを忘れずに」

「俺の名前はユールじゃないよ」ユーリウスは言った。

＊＊＊

プルトニウム工場の入り口に立つ守衛は、厳格かつ細かい指示を出す。出入りする人間が誰であってもその対応は変わらない。

2日目のカールソンとヨンソンは、そろって昨日は着ていなかった新しいコートを着ていた。守衛は全ポケットと折り返し部分を探ったが、とくにおかしな物は発見されなかった。

さらにカールソンはブリーフケースも持っていて、中には銀色の包みと手書きの計算式が並ぶ書類数点が入っていた。

「これはなんだ」守衛が計算式を指して尋ねる。

「誉れ高き民主主義人民共和国の核の未来ですよ」と、アラン。

守衛が恐れおののいて元に戻した。「こっちは?」銀色の包みを手に取る。

「洗面用具です」アランは本当のことを言った。「技術者さんにあげようと思って包装したんです。でも黙っていてほしい――びっくりさせたいから」

非常事態と通常事態が同時に起きている。一方は国家の未来に関わり、一方は……なんだった？

守衛は、ここは疑り深くいくことにした。慎重に包装テープを剝ぎ、老人が本当のことを言ったか確かめる。黒い箱の中には剃刀《かみそり》、シェービングクリーム、石鹼《せっけん》、シャンプー、コンディショナー、くし、歯ブラシ、歯磨き粉が入っていた。ボトルの蓋を開けて匂いをかぎ、中身も確かめた。

「技術者さんは気に入るかな？」アランが尋ねた。

歯磨き粉は歯磨き粉らしい匂いで、シャンプーはシャンプーらしい匂いだった。剃刀は紛うことなき剃刀だった。

「さあ……」守衛は言った。このような正体不明の液体を持ち込むのは本当に適正といえるのか？

「またテープで包みなおしてもらっていいかな？」アランが言った。「そろそろ技術者さんが来るころだが、これではどうにも……」

技術者がやって来た。機嫌が悪い。「どうしたんです？　開始時間を10分も過ぎているのに」

守衛は大慌てで箱をテープで包みなおした。傍らではアランが、どうしたかと言えば、ただ守衛が立派に仕事に励んでおられるだけだと話してごまかしている。技術者は、そろそろこの人の昇進をまじめにお考えになっても良いのではないか。自分の知るかぎり、守衛はさらに大きな仕事を引き受けられるだけの準備ができている。最低でも第一守衛。ただその番号に意味を持たせるためには、最低でもあとひとり守衛を増やす必要が出てくるわけだが。

カールソンは今日もなにも話さないつもりなのか？　こんなことは続けていられない。

「行きましょう!」

アランがだらだらしゃべっている時間を使って、守衛は箱を元の状態に戻すことができた。蓋を閉めてブリーフケースをスイス人核兵器専門家に返す。ほかにとくに注意すべきものは見つからなかった(シリアルは車の後部座席の下に置いてある)。守衛はアラン、ユーリウス、技術者の3人が遠ざかって行く背中を、長い間じっと見ていた。

第一守衛か。悪くない話だ。

＊＊＊

技術者はカールソンとヨンソンを研究室へ先導した。初日が終わり、最高指導者への報告で、老スイス人から知識を引き出す作業に若干時間を要しているが、すべて正しい方向へ進んでいると話をした。専門家とはいえさすがに100歳を越した老体なので、本人のペースにまかせるのが最善ではないかと言うと、最高指導者も同意した。老人の知識をすべて聞き出すための時間は残り5日。余裕は十分あるかに思われた。

「では、始めよう」アランは技術者の机に昨晩書き留めた計算式の紙を並べた。「わたしの時代には、分裂がすべての問題の解決策だった。現在は分裂と融合の双方がある。まあ、技術者さんならこんなことはとっくにご存知でしょうな」

技術者は目をぱちくりさせた。核融合は、たしかに今では「言わずもがな」の分野になっている。じいさんもいくらかは学ぶ価値のある知識を思い出したわけか。

「まだこの紙は見ないで下さいよ、技術者さん。先を急ぎすぎたら失敗する」

技術者は先を急ぐリスクがあるとは思わなかったが、あと少し辛抱することにした。

アランが続ける。「目下の問題は、あなた方が入手に成功したウランをどの程度圧縮できるかだ」

「それが問題だということはわかっています」と、技術者。「あなたがその答えを持っていることも。この紙の中にそれが？」

アランは呆れたように技術者を見た。わたしが答えを持っていることは明らかではないのか。さっきこの紙はまだしばらく置いておくと言ったのを、もう忘れたのか。アランは、弟子が会話についてこられないのではないかと最大の懸念を繰り返し口にした。その場合、いくら話しても意味がない。

技術者は、その心配には及ばないと言った。カールソン氏の会話のスピードなら子どもでもついてこられるし、技術者である自分は10年近くこの問題に関わってきている。

「成果はごく限られているが」アランは言い、ちょっと席を外したいと告げた。外の車で待っている運転手と話し合うことがあるから。「すぐに戻る」そう言って立ち去った。

ユーリウスは「混乱を引き起こせ作戦」が今まさに始まったとわかった。技術者と目を合わせ、励ますように肩をすくめた。「あの男は、何事も自分のやり方があるんですよ」ユーリウスは言った。「でも、いつも最後にはうまくいくんです」

ついてればな、と心の中で付け加える。

101歳の老人は守衛の横をまっすぐすり抜けていった。コート姿で、ブリーフケースとその中身を持って。守衛は椅子から慌てて立ち上がって叫んだ。「止まれ！　どこへ行く？」

「運転手に話があるんです」アランが言った。「大事な話が」

守衛はカールソンが自分の昇進を提言してくれたことを恩に着ていた。だからと言って任務を怠るつもりはまったくない。そこでアランは再度コートとブリーフケースの検査を受けることになった。ブリーフケースの中身は、つい何分か前に見たものと同じだが、ただ計算式を書いた紙がなくなっている。それはけっこう。計算式は中に入ってもかまわないが、外に出るのは困るから。

アランが注意を引こうと窓を叩いた時には、運転手は白いクロスでダッシュボードを拭いていた。

「もうお帰りですか?」運転手が言う。

「いや、ちょっと確認したいことがあるのだ。ここは暑すぎやしないか? ウィンドウを少し下げたら、空気の流れが良くなるんじゃないかな」

運転手は老人をじっと見つめた。「外は摂氏3度ですよ」

「暑すぎない?」

「いいえ」

黒いタブレットが、助手席で持ち主を待っていた。

「良ければ、名無しの運転手さん、待っている間はこれを使っていていいですよ。わたしも最近知ったのですが、これの中には裸の写真もけっこうあるものなんですねえ」

運転手は恐怖に震え上がり、そんなつもりはまったくないと告げた。

「では、そういうことで」アランはきびすを返し、入り口に向かって戻って行った。もう少しで守衛を素通りできそうだった。本当にもう少しでだったが。

「コートをこちらに。それからブリーフケースも」

アランは、記憶が正しければ車からはなにも持ってきていないと言った。ただ、守衛さんはわたしの言葉どおりに受け取ってはいけない。「この年になると、物事は自分が良かれと思った時には悪くなり、だからと言って誤って考えていた時に良くなるとも限らない。どうぞ、必要と思うチェックをしてくれてかまいませんよ。用心は美徳。きっと最高指導者様も同じ意見でしょうね？」

守衛は、最高指導者の名前が出るたびに緊張した。


研究室に戻ったアランは言った。「聞いてほしい、あることを思いついた」

「なんです？」と、技術者。

アランは姿勢を正したように見えた。それから一気に早口でまくし立てた。「$MgSO_4$-$7H_2O$ $CaCO_3Na_2B_4O_7$-$10H_2O$」

技術者はついていけなかった。「もう一度」

「爆発力を倍増させたい時に役に立つ化学式だ。だが今から話すのは、10倍増の計画である」

「もう一度いいですか」技術者は繰り返した。

「もちろん」と、アラン。「しかしわれわれは、すべて順番どおりに行う必要がある。その話はしてなかったかな？　さもないとわたしの経験上、なにかしら間違いが起こる。そして間違いは間違いの道へと進む。そうではないか？」

技術者は、間違いは間違いにつながることには同意すると、もごもごと言った。一方隣に立つユーリウスは完全に沈黙していた。ありゃいったいどこから出てきたんだ？

もちろん、出所は黒いタブレットだった。勉強不足の目（ユーリウス）や準備不足の頭（技術者）には、誉れ高き国家が抱える核兵器関連の諸問題を解決する秘策に思えたかもしれない。

だがそうではなかった。正しくはバスソルト、歯磨き粉、漂白剤の化学式を組み合わせただけだった。アランは核技術に関するなにかを探していたのに、カナダの素人化学者のサイトしか見つけられなかった。世界に自分の家の浴室と洗剤棚のラインナップを紹介したくて作ったページだ。アランの記憶力は、本人が広く公表していた話とは裏腹にまったく問題なかった。すでに披露した以外にも、アスピリン、ベーキングパウダー、オーブンクリーナーその他の化学式もしっかり頭に入っていた。すべてカナダのオンタリオ湖沿岸の町ミシサガに住む化学青年のおかげである。

アスピリンの化学式はひょっとしたら技術者の役に立ったかもしれないが（ベーキングパウダーやオーブンクリーナーは無用）、はぐらかされた技術者はふたたび苛立ってきた。

「さあ、今度こそ仕事を進めないと」

「もちろん、進めるとも」と、アラン。「その前にちょっと……」

そしてアランはトイレへ向かい、そのまま15分が過ぎた。

壮大なる逃亡計画が遂行されるまで、アランは再度名無しの運転手のもとを訪ね（外気温が3度しかないことを考慮して凍えていないか確認）、技術者とはさらに数歩対話を前進させ、少なくとも横道には逸らせた。一方でユーリウスもまた、技術者と自分自身の平常心を保つため最善を尽くした。

慌てていたせいで、アランはその日の最重要任務をユーリウスに話し忘れていた。その時がきたら技術者の気を引き、アランがブリーフケースを入れ替える手助けをすること。101歳の老人は理由をこじつけて技術者を隣の冷蔵貯蔵室に行かせ、その隙にユーリウスに手短に指示を与えた。

「やつが戻ってきたら、気を引いておけ」

「気を引く？」と、ユーリウス。「どうやって？」

「ともかく、気を引いておくんだ。その隙にブリーフケースを入れ替える」

「今のうちにやらないのは、なんか理由があるのか」

アランは友人の顔を見た。「理由は、わたしがそれを思い付かなかったからだ。わたしが頭の中で捏《こ》ね回す理屈はたいてい、周囲の人間のこうしたほうがいいんじゃないかという軽い思い付きに及ばない。ふだんであれば、それでかまわない。しかし特殊な状況においては……」

アランが言えたのはここまでだった。技術者が戻ってきた。

「ガリウムは800グラム在庫がありました」技術者は言った。「それで、これはウランの加圧になんの関係が？　頼むから、わたしを愚かな人間ではなく対等な人間と考えて、説明して下さい」

「たったの800グラムか」アランは心配そうな顔をして言った。

その時、ユーリウスが頭から床に倒れこんだ。「助けてくれ、死にそうだ！」

技術者は震え上がった。命令したアランですら、一瞬怯《ひる》んだほどだ。

「ああ！」ユーリウスが横になったまま声を上げる。「わあ！」

アランはその場に留まったままだったが、技術者はユーリウスを助けに駆けつけた。

「どうしたんです、ヨンソンさん？」そう言って、死にかけている疑いのある助手の横に跪《ひざまず》いた。

「気分が悪いんですか」

ユーリウスはアランがすでにブリーフケースを入れ替えるのに成功したと確認した。

「ええ、ありがとうございます」と、ユーリウス。「大丈夫。急にホームシックの症状に襲われて」

「ホームシック？　床にばたりと倒れ込んだのに？」と、技術者。

「重篤なホームシック発作なんです。でももう、治まりました」

技術者は、これまでふたりの外国人のうちユーリウスをずっと理性的な人物と考えていたが、今ではその印象はもうひとりに対してと同じくらいに悪化した。「手を貸しましょうか、ヨンソンさん？」

「ありがとう、ご親切に」ユーリウスは言い、技術者に手を伸ばした。

＊＊＊

技術者は自分の置かれた絶望的な状況を思った。最初は南浦港《ナムポ》で、カールソンは詐欺師か否かをわずか数分で判断せねばならなかった。そうだと判断した場合、技術者本人が、本来考えていたより早く成果を上げるよう迫られる恐れがあった。技術者はカールソンを天才と判断し、生き延びたいという切実な理由から実際にそうであってほしいと強く願った。その後、この老人はおそらくペテン師ではないまでも、脳が完全には機能していないという辛い認識を持つに至り、さらに不幸にも今、助手もほぼ同等の状態であることがわかった。

当初カールソンにかけられていた疑惑は詐欺であり、老人性痴呆についてはいっさい言及されていなかった。技術者は、最高指導者にその点を説明してはどうかと考えた。しかし、無理な話だった。それはこの先、最高指導者に嘘をつくこと（つまりあり得ない考え）に繋がるかもしれず、かつ老スイス人の助けはこれ以上不要だと告げることでもある。技術者は加圧の仕組みを理解するところまではきており、このあとの数週間で知識を実際の結果に変換できるかもしれないと思っていた。その場合、少なくとも数週間は生き延びられるし、約束したとおりの結果を出せる可能性もある。

カールソンは老いぼれの頭蓋骨の中に化学式をいくつか保管していて、紙にも書き残している。技術者は、彼らが帰ったあとでじっくり検証しようと考えた。

昼食中、技術者はカールソンに激怒した。黒いタブレットで見たと言って、アメリカのテレビ番組の司会者がセクシャルハラスメントを繰り返し、挙句自分を助けに来ない神に怒りを覚えると発言した話を、延々と聞かされたのだ。技術者は不愉快だと怒鳴った。自分は神にもこの世のアメリカ人すべてにも、熱間真空高速加圧処理にもそれでなにができるのかにも、クソほどの興味もない、なぜならもうじき500キロの濃縮ウランを扱うことになるからだ。貨物が届いたらもうじいさんは必要ない。今すぐ態度を改めない限り、必ず研究室から引きずり出してやると技術者は言った。

500キロ？　アランがその話を聞くのは2度目だった。4キロでも十分恐ろしいのに。

「おやおや、技術者さん」アランは言った。「お互い、そんな言い方は控えましょう。モスクワの同志スターリンも、わたしに腹を立てたものだ。そのたった1回でわたしはシベリア送りになり、スターリンは発作を起こした。癇癪は健康を損ねるものだと、申し上げておこう」

技術者は気分が悪かった。だが頭のおかしなカールソンとの争いから降りることはしなかった。

101歳の老人は、壁に掲げられた最高指導者の写真をすぐそばで凝視していた。最高指導者は笑顔で中距離弾道ミサイルの横に立っている。スイス人専門家はミサイルの先端に注目し、考え込むように化学式をつぶやいた。しっかり聞いていれば、それがビタミンCと気つけ薬の組み合わせだとわかったはずだ。しかしそんなことを考えてもいない技術者は、まだ希望はあると思った。

＊＊＊

２時１分前。時間だ。アランは今一度意味もなく冷蔵貯蔵室に行く用件をでっちあげ、言葉巧みに技術者をその気にさせた。技術者は文句も言わずに、自称専門家に従った。蒸留水の使用期限はどうなっているだろう。そう、１本ずつ調べるように。

技術者が部屋を出るとアランは言った。「出発しよう。戻るまで数分もない」

＊

「このシャンプーではだめだそうだ」アランは言った。守衛の点検台にブリーフケースを乗せて蓋を開ける。「ラベンダーの香りがこれではないと。ともかくそういうことらしい。技術者さんはこだわりがある男なんだね。明日また別の包みを調べてもらうことになりますよ」

守衛が包みをじっくり調べる間を与えず、アランは体をよじってコートを脱いだ。

「こっちもよく見てもらわないと。覚えもないのに、ポケットになにか入れてしまう癖があるんでね。なにを入れたか、その理由もわからない。一度、買い物に行ったあとで南京錠を見つけたこともあったなあ。今になっても、どこに付けるかさっぱり思い浮かばないっていうのに」

守衛はカールソンのポケットをすべて探り、続けてヨンソンのコートも渡された。

「俺もそうなんだ」ユーリウスが言った。「ただ俺の場合、タバコ用のライターになる傾向がある」

守衛がポケットからポケットに目を走らせている横で、アランはしれっとブリーフケースを閉じた。

「いくら楽しいからといって、一日じゅうここでおしゃべりしているわけにもいきませんな。最高指導者様がお待ちだ。コートはオッケーかな？　それは良かった。ユーリウス、行こう」

ふたりは待機中の車へと向かった。ユーリウスはひどくせかせかと、アランはいつものペースを崩さない。老人たちが乗り込むと車は走り去り、あとには南京錠とタバコ用ライター、それに最高指導者とたった今起こったことについて考える守衛がひとり残された。

30秒後、技術者が入り口にやってきた。いまだかつてないほど怒りくるっている。

「あの頭のいかれたジジイどもはどこに行った？」

「どこって、帰ったぞ。どうした？」

「上等だ。明日こそ、カールソンのやつを絞め殺す」

＊＊＊

名無しの運転手は、まだ2時だというのにホテルに帰るのかと驚いた。

「ホテルじゃないんだよ、名無しさん。まず官邸に寄って、最高指導者様をお乗せする。重要な打ち合わせだそうだ。わくわくするじゃないか」

運転手は真っ青になった。北朝鮮の公務員にとって自分の車に最高指導者を乗せることは、キリスト教聖職者がイエス・キリストその人とドライブするに等しい。たしかに運転手は客人をホテル以外の場所に連れて行ってはいけないと命令されているが、官邸はその道の途中にある。

「だいぶ神経を使う仕事になるだろうね」アランは言った。「だがわたしは、最高指導者のことをよく知っている。非常に友好的でいらっしゃる。あの方が嫌いなものは、ひとつしかない。いや、アメリカを入れたらふたつか」

名無しの運転手はおそるおそるそれはなにかと尋ねた。

「汚れだ」アランは言った。「汚れ、ほこり、ごみ、散らかった状態。気の毒な補佐官がジュースをこぼしてしまったことがあってね……これ以上話すのはやめておこう。ご冥福を祈る。ああ、ちょっと急いでいただこうかな。最高指導者様をお待たせしたくない」

車はこれまでにないほどスピードを上げた。アランはスウェーデン語でユーリウスに作戦に加わるよう言った。

「そんなに飛ばさないでくれよ」と、ユーリウス。「車酔いしそうだ」

「わたしが急いでくれと言ったんだ」と、アラン。

当然、スピードアップとダウンを同時にすることはできない。運転手は後部座席にすわる若いほうの年寄りよりも最高指導者様のほうが重要と判断した。何倍も重要だ。

がらがらの高速道路に入ると、ユーリウスを無視した。ユーリウスは再度スピードの出し過ぎだと文句を言った。名無しの運転手は引き続きユーリウスを無視した。アランがさっきから切れ目なく最高指導者の優れた資質について話し続けているのにも後押しされた。ただ最高指導者は、ともかくごちゃごちゃ汚れたものが嫌いだという。見るとたいそう機嫌を損ねる。

「その点、この車は最高の状態だ」アランは言った。「最高指導者様はさぞ満足されるだろう。もしかしたら、運転手さんに名前を名乗るようおっしゃるかもしれないね。嬉しい話じゃないか。わたしもやっと運転手さんの名前を教えてもらえることになる」

名無しの運転手は、今や片手でハンドルを握り、もう一方の手ですでにきれいなダッシュボードをさらにきれいに磨き上げていた。

「吐きそうだ」ユーリウスが言った。座席の下から用心深くシリアルと牛乳の入った容器を持ち上げる。半日経ってすばらしくどろどろになっている。

その直後、名無しの運転手は52年の生涯でもっとも忌まわしい音を耳にした。ユーリウスが嘔吐したふりをして大きな声を上げ、ふやけたシリアルを後部座席から運転席側に向かってぶちまけ、運転手の首にかけたのだ。名無しの運転手は、計画どおりパニックになった。真横に車線変更して駐停車スペースで急ブレーキをかけると、車から転がり出た。いったいどれだけの大惨事になっている？

そもそもそんな歳になれるかはさておき、１０１歳にもなると、人の体は驚くほど柔軟というわけにはいかなくなる。それでもアランは手をいっぱいに伸ばし、運転手が降りたあとのドアを閉めてロックした。同時にユーリウスは後部座席のドアをロックし、運転席へと這い出してきた。どうにかこうにか。仕方がない、ユーリウスとて、もう70歳に近いのだ。それでも数秒後には運転席に収まった。

朝鮮半島一びっくり仰天している運転手を外に置いて。

「さて、こいつがどうやって動くか試すとするか」ユーリウスはギアを入れ、発車した。

「進行方向が逆だぞ」アランが釘を刺す。

そういうわけでふたりの乗った車は閑散とした道路をさして進まないうちにUターンし、なにが起きたかわからないでいる名無しの運転手の横を通り過ぎることになった。アランは窓ガラスを下ろし、別れの挨拶をした。

「ごきげんよう。明日の朝のお迎えはけっこう。ああ、でも考えてみたら、使える車がもうないな」

＊＊＊

車は平壌国際空港《ピョンヤン》目指して南へ進んでいった。アランは、時間配分はうまくいっているので、ユーリウスはかつて車泥棒だったころのような運転をする必要はないと言った。交通渋滞のリスクもほとんどないようだ。そもそも交通がないからリスクもない。

ユーリウスは頷きつつも、アランは空港に着いてからどうするつもりだろうと考えた。ふたりとも、これまでは立ちはだかる諸々にかまけてあと回しにしていた問題だ。

それなのにアランは、もう黒いタブレットの魔の手に捕まってしまっている。

「ドライブといえば、サウジアラビアのご婦人方も同じ権利を勝ち取ることになるそうだよ。ムハンマド皇太子は実際的な男らしいね。どうりでサウジは国連女性の地位委員会に席があるわけだ」

「頼むから、少しの間そのムカつくニュースたれ流し機は置いといて、俺たちの生き残り問題を1秒くらい真剣に考えてくれよ」ユーリウスは、もうずっと同じことでイライラしていた。

「一方、物事はすべて良い面悪い面がある」アランは続けた。「皇太子はワッハーブ派で、わたしの理解ではワッハーブ派はたいていのものと敵対している。たとえばイスラム教徒シーア派、ユダヤ教徒、キリスト教徒、音楽とウオツカ。こんなぞっとするもの、ほかにあるか？　ウオツカと敵対！」

ユーリウスは話をやめようとしないアランを罵った。

「これからどうするかの話をしてくれないか？　このまま車でフェンスを突き破って大臣の飛行機まで行くのか？　もし捕まったらすべておしまいだ。それとも普通の道路でいいのか？　ゲートの守衛にはなんて言う？　それとも撃つ？　なにで？　どうするんだよ、アラン！」

101歳の老人は黒いタブレットの電源を落とし、しばし考え込んだ。

「最善策は、一時利用の駐車場に車を停めて、ブリーフケースと外交パスポートを持って、チェックインすることじゃないかな?」

＊＊＊

チェックインカウンターのうち、ひとつだけほかから離れて、案内板に金色で縁取りされたハングルと下に英語で「プレミアム・チェックイン」と併記されたカウンターがあった。

アランはそこに立つ男性職員に「こんにちは」と挨拶し、自己紹介した。「スウェーデン王国特別特使の外交官、カールソンといいます。わが国のヴァルストローム外務大臣の飛行機はすでに搭乗可能でしょうか」

男性職員はアランとユーリウスのパスポートを受け取り、ふたりを見た。

「恐れ入ります」とスタッフは言った。「お客様の情報はなにもうかがっておらず……」

「外交業務は極秘事項を扱うものでして、その本質上必ずしも情報の通達を重視いたしません」アランは言った。「われわれのような立場の人間は表に出ることはありません。お手数をおかけしますが、飛行機に案内していただけないでしょうか」

いや、男性職員はそのようなお手数をかけられたくはなかった。

「少々お待ち下さい」そう言って上司を探しに行った。

ユーリウスは、空港でのアランのふるまいは見事だと思った。しかしまだ何事も成し遂げたわけではない。数分して、制服を着た別の職員がやってきて、ご用件をうかがいますと言った。

「こんにちは、大佐殿」アランは男に言ったが、大佐などではなく、ただの空港の警備部長だった。

「いかがいたしましたか」警備部長が尋ねた。

「あなたがわたしどもをヴァルストローム大臣の飛行機に案内して下さるのですか。すばらしい！　このブリーフケースを運んでいただきたいのです。荷物は最小限にしているのですが、すっかり年で体も弱っているものですから」アランは言った。ウラン入りブリーフケースをカウンターに置く。

「お客様の身元確認が済みますまでは、どちらへもご案内はできかねます」警備部長が慎重に答えた。

その瞬間、奇跡が起こった。

「カールソンさん、ヨンソンさん！　もう着いていたのね！　良かった！」マルゴット・ヴァルストロームの声がした。中央のエントランスからこちらに向かってつかつかと歩いてくる。「わたしは金委員長とのランチを終えて、直接来たところです。あなたの話で持ちきりでしたよ、カールソンさん。委員長からおふたりに心からよろしくということと、可能ならぜひまたいらして下さいと伝言がありました」

警備部長の顔色がさっと変わった。ヴァルストローム大臣の顔は知っていた。２日前に命令を受けて出迎えをし、その時に会っている。

「よろしければ」アランは言った。「このブリーフケースを運ぶのを手伝っていただけますか」

警備部長は考え込む。２秒。５秒。10秒。口を開いた。「喜んで、お客様」

警備部長の先導で、外務大臣兼国連特使、随行員２名、大臣のスーツケース、随行員のブリーフケースはそろってセキュリティチェックを通過し、燃料を補充し準備を整えて待機していた飛行機へと向かった。

18分後、予定時刻よりも36分早く、スウェーデン外務大臣の飛行機は２日前の到着時より２名増の搭乗者を乗せて北朝鮮の領空を出た。

　3時間後、北朝鮮の最高指導者、金正恩が怒りを爆発させた。これは滅多に見られない光景である。しかしその時点では、最高指導者はプルトニウム工場の技術者から、ブリーフケースの中身が濃縮ウランから香り豊かな洗面用品セットに入れ替わった報告は受けていなかった。報告が遅れた理由は、技術者が冷蔵室で首を吊ったためだった（カールソンの残した化学式のひとつをナイロンストッキングの主成分と解読した直後のことだった）。名無しかつ車無しの運転手は、高速道路の端で25分待ち続けた末に、近づいてきたトラックの正面に飛び出すと体を張って止めることに成功した。空港の警備部長は2名の自殺願望にこそつきあわなかったが、2日後に略式起訴され、そのまま銃殺隊により処刑された。

21 アメリカ

すばらしい機内サービス。アランはウオツカ&コーク、ユーリウスはジン&トニック、ヴァルストローム外相は白ワインを楽しんだ。

「良い飛行機にお乗りなんですね」ユーリウスは言った。「スウェーデン政府の飛行機ですよね。故郷に帰れるのは嬉しいなあ」

　外相はワインをひと口飲み、これはスウェーデン政府ではなく国連の専用機だと言った。「今向かっている先はニューヨークですので、もうしばらくはスウェーデンを恋しがることになると思います。

トランプ大統領が、国連本部で待っていらっしゃるものですから。カールソンさん、あなたにも会いたいそうです。安全保障理事会の同僚が言うには、最高に機嫌が良いわけではないと。つまり、スズメバチなみに怒っているので、最高に機嫌が良いとは言いにくいのでしょうね」

「おやおや」アランは言った。「くたばっちまう前に、またひとりアメリカの大統領に会う機会があるとはね」

「またひとり？　前にもひとりお会いしたことがあるとか？」外相が驚いて尋ねた。

「いいや、ふたり」

＊＊＊

国連の飛行機はＪＦＫ国際空港に降り立ち、国連専用機であればもれなく受けるべき敬意をもって迎えられた。マルゴット・ヴァルストロームとアランとユーリウスは数歩先に停めてあった黒のリンカーンでアメリカ合衆国入国手続きのＶＩＰエリアへと案内された。そこでは首席戦略官スティーブン・バノンが待ちきれないとでも言いたげに足を踏み鳴らして待っていた。首席戦略官が心を悩ます理由はいくつかあった。その一部は使い走りの小僧の真似をさせられたことだが、大方はその日ここに来る前、中東問題について話し合っている際に真っ当な意見を述べた大統領の義理の息子についかっとなって罵声を浴びせたことで、ドナルド・トランプに怒鳴り散らされたためだった。怒鳴り散らし返すと確実にクビになるため、ほかに怒鳴り散らし返す相手を見つける必要があった。憂さを晴らさずにはいられなかったのだ。

「ここで面倒はごめんだ」スティーブン・バノンは入国審査官に言った。「大統領がお待ちなんだぞ」

入国審査官は、自分が大統領の予定を遅らせていると知って緊張した。それでも任務は全うせねばならない。外交官3名のうち2名はＥＳＴＡ渡航認証を受けていなかった。

「面倒くさいこと言うなよ。３人とも外交官なんだろう？」スティーブン・バノンが言った。

入国審査官も譲らない。「そうかもしれませんが、わたしは自分の職務を果たす義務があります」

「じゃあ、果たせばいいさ」バノンは言った。

入国管理局のコンピューターをあちこち掘り起こし、加えて電話で問い合わせ、審査官はついに外交官ヨンソンとカールソンのパスポートにゴム印を押すことにした。ふたりの経歴に合衆国に敵対すると判断される材料は見当たらなかった。出生地もテヘランではない。

「ようこそ」審査官はついに言った。

「ありがとう」アランが答えた。

「ありがとう」ユーリウスも言った。

「おい、急げ！」スティーブン・バノンが言った。

「大統領はこんなにイライラしてないといいけど」ヴァルストローム外相がぼそっと言った。

大統領はこんなにイライラしていた。

＊＊＊

おそらく入国管理局は、アランとユーリウスの手荷物検査をするべきだった。しかし通常、検査は出発国の空港で行われる。ましてや国連の飛行機である。そして乗客３人は外交官だ。さらにスティーブン・バノンが怒鳴り散らしている。

理由としては十分と言えないかもしれない。ともかく、アメリカ合衆国は濃縮ウラン４キロを抱え込むことになった。北朝鮮のブリーフケース内で厳重に梱包され、疑われる要素などなにひとつなく。ということに、ユーリウスは国連本部に向かうリムジンの車中で気づいた。そういえばアランは、外相にもなにを持ち歩いているか話していない。

「あれはどうするつもりだよ？」ユーリウスは、ヴァルストローム外相が電話中なのを見計らってアランにささやいた。

「大統領のいいみやげになるんじゃないか」と、アラン。「ずいぶんとわたしに会いたがっているようだしね。だが、今はまだ手元に置いておくとしよう。事前の告知なしで国連本部に濃縮ウランを持って押しかけるのはあまり正しいことには思えないから」

ユーリウスは落ち着かなげに体を動かした。

「心配するな」アランは言った。「わたしに考えがある」

＊

外相は電話を終え、リムジンは目的地に到着した。ユーリウスは近くの公園のベンチで待つことにして、アランはすぐに戻ると約束した。

ヴァルストローム外相はアランと正面玄関のセキュリティに向かいながら、１０１歳の老人にちょっとした助言をした。いや、懇願と言ったほうが近い。金正恩《キム・ジョンウン》とのディナーで見せたカールソンさんの言動を考慮するに、今回はもう少し友好的であることを心がけるといいかもしれない。

大臣は今から起きることに明らかに神経を尖らせていた。

「友好的」アランは言った。「もちろんですとも。大臣には命もなにもかも救っていただきましたから、それくらいはやらせていただきましょう」

22 アメリカ

ドナルド・ジョン・トランプは1946年6月14日、ニューヨーク市に生まれた。スウェーデン国民アラン・エマヌエル・カールソンが、核兵器製造中のアメリカ合衆国が最後に直面した問題を解決したまさにちょうど1年後のことだ。

アランとトランプは、一見した印象以上に共通点が多い。たとえば、そろって両親から遺産を相続している。アランはセーデルマンランド県マルムショーピング郊外の森に立つ断熱材も水道設備もない小屋1軒。一方の若きトランプはニューヨーク市中心地に立つ2万7千戸ものマンション。

相続後の出来事は両者ともに等しく悲惨である。アランはたまたまの事故で小屋を空高く吹き飛ばし、結果ホームレスになった。トランプも父親が築いたビジネス帝国で多かれ少なかれ同様のことをしたものの、多数の善意ある銀行の支援により破産状態から救出された。

トランプとアランにはもうひとつ共通点がある。同時期に地球のほぼ正反対の地で、自分の境遇に嘆息を漏らして無為に過ごしていたことだ。アランはバリで、黒いタブレットに取り憑かれて熱気球で飛び立つまでの間。トランプはワシントンの巨大な白い家《ホワイトハウス》で、間抜けで有害な連中に囲まれて。

アメリカ大統領の職は、ドナルド・トランプが期待していたほど良いものではなかった。人をクビにするのはこの世でもっとも愉快なことで、ビジネスの世界やテレビではそれで恐れと敬意を抱かれた。しかしホワイトハウスで1、2回人の頭を転がした途端（13回とも言えるが、それは数え方による）、堕落したメディアが大統領は精神的に不安定だなどと嫌味を言い出した。

さらにひどいことに、共和党──俺様の共和党──が言うことを聞かない。しかも法律には、議員をクビにしてはいけないと書かれているというではないか。

そういえば人種差別の話も胸糞悪い。例をあげると、父親のフレッドが大昔にクイーンズのＫＫＫデモで逮捕された噂。ひとつ言わせてもらえば、そんなことは起きていない。もうひとつ言うと、父はただちに釈放された。なにがそんなに問題なのか？

最悪なのは、この国ではもはや真実を口にできないことだ。たとえばメキシコ人はレイプするとか、イスラム教徒はひとり残らずもっと非道だといった話は、大統領にはいっさい許されていない。

もちろん良い面もないわけではない。大統領には絶大なる発言権がある。必要があれば戦争だって始められる。実際の戦争も、言葉の戦争も。フェイクメディアとの戦争は今まさに進行中だ。ドナルド・トランプは「フェイク」という言葉を作り出した自分を誇らしく思った。新しい言葉を作った人間は、その言葉を好きに使える。今ではトランプが読んだり聞いたり見たりして不愉快になる話は、すべてフェイクニュースと呼んでいる。

しかし、実際の戦争となると少々手ごわい。他国のトップを職務から追放するのは議員同様に困難である。できることと言えばクソッタレどもに向かって爆弾を落とすと脅すくらいが関の山だ。ビジネスの世界ではこの戦法は、「爆弾」を「訴訟」に言い換えればうまくいった。だが敵がチビでナルシシストで核を操るいかれた男の場合は、慎重さが求められる。これはドナルド・トランプの強みに含まれていない。自分でもそうと認めざるを得ない。大統領の時間は貴重なので、だらだら使っていられないのだ。それにしても、北朝鮮のナルシシストは誰かを思い出させる――誰かはわからないが。

トランプはカードを正しく切りさえすれば国の半分を手中に収められるとわかっていた。残り半分はどうあっても救済の手が及ばないので、当てにできる支持者をさらに煽《あお》りたてるのだ。たとえば新たな銃関連法の話はご法度《はっと》だ。ドナルド・トランプはいつだって自分の友人たちを大事にする。絶対に切れない友人たち、たとえば銃所持推進派の圧力団体。サイコパス野郎がラスベガスで23種類もの銃を使って60人を殺した件は、まったくいい迷惑だった。マーフィーの法則にのっとれば、大統領はこのあとすぐ学校襲撃の問題にも対処することになる。

だが、大統領が今すべきなのは、国内の銃乱射事件ではなく、現在アメリカ合衆国が直面する外的脅威を全国民に思い出させることだった。念には念を入れて、みずから危機を加えておいた。大統領精鋭部隊の全隊員は、当然、レイプ犯しかいない国との国境を遮断する壁の建築に賛成票を投じねばならない。

戦争は扇動の材料として非常に優れている。ツイッターで連日続く戦争にもすべて勝利している。残るはただひとつ。あのチビのロケットマンとの戦いだ。ナルシシスト野郎。

あいつを見て思い出すのは、誰だっけ?

＊＊＊

ホワイトハウスの首席補佐官ラインス・プリーバスには、大統領のニューヨーク行きに同行しアメリカ国連大使のニッキー・ヘイリーらと面会する理由があった。北朝鮮の核開発はあらゆるレベルで懸案だったし、プリーバス自身、職を維持するためにも今この時以降の業務はすべてぬかりなく執り行う必要があった。ボスの過ちを訂正することに失敗していたのだ。大統領が言及したアメリカ艦隊が北朝鮮に向かっている一件は、実際には艦隊などではなく、しかも向かっていたのは反対方向のオーストラリアだった。ボスは怒りを爆発させ、嘘つき新聞のニューヨークタイムズが真実を報じたと、プリーバスを叱責した。

大統領の声明が世界の要望よりつねに正確性を欠く問題に加え、事実、大統領は毎回金正恩《キム・ジョンウン》を侮辱し事態を悪化させていた。しかしそれを大統領に告げるのは、なにより最悪の行為だった。

プリーバスは大統領に、国連安全保障理事会代表にしてスウェーデン外相ヴァルストロームが国連本部に到着し、会談の準備ができたと知らせた。また大統領の要望に従って、ヴァルストロームはスイス人核兵器専門家のスウェーデン人アラン・カールソンを同行している。

「お尋ねいたしますが――」

「やつらをここに連れて来い」トランプ大統領が言った。

＊＊＊

「ごきげんよう、大統領」マルゴット・ヴァルストロームは言った。

「同じく」と、アラン。

「すわってくれ」大統領が言った。「まずは、あんたからだ、ヴァルストロームさん。頭以外のどこを使って考えたら、ポン……ピョン……北朝鮮に行って最初にあんな記者会見をすることになる？　記者会見は最悪だったし、北朝鮮の連中はもっとひどかった」

マルゴット・ヴァルストロームは、頭以外のどこだろうと使って考える間もなかったと言った。空港から生放送のテレビ局にまっすぐ連れて行かれ、大統領も世界中の人々もみな目にすることになった茶番のショーに出された。

「われわれみんな、金正恩に騙されたのです。それだけです」ヴァルストローム外相は言った。「ですが国連代表としてのわたしの任務上、まずはお詫び申し上げます」

「あんた方はみんな騙されたんだろうが」大統領は反論した。「わたしはあのチビのロケットマンには騙されない」

外相は謝罪した。大統領を侮辱する意図はなかった。とはいえ、「ロケットマン」というあだ名が北朝鮮と世界との対話の雲行きになんらかの利益をもたらすとは考えられない。正しい言語を使用する重要性については、事務総長への報告書の1章すべてを使って述べさせてもらった。「コピーをご希望でしたら、大統領、すぐに手配を――」

「1章？　そんな長い文を読むやつがいるのか？　読むやつがいるのか？　いいからわたしの質問に答えるんだ」

ヴァルストロームは、頭以外のどこを使って考えたかと尋ねられた以外の質問を思い出せなかったが、そうは言えなかった。

「最善は尽くします、大統領。せっかくですので、こちらのアラン・カールソン氏をご紹介させていただいてよろしいですか。発表ではスイス人とされていましたが、実際はスウェーデン人です。また、北朝鮮に手を貸したのではなく――」

「あんた、何者だ」大統領がアランを見て言った。

アランもすでに向かいにすわる男に同じことを思い始めていた。この男は大統領なのか、それともただの変人か。まあ、歴史を見れば両方である可能性は証明されている。

「わたしが何者かって？　アラン・カールソンですよ。たった今外相がご紹介下さったとおり。スウェーデン人です。それも外相からお話があったと思います。そしてこれまた外相が言及されたとおり、わたしは北朝鮮に手を貸してはおりません。実際には、妨害したといってもいいかもしれません。つまり、それがわたしという人間です。もちろん、もっとお話しすることもできますが」

「話では、大統領自由勲章を受けたそうだが」トランプが言った。「だが、その大統領は歴史上の人物だ。現大統領は、質問にちゃんと答えないとその勲章を取り上げる。取り上げる」

「最善を尽くすとお約束しますよ。大統領が質問を開始してさえ下されば」アランは言った。「ただ、勲章を取り上げるとなると困難が生じるかもしれません。１９４８年にレニングラードに向かう途中、潜水艦の中で紛失してしまったんです。ひょっとしたら、ロシア人がずっと隠し持ってるかもしれません。モスクワにいるあの男、プーチンに聞いてみて下さい。仲は良いんでしょう？」

トランプ大統領は面食らった。潜水艦？　１９４８年？

アランはその隙にすかさず話を続けた。「ですが、お答えできることはお答えします。わたしはそれを習慣にしております。トルーマンは核兵器についてすべて知りたがっていました。そのすぐあとにはニクソン。あの人はインドシナの政治状況のほうにより興味があったみたいですが。盗聴とかそういうことです。わたしの知っていることはすべてお伝えしたところ、たいへん衝撃を受けたようでした。現大統領がお知りになりたいことがなんであれ、お力になるつもりですよ。一番のご要望は、ヤギの乳からウオツカを造る技ではないですよね？　まあ、この件でご関心があるとしたら、ヤギの乳のほうだとは思いますが」

アランは黒いタブレットで読んで、この哀れな大統領が現在も過去も絶対的禁酒主義者だと知っていた。

トランプはしばらくの間黙り込み、口を開いた。「よく喋る男だな。それより北朝鮮でなにをしていたか話したらどうだ。それと、なぜあのマヌケ野郎が核兵器を作るのを手伝ったりしたのか」

「どのマヌケ野郎の手伝いもしていません」アランは言った。「ニクソンを数に入れなければですが。友人のユーリウスと北朝鮮に行ったのは偶然の成り行きです。海上で船に助けられました。それがたまたま不幸にも、平壌《ピョンヤン》の港に帰還途中の船だったのです。しかもそれではまだ足りないとばかりに、その船はアルコール禁止でした。ここもそうなのでしょう？　船長の名前は朴《パク》といいましたが、ひょっとするとお知り合いだったりしませんか」

トランプ大統領は老人の説明を理解しようとしたができなかった。「要点はなんだ？　北朝鮮の連中が以前は知らなかったのに、あんたが教えたせいで新たに知ったことというのはなんだったんだ？」

アランは目の前の不機嫌な男のことが嫌いになり始めていた。どこか具合でも悪いのか？　そう尋ねそうになって、恩人ヴァルストローム外相との約束を思い出した。「友好的」でいること。どうしたらいい？「わたしが朝鮮の人たちに教えたことは、むしろ、彼らが以前から持っていた知識を減らす結果を招いたと思います。化学式はたしかにいくつか残してきました。そのうちひとつは、記憶が正しければ、下水を浄化する方法を示すものです。戦争を始めるのに役立つ知識ではありません」

「下水？」大統領が言った。

「衣類の漂白にも使えますよ。ともかく、ヴァルストローム外相の的確な支援により、あの連中がわたしのつぎはぎの公式が核兵器を作るのになんの役にも立たないと気づかれる前に、無事に脱出することができました。唯一罪になるとすれば、おそらくはインドネシアの遠洋で危機にさらされたことでしょうか。大統領がこの件は勲章を取り上げる理由に足るとのご判断なら、残る問題は肝心の勲章を見つけ出すことのみになります」

アラン本人も、さすがに最後の一文は十分に友好的とはいえないなと思った。

「たいしたお話もできておりませんので、個人的な考えを述べることをお許しいただけますか、大統領？」トランプがつぎの一手をあれこれ考えているうちにと、アランは言った。

「なんだ？」

試す価値はある。

「とてつもなくすばらしい髪形ですね」

「とてつもなくすばらしい髪形？」大統領が言った。

「ええ、実際には全身すべてがすばらしいのですが、髪形については、ちょっと突出しております」

トランプ大統領は赤みがかったブロンドの髪を撫で付けた。心の中でふつふつ沸いていた怒りがすっと引いていく。「前にも言われたことはある。前にも」

明らかに満足している。ある種のことは驚くほど簡単にできてしまう。この「友好的」な作戦は、次回アメリカ大統領と会った時にも使えそうだ。

このスイス・スウェーデン人はなかなか良い男だとトランプは思った。それにちょっとおもしろい。判断力もありそうだ。大統領は腕時計を見た。「大事な仕事があるから、そろそろ行く。あんた方のための時間はもうない」

ヴァルストロームは立ち上がり、むしろなくても良かった会談の場をあとにした。アランは年のせいもあり、さらに時間がかかった。

「待て」トランプが言った。あることを思いついた。思いついてから行動に移すまでに時間を要さないのがこの大統領だ。このじいさんは話がくどいし変わっているが、センスは良い。髪型についての意見などじつに的確だった。

「ゴルフはやるか、カールソン？」

「いえ、やりません」アランは言った。「ハーモニカをやるスペイン人の友人ならいました。でもそれも、彼が死ぬ前のこと。その後友人はなにもしていません。内戦で頭を撃たれたんですよ。じつに残念なことだった。少し前のことになりますが」

トランプはカールソンの言う内戦とはいつのことだろうと思った。さすがに南北戦争というほどの年ではあるまい。まあ、どの内戦でもいい、たいした問題ではない。しばらくこのじいさんをそばに置いておいたら、おもしろそうだ。

じつはこのあと予定していた、ニューヨーク郊外のゴルフ場での会合にちょっとした問題が生じていた。もともと、大統領とはまあまあ仲の良い友人からの接待だった。大統領選に70万ドル投資し、見返りとして620万ドルの固定資産税減税を受けている有力不動産業者だ。お祝い気分で18ホールを回る予定だったのに、不幸にも不動産業者はウイルスによる高熱でベッド送りになった。トランプはそんなことで予定がキャンセルになるのが気に食わなかった。ゴルフだ。国連本部の借り物のデスクに居残りすることが実現可能な代替案とは思えない。トランプは自分がわざわざ時間を作った時にはいつも、世界が喧嘩をふっかけてくる気がしてならない。

ということでゴルフだ。トランプはカールソンに一緒に来るなら大歓迎だと言った。もう少しおしゃべりを楽しむこともできる。良かったら、プエルトリコ人キャディーに目を光らせて役に立ってくれてもいい。プエルトリコ人はほかの連中と比べてとくに泥棒くさいわけではないが、どうものろのろしすぎるところがある。

「プエルトリコ人を整列させておく才能が、果たしてわたしにありますかなあ」アランは言った。「でも、試してみてもいいでしょう。大統領が穏当な仲間をお望みならば、わたしは間違いなく計画をぶち壊しにする人間ではない。たしかに、いくつか重大事ともいえる局面でたまたま世界のさまざまな地域のリーダーたちと関わることになったことは認めねばなるまいし、うまく収まったこともほとんどないのですが」

じいさんがまた小難しい話を始めている。だがなにかしら人を惹きつける。人を惹きつける。「だったら決まりだな」大統領が言った。「すばらしい！」

大統領はヴァルストローム外相にはもう行っていいと告げた。ただし今後はもっと気をつけるように。「来てくれてありがとう。じゃあ、帰ってよし」

「お礼を言うのはこちらのほうです」マルゴット・ヴァルストロームは返した。

外交官の魂、百まで。

＊＊＊

アメリカ合衆国大統領は、マンハッタンから近くのゴルフコースへ行くのにタクシーも配車アプリも使わない。大統領が使うのはヘリコプターだ。国連本部の屋上に待機する機体へ、トランプとアランはシークレットサービスの5人に付き添われ、案内された。うち3人は大統領と客人のあとから一緒に乗り込んだ。ゴルフコースでさらに5人加わり、大勢の地元警察官とともに付近の安全を確保した。

アランはヘリコプターに乗り込んだ時、束の間、友人ユーリウスに思いを馳せた。この季節にしては過ごしやすく、お日様を浴びて公園のベンチにすわって過ごすには文句のつけようのない天気だ。すわっている時間があと少し延びただけ。ゴルフ1ラウンドにはどのくらいかかるんだろう？　1時間くらい？

マンハッタンからクイーンズに向かう機上で、大統領は自分が相続したり、これまでの年月で買ったり売ったりしたビルをすべてアランに示してみせた。それに、相続もせず買っても売ってもいないのに、転がり込んできた数軒も。そして大統領は、固定資産税に関する持論やムカつく医療保険改革、さまざまな自由貿易協定や一般的な水準に過ぎない衰退について話した。また、意図したわけではないが現在の失業率を2倍にしてしまったので、今後は半分にして実際の水準に到達させるとアランに約束した。

アランは黙って聞いていた。黒いタブレットのニュースを読んで知っていたとおり、本当にこの大統領は、正しいことを口にするかのごとく誇張したりでっちあげたりするのだなと観察していた。

ヘリコプターが着陸した。大統領と101歳の同伴者は最初のティーから数メートルの地点に降り立った。大統領に待ち時間はない。第1ホールはパー4の310メートル。左にやや傾斜した広いフェアウェイの右側に深いバンカーがある。

「さて?」プエルトリコ人キャディーが、大統領の安全なプレーのために最善を尽くすと挨拶し、もっともグリーンに乗せやすい位置で打てるよう球をフェアウェイの真ん中に置いたのに対して、大統領が最初にかつ唯一発した言葉だ。

大統領のゴルフの腕は、飛びぬけてすばらしいわけではなく、球は毎回飛ぶべきところへ飛ぶとは限らなかった。今回のように。意図していたよりも力の入った当たりに、加えて横風。

「このクソッタレの役立たずのトンチキめ」球が風を受けてバンカーに沈んだのは、明らかにキャディーのせいだ。

アランはゴルフのことはこれっぽちも知らなかった。しかしアランの目には、これはクラブを手にしている人間が、自分の打撃について少なくともその一部は責任を負うスポーツであるように映った。なによりアランは、大統領が同じ言葉を繰り返す癖にうんざりし始めていた。傷のついたレコードみたいじゃないか。そう口にするのは、おそらく友好的な態度とは評されないだろうが、ヴァルストロ一ム外相はもうここにいないし、はて、どうしよう?

物事がなるようにしかならないのであれば、起こることは起こるべくして起こるとアランは考えた。

「なぜ、いつも同じことを2度言うんです?」アランがそう口にした時、大統領の打った球がバンカーに落ちた。

「ああ？」と、大統領。

１０１歳の老人は、これは困ったことになったと思った。

「同じ罪で有罪となるのを覚悟のうえで、もう1度お尋ねします。大統領はなぜ、同じことをいつも2回言うんです？　しかもたいていの場合、真実ですらないことを」

「真実じゃない？　真実じゃない？」そう言った途端、大統領は最初に会った時の機嫌に戻っていた。「ああ、さてはお前、『ニューヨークタイムズ』の使い走りだな。こそこそしやがって！」

ゴルファーの中には、バンカーに打ち込んだ直後は情緒不安定になるタイプがいる。

「わたしは誰の使い走りもしませんよ」アランは言った。「この年になると、まったく走れない。ただ不思議だっただけです。第一に、なぜ大統領は真実を言うことに非常に苦労しておられるのか。第二に、なぜクラブを持った人間が深い穴に球を入れてしまったことが、怠け者のプエルトリコ人のせいになってしまうのか。第三に、なぜ大統領は一度言った戯言《ざれごと》をほぼ毎回その直後に繰り返すのか」

ゴルファーの中には、バンカーに球を打ち込んだ直後に情緒不安定になるタイプより、さらに情緒不安定になるタイプがいる。トランプ大統領はそのタイプに属している可能性があった。

「ふざけやがって、このクソったれの……なんだったか忘れたぞ」大統領は言った。「せっかくここに招いてやって……」（ゴルフをやらせてやったのに、と言うつもりだったが、アランはもちろんただのプエルトリコ人監視役でしかなかった）。

「大統領、なんです？　招いてやって？　招いてやって？」

アランの復唱は大統領の機嫌をさらに損ねた。もはや言葉にすることもできず、５番アイアンを１

01歳の老人に向かって威嚇するように振り上げた。

「大統領はご自身の感情を上手に制御できるよう努力すべきですな」アランは言った。言われたそばから大統領は失敗する。

「自分の感情だって？　わたし以上に感情の制御が上手な人間がいるもんか。いるもんか！」大統領は言った。5番アイアンをプエルトリコ人の頭めがけて投げる。大統領が指摘したとおりけっきょくは怠け者だったらしいキャディーは、幸運にもちょうどそのタイミングで腰を下ろした。「わたしは誰よりも落ち着いている！」

「はて、わたしは短い空の旅の間に、7つ愚かな点に気づきましたよ。着陸直後にバンカーに球を打ち込んだ点を含めると8つ。一度に同じことを2回言わないようにすれば、嘘をついているだけになるので半分に減る」

ドナルド・トランプは耳を疑った。やはりこいつは共産主義者だ。この野郎。アメリカ合衆国大統領はその種の人間と親しく交わることはできない。

「ここから出て行け！」大統領は言った。

「喜んで、大統領。ただお別れの挨拶がわりに、最後にひとつだけ。わたしはセラピーとか今どきの便利なものはなにも知りませんので、わたしがあなたなら酒を一杯飲んでみますね。今現在、もう70歳を過ぎていらっしゃる？　ウオツカのない人生を70年も送ったら、そりゃあ人間ちょっとはおかしくなる」

ふたりの邂逅《かいこう》はこれにて終了となった。シークレットサービスのひとりが大統領と客人の間に割って立つ。もうひとりがアランの腕を引っ張ると今すぐ国連本部に帰っていただきますと言った。

「乗るのを手伝いますよ。早く！」

「ちょっとお待ちいただけるかな？」と、アラン。「この男がどうやってバンカー脱出を図るか、おもしろそうなので見ていきたいんだ」

23 アメリカ

ユーリウスは、1時間前と同じ国連本部ビルのすぐ外にある公園ベンチにいた。膝に北朝鮮のブリーフケースを置いて、じっとすわっている。北朝鮮からアメリカへとスイッチを切り替えたのは正しい方向転換だった。けれども濃縮ウラン所持はこの国で禁錮数百年に値する罪だと思うと、ふたたびユーリウスの頭は不安と緊張でいっぱいになった。

「会談はどうだった？」アランにただいまと言わせる間もなくユーリウスは聞いた。

「友好的だった」

「そりゃ良かった。だったら、ようやくこいつとおさらばするって決めたんだな？」

ユーリウスは、アランがそんなことはまったく考えてもいなかったかのように、膝の上のブリーフケースを持ち上げた。

「いや、そこまで友好的ではなかった。トランプはこのブリーフケースを手に入れない。あの男は、なにもなくても自分で勝手に爆発してなにもかも吹っ飛ばすタイプだ」

「なんだって？　じゃあ、こいつはどうするつもりなんだよ？　それに俺たちだってどうなる？　すべてうまくいくって言ったじゃないか。けっきょくなにがうまくいったんだよ？」

「そんなこと言ったかな？　おまえさんもわたしの年になったら、あることないことを言うようになるだろうさ。わが友ユーリウス、わたしもわからないが、きっとなるようになる。隣にすわってもいいかな？」

アランは答えを待たずにすわった。どっちにしろ返ってくるとは思わない。脚を休められてほっとした。国連ビルの廊下はなんだってあんなにたくさんあってしかも長いんだろうな。それに時差もあるしおかしな人間は多いし……。

しかしユーリウスは、アランをほっとさせておくつもりはなかった。

今自分たちは、濃縮ウラン4キロを持ってアメリカ合衆国にいる。こいつを持ったままこの国を出る道はいっさいない。それをアランは理解しているのか。空港でたちまち警報が鳴り響く。どれほど外交パスポートを振り回そうと。

アランは、そのことならちゃんと理解していると言った。たった今ユーリウスが思い出させてくれたから。

ユーリウスは続ける。「大統領はすでに怒ってるんだろ。そのうえ俺たちが自分の国で持ち歩いているものがなにか知ったら、いったいどうなるんだよ？」

「だったら、絶対に知らせないようにしないといけないだろうな」と、アラン。

そして周囲を少し手で探り、ブリーフケースを渡すようユーリウスに言った。受け取ってベンチの端に置くと上に北朝鮮製のコートをたたんで載せる。これで即席のベッドのできあがり。4キロの濃縮ウランとコートが枕の代わりだ。気持ちの良い空気の中で横になり、目を閉じる。

「へえ、今からちょっと横になって死ぬ計画とか?」ユーリウスが苦々しく言う。アランの汚れた靴底から離れようとベンチの反対側に体をずらした。

いいや、アランにそんな計画はない。ただちょっと健康を回復するだけだ。長い一日だった。地球の作りがそうなっているせいで、本当なら半日前に過ぎたはずの時間からまだいくらもたっていない。

そうしてそこに横になっていると、101歳の老人は疲れきって弱々しく見えた。それでなくとも、尋常でなく年を取っているのは明らかなのだ。1分もしないうちに、通りかかった女性におじいさんは大丈夫なのか、力になれることはないかと声をかけられた。おそらくは南米系だ。国連本部周辺は国際色豊かである。アランは親切な申し出を丁重に断り、自分は元気でまたすぐに自分の足で立つつもりでいると言った。

ユーリウスはあいかわらずブリーフケースと自分たちの将来について悲観的な話を繰り返していたが、アランは聞くのをやめた。悩み事を抱えた時のユーリウスは新しいことを考えられなくなる。同じ話ばかりで、聞いていてもちっともおもしろくない。

数分が過ぎたところで、ひとりの紳士が立ち止まった。年のころは60歳くらいで帽子をかぶっている。先ほどの女性同様、なにかお困りなのではないか、自分で役に立てることはないかと声をかけてきた。

ユーリウスはむっつりしたままなにも答えなかったが、アランは自分に足りないものがわかっていた。顔を上げ、紳士になにか飲むものがあればいただけないかと言った。じつはアメリカ大統領との会合を耐え忍んできたところだが、あの男についてはいろいろ言いたいことがある。まったく性根の腐った悪党で、北朝鮮の田舎の高速道路並みにでこぼこの気性の持ち主だった。どうやら人生で一度も酒を飲んだことがないらしい。

「大統領ですか?」帽子の紳士が言った。「アメリカの? トランプさん? それは大変だ。なにかお慰みになるものがないか見てみましょう」ショルダーバッグを探ると、茶色の紙に包まれた小さな瓶2本を取り出した。「たくさんはありませんが、いくらかのお力にはなりましょう。ウンダーベルグです。胃腸に良い」

「アランは胃腸なんか悪くありませんよ」ユーリウスは言った。「頭に効くものはありませんかね」

「いやいや、胃腸の薬もありがたい」アランは言った。「もちろん、アルコール度数にもよりますが」

帽子の紳士は、おそらく40パーセントくらいだと思うが、確認したことはないと言った。ただ自分は、この茶色の瓶を荷物に入れずに海外に行くことはない。胃腸に良い。その話はしましたっけ?

アランはさんざん苦労して体を起こし、紳士の親切な申し出に応えて瓶を受け取った。小さな瓶の蓋をひねって開けて、中身をひと口で飲み干す。

「ぷはー!」アランの目が輝いた。「これは飲むのに相当な心の準備がいりますな」

帽子の紳士が微笑んだ。ユーリウスは小さな瓶がアランにもたらした効果を見て、もう1本に手を伸ばした。これは効く。ふたりは満ち足りた気持ちで新しい友人の顔を見た。

「大使のブライトナーと申します」紳士は言った。「ドイツ連邦共和国の代表としてここ国連本部に来ております。鞄にはあと1本入っているのですが、それはお出ししないほうが良さそうだ。喧嘩になりそうですから」

「喧嘩にはなりませんよ」アランは言った。「われわれは暴力を好みません。暴力が行き着く先にはなにもない。こちらのユーリウスは大抵のことを悪く考える性質《たち》ですが、力に訴えたりはしません」

ユーリウスはたった今アランが言ったことを悪く考えそうになったが、友人に話を合わせて帽子の紳士に微笑むことにした。

「なるほど、あなたも国連のお仕事をなさっているのですね。では、われわれは仕事仲間ですな」アランは言った。「わたしとこちらにいる友人は、今はすっかりそれらしくなくなってはいますが、外交官でして、スウェーデンのヴァルストローム外相の補佐をしております。わたしはアラン、こちらはユーリウスです。心根は良い人間なんです」

ブライトナー大使はふたりと握手をした。

「ブライトナーさんは、まさか空腹でいらっしゃる?」アランが尋ねる。「われわれは、たった今ご提供いただいた奇跡のお薬のおかげで、すっかり食欲が刺激されてしまいました。よろしければ、われわれにご同行願いたいのです。とりわけ、もしご親切にも勘定書へのサインをして下さるなら。と言いますのも、今思い出したのですが、われわれは一銭も金を持っていない。かつては金製のライターを持っていたのですが、平壌《ピョンヤン》で牛乳をかけたシリアルと交換してしまったのです」

ブライトナー国連大使は、新たな友人との時間をすでに楽しみに思い始めていたし、この弱々しい老人がトランプ大統領との悲惨な面談を終えたばかりらしい話にも興味を惹かれた。もうひとりにもなにかおもしろい話があるかもしれない。なによりブライトナーは経験豊富な外交官で、常に仕事第一の男だった。平壌? このふたりはひょっとしてなにか情報を持っているのではないか。

「それはそれは、偶然にも1、2時間ほど空きがありますので、喜んで外交官の紳士おふたりにご同行いたします。お勘定は、わたくしどもドイツ連邦共和国におまかせ下さい」

ドイツ大使は2番街に良い店を知っていた。アランの脚でも歩いていくのにほど良い距離だ。ドイツのカツレツ、シュニッツェルに、ドイツビールにフルーツウオツカをいただくと、すっかり良い気分になってきた。2度目の乾杯の時には、ブライトナー大使はアランとユーリウスに自分のことはコンラートと名前で呼んでほしいと言った。

「もちろんだよ、コンラート」と、アラン。

「アランの言うとおりだ、コンラート」と、ユーリウス。

食事をしながら、大使はまずｉＰａｄの使い方を教え込まれた（すでに2台持っていることは敢えて口にしなかった）。それからアスパラガスの育て方。2度目の乾杯のあと、話題はアランとユーリウスがいかにして北朝鮮へ行き着き、ヴァルストローム外相の助けを得て脱出を図り、外相が外交パスポートをひねり出したかに移っていった。

コンラート・ブライトナーは、アランとユーリウスの話を聞き、この数日間動向を追っていたニュースとの関連に気づいた。スイス人核兵器専門家はスウェーデン人だったわけか！　アランは一見すると国事犯には思えないが、フルーツウオツカを飲む様子にはかなりの荒くれ者ぶりが窺われる。すでに3杯空けているが、その間ずっと文句を言い続けている。いわく、フルーツがウオツカといったいなんの関係があるのかさっぱり理解ができない。

ユーリウスはアランと比べて、この午後の時間を楽しむ才能にはまったく長けていなかった。足元に濃縮ウランを詰め込んだブリーフケースを置いていることに心悩まされ、ウオツカを飲めば飲むほど、コンラート大使がさっきから自分の足元を盗み見ているんじゃないかと妄想に取り憑かれていく。思い過ごしだろうがなんだろうが、ともかくここは予防線を張っておくことにした。

「アランの技術計画書をすべてこのブリーフケースに入れて無事に持ち出せて、本当に良かったですよ。これがあの最高指導者の手に渡っていたら、大変なことになるところでした」

アランは一瞬、ユーリウスがパブでの気の置けない時間を台無しにしたのではないかと思った。しかしすぐに友の意図に気づいた。アスパラガス農家のこの男は、どうにかしてウランから解放されたいと思っている。だからと言って、5番街と6番街の間のどこかにぽいっと置き去りにするわけにもいかない。そこでコンラートが自分たちの抱えた問題の答えになるかもしれないと考えたわけだ！

「ユーリウス、ブリーフケースの中身について話を出してくれてありがたいよ。じつはトランプ大統領に託そうと考えていたんだが……さっきも言ったが、あの男はあるべき青写真もなしに爆発させかねない。今、この文書の保管に適した、より安全な場所を見つけられるかどうか、検討中なのだ」

「その件についてヴァルストローム外相と相談は？」大使は酔いが醒めるのを感じながら尋ねた。

アランは言った。外相はあらゆる点において卓越しているが、けっきょくのところはスウェーデン人だ。スウェーデンの全国民同様、１９６６年以来、核にまつわるあらゆることに病的な恐れを抱いている。

ユーリウスは、アランはわかっているとわかった。あわてて合いの手を入れる。「いちばん安全なのは、知識がＥＵ内に留まることだったよな、アラン？」

「ユーリウス、またまた賢明なる見解に感謝する。さすがだね。その気になればできるってことだ。もっと頻繁にその気になってもらって構わないよ。しかし、世界の平和に責任を持とうという強力なＥＵ指導者を見つけるなんて、言うは安し、行うは難しだ。そうだなあ、たとえば、フランスの新大統領マクロンとか？」

「マクロン？」ユーリウスは協力体制を保って、熱心に相槌を打つ。

「そうだ。つい先日の大統領選挙で勝利を収めた。その話はしなかったかな？　ああ、もちろんしていない。きみは人が明るい気分にさせようとすると、いっそう機嫌を悪くするんだもんなあ。マクロンが特別なのは、左でも右でもないところだ。あるいは両方。それがうまくいくかはわからないが、なんだか響きがいいしバランスも取れていそうじゃないか」

ドイツの国連大使ブライトナーは能無しではない。数分前から厳戒態勢に入ってもいた。それなのにまんまと罠にかかってしまうとは。「そういえば、たまたまメルケル首相も2日前にワシントン入りしているな。どうだろう、わが国の首相はその保証をするに足る人物とは考えられないかな？　その、世界の平和という意味だが」

決定打はアランにまかせようと、ユーリウスは思った。

「すばらしい、コンラート！　天才だ！　きみの話は、核に汚染されたわれわれのブリーフケースをアンゲラ・メルケルに引き渡す用意があるということだね？　なぜあの人のことを思いつかなかったのかなあ」

ブライトナー大使は奥ゆかしい笑みを見せた。「役に立てて嬉しいよ。乾杯だ、友よ」

グラスの中身を飲み干さなかったのは大使ひとりだけだったが、すべてうまくいった。

今現在ブリーフケースの中身は鉛シールドが施されているが、アメリカの保安検査場では中からなにが出てくるか。放射線警告ランプが各所で点滅し始めたとしてもまったく驚かない。アランもユーリウスも、新しい友人コンラートにグアンタナモでの終身刑は望んでいなかった。まして今夜の勘定を一手に引き受けてくれるのだ。

「ただひとつ問題がある」アランは言った。

　核兵器に関する文書は鉛にくるんで隠して入れてあるが、それが空港の保安検査で大使に少々ご面倒を引き起こすかもしれない。ＪＦＫ国際空港の検査官が、もし包みをじっくり調べようと首を突っ込んできたらどうなるか、言うまでもないことだろう。

「はて？」ブライトナー大使は、わけがわからない様子だった。

「今申し上げた点を考慮の上、ワシントンまではタクシーを使うことを提案する。料金はわたしとユーリウスで持たせていただくが、おそらく分割払いになると思う。今、財政が少々厳しいことになっているので」アランが言った。

「尋常じゃなく厳しい」と、ユーリウス。

　アランは思った。大使がブリーフケースを持って空港の保安ゲートに近づいたが最後、すべて手遅れだ。しかし陸路でドイツ大使館まで行ってくれたら、アランとユーリウスの罪のない嘘は到着するまで発覚することはない。世界的なスキャンダルは避けられ（ドイツがその問題で記者会見を開くとは考えられない）、ブライトナー大使は譴責《けんせき》されるだけで済む。最悪の場合、免職は避けられないかもしれないが、グアンタナモ行きだけは絶対にだめだ。

「タクシー？」ブライトナー大使は言った。「いいんじゃないかな？　たしかにわたしも今それがいいと思い始めていたところだ。料金は大丈夫。航空券代分が浮くからね」

「すばらしい」アランは言った。「さて、世界を救うために今日はもう十分に働いた。体ががちがちになる前に、つぎの一杯にいくとしよう」

それから3人はそれぞれにフルーツウオツカ6杯を、ビールとシュニッツェルをつまみに飲み干した。ブライトナー大使が化粧室に立った隙に、アランとユーリウスで言葉を交わすことができた。

「おまえさんがこんなアイデアを思いつくとはねえ」アランが感心を隠さずに言った。

「だが、あれはいい男だ。コンラートだが。彼を面倒に巻き込むのは気の毒だな」と、ユーリウス。

アランは友人の憂いに共感して考えた。「きっと埋め合わせがあるよ」

そして紙ナプキンを取ると、ウェイトレスにペンを貸してほしいと頼んだ。ユーリウスはアランの思いつきがなにか知りたがり、アランはブリーフケースに濃縮ウランだけでなくお偉いさん宛ての挨拶状も含まれていたら、われわれの新しい友人コンラートの助けになるかもしれないと言った。

「メルケル？」

「そう、それが彼女の名前だ」アランはナプキンに挨拶をしたためた。

拝啓　親愛なるメルケル首相、わたしは黒いタブレットを通じて、貴女こそがこの件をお願いするにふさわしい方と認識しております。わたしは、アスパラガス農家を営む友人ユーリウスとともに北朝鮮を短期訪問した際、たまたま濃縮ウラン４キロを入手いたしました。運と機転の両方により、われわれは現在、ウランとともにアメリカ合衆国におります。トランプ大統領にお渡しするつもりでいたのです。トランプ大統領との会談は明らかに喜ばしいものではありませんでした。大統領は声を荒らげ、わめき、その物腰はどこかしら金正恩《キム・ジョンウン》を思わせるものでした。そこでアスパラガス農家とわたしは再考を迫られたのです。トランプはすでに多くの濃縮ウランを手にしています。今さら４キロもらったところでどうするかは、大統領自身にも謎でしょう。

そこへたまたま、貴国の優れた国連大使でいらっしゃるコンラートと国連本部ビル前で遭遇し、楽しい夕食をご一緒することと相成りました。コンラートはただいま、自然の呼びかけに応えるべく席をはずしており、この手紙は彼に隠れてあわててしたためておりますため、乱筆乱文お許し下さい（2枚目のナプキンに続く）。

そういうわけで、シュニッツェルとビール数杯となんらかの理由でリンゴの味がするウオッカ数杯ののち、ユーリウスとわたしはおそらく必要以上にコンラートと個人的に親しくなりました。不幸にも言葉の綾で、コンラートは現在、あなたに引き継がれましたブリーフケースには多様な核兵器の製造方法を記した文書が入っているとの印象を抱いております。しかしながら、今お手にしている包みの中身は、実際には1枚目のナプキンに書いたとおり濃縮ウラン4キロです。それが今、ドイツ連邦共和国の信頼に足る手に渡ったことを思って、ユーリウスとわたしは大いに安堵しております。もしかすると首相にとってはあまり愉快なことではないかもしれませんが、人生とは困難に満ちたもの。わたしたちは、首相ならばきっとそのウランを最良の形で始末して下さると信じています（3枚目のナプキンに続く）。

さて、友人ユーリウスが申しますには、ドイツでも良いアスパラガスがとれるとのこと。すなわち、ドイツのアスパラガスが実際にドイツで育っているとしたら、それと比べて

その瞬間、ユーリウスがアランからペンをぱっと取り上げ、ちゃんと書けと言った。

「そろそろコンラートが戻ってくる。ほら、急いで！」

アランはペンを返され、行を変えて続きを書いた。

いろいろ書きましたが、つまりはコンラート大使にあまりご立腹なさらないでいただきたいのです。わたしたちには、彼は貴国のたいへんすばらしい代表に思えます。誰かに腹を立てるなら、ドナルド・トランプがより良い選択肢といえるでしょう。あるいは北朝鮮の金正恩。ところで、彼らの話では、わたしたちが騙し取ってきた量の１００倍以上のウランの入手を見越しているということです。なんでも、実験に成功するまで、ウラン５００キロ分は失敗することができるのだとか。コンラートが戻ってきそうです。そろそろこのお手紙も終わりにしたほうが良いでしょう。

敬具

アラン・カールソン、ユーリウス・ヨンソン

アランは3枚の紙ナプキンを順番どおりに並べて揃え、ユーリウスにブリーフケースのサイドポケットに差し込んでおくよう言った。

ユーリウスは言われたとおりにした。ドイツ・アスパラガスと自分の関わりについて書かれた馬鹿みたいなくだりを修正する時間はなさそうだ。状況を考えれば、アランはナプキンで立派な仕事を成し遂げたと言っていい。

しかしコンラートはその後も戻ってこなかった。化粧室訪問の形は自然の作用によって様々だ。この場合は明らかに長引くケースだった。ふいにユーリウスの頭にある考えが浮かんだ。くたびれたサマージャケットの内ポケットから紙切れを取り出す。グスタフ・スヴェンソンの電話番号が書いてある。そしてテーブルの上にはコンラートの携帯電話。

「大丈夫かな……？」ユーリウスが言った。

「間違いなく大丈夫」と、アラン。

ユーリウスは電話をかけた。この前と同じく留守番電話だった。心の底から腹が立つ。

「グスタフ、いい加減にしろ！　いつも電源を切ってたら、電話の意味がないじゃないか。アランと俺は平壌からニューヨークに来た。このあとは……」

「帰ってきたぞ」アランが言った。

電話は瞬《また》く間にテーブルの上に戻された。

「さて、わが友よ、そろそろお開きにしよう」コンラートは財布を取り出しながら言った。

伝票はテーブルの上、電話の隣に置かれていた。ドイツは６２０ドル貧しくなる計算だった。加えてチップとして１００ドル分（さらにインドネシアへの電話代15秒分）。コンラートは、１００ドル札７枚と20ドル札１枚をテーブルに置くと立ち上がり、友人たちとは別々の道を行く時間だと言った。

「そしてわたしが今するべきことは、この胸躍るブリーフケースを受け取って、タクシーをつかまえることだな」コンラートは言った。

「そうだ、それが正しい」アランは、コンラートの目の前に立って言った。ユーリウスがチップをくすねているのに気づかれてはいけない。

24 アメリカ、スウェーデン

アランとユーリウスがチップの一部を使って身なりを整え、残りの金をニューアーク空港行きのバス代で使い果たそうとしていたころ、トランプ大統領はゴルフコースのクラブハウスにすわって、言葉にできない苛立ちを感じていた。

なんだって、あんなひどい会談に出なきゃいけなかったんだ？　あのカールソンじいさんにべらべらしゃべらせておいて、ヴァルストロームは俺様をあざ笑っていたのか？　おそらくそういうことだ。絶対にそういうことだ。ああ、そういうことだ。

それにカールソンのやつ。あれはいったい何者だ？　アメリカ大統領とヤギの乳について話すだと？　ヒステリックにあざ笑う、人を馬鹿にしたように笑うヴァルストロームの目の前で？

その後にあったことは、言うまでもない。

大統領は怒りに震えた。共産主義者に感情の制御について意見された。ゴルフクラブで頭を打ちのめしてやるべきだった。トランプは自嘲して考え込んだ。自分は時として、どれほどひどい状況でもつい遠慮して、妥協をしすぎるきらいがある。

どうしてやろうか？　怒りは収まらない。大統領はラップトップを開いてツイッターに繋いだ。

３分後、大統領はテレビ司会者を馬鹿にし、某国の元首を侮辱し、みずからの内閣の一員をクビにすると脅し、自分の支持率低下は新聞の差し込み記事のでっちあげだと決め付けた。

これで少し気分が晴れた。

＊＊＊

ヴァルストローム外相は約束を守った。カールソン氏とヨンソン氏には、その夜のストックホルム行きの便にビジネスクラスが用意されていた。

「お預けになるお荷物はございますか？」チェックインカウンターの女性職員が言った。

「いえ、ありません」と、アラン。

「機内持ち込みのお荷物だけでしょうか」

「持ち込み荷物も、人にあげてしまったんでね」

故郷への快適な旅は、離陸する前から始まっていた。まず飲み物を勧められた。

「シャンパンかジュース、どちらにいたしましょうか」客室乗務員が尋ねる。

「ああ、こっちをお願いします」と、アラン。「そっちはけっこう、ありがとう」

「同じく、こちらで」と、ユーリウス。

その後は、3品コースのディナー（空腹ではなかったが、無料は無料だ）。そしてデザートが終わると、右手のボタンを押せばベッドに行く面倒もなしに横になれる。

「つぎはなにをしてくれるつもりだろうね？」アランが言った。

「うーん」ユーリウスはすでに毛布をしっかりかぶっている。

「わたしがタブレットからなにか読んでやろうか」

「いや、俺がそいつをひったくって窓から放り投げるのがいやだったら、やめておけ」

25 スウェーデン

アランとユーリウスは、ストックホルム・アーランダ空港第5ターミナルの到着ロビーに立ち、あたりを見回した。ユーリウスが現状をまとめた。身なりはぱりっと新しく、しっかり休んで元気いっぱい、それから全財産は20ドル。

「20ドル?」アランが言った。「ビールを1杯ずつ飲めるな」

小サイズを2本。これで現金はなくなった。

「これで身なりはぱりっと、しっかり休んで元気いっぱい、それから前より喉は渇いてない」と、アラン。「つぎにどうするか、なにか考えは?」

いや、ユーリウスにはなにもなかった。いっさい思いつかない。おそらく最後の現金を飲んで使う前に考えるべきだったのかもしれないが、済んだことは済んだこと。個人的財源に関する話を議題のトップにあげてもいいだろう。

101歳の老人は頷いた。金は人生を多くの面で容易にする。アスパラガスへの投資はどうなっている? スウェーデンに到着したが、ユーリウスはここにアスパラガスビジネスのコネがごっそりあるのではなかったか。アランには、インドネシア産スウェーデン・アスパラガスが世界各地を行き来する仕組みの詳細はわからなかったが、商品はこの国に一時上陸するのではなかったか。ほかにも非倫理的行為ぎりぎりのことがあったりするのか。

そうだ! アスパラガスのコネなら、ごっそりはないがグンナル・グレースルンドがいる。

「何者だ？」アランが尋ねた。

グンナル・グレースルンドとは昔なじみだ。みんなは「野犬のグンナル」と呼んでいる。なぜならそれがグンナルだからだ。シャワーなんて一度も浴びたことはないし、髭《ひげ》を剃るのも週に1回。いつも怒鳴ったり罵ったりしている。これまでの人生ずっと人を騙して生きてきている（ユーリウスはこの点についてはグンナルを責めなかった）。田舎産のグスタフ・スヴェンソンのアスパラガスを客に直接売りさばいていたのがこのグンナルだ。たしかに野犬みたいな男だが、仕事はきちんとやる。

「ともかく、グンナルのところへ行って、状況を話そう。きっと財布を出してくれる」

「行くって、どうやって？」アランが尋ねる。

「徒歩で」ユーリウスが答える。

＊＊＊

スウェーデンは縦に1600キロメートルあるが、一方横幅はそれほど広くない。比較的広大な土地をわずか1000万程度の人間で分け合っている。

ほとんどの土地で、数時間歩き回って人っ子ひとり、ヘラジカ1頭に遭遇しないこともざらだ。パリ周辺でみすぼらしいアパート1室に払う金額より安く、湖のある谷の土地を買うこともできる。ただしこの買い物をけっしてお勧めできない理由は、いちばん近い店まで120キロ、薬局までは160キロ、釘でも踏んで病院に行きたい時にはさらに長い距離を足を引きずって歩かねばならないことだ。コーヒーに入れるクリームを隣人に借りたくても、運が良くて3時間は歩く羽目になる。そして

3時間かけて帰る。コーヒーはとっくに冷めている。

誰もがそんなライフスタイルを好むわけではない。もっとも好まない類いの人たちはストックホルムやそのすぐ近くに集合する契約を黙って結ぶ。ビジネスはそれらの人間を相手にする。H&MやエリクソンやIKEAは、250万人ほどの潜在的顧客が住むそうした地域を優先し、77人がいまだ去らずにいる北極圏北部のナッタヴァーラ村をあと回しにするのだ。

つまり、ユーリウス・ヨンソンとグスタフ・スヴェンソンのアスパラガスを取り扱う現地倉庫が、他ならぬストックホルム郊外にあってもなんら驚きではない。消費者と直接やり取りする必要がなく、空輸で輸出入品を動かす会社にとっては、ストックホルム・アーランダ空港周辺は利便性が高い。具体的に言うとメーシュタ、さらに具体的に言うと空港からは徒歩2時間。老人の場合2時間30分。タクシーで15分という選択肢もあるが、その可能性は朝食代わりのビールで消えていた。

26 インドネシア

グスタフ・スヴェンソンは、すでに十分な期間、相棒抜きでビジネスを回していた。はじめはユーリウスがアランの誕生日に姿を消した。ホテルとの間に未解決の問題を抱えていたグスタフは、ユーリウスを探しに行くことはできない。しかし周囲にあれこれ尋ねて回るうち、ユーリウスとアランが熱気球に乗って海に出て行ったことを知った。

数日がたち、グスタフはユーリウスの死を確信した。しかし約1週間後、携帯電話に連絡が入る。

生きていた！　ユーリウスは事業の様子を尋ね、かけなおす番号を言わないまま電話は切れた。

　数日が過ぎ、ふたたび生存を知らせる連絡があった。またも留守番電話の伝言だった。グスタフは、今後はちゃんと充電しておこうと自分と約束した。そして今はなんと、平壌《ピョンヤン》からニューヨークに渡ったと言うではないか！　アメリカへ行った？　熱気球で？　北朝鮮を経由して？

　しかしユーリウスがどこにいていつ帰ってくるかは、実際に日々仕事上の重大な決断を下す人間にとっては、二の次の問題だった。グスタフにできるのは、相棒のデスクにすわり、そうした決断を相棒の精神でもって下すことだけだった。ユーリウス抜きで、スウェーデンの輸出入業者の提言に耳を傾けていた。スウェーデン国内でもスウェーデンらしい響きのアスパラガスをスウェーデン産と称して売るべきだ。そうすれば、さらに値を吊り上げられる。

　グスタフは、ユーリウスと交わした会話のぼんやりした記憶を掘り起こしてみた。なにか警戒することがあるって言ってなかったか？　だめだ、記憶がはっきりしない。アラックの利点は、人間の発想を自由にするところ。欠点は、自由にしたあと、翌朝にはその発想をどこかへ追いやるところだ。

　ユーリウスは、チャンスさえあれば、グスタフ・スヴェンソンのアスパラガスのさらなるスウェーデン化を阻止したはずだ。前回も、愚かな仲買人が同じことをしてユーリウスのビジネスをすべて駄目にしてしまったのだから。

27 スウェーデン

アランとユーリウスはゆっくりペースで2時間半かけて倉庫まで歩いてきた。待ち受けていたのはドアに貼られた1枚の紙。赤い縁取りをされた黄色の紙面に、黒い文字で「訴訟手続法第27章第15条に基づき封鎖。不法侵入は関連法により処罰される」と記され、「警視庁」の印章が押されている。

「ここでなにがあったんです？」アランは犬の散歩で通りかかった女性に尋ねた。

「野菜の違法輸入業者が逮捕されたみたいですよ」女性は言った。

「くそったれ野犬グンナルめ」と、ユーリウス。

「いい犬だ」と、アラン。「名前は？」

ふたり組はふたたび路頭に迷うことになった。一文無しも相変わらず。さらにユーリウスの踵《かかと》には水ぶくれができていた。メーシュタの中心地に向かって、足を引きずり引きずりアランの横を歩く。101歳の老人のペースについていくのも辛い。ついに音を上げた。

「もう一歩も歩けない。俺はこの水ぶくれのせいで死ぬんだ」

「死ぬのはそんなに簡単じゃない」アランは言った。「この身をもって経験してきて、よく知っている。あと数歩だけ歩け」

アランは通りの向こうに立つ売店を指差した。壁を挟んだ隣は葬儀屋だ。「ちょうどいいだろう？左のドアから入ったら絆創膏《ばんそうこう》を買える。売ってなかったら、右から入って死ねばいい」

アランは2メートル後ろに足を引きずる友人を従えて、左側の店に入った。初老にさしかかる頃合いの女がレジの前にすわっていた。チャームつきのネックレスを3つ着けている。客が来るとは思ってもなかったのか、驚いたように顔を上げた。

「おはよう」アランは言った。「絆創膏はあるかな？　友人のユーリウスが水ぶくれのせいですっかり弱ってしまって」

絆創膏ならある。女はセルフケア用品の棚を指した。ユーリウスはよろよろと棚に向かい、必要なものを見つけ、またよろよろとチャームネックレスの女のところに戻ってきた。女がレジを打ち、値段を告げる。

「36クローナです」

「ああ、そのことなんだが」ユーリウスはとっさに考える。「財布を忘れてしまったんだ。明日あらためて払いに来てもいいかな？」

「ええ、かまいませんよ。絆創膏もお取り置きしておきますから」箱をすばやく取り上げた勢いで、首のチャームが音を立てた。

「いや、つまり、水ぶくれは今痛いが、支払いは明日ということだ。絆創膏は今、金は明日」

女はただのレジ打ちではなかった。この店のオーナーだった。その日最初のお客に向かって厳しい視線を向けた。「わたしは真面目に働く商売人です。朝の8時からここにこうして、ほとんどなんの目的もなくすわっているんです。ようやくなにかを必要とする人が現れたと思ったら、その商品をただで配れって言うんですか？」

ユーリウスはため息をついた。果たして自分に、このあとに続くであろう会話に耐えうるエネルギーがあるかどうか。それでも女に、あんたの考えは理解できると言った。できることなら、俺の考えにも、理解を示してはもらえないものか。これはごく特殊な状況だ。自分は正直な人間で、実を言えば外交官で、緊急の用でアメリカから戻ったばかりで、たまたま財布を大使館に忘れただけなのだ。

「だったら、取りに戻ったら？」

「アメリカの大使館なんだよ」

チャームネックレスの女は、あらためてふたりを見た。はじめにユーリウス、つぎにアラン、そしてまたユーリウス。ひとりは明らかに自分より年上だ。もうひとりはたぶん年上。どちらも外交官には見えない。とりわけひとりは。

「友達に電話で頼んだら？」

ユーリウスの左の踵は出血していた。右の踵も危険信号を出している。最後に食事をしてから何時間もたっている。「友達はいない」すぐそばに立つアランが言った。「わたしがいるじゃないか、ユーリウス」

「それは真実ではない」ユーリウスは言った。

「それであんたは、いくら持ってる？」

「無一文だ。だが友達だ」

ネックレスの女は、老人ふたりの会話に耳を傾けていた。

「悪いわね。お金がないなら、絆創膏もなし。それが小さな貧乏商店のやり方なの。ここの店主、このサビーネ・ヨンソンのね」

「おや、あんた、ユーリウスと同じ名字じゃないか」アランは言った。「それは、おまけをしてくれる理由にはならないものかねえ？」

ネックレスの女は首を振った。チャームがその動きを追う。

「この国には10万人くらいヨンソンって名字の人間がいるじゃない。その人たちみんなに絆創膏をただで配ってたら、うちの商売はどうなるの？」

アランは、もしそんなことをしたらここの商売はめちゃくちゃになると思うと言った。だが今話しているのは、たったひとりのヨンソンであって10万人ではない。念には念を押しておきたいのなら、あとからドアに張り紙でもして、「全国のヨンソンのお願いお断り」とはっきり書いておけばいい。

ネックレスの女は言い返そうとしていた。けれどもユーリウスはもう自暴自棄になっていた。これ以上耐えられない。絆創膏を貼らずに足を引きずってここを出ていくなど不可能だ。

「絆創膏を出せ」ユーリウスは言った。「強盗だ」

ネックレスの女は、恐れる以上に驚いているように見えた。

「どういうこと、強盗って？　こっちを脅すようなものはなにも持ってないじゃないの。水鉄砲すら。強盗しようっていうなら、少なくともちゃんとしたやり方でしなくちゃ」

ユーリウスは強盗などしたことはなかった。それでもなんだか、全世界のプロの強盗を代表して侮辱された気分になった。強盗の被害者がこんなに敬意を欠いていていいものか？

アランは女に水鉄砲は売っているかと尋ねた。今現在、おふたりが陥っている難局を解決するにはそれこそが必要なものではないだろうか。

水鉄砲は売っていなかった。さらに言えば、水鉄砲を買う代金はどうするつもりなのか。もしいくらかでも持っているなら、その金を友達の絆創膏のために使ったほうがいいのではないか。

アランは、女の言うとおりだと気が付いた。だがアランは、そこに寛容の空気を感じ取った。ひょっとしたら、ネックレスの女はこれ以上争いたくないのかもしれない。アランは急いで平和への道のりを模索した。

「あの一角は、喫茶スペースのようだね。わたしと友人のふたりで絆創膏を持って席を取るので、いっしょにコーヒーでもどうだろう？　事態打開のための適当な契機にはならないだろうか？」

ネックレスの女がはじめて笑みを見せた。ユーリウスに絆創膏の箱を手渡しながら答える。あんたとお友達への貸しは、36クローナじゃなくなった。あと20上乗せ。コーヒー1杯10クローナだから。

ユーリウスはありがたい気持ちで頷くと、いちばん近くの椅子に倒れこむようにすわった。アランは角砂糖1個に追加料金は必要だろうかと気にしていた。

「砂糖とミルク込みの値段よ。さ、すわって。すぐ持っていくから」

28 スウェーデン

サビーネ・ヨンソンはコーヒー3杯、角砂糖のボウル、冷蔵庫から出してきた３００ミリリットルのミルク、そして電子レンジであたためたシナモンロールを運んできた。ユーリウスは絆創膏を貼り終え、あと少し靴は履かず靴下のままでいようと決めた。

「取引の収支は合ったわけだね」アランは言った。「でも、シナモンロールの分は？」

「ああ」サビーネ・ヨンソンは言った。「ほかと一緒で、ただなんじゃないかしらね。どうせうちの商売はめちゃくちゃだから。そのうちわかると思うけど、あたしまったく商売に向いてないの」

それより先にわかったのは、サビーネが話し相手を求めていたことだった。一日じゅう店のカウンターにひとりですわっているだけでは、楽しみはほとんどない。たしかにこれでは、支払いのできないお客が来てもなんの意味もない。

「あなたはとても親切な人だと思いますよ、サビーネさん」アランは言った。「あなたの話をもっと聞きたいなあ。その間にシナモンロールをいただいておくから」

アランの状況分析は正しかった。スイッチを押したも同然だった。

なにを知りたい？　年齢なら59歳。結婚はしていないわ。友達や親戚はいるかですって？　少なくともこちらの現実世界にはいない。

「なんの世界って言った？」ユーリウスは理解できない。

「現実世界。ほかに、異世界があるのよ。あたしの母親がどうしたか聞きたいんならね」

アランは異世界についてもっと知りたいと言った。それにお母さんのことも聞いてみたい。「どちらにいらっしゃる？」

「異世界だってば」

「亡くなっている？」

「そう」

アランはシナモンロールを咀嚼し、飲み込んだ。「なるほど、サビーネさん、よろしければ、お母さんが異世界ではなくここにいたらどんな話をしたか、ざっくり教えてもらえないだろうか」

サビーネは話を始めた。ほとんどの人は、魂の世界にはなじみがない。でもサビーネは子どものころ母親から、おまえは自分と同じようにほかの人間にはない力を持っていると言われた。母親のヤトルドはもう生きてはいないが、死ぬまでの間何年にもわたって、娘である自分とともに「異世界株式会社」を経営していた。母親が見ているらしきものを自分は見ることができないのは秘密だった。母娘の専門は、霊視による人生相談。つまり母娘は、客の要望に応じて交霊会を開いては、霊を探し出す、悪霊を退治する、古い家を守る友好的な霊に報いるなどのサービスを提供していた。交霊の際には、われわれの知る現実世界と未知の異世界との間に橋を架けるためと称して、振り子、水晶玉、占い棒、音声、お香を用いた。それが事業の名前になった。

「首にかけているそのチャームは？」アランが尋ねた。

「母の形見。遺したのはこれがほぼすべて。大地と豊穣と才能のシンボルよ。お好みによっては、無意味、無意味、無意味でもいいけど」

「異世界を信じてないってことか？」ユーリウスが言った。

「現実世界も信じてない。こんな惨めな人生」

吐き出してしまいたい話なら胸にいくらでも抱えていた。外に出たがっているものがたくさんある。けれどもサビーネは、そろそろ自分が相手の話の種をかじる番だと考えた。ぜひ紳士のおふたりにも聞かせてほしい。レジ強盗以外にはなにをやってるの？　外交官？　楽しい作り話は大好きだけど、この件ではむしろ本当の話を知りたい。

ユーリウスは頷き、強盗を働こうとしたことを謝罪した。だが、踵と魂に本当にひどい痛みがあったんだ。そして言わせてもらえば、その痛みはまだ消えていない。

「レジの横の棚にイブプロフェン錠があるわよ」サビーネが言った。「カウンターに、持っていないお金を置いといてくれたらいいから」

ユーリウスは礼を言い、よろよろと席を立った。アランが話を始める。ある意味で自分たちは本物の外交官だ。少なくとも外交パスポートは持っている。だが財布の話は真実ではない。偶発的事件により、意思に反して野菜取引業者の仕事をしていたインドネシアを離れることになった。途中で会ったスウェーデン外相が力を貸してくれたおかげで旅を続けられ、実利的な理由からとはいえ外交官に昇進もさせてくれた。アランと外相はアメリカで、トランプ大統領たっての要望で本人と面談した。その後はスウェーデンに帰るのが最善と思われる事態となった。そして今日の早朝、ポケットに20ドルを持ってストックホルム・アーランダ空港に降り立つも、のっぴきならぬ事情によりその金は使い果たした。1オーレもないとなったら、できることは歩くだけ。これ以上は歩けないとなるまで。

野菜取引業者が、アメリカの大統領との面談後に外交パスポートでスウェーデンに来たけど財布は持っていない――サビーネはまだなにか話していないことがあるに違いないとふんだ。アランはそのとおりと認めた。「でも、一度に全部話さないといけない決まりはないだろう？」

もちろんない。サビーネはアランとユーリウスをほうきで追っ払ってしまわなくて良かったと思った。実際、何度もそうしようと思ったけれど。

「そろそろ、またあんたの話が聞きたいな」ユーリウスが言った。

ユーリウスはヴァルストローム外相の時同様、すでに目の前の女性に魅了されていた。「異世界株式会社はどうしたんだ？　こうして店をやっているってことは、うまくいかなかったんだろうな」

どうしたかと言うなら、去年の夏に母親が死んだの。80年と数日の人生だった。人生のほとんどを会社の経営に追われ、ＬＳＤでハイになりながらひっきりなしに霊と交信していたわ。

「しょっちゅうだったのか？」と、ユーリウス。

「言ったでしょ、ひっきりなし。でも去年の夏に、特別ひどくトリップしたことがあったの。そのせいで死んじゃったってわけ。まあ、単に住む世界を変えただけなんだけど」

「なんとまあ。どんなふうに変えたんだ？」

「母がセーデルテリエで交霊会に出ることになっていて、あたしも一緒に行ったの。トリップのせいであたしがいないと行き帰りの道もわからないくらいだったから。そうしたら電車のホームで、見えもしない霊が見えると言い出した。悪意がある霊だって追いかけて、止める間もなく霊と一緒に線路に降りていって、ノルショーピングから来た11時25分の電車に轢《ひ》かれちゃったのよ」

「なんとまあ」と、ふたたびユーリウス。

「幽霊はどうなった？」と、アラン。いかにも、口を開く前に考える習慣がない人間の発言だ。

サビーネはうんざりした目をアランに向けた。「幽霊はなかなか殺せないものなの」

話は続いた。抑えた口調で、異世界株式会社の収益がいかにしてごく小さなＬＳＤ錠に化けていったかについて。あるいは同じ効果の、パッケージに楽しげな絵柄が描かれた大きめの薬。それでも母娘がやっていけたのは、サビーネの祖母の土地に立つ、家賃不要の小屋に住んでいたからだった。祖母も同じく去年の夏に99歳で亡くなった。母は、自分がまるまるドラッグに変えてしまえる家を相続したと認識する前に、幽霊に狩られてあちらの世界に行ってしまった。母親の立場で言えば、今住んでいる場所なのでこちらの世界になるが。

「99歳」アランは言った。「まだたいした年でもないのに。ところで、ひとつ教えてくれ。あんたと麻薬との関係はどうなっている？」

「どうにも」と、サビーネ。「母にとってあたしが無能な生徒だったのは、それも理由のひとつだったかも。母からはいつも、自分を解放しろって言われてたのよ。あたしはたぶん、なんでも考えすぎる性質だから」

「ふむ」と、アラン。「ユーリウスもほぼどんな時でも考えてるが、それが役に立ったと思ったことはほとんどないな」

槍玉にあがった当人は、無視して言った。「つまり、おばあさんから家を相続したんだな」

サビーネは頷いた。「家を売ったお金で葬式やそのほかの借金を片付けて、手元にはまるまる200万残ったわ。これからなにがしたいか考えて、起業家になるのが自分の人生だって結論に至ったの。あたし、数字にはめっぽう強いから。世界で一番美しい言葉じゃない？　起業家！」

ユーリウスは同感だった。この世には、ほかを圧倒する言葉や表現がある。「起業家」はそのひとつ。「領収書不要」もそのひとつ。

しかしそこからがうまくいかなかった。ひとつは、顧客がいるストックホルム中心部に居を構えるには資金が不足していたこと。今こうして、あらゆる経済活動から40キロ北に離れたこの地にすわっているのはそれが理由だ。もうひとつは、アランが警告したとおりの場所に迷い込んでしまったこと。考えすぎたのだ。

「お尋ねするが、いったいなにをどう考えてメーシュタで売店をすることになったんだ？」アランが言った。

「だから、考えすぎたの」と、サビーネ。「祖母の遺したキッチンテーブルで紙とペンを手に、より広い潜在的顧客を想定するほど成功のチャンスが広がると考えて、ふたつの普遍的真理に気づいたってわけ。ひとつ、人は生きている限り食べる。ふたつ、それでもみんないつかは死ぬ。人間すべて、例外なく」

「アランは例外かも」と、ユーリウス。「この間、101歳になったところだ」

「すごい」と、サビーネ。「あたしに言わせたら、片足を棺桶に突っ込んでいる状態ね。お金を持っていなくて残念。そうじゃなきゃ、棺桶を売ってあげたのに」

アランはあたりを見回した。この店に棺桶コーナーはないようだ。

「なるほど。隣の葬儀屋もあんたの会社の一部門なんだな？」

サビーネはアランの推理力に思わず微笑んだ。「そのとおり！　生きるには食べ物がいる、それでこの売店。そして死んだらお墓に入る。よって棺桶。簡単でしょ。棺桶屋よ」

アランは、サビーネの話は哲学的に完結していると納得した。「生と死。そして中間に幽霊」

「でも幽霊はお金になるの。その過程にドラッグで自殺するかもしれないって覚悟がいるけど。それに比べて生きている人間は、少なくともうちの店に関しては、あんたたちふたりが支払いもせずに商品を持っていこうとする前からまったく役立たず。死んだ人間はさらにひどい」

ユーリウスは、新しくできたこの知人が気の毒になった。あらためて、失敗はしたものの強盗を働こうとしたことが恥ずかしい。「そういえば、数字にめっぽう強いって言ってなかったか？」

「そう！　良ければ、うちがつぎの四半期にどれだけ損失をあげるか教えましょうか。さらにつぎの四半期でそれがパーセンテージにしてどの程度大きくなるかも」

「なるほど」

サビーネは続けた。「人間って、生きている間は今の自分が一時的な存在に過ぎないと認めたがらないものなのね。いつかは死ぬと考えられない。つまり、前もって棺桶を準備しておこうとしない。

いざ死んでみて、もう買い物できないんだってわかってはじめて驚く」

「でも、少なくとも死ぬ前には食べ物を買うだろう?」と、ユーリウス。「死を寄せ付けないために、って意味だけど」

「ええ、まったくそのとおりね。ただあたしからは、めったに買わないってだけで」

最初にして最後、一度だけ地域のフリーペーパーに出した広告(「食料品と棺桶　安価で買えます」)は、あらぬ噂を呼んで市の衛生安全検査官の耳に入り、乳製品と死体が一緒に保管されていないか確認するための抜き打ち訪問を受ける結果を招いた。

「あの広告は、あたしの思いつきの中でも最悪ね。悪いアイデアのオンパレード」

ユーリウスは、壁の両側とも商売がうまくいっていないなら、これからどうするつもりかと尋ねた。サビーネにもそれは不明だった。わかっているのは、もうなにもかもに疲れたということだけ。母親に超常現象的なものを叩き込まれてさえいなければ、どんなに良かったかしら。数字に長けている以外で実際に持っている能力は、芸術的センスくらいね。

「芸術的センス?」アランが言った。

「そう、見たいって言うなら、肖像画を描いてあげる。4000クローナでどう?　ああ、まさか、もちろん冗談よ」

アランは、サビーネが思い出してくれた件について謝罪した。そう、金はない。

「もうひとつ謝るが、こちらの若者ユーリウスと彼の健康に対しても、少々責任を感じているんだ。彼が、実際にできる前からずっと文句を言いっぱなしの水ぶくれのことでは、たいそうお見苦しいところをお見せした。そこで、できる限りあんたの助けになりたいのだが、われわれふたりがこちらに

1、2泊するのをあんたが許可するために、なにかできることはないだろうか。必要なら、あそこのヨーグルトのそばの床で寝ることも厭《いと》わない。寝ている間に死んでしまって、食品安全当局とさらなる揉め事を引き起こしたりしないことはお約束する」

ユーリウスも加勢した。「俺は大工仕事が得意だ。在庫の棺桶にちょっと手を加えることもできる」

この人たちを泊める？　たった30分の間に文無しの客から宿泊客になるとは、なんとも目まぐるしい。けれどもサビーネはとっくに気づいていた。このおじいさんたちといると楽しい。だったら……悪くないかも？　サビーネはユーリウスを見た。「若いあなた」と呼びかける。「そんな踵で、どこに行けるって言うの？　さっき強盗しようとした時に聞いた話からすると、たとえちゃんと歩けてもほかに行く当てもないようだし」

本当のことを言えば、サビーネはアランとユーリウスを追っ払いたくなかった。これっぽっちも。「あたし、この上のふた部屋のアパートに住んでるの。ひとりは廊下に予備のベッドを置いて寝たらいい。もうひとりは棺桶店のソファを使ってちょうだい。もしかしたら棺桶のほうが寝心地がいいかも。歯ブラシと歯磨き粉は絆創膏の隣。場所はわかるわね」

「剃刀もいいかな？」と、アラン。「目前の倒産になんら影響を与えることはないと思うんだが」

「ああ、ふたつどうぞ。つけにしておくから」

翌朝サビーネが部屋から下りてくると、ユーリウスが棺桶作りに精を出していた。アランはソファに横になったままそれを見ている。

「なにしてるの？」驚いて尋ねた。

「さあね」と、アラン。「旅立ちの準備かな？」

「おはよう」と、ユーリウス。「部屋と食事のお礼にと思って。昔から大工仕事は得意なんだ。その話はしてなかったかな？　見目のいい棺桶を作ってみたらどうだろう。売上げに繋がるかも」

「ゼロからほぼゼロくらいにはね」と、サビーネ。「売店から朝食を取ってくる時間もなかったの？」

そこまで図々しくはなれないとふたりは思っていた。ユーリウスは、あと2、3日、客間と大工店に泊めてもらえたら、喜んで朝の店番を引き受けるつもりだと言った。サビーネは寝坊したらいい。そんなことは滅多にできないだろうから。

サビーネは、考えてみると応じた。でも、その手のことは空腹のまま決めることではない。「さあ、なにか食べなくちゃ」

朝食はチーズを挟んだロールパン、ジュース、マシンで淹れたコーヒーだった。午前中いっぱいで迎えた客は4人。みんな小さいながら買い物をしていった。ユーリウスはどうやら幸運のお守りらしい。レジを使えることも証明した。

「58クローナお願いします。2クローナのお釣りです。良い一日を」

ニセ外交官はサビーネがはじめに思ったよりずっとましな類いの人間だった。今のところ、賃金もそれほどかかっていない。絆創膏ひと箱、コーヒー2、3杯、シナモンロール、ロールパン、ジュース3デシリットル、それとイブプロフェンを1、2錠。アランとかいうほうはあまり役に立っていないが、このおじいさんはさらに低コストだ。

老人ふたりを泊めることは、客観的に言っても一緒にいて楽しいという事実以上の理由はある。

「もちろん、しばらくいてもらってかまわないわ」サビーネは言った。「でも棺桶は作りすぎないで。在庫がかさんでコストがかかるから」

30 アメリカ

メルケル首相はその日ワシントンでトランプ大統領とのはじめての会談に臨んだ。その席で首相は、北大西洋条約機構《NATO》は役立たずだと知らされた。そしてＮＡＴＯはすばらしいと言われた。いわく、自分はドイツを愛している。またドイツは、多くの問題について一貫性を持たせるべきだ。両国の絆はたいへん強い。われわれを唯一結びつけるものはオバマに盗聴されていたことだ。

ドイツ大使館に戻ったメルケル首相は、ただちに盗聴器から保護された部屋に案内された。待っていたのはドイツ大使、ドイツ国連大使、それからドイツ連邦情報局米国支部長の3名。

首相は、今日という日はこれ以上悪くなりようがないと思っていたが、その認識は明らかに誤りのようだった。連邦情報局支部長が会議を進めた。

議題はすでにメルケル首相も報告を受けている、北朝鮮が「名誉と力」号と呼ばれる船を用いて平壌《ピョンヤン》への濃縮ウラン4キロの密輸に成功した件だった。金正恩《キム・ジョンウン》が記者会見で発表したスイス人核兵器専門家は、のちにスウェーデン人だったと判明した。名前はアラン・カールソン。当初の疑いとは異なり金正恩の協力者ではないこともわかっている。カールソンは平壌を脱出してニューヨークに入り、さらに濃縮ウランを持ち出していた。

「アメリカへ？　ウランはこの国にあるということですか？」首相が言った。

「はい」情報局支部長が答えた。「まさに、ここに」

数日前、アラン・カールソンはスウェーデン外相マルゴット・ヴァルストロームとともにトランプ大統領と面談した。ヴァルストローム外相は同国国連安全保障理事会代表でもある。

「ええ、知っています。非常に優秀な方です」アンゲラ・メルケルは言った。「その面談での発言内容はわかっているのですか」

「いえ、はっきりとは。トランプ大統領はヴァルストローム外相とカールソンの行動にとくに問題はなかったとして、二度とこうしたことがないようにと伝えたと思われます」

「トランプ大統領らしいですね」アンゲラ・メルケルは言った。数々の経験を積んできている首相は、話は終わっていないと感じ取った。「それで？」

「じつはその面談後、ブライトナー国連大使が国連本部の前で偶然アラン・カールソンに遭遇いたしました。たいへん賢明なことに、大使は情報を得られる可能性があると判断し、カールソンと友人のヨンソンを夕食に招待したそうです」

情報局支部長の表情は冴えなかった。しかし隣の国連大使の表情はさらに冴えなかった。

「それで？」アンゲラ・メルケルはふたたび言った。

「大使は、カールソンとヨンソンがわが国への譲渡を申し出たブリーフケースを引き受けると請け合いました。彼らの話によりますと核兵器関連の重大情報文書が入っていて、カールソンは当初トランプ大統領に渡すつもりでいたところ、大統領との面談のあとで考えを変えたそうです」

首相はカールソンに仲間意識を抱いた。どうやらふたりともアメリカ大統領との面談でよく似た経験をしたようだ。「ではその情報を渡して下さい。ベルリンの分析官に送るかどうか検討します」

「それが……」情報局支部長が言う。「ブリーフケースの中身というのがじつは……濃縮ウラン４キロだったのです。首相宛ての手紙が添えられていました。紙ナプキン３枚に書かれております」

「紙ナプキン３枚？」首相はそう口にした。

しかし実際、首相の頭にあった言葉は違っていた。濃縮ウラン４キロが、ここ、ワシントンのドイツ大使館にある？

その他、機密会議が終了するまでに首相が把握した情報は、先に傍聴した暗号「アスパラガス」は実際のアスパラガスであり、それ以外のなにも意味しないことだった。さらにカールソンの手紙の文面から、平壌が近く５００キロ相当の濃縮ウランの入手を見込んでいること。ダルエスサラームの情報局支部長にはすでに抜かりなく通知してあった。アフリカから平壌への試験運航が成功している以上、北朝鮮が同ルートを再度採用することは十分考えられる。

メルケル首相はたいていのことに長けていたが、ブライトナー国連大使について国家的英雄とみなすべきか連邦共和国一の愚か者とみなすべきかは、判断しかねていた。首相はひとまずのところ、その中間と考えることに決めた。

31 スウェーデン

日々が過ぎていった。ユーリウスは毎朝店を開け、サビーネはその間に朝食をとり、1時間後に紳士ふたり分の用意をした。朝食の時間には、ユーリウスとサビーネが溜息混じりに文句を言い続ける横で、アランが黒いタブレットからニュースをふたりに読んで聞かせた。その後サビーネはレジ番につき、ユーリウスは棺桶製作に精を出し、アランは専用ソファに腰を落ち着ける。

外交官2名がここをわが家に定める以上、いくつかルールを決めるのが適切だろうとサビーネは考えた。とりわけ衛生面は重要だ。そこで祖父の遺品の衣服を4組出してくると、毎日の着替えとシャワーを欠かさないよう要求した。

そいつは厳しいなとアランとユーリウスは思った。しかし従った。

ユーリウスがもたらした朝食一度につきお客4人を呼び寄せた幸運は、一時的なものとわかった。生きるためには食料品が必要だと考える人の流れには限度があった。一方で死に備えたい人は、まったく流れがない。

ユーリウスは踵の水ぶくれが治るまでは靴を履かず靴下で歩き回っていた。サビーネの許しを得て、棺桶の商品開発にも取り組んでいた。異なる色で塗ってみたのは、以前そうしている人を見たことがあったからだ。失うものはペンキ代を除いてなにもない。それもサビーネが次期四半期も正しく赤字が継続するよう収支を再計算していた。

今では店の窓の前に、5つの棺桶が並んでいた。マツの無垢材製で色は白、ピジョンブルー、ピンク、オリーブ、そしてグレーの5色だ。大工店には、組み立て終わってはいるが仕上げが済んでいない棺桶がいくつかあり、さらにふたつが組み立て中だった。

しかし、北ストックホルムの北部における棺桶市場はどうやら死んでいるらしい。ユーリウスがサビーネに価格設定と広報活動の根拠を尋ねても、曖昧な答えが返ってきただけだった。近隣の競合相手について知りたいと言った時は、サビーネもそれは是非とも知りたいと言った。

2週間後、ユーリウスの水ぶくれはすっかり良くなり、棺桶の売上げはあいかわらずゼロのままだった。インターネットで地理上もっとも近い競合相手をベリルンド葬儀店とつきとめたユーリウスは、サビーネが現れそうにもないお客の相手をしておくと言うので、偵察任務を果たしに出た。

ベリルンドの店までは徒歩20分、快適な道のりだった。店内に足を踏み入れると、黒い上着にチェックのスカート姿の女性に声をかけられた。客を丁寧に迎え、テレース・ベリルンドと名乗った。夫のオーヴェはあいにく留守にしているが、共同でこの店を経営しているのだという。ユーリウスはテレースと握手をしながら、自分はあわてて名乗る必要はないだろうと考えた。

「本日はどういったお手伝いがご必要でしょうか」テレース・ベリルンドが言った。

「おたくの棺桶に関心があってね」ユーリウスは言った。

客との対話のとっかかりとしては、あまり経験がないパターンだとテレースは思った。いつもはまず誰が亡くなったという話に始まり、それぞれに応じたお悔やみの言葉を返すのだが。

「そうでしたか」戸惑いを覚えつつ、応じる。

「色の種類がいくつかあるようだね。素材はなにを使っているか教えてもらえるかな」

テレースは、お客様がお示しになっているそちらの商品はメゾナイトの板を使用しております、と答えた。つまりたいへんな掘り出し物です。ただし表面処理はいっさい工程を省かず施していますので、当店では最高級の品位と輝きを保ちながらも、お客様の印象よりもずっとお安いお値段でご提供できるものばかりを取り揃えております。

「それで、おいくらになるのかな？　あのピンクのと、それから青いのだが」

「おひとつ６４００クローナでございます」

「くそっ、そうか」ユーリウスは思わず声を上げた。

ユーリウスとサビーネの棺桶はマツの無垢材を使用し、原価割れを避けるには最低1万5千の価格設定になる。見た目はメゾナイトとほとんど変わらない。

「ただ、わたくしどもは一体型のサービスをご提供しておりまして、お棺はもちろん、ご招待状、会の進行、ご祭壇の装飾、お礼状などを、さまざまに組み合わせてご利用いただけます。大切な人を亡くされた悲しみの中、あれこれ考えなければいけないのは大きなご負担です。わたくしどもは、ご遺族のお気持ちに寄り添いつつ、どの程度のサービスをご提供できるか、それに伴ってお値段のほうも決めさせていただいております」

「そうか、なるほどね」ユーリウスは言った。「ただ今回は、大切な人は誰も死んじゃいないんだ」

葬儀会社代表のテレース・ベリルンドは、どうやらお客ではないらしいお客の顔を見た。「では、なぜ……」

「ああ、いや、死とは常に生の傍らにあるものだ。備えあれば憂いなしというだろう。ところで、おたくの棺桶は自社製なのかな？」

「あら、またお棺のお話。いえ、こちらの商品はエストニア製です。特注品については2週間ほど納期をいただいておりますが、ほとんどは在庫がございます。どなたもお亡くなりになっていないのなら、どうしてそんなにお棺に興味をお持ちなのか――」

「いやいや、お手間をおかけしました」ユーリウスは言った。「覗かせてもらってありがとう。本当に良い棺桶です。見ていて楽しい。それに値段も良い！　では、蓋を閉じる時にまた会いましょう。いや、それは無理だな。おわかりかと思うけど」

＊＊＊

調査の結果は芳《かんば》しくなかった。ベリルンドの棺桶は、品質はこちらと変わらず値段は半分以下。さらにベリルンドが提供する一体型サービスは、ユーリウスとサビーネと黒いタブレットの老人にとって非常に不利な流れを生んでいる。そしてどうやら最近はもう棺桶とは言わないらしい。お棺。

サビーネは、あの人たちには好きなように呼ばせておけばいいと言った。それで売上げが上がるならけっこうな話。緊急会議の参加者2名は、この先にはふたつの選択肢があると全会一致で決定した。棺桶の案を葬り去る、もしくは成長させる。

「ちょっと考えさせてくれ」と、ユーリウス。

「ふむ」アランがソファで唸った。

＊＊＊

ユーリウスは考えた。

ピンクの棺桶を注文する人には、そうしたい理由がある。葬儀業界では、あの色を「パウダーピンク」と呼ぶのが好みらしい。

違いを出せる棺桶とは……ユーリウスは考え続けた。テーマ別棺桶なんてどうだろう?

たとえばレインボー棺桶。死んでからも同性を愛する権利を守りたい人向けだ。

ハーレーダビッドソン棺桶。これは熱心な信者がいる。

キリスト棺桶はさすがにだめかな?

自然保護棺桶は?

愛するサッカーチーム棺桶はどうだ? サポーターにとって、サッカーとは勝利か死のどちらかを意味する。だったら、死んでも勝ったように見せたいと思うんじゃないか?

エルヴィス・プレスリー棺桶。ユーリウスには若いころ、エルヴィスの物真似をする友人がいた。歌が死ぬほど下手で、見た目もロックの王エルヴィスよりスウェーデン国王のグスタフ5世に近かった。噂では、あれから何年もたって、まさにそれを理由にカラオケバーで誰かに死ぬまで殴られたらしい。だがもしまだ生きていて、そろそろ人生を締めくくろうと考え始めるとしたら、有力な顧客候補になるんじゃないか?

「ようやく見通しが立ってきたみたい」ユーリウスのアイデアにサビーネが言った。「案を出してくれたら、なんでも描くわよ。それ以外もなんだって。ハーレーダビッドソン棺桶は2、3日もあればできそう。エルヴィスは1週間くらいかかるかな。若いころのほうがいいかも。年をとって太ったエルヴィスだと、ペンキを使い切っちゃうかもしれないから」

ユーリウスはサビーネのひねくれた賞賛を聞いて嬉しかった。つぎの一歩はどうやって宣伝するかだ。メーシュタの地元紙への広告は、もう一度やってみる価値はあるんじゃないか？

「却下」と、サビーネ。「この商売のコンセプトはむしろもっと国際的じゃない？　うちが出展できる見本市みたいなものはある？　棺桶展示会とか」

ユーリウスは棺桶展示会についてはは聞いたことがなかった。だが、目指すは世界とはいかれてる。やってやろうじゃないか。

「ちょっと調べさせてくれ」ユーリウスは言い、アランに黒いタブレットを貸してくれと頼んだ。

「なんだって？」アランがソファから返す。「そしたら、誰があんたたちに世界でなにが起きていて、起きていないかを教えるんだ？」

「誰も教えないのはどうだ？」と、ユーリウス。

サビーネがふたりを制して言った。「うちからノートパソコンを持ってくる。1分待ってて」

＊＊＊

出るなら国際見本市だ。エルヴィス・プレスリー棺桶の潜在的顧客のうち99パーセントは、スウェーデン国外にいると考えてほぼ間違いない。そしてこれはほんの一例にすぎない。

ユーリウスは求めていたものを見つけた。ドイツのシュトゥットガルトで、世界最大級の旅行・観光業展示会が近々開催されるらしい。手袋の中の手のように、彼らの目的にぴったり合っている。99カ国からの出展者数は２０００にものぼる。旅行代理店、ホテルチェーン、旅行社をはじめ、ＲＶ自動車、キャンピングカー、キャンプ場、テント、バックパック、その他数百以上の商品が展示される。

「棺桶ですか？」ユーリウスがブースの予約のため電話をすると、ドイツの展示会主催者が言った。

「わたくしどもは基本的に出展者の展示内容に関与することはないのですが、さすがに当展示会の包括的テーマにはいささか不適当であると言わざるを得ません」

「いやいや、そんなことはありません」ユーリウスは言った。「最期の旅は、もちろん、独自の意味を持つ旅行と言えます。あらゆる旅の中でもっとも重要と言ってもいい。そう思いませんか？」

展示会主催者は、その日スロベニアの靴べら工場からも出展の申し込みを受けており、今後はもうなにが来ても驚かないと思った。「おっしゃるとおりです。では、書類をお送りしますので、記入のうえご返送お願いします。御社と御社の……棺桶の出典を楽しみにしております」

さて、つぎは優先順位をつけなくていけない。サンプルを数点持っていく必要があるが、国際的視点からいうとどのテーマが最適だろう。

サビーネはドイツ人がとくに喜ぶのはなんだろうと考えた。「原子力反対棺桶？」

アランは片耳でそれを聞いていた。うまくいきっこないから、やめさせなければいけない。ドイツではだめだし、ほかのどこでもだめだ。ドイツ人はとっくに原子力廃止を決めている。今さら反対の声をあげても意味がない。他の人々にとってもフクシマの原子力発電所事故のニュースはすでに過去の話になっている。人間はすでに起きたこと、あるいはこの件では現在進行形のことより、新たに起こる出来事のほうを好むものなのだ。

ひょっとしたら、日本でなら原子力反対棺桶は売れるかもしれない。あの国では、人々の記憶の半減期はそこまで短くなっていない。破損した原子炉格納容器内では未だに高い放射線量が測定されている。

「それはどういうことだ？」ユーリウスはそう言ったものの、本気で知りたいわけではなかった。すでに原子力反対棺桶のアイデアは不採用だと考えていた。

「とても危険だという意味だよ」アランが言った。

サビーネは、今の一連の会話は役に立つ材料だと思った。アランの黒いタブレットの中には、自分たちのビジネスに生かせる情報が入っているのでは？

「たぶんね」と、アラン。

タブレットから得られるものは、基本的には世界各地からのニュース、音楽がちょっぴり、そして裸の女性も少し。自分に限って言えば、最初のひとつに集中している。「今現在主流となっている世情では、安楽な時間を過ごす人間は、苦悩の時間を過ごす人間と関わるのを避けたがる」

「そのビジネスモデルはどういうものになる？」と、サビーネ。

アランも確信はないが、毎日地中海で少なくない数の人が溺死し、各地の海岸に漂着しているようだが、彼らには間違いなく棺桶が必要だ。

サビーネは、生きている難民たちだっておそらくは自分たちの主なターゲットグループには入らないだろうと言った。ましてや溺れた人たちだなんて。

アランも同意せざるを得なかった。

ユーリウスはサビーネがわずか２、３の会話のうちにさらっと口にした言葉に感じ入った。〝ビジネスモデル〟。〝主なターゲットグループ〟。「あんたはビジネスに鼻が利くタイプだな」

「悪いビジネスにだけど」サビーネが訂正した。

「なにかの展示会に参加した経験があるとか？」と、ユーリウス。

「ええ、実のところね」

20年前に一度、母親にラスベガスに連れて行かれたことがある。そこで「精神世界」フェアが開催されたのだ。大きな定義として言い換えれば、母親と世界中から集まった2万5千人ほどの同志たちとの巨大会議のことだ。

母親がいちばん関心を持っていたのが、「心的エネルギーによる治療」に関する発表だったのだが、うまい具合に参加しそびれた。そしてそれ以外も全部。会場近くで、あっという間にありとあらゆる形態のLSDが売られているのを見つけてしまったからだ。母親は、アメリカ人がそれを「アシッド」と呼んでいることを知り、新たな精神世界を見つけられるか確かめるためにも、アメリカ産を全種類試す以外の選択肢はないと説明した。

結果、母親は4日間のフェアのうち3日間をホテルの部屋にこもって自分とサビーネがスウェーデンにテレポートできるかを何度も試みることになった。母親は、自分ひとりなら時どき行けたと主張したが、融通の利かない頭の持ち主である娘のほうは、毎度ラスベガスに残されたままだった。

ユーリウスは、もうほとんど恋に落ちかけている気分だった。

「かわいそうに、すてきなサビーネ。あんた、本当に苦労してきたんだな！」

「あら」サビーネが顔を赤らめた。

アメリカでのLSDトリップは、故国でするのとそれほど大きな違いはなかった。母親が――少なくとも母親の魂が――大西洋を行ったり来たりしている間、サビーネはフェアのブースをあちこち回って、自分の守護天使との交流方法の基本を学んだ。スタートセットとして勧められたDVD、手引書、90分間の静寂を収録したＣＤ一式を２８００アメリカドルで購入した。

ＣＤのタイトルは「天使の語り」だった。ジャケットには、天使は一般に話をしないのでＣＤにはなにも入っていないと解説が書かれていた。

不本意ながら隠居したアスパラガス農家は、この世界はビジネスアイデアにあふれているのだと思い出した。

「俺たちの棺桶ビジネスが失敗したら、お母さんの業績に新たな命を吹き込めるかもしれないな」

「かもね」サビーネが言った。

32 ロシア

ゲンナジー・アクサーコフは１９５０年代のレニングラードで子ども時代を過ごした。父親は哲学の教師、母親は銀行員だった。両親はひとり息子を溺愛した。10歳の誕生日、ゲンナジーはホッケーのスティックと新しいスケート靴をもらった。しかし団体競技であるホッケーはゲンナジー向きのスポーツではなかった。同じ理由でサッカーも苦手だった。

ゲーニャことゲンナジーが夢中になったのは格闘技のサンボだった。競技名は「武器を持たない自己防衛」の意味。１対１の素手で戦い、頼れるのは自分の身体のみだ。ゲーニャの気性にぴったりだった。加えて道場仲間のヴォロージャとの出会いもあった。同い年でマット上の好敵手であるに留まらず、同じことに笑い、人生の考え方もよく似ていた。ふたりはたちまち親友同士となり、55年たった今でも友情は変わっていない。

　ゲーニャは好きな時にヴォロージャの職場に出入りできた。すべての出入り口で行われる徹底したセキュリティチェックも唯一免除されている。それどころかノックもせずにヴォロージャの個人オフィスに入る。今日もその調子だった。

「やあ、ヴォロージャ。さっき、〝ハバロフスクの友〟と話した。すごく野心家の若者なんだが、残念なことに、どうも平壌《ピョンヤン》のあのチビの若造みたいなことを言い出した」

「どういうことだ？」ヴォロージャことウラジーミル・プーチン大統領が言った。

「遠心抽出器が欲しいそうだ。アメリカ人と中国人を同時にあっと言わせるのに必要だと」

　プーチンは友人の友人が描いた絵に微笑んだ。あっと驚く中国人に、その横で同じくらいあっと驚くアメリカ人。すてきじゃないか。

〝ハバロフスクの友〟とは、北朝鮮首都の北部にあるプルトニウム工場の新しい研究室長のことだ。以前ここの責任者だった男は仕事に失敗して死刑になり、後任は周囲から「技術者」としか呼ばれたことのない男に任された。技術者が研究室の冷蔵貯蔵室で延長コードを使って自殺を図ると、その地位はしばらく空席のままだった。その後、金正恩《キム・ジョンウン》がモスクワのプーチンに朝鮮人と彼らの置かれた状況に同情心を起こさせ、現室長を派遣してもらったのだ。最高指導者は、正統派から逸脱したロシアも、まだ若干の共産主義的精神を保っているとの見方を捨てていなかったわけだ。

　真実は、プーチンと影の右腕ゲンナジー・アクサーコフが掲げる唯一の主義である、ロシアを間接的に強大化する目的に基づく世界の特定地域の弱体化にほかならなかった。ヴォロージャとゲーニャはその時点も今も変わらず、平壌の小男にプルトニウムの遠心抽出器を送ってやるつもりはなかった。

かわりにシベリアから優秀な技術者を派遣した。北朝鮮とロシア国境からさほど離れていないハバロフスク出身の男だ。

〝ハバロフスクの男〟の働きは最初こそはかばかしくなかったものの、やがてロシア大統領の期待に応える能力があるとわかってきた。着任からわずか数週間後、初の地下爆発実験に成功する。これは当然、世界中の偽善者から激しい非難の嵐を巻き起こした。すべて予定どおりだった。最高指導者とプーチンとの合意の一部に基づき、プーチンとロシアも他国同様に懸念を表明した。

新任技術者のモスクワへの忠誠心は絶対で、使用されたウランはロシア産だった。ゲンナジー・アクサーコフへは定期的に報告があり、ヴォロージャとゲーニャは101歳のスウェーデン人が研究室で演じたドタバタ劇と名場面について、知るべきことはすべて把握していた。この件で金正恩はプーチンに、世界に誇るロシアの諜報網を利用してカールソンの居場所を突き止め、喉を掻き切ってくれとうんざりするほどしつこく迫ってきたが、プーチンはひそかにこの老人に楽しませてもらった。100歳を越して平壌へ行き、チビの若造をあんなふうにぎゃふんと言わせるとは。もしまだ逃げ切れていなかったら、手を貸してやりたかったくらいだ。この問題は、さほど遠くない未来に自然と収まるだろう。

それより今日のニュースは、〝ハバロフスクの男〟が金正恩に加勢してプルトニウムの遠心抽出器をよこせと言ってきたことだ。ヴォロージャはゲーニャの顔に書かれた答えを見て取った。

「ふむ」大統領が唸る。「うるさいからひとつ送っておくか。だがこれ以上はなしだ、ゲーニャ」

33 スウェーデン、ドイツ

ハーレーダビッドソン棺桶に加え、レインボー棺桶、フェラーリ棺桶、ゴルフ最高棺桶、ジョン・レノン／イマジン棺桶、青空を飛ぶハト棺桶、野原に踊る妖精棺桶、そして海に沈む夕日棺桶が用意された。

サビーネはあっという間に絵を描きあげると、中古の霊柩車を買ってきた。あっという間に。結論として、彼らがシュトゥットガルトに持っていく予定の8つの棺桶は霊柩車に収まらなかった。最大でもふたつ、望ましくはひとつ。ユーリウスは、将来的に葬儀パックサービスを提供するようになった時に役に立つとサビーネを慰め、近くのレンタカーショップに小型トラックを借りに行かせた。サビーネは出発直前になって、ユーリウスの助言に従って新たに赤白黄の配色のVfBシュトゥットガルト棺桶もラインナップに加えた。グーグル翻訳のおかげで「1983年から変わらぬ愛を捧ぐ」とドイツ語で書き加えることもできた。

「VfBシュトゥットガルトとはなんだ?」アランが尋ねた。

「地元サッカークラブだ」と、ユーリウス。「受けるかもしれない」

サビーネがドアに鍵をかけ、告知の紙を貼った。「休業します。いつものようにお買い物はほかのお店でお願いします」。そして3人そろって南に向けて出発した。荷台には棺桶が9つ積まれていた。

＊＊＊

一行は途中、コペンハーゲンとハノーファーでそれぞれ1泊した。どちらの街でもおいしい夕食にありつけた。おおむね良い旅だったが、アランがサビーネとユーリウスはまったく世情に通じていないと言わんばかりに、つねに最新のニュースを読んで聞かせると頑として譲らないのが玉に瑕《きず》だった。アランの最近のお気に入りは、過去のノーベル平和賞受賞者が今や平和ではなく民族浄化を求めているらしいニュースだ。

ハノーファーでの夕食後、アランは寝室へ向かった。ユーリウスもすぐに行くと言いつつ、もとよりその気はなかった。かわりにサビーネの部屋で寝た。そうなってみれば、実はずっとふたりは同じことを考えていたとわかった。

「ほう、なるほど」翌日の朝食の席で3人が顔を合わせた時にアランが言った。「外務大臣はもう用なしというわけだ」

「馬鹿言うな」と、ユーリウス。

ユーリウスとサビーネは出会って数か月、昼も夜もずっと一緒だった。もちろんそばにはつねにアランがいたが、定位置のソファから動くことはほとんどなかったし、若者ユーリウスにさらに若いお嬢さんのサビーネとの愛に脅威を与えることはなかった。

大げさな言い方をすれば、一目惚れだった。ユーリウスはあの時絆創膏の箱ではなく自分の未来を盗もうとしたのだ。そこで恋が始まり、着実に関係を深めていった。そしてハノーファーでの夕べはふたりきりの夜になり、朝を迎えても後悔に変わることはなかった。

ユーリウスはサビーネといるとまともな人間になれる気がした。もらうだけでなく与えてくれる。この気持ちは……そう、彼女が誇らしい。

「遅くてもないよりいい」60歳の誕生日を目前に恋に落ちた事実について、サビーネが言った。
「遅くてもないよりずっといい」ユーリウスが朝食のミルクのグラスを掲げて乾杯した。
「はいはい」と、アラン。「ところで、夜の間にトランプがなにをしでかしたか知ってるか？」

34

ドイツ

展示会は成功した。２０００もの出展者のうち数人が、ブース番号Ｄ１２８に大いに関心を示した。展示物は棺桶９点、バナーには「天国は待ってくれない」「極楽へのチケット」「人生最後の旅」などのキャッチコピー。ブースのデザインを任されたサビーネは、迷いながらも自社の市場である死を可能な限り生き生きと感じられるものにしたいと考えた。

まず動きがあったのがＶｆＢシュトゥットガルト棺桶だった。カールスルーエＳＣの筋金入りサポーターが、３０００ユーロで欲しいと言ってきた。自分の目的は、その時がきたらこの棺桶の助けを借りてシュトゥットガルトに屈辱を与えることだ。適当な期間内にそうした機会が訪れないなら、カールスルーエのサポーターから10ユーロずつ徴収し、公の場でこの棺桶の上に乗って心を慰めてもらう。その後で火をつけてネットに動画をあげれば、バズるかもしれない。

「文字どおり炎上するんじゃない？」客から明らかに売り手側が知らなくていい用途まで知らされて、サビーネは思わず言った。

ユーリウスも加わり、棺桶の目的はＶｆＢシュトゥットガルトという組織を称《たた》えることで貶《おとし》めることではないと言った。さらに続ける。前はわからなかったが、今は理解できる。世界平和の概念がなぜこうも実現不能に思えるのか。最後にひとこと、愛より憎しみを重んじる客には心から同情する。

「以上。3000ユーロになります。契約成立」

2基めの契約はカールスルーエ棺桶の予約注文だった。先ほどの騒動を聞きつけたシュトゥットガルトのサポーターが同じことをしてやろうと考えたのだ。

「最後にクソするやつがいちばんよいクソをするってな」注文が済み契約を終わらせたシュトゥットガルトサポーターがカールスルーエサポーターに言った。

それを口火に罵りあいが始まり摑み合いになって、最後は警備員にそろって摘み出された。

終わってみれば、その日は予約も含めてさらに12基が売れた。ひとつも動きがなかったのは海に沈む夕日棺桶だけだった。サビーネは、これはおそらく夕日が沈む海はシュトゥットガルトからもっとも近くて600キロメートル離れているためと考えたが、ユーリウスは夕日か朝日かわからないせいじゃないかと思った。

1基3000ユーロが14基売れたので合計4万2千ユーロの売上げとなった。誇りある最期株式会社は正式な設立前にもかかわらず、すでに実りある未来へと歩み始めているかに思えた。まさかあんなひどい悪運に見舞われるとは、その時はまだ知る由もなかった。

35 デンマーク、スウェーデン

ポウル・リース＝クヌスンは、ネオナチ組織であるデンマーク国家社会主義運動の委員長だった。しかし某アラブ人と懇意の仲であることが発覚し、党を追放された。現場を押さえられながら相手のアラブ人の肌は白いと反論を試みて失敗した。アラブ人はアラブ人だ。

とはいえ、運動の指導者としてのリース＝クヌスンはたしかに功績を残した。デンマークのテレビ番組に出演し、すべての外国人は国外追放すべきで、エイズを広めた人間は死刑に処すべきだと主張した。政敵を強制労働収容所に入れること、不正な肌の色の人間を消毒することを善しとした。非常に複雑な論理に基づいてイスラム原理主義にも強い共感を示しつつ、イスラム教徒にはなにがあっても触れようとしなかった（白色アラブ人は除く）。近年は著作業に専念し、第二次大戦中に強制収容所は存在しなかったという説の証明を試みている。

リース＝クヌスンの主張は、スウェーデンのネオナチである北欧抵抗運動の思想の主たる基盤となった。脅威に晒されているのはスウェーデンやデンマークではなくアーリア人種であり、長い目で見れば人類である。すなわち地理を超えた生物および環境の危機である。

この運動は、穏便な仮面をかぶるスウェーデン民主党と、迅速かつ徹底的な変化を望む急進的一派とに分かれた。ケンネット・エングヴァルは後者に属し、ついには弟を担ぎ出しアーリア人同盟を名乗るに至った。ケンネットの我慢の限界を超えた一件とは、北欧抵抗運動がデモの許可を申請したことだった。抵抗運動が許可を求めるだと？　どこのどなたに？　抵抗している相手のユダヤの腐ったエリート様たちに対してじゃないのか？

ケンネットにとっては単純な話だった。真の民主主義とはほかでもない、北欧諸国に属さない人間を追い出す権利だ。自主的に去らないなら選択肢は別にある。「国民のための政府」とは、本来の意味で言うなら、国家社会主義者による政府のことだ。正当な国民。

ケンネットは北欧抵抗運動に対する敬意を失っても、正面から衝突するつもりはなかった。抵抗運動は存続すべきだし、けっして悪いものではない。ヨーテボリであった直近のデモでは、数人が聴衆に掌《てのひら》を向けてまっすぐ右手を挙げていた。そうだ、それが正しい作法だ！　ただ気に食わないのが、連中があとから一連の動作を「ただの内輪向けの挨拶」と称して、深読みするのは権力エリートだけだと言ったことだ。

多くの人は目に見えるものを否定することをユーモアと考える。ケンネットにはそれが卑怯にしか思えない。否定すべきはホロコーストのみ。あんな話はユダヤ人マフィアが焚きつけているだけだ。600万人のユダヤ人がどこへ消えようがネオナチにそれを釈明する義務はない。あるわけがない。人間は自分の人生を好きに生きることを保障されているではないか。

権力への反論はみずからの正当性の証明だ。そしてケンネットは権力を拒否する。権力エリートどもが意のままに操っていた似非《えせ》司法制度にもうじき取って代わる国民法廷は、喫緊《きっきん》の問題としてスカンジナビア民族の敵の浄化に取り組まねばならない。アラブ人、ユダヤ人、ジプシーは当然。そして支配する！　ついに純然たる白色人種のみが残されるのだ。現エリート連中に昼夜を問わず迫害されてきた人々だ。虐殺だ。今すぐ倒さねばならない。だがいまだ叶わない。

だが、北欧抵抗運動は一体なにをした？　デモだけだ！　そしてみずからを否定した。

＊＊＊

客観的に見れば、ケンネット・エングヴァルはスウェーデンの危険人物リストのトップにきてもおかしくない。かつてアーリア人友愛組合のロサンゼルス支部で教育を受け、そこでナチおよびファシストとして生きることを決めた。ただそのふたつの区別はついていなかった。組合内での序列が一気にあがったのは、劣った民族の誤った態度の男をチェーンソーでまっぷたつに切断したからだった。服役することにはなったが、組合の並外れて優秀な弁護士がこの残虐な殺人行為を重大な過失とすることに成功し、刑期はわずか4年で済んだ。

収監されて1週間、ケンネットは同じ監房のメキシコ人を殺害した。背中にびっしり入れたタトゥー――鉤《かぎ》十字と「ヒトラーの思い出に捧ぐ」の文字、それにクー《K》・クラックス《K》・クラン《K》の十字架と「白人至上主義」の文字――に意見されたことが理由だった。

メキシコ人は、ヒトラーとＫＫＫに心酔するのは脳が死んだ人間くらいだと自分の考えを述べた。そのため、片目を通して頭蓋骨にボールペンを突き刺され、「脳が死んだ」仲間に加えられたのだ。

騒動の加害者および被害者と同室だった7人は、ことが起きた時にはうまい具合によそを向いていた。目撃者がいなければ罰もなし。それから3年と51週の残りの刑期中、ケンネット・エングヴァルのタトゥーやほかの所業に文句を言う人間はひとりもいなかった。

その後自由の身となり生まれ故郷に帰ってからの長い年月、ケンネットは弟のヨンニーとともに北欧抵抗運動に加わり、新たなキャリアをつくることにした。ところが所属する組織でいっこうにトップに上り詰めることができない。周囲に率直過ぎると思われていたのだ。くそくだらねえ言葉だ。この国になにが足りないかと言えば、間違いなく率直さだとケンネットは思っていた。

こうしてアーリア人同盟が、アーリア人友愛組合ロサンゼルス支部の協力のもと結成された。発足したばかりでまだ実質なにも機能はしていない。ケンネットと弟は、権力層転覆の行動計画における最後の仕上げとして、外国分子殺戮と徹底攻撃に身を投じることにした。ただし大方は攻撃に留める。この段階で連続殺人を行えば、現権力層と警察組織内のイエスマンどもを目覚めさせる危険があるからだ。塀の中で30年から40年過ごす未来は新体制への最速ルートとはいえない。

金も問題だった。ロサンゼルスの支部からは毎月相当額の援助があったが、時期がくればキャッシュフローの向きを反転させろとすでに通達を受けていた。その手段として勧められたのが、市場が窮地に陥っているストックホルムのコカインビジネスを、現在アメリカ支部が一時的に提携しているトルコ系イタリア人のグループから〝引き継ぐ〟ことだった。もちろん承諾した。ただし攻撃目標は8人以上、いずれもガードは堅い。そしてこちらの人員はふたり。計画が必要だった。「じっくり考えろ」がアメリカ支部からの返答だった。ケンネットへの信頼は厚かった。

36 ロシア

ゲンナジー・アクサーコフなる人物は、事実上存在していない。職位はなく、公的な任務もない。しかしパスポートはふたつ所持している。ひとつはロシア、ひとつはフィンランドだ。後者は1998年に入手した。困難なことではあったが、当時ロシア連邦保安庁長官を務めていたウラジーミル・ウラジーミロヴィチ・プーチンの助力を得ることができた。

ゲンナジーは都合に合わせてフィンランド人になり、北欧諸国を自由に遊行することができた。おそらくこの仕事には世界一長けていた。もちろんスカンジナビア半島の弱体化以上に重要な任務はほかにもあったが、この地には、新たな構想を試すのに適度な規模の市場がある。

近年、北欧４か国すべてで国粋主義政党が相次いで設立され、いずれも反ＥＵの立場を取っている。これはゲンナジーの隠れた手腕の賜物ではあるのだが、同時に各国の政治力が明らかに停滞しているためでもある。その一例がスウェーデンの大衆主義だ。現存の問題を誇張し、あるいは存在しない問題を捏造《ねつぞう》し、人々を分断して互いに相手に恐怖心を抱かせる。そのうえでみずから捏造した問題を取り上げて、解決できるのは自分たちだけだと主張するのだ。

けっして目新しい手法ではない。１９３３年、ヒトラーとゲーリングとゲッベルスはただの放火事件を共産主義者による国際的陰謀のテロ事件に仕立て上げた。彼らはある日人々を恐怖に陥れ、翌日に解決策を携えて登場した。そして人々の恐怖心は権力を求めた。その後、時をおかずして、４０００人もの市民が裁判なしに投獄され、複数の大統領緊急令が発令され、競合する政党が禁止され、メディアが選別されることになった。そしてそれは、ほんの始まりに過ぎなかった。

しかしあくまですべて当時の話。新たな世紀は新たな解決法を要求する。スウェーデン民主党、真のフィンランド人党、ギリシアの黄金の夜明け党、ＰＶＶ（オランダ自由党）、ＢＮＰ（イギリス国民党）、ＡｆＤ（ドイツのための選択肢）、ＦＰÖ（オーストリア自由党）ほかアルファベットごった煮の政党は、１９３３年に取られた手法を試すこともできた。しかしいずれもその選択をしていない。

スウェーデンでは、この地で生まれ育ってサッカーの才能があるだけでスウェーデン人になれるわけではないし、北で生まれ変わるならＺで始まるアラブ式の名前はつけるなと党首が明言した政党には、国民のわずか５人にひとりしか投票しなかった。現スウェーデン民主党党首が同党に惹かれたきっかけは、政治的信条をはじめて打ち明けあった女性の影響だった。その後は親ナチ運動に傾倒し、シャツとスカーフに革のズボン、光沢のあるブーツの制服でデモに参加して党内の地位を上げた。未来の党首は、ほとんど自覚のないまま政治議論にだけは磨きをかけていった。歯並びも矯正したし、すべてを正しく行ってきた。今こそ長年にわたる努力の成果を収穫する時期だった。にもかかわらず、スウェーデン人の5人に4人が彼に反対の立場を取った。ゲンナジー・アクサーコフにとって、これは究極の証拠となった。既存の極右大衆主義政党には、EU大分裂を引き起こす力はない。

なんらかの支援なしでは。

金の話ではない。ゲンナジーと親友にはスウェーデンクローナで言えば10億もの金がある。ユーロやドルに換算しても数億にはなる。ロシアルーブルならいくらかという話はさらに関係ない。しかしスウェーデン民主党、真のフィンランド人党やその他の連中を財政的に強大化することは、危険を伴うだけでなく、なにより前進につながらない。人間の集団には理論上、極論主義者をすすんで自認する者はごくわずかしか含まれない。スウェーデンがスウェーデン民主党以上に極端な政党を生み出せない以上、この先も相当数の人間はたとえ政策に共感しても彼らに投票しない。ゲンナジーが党の金庫を強化し、真理を叫ぶ彼らの声がさらに大きくなったとしても、それは変わらない。

しかしもしゲンナジーがほかの声、右のさらに右の連中に投資をしたら？　おそらくふたつのことが起こる。一、スウェーデン民主党がそのネオナチを指して「見ろ、とんでもない連中だ！　われわれは彼らとは違う！」と叫ぶ。二、人々が賛同し、スウェーデン民主党への投票が一気に社会的に受容されるようになる。15パーセントの支持者が30パーセントに増える可能性がある。第3の政党が第2の政党になり、ひょっとしたら最大政党になることもあり得る。スウェーデン民主党の首相就任は

ＥＵ離脱に必須ではなくなる。なぜならそれが議会の多数派の声になるからだ。政治的勢力図は大きく書き換わるだろう。保守派、自由党、社会民主労働党はいずれも外交政策の大きな修正を迫られる。誰も死にたくなどない。政党とて人間と同じだ。

そしてなにより、もしこの実験が小国スウェーデンで成功すれば、将来どこかで真に深刻な事態が生じた時も、同様の方法をとればいいとわかる。

たとえばドイツで。

ゲンナジー・アクサーコフは、既存の北欧抵抗運動と新たに結成されたアーリア人同盟のどちらかを選択せねばならなかった。ゲンナジーの周囲では、前者の問題は、組織内部にスウェーデン公安警察が潜入し、もはや誰がなにやら判別不明になっている点だと言われていた。一方でアーリア人同盟の問題は、現時点でほぼ存在していない点にある。

しかしゲンナジーは急いでいるわけではない。ここは迅速性より正確性が重要だ。

ケンネット・エングヴァルと弟には、月曜日に会った。当然偽名を用いた。火曜日には、アーリア人同盟の崇高な使命を果たすための資金として４００万ユーロを送金した。エングヴァル兄弟は、ゲンナジーの正体と正当なる理想への寄付の話を自分たちの信じたいように信じた。それですべてうまくいくはずだった。しかしこの馬鹿兄弟は、生き延びることに失敗した。

37 スウェーデン

出資を受けたケンネット・エングヴァルは、進んで政治的主張を行ったが故に、不慮の死を遂げた。空港近くの町ブロンマにあるショッピングセンターへ兄弟で買い物に出かけたのが、事の始まりだった。運転席の弟が駐車スペースを探していた横で、ケンネットは店の入り口に物乞いがいるのに気づいた。不快感に襲われ、ケンネットは決断した。ここが歴史の分かれ道となった。

「エンジンをかけたままで待ってろ。買い物は別の店でする。俺はちょっと……話をつけてくる」

弟ヨンニーは兄がしようとしていることを多かれ少なかれ理解し、同意した。結果的には、この時点で別の店に買い物に行くのが最善だったのだが。

兄ケンネットは車を降りると入り口近くにすわるルーマニア人の物乞いの男に近づいていった。男がスウェーデンで通りすがりの買い物客が1クローナか2クローナ恵んでくれる希望にすがるのは、故郷ルーマニアで少数民族ロマとして生きるのはそれ以上に希望がないからだった（ただしスウェーデンには、EU加盟国ルーマニアの節度を問うより、人が物乞いになる合法性について好んで議論したがる人間はいる）。

「こんちは」ルーマニア人はケンネットの姿を見て声をかけた。

「なにが『こんちは』だ、胸糞悪いジプシー野郎め！」ケンネットは言った。頭のキャップを目深にかぶり直し、歩を速める。貧乏人にいちばん必要なのはこれだと言わんばかりの強烈な蹴りを、ブーツの足で喉元に喰らわしてやるつもりだった。

想定外だったのは、誰かが広告品の安売り牛ひき肉の塊を水たまりに落としていたことだった。ケンネットの足は肉の塊（国産オーガニック、キロ当たり109クローナ）を踏んで滑り、両足いっぺんに足場を失って体が宙に浮いた。そのまま90度後方に倒れこみ、背中から地面に落ちると、蹴り損なった物乞いが風よけにしていたゴミ箱のコンクリート製の土台で頭をしたたか打った。こめかみが割れ脳から大量出血があり、ケンネット・エングヴァルは病院へ向かう救急車内で死亡が確認された。

＊＊＊

スウェーデンでおそらく最大の危険人物はもはや存在しない。アーリア人同盟は一度に党員の半分を失った。遺された残り半分の党員には葬式しか今後の計画がなかった。

ヨンニーはたった今、同類の儀式から帰宅したところだった。埋葬されたのは知り合いの麻薬売人で、ケンネットとヨンニーの秘密の殺害リストに載っていたコカイン密売組織の下っ端8人のひとりだ。ケンネットによると、乗っ取りの第一段階は潜入だった。第2段階がなんだったのかは聞いている暇がなかった。

下っ端売人はある日突然煙のように消される心配をする必要はなくなったが、今では本物の煙になった。なぜそんなことになったかと言えば、自棄になった麻薬中毒の女に背中を向けたためだった。羽根ほどの重さしかなさそうなやせっぽちの女で、ハエも殺せないように見えた。

それがまさか。

売人は女に、金をいくらかでも出さない限り新たなヤクはないと告げた。血を売りでもしない限りどうせ金なんてないだろうと、背を向けて立ち去るところだった。ふいに背中に鋭い痛みを感じてひどく驚いた。羽根みたいな女がナイフをねじ込んできたのだ。ふざけんな、このアマ……。

そこまでだった。鎖骨下動脈に損傷を受けたとあれば、たいていの場合さほど長くは持たない。5秒で意識を失い、直後に恒久的な心停止が起こる。

知人の売人は2週間後に埋葬され、永遠なる時の記録に名を連ねることになった。葬儀でヨンニーがとりわけ瞠目したのは、売人がヤク中に殺されたことではなかった。珍しい話ではない。それよりもあの棺桶。黒光りするハーレーダビッドソン棺桶で、「地獄へのハイウェイ」と両側面に記されている。ヨンニーがこんなに趣味がよく威厳のあるものを教会で見たのは、これが初めてだった。

＊＊＊

ヨンニー・エングヴァルは兄のケンネットほど戦略家ではなかったが、資質の正統性では引けを取らなかった。過去数年で犯した殺人は最低でも3件。ホモとアラブ人とアラブ人のお巡りだ。最後のひとりの件は、ストックホルムの繁華街でデモをした後に起こった。制服のお巡りがひとり近寄ってきて、ヨンニーの腕を摑んでなにか言い始めた。

「俺に触るな、このブタ野郎！」

「おいおい、落ち着けよ」お巡りが言った。「ちょっといいか……」

しかしヨンニーはすでに〝コルト・トルーパー１９８４〟を内ポケットから出していた。同時に、わずか数センチの距離からお巡りの喉に銃弾を撃ち込んだ。

あとから考えれば、自分でも少し急ぎすぎたと思った。だが完璧な人間はいない。もちろん大騒ぎにはなった。新聞によれば、お巡りには家で泣く古女房もチビたちもいなかった。たぶんホモだ。

この事件の利点は、以後、兄のただの弟だった時よりも右界隈から尊敬を集められたことだった。欠点は、あのクロのホモお巡りがなぜ声をかけてきたのか、ヨンニーが永遠に知ることがない点だ。

ヨンニーの警官殺しは表沙汰にならなかった。証言が可能な人間のうち誰一人として、同じ目に遭いたい者はいなかった。捜査官たちは、秘密裏に行う非公式の犯人照合にすら応じなかったという。

公衆の面前で警官の喉を撃ち抜いたうえに罪を免れるのは、なかなかの偉業といえた。だが小さな弟は小さな弟のままだった。チェーンソーで男をまっぷたつにして刑に服するに勝る偉業はない。加えてヨンニーは兄よりもアメリカ滞在期間が短い。アメリカはイメージ作りに重要だった。

38　スウェーデン

ドイツでの展示会から帰って以来、日用品の売店は永続的に休業した。古きを捨て新しきを得、分断する壁は取り去る。棺桶屋は突如2倍の広さになった。サビーネは元売店のドアに新たに告知を出した。「永遠に休業。食料品は別の店でお買い求め下さい。P.S.いつかは死ぬことをお忘れなく。ただいま棺桶10パーセントオフで特売中。隣のドアへ」

店を訪れる客はいなかったが、スウェーデン国内とヨーロッパ中からの注文リストは膨大な数になっていた。ユーリウスはサビーネから経営スキルと迅速さに対する賞賛を受け、お返しに彼女の芸術的才能と美しい目について愛に満ちた言葉を贈った。

「はいはい」アランが言った。

サビーネは配送担当になった。自分で霊柩車を運転して配達することもあったし、地球上のより離れた場所へは、DHL便を使うこともあった。サビーネが外回りをしている間は、ユーリウスが電話番を引き受けた。

「誇りある最期株式会社です。ご用件を承ります」

「ああ、ちょっと相談だ。俺はヨンニー。おたく、注文どおりに棺桶を作ってくれるんだろ」

「はい、喜んでお客様のご要望どおりにお作りいたします。それがわが社の特長です」

「だったら、頼む」

「ただ今、注文がたいへん混み合っておりまして……」

「5日やる」

「先ほども言いましたが、混み合っております。ちょっと難しいかと……」

「いくらだ?」

ユーリウスは金の匂いを嗅ぎ取った。最低でも60年、その勘を働かせて生きてきた。今この電話の向こうには、金に糸目をつけない客がいる。

「そうですね、いっさい対応不可能なわけでは……価格表は例によってユーロ表示なのですが、うちは国際派というやつでしてね。値段ですが、4000ユ――」

「5出そう。こっちの希望通り作ってくれるならな。文句はなしだ」

「もちろんです」ユーリウスは言った。あともう少し搾り取れそうだという考えが頭をよぎる。「都合、5プラス税となります」

「だめだ。5きっかりで税込み、領収書なしだ。文句もなし。現金払い」

甘ったるいお飾りもいっさいなし。アスパラガス農家はすでにモチーフの想像がついていた。にもかかわらず、それから数分の間に何度も息を呑むことになった。ヨンニーと名乗った客の要望はごく曖昧で、デザイン面のアイデアはユーリウスに意見を求めてきた。15分ほどかけて、ようやく全体のイメージがまとまり、確認することにした。話が行き違うのはごめんだった。

「では、確認いたします……棺桶の全体の色は黒。蓋には赤い鉤十字。こちらでよろしいですね？　結構。つぎにいきましょう。両側面にお入れする言葉は『われらの血はわれらの誇り』、背景は白で文字が赤ですね。続けてケルト十字。そして両端には白文字で『白人至上主義《ホワイトパワー》』。そのあとにナチス親衛隊《SS》のロゴ。間違いないですよね？　オッケーと。余白部分にはわたくしどもで縁取りを入れさせていただきます。すべてご確認いただけましたでしょうか？」

「確認した」と、ヨンニー・エングヴァル。「それですべて間違いない」

「では、『警察と民族の裏切り者に死を』のスローガンや、その他同性愛者やユダヤ人に関する文言もすべてカットでよろしいですね」

「そうだ。あんたが、ちょっともう無理だって言っただろ」

ユーリウスは適当な言葉を見つけようと頭を捻った。かなり前から、すべてがちょっとどころか、完全に無理だった。しかしヨンニーには、こちらにノーと言わせない雰囲気が漂っていた。ユーリウスが金のことすら考えられないほど。

「ええと、棺桶というものは、一定程度の品位を保つのが重要です。たとえば、棺桶内のすでに死んでいる人間が、生きている誰かについて死ぬべきだと主張するのは、個人的にどうかと思います」

「検討しておこう」ヨンニー・エングヴァルは言った。「さっき言った遺体安置所に、葬式がある土曜日に間に合うように届けてくれ。いいな？　金は鞄に入れてタクシーで送る。今すぐ」

タクシー？　ユーリウスは思った。しかし、ここはもっと実際的な話がある。「土曜日にですか？それは葬儀の日程としては異例ですね。普通は――」

「普通はみんな俺の言うことを黙って聞くぜ。なにを言ってもな」

ヨンニーはこうした質問にはもううんざりだった。葬式の参列者はわざわざアメリカから来るのだ。スウェーデンの伝統に則った正式な葬式の日までなんか待ってられるか。

「たしかに承りました」ユーリウスは言った。「たいへん結構です」

最後のひと言は真実ではなかった。まったく結構などではない。この注文主は、明らかにナチに入れ込み過ぎている。絶対にいい加減な品を届けるわけにはいかない。

しかしサビーネはそうした。

そして事は起こるべくして起こった。

39　スウェーデン

「きみの仕事は実に多岐にわたっている」ユーリウスは目の前に並ぶ最近3件分の仕事を眺めて言った。あとは配送を待つばかり。

左が黒の地に鉤十字、「白人至上主義」の白い文字とSSのロゴ付きの棺桶。中央がユールゴーデン・ホッケーチームへのオマージュで黄色と赤と青の配色の棺桶。右の棺桶は地の色が薄い青で、両側には緑の野原を堂々と跳ねる白いウサギの絵が描かれている。蓋にはふわふわした白い雲の絵と「わが子を慈《いつく》しむ神がここに眠るわたしを見ていて下さる」の文字。

「そうね」サビーネが手を洗いながら言った。「今日は鉤十字、ホッケー、そしてウサギ。明日はレーニンが待っている。どうやらまだ共産主義者の最後のひとりは死んでなかったようね。注文したのが死んだ本人だったら話は別だけど。今晩、レストランでお祝いのディナーはどう?」

「いいね！　でもなんのお祝いだ?」

「なんでも。あなたが決めて。わたしたちが出会ったこととか?　会社が財政的に良いスタートを切ったこととか?　もう数か月、あなたの踵に水ぶくれができてないこととか?」

ユーリウスは、ふたりが出会ったことが一番の理由に思えた。「霊柩車で行く?　タクシー?」

＊＊＊

レーニン棺桶を作るため、サビーネは全体を正しい色調の赤で塗った。ペンキが乾くと、レーニンの絵に取りかかる。うまく描けた。簡単だった。顔のぎこちなさがちょうど良い具合だ。

「ピカソとまでは言わないけど、負けてない」自画自賛する。

作業用のスモックを脱ぐと身支度をして、その週の配達に出かけた。ふたつの棺桶は、ストックホルムの南にある同じ遺体安置所に行く。残りひとつは30キロ離れた別の場所。収入が増え、配達の多くをＤＨＬ便に頼るようになった。開業当初にはスンドスヴァルまで往復したこともある。今では、首都圏近郊を越える距離の配達はすべて外部委託にしている。

それが金曜日のことだった。大惨事発生まで、あと１日。

40 スウェーデン

白いシャツに一張羅の黒の革ジャン、黒の革パンツ姿に黒の手袋をはめて教会の外に立ち、ヨンニーは葬儀の参列者に挨拶をした。小ぢんまりとした厳かな式になる予定だった。来賓としてロサンゼルスからアーリア人友愛組合の幹部４人を迎えていた。他に参列者はいない。４人の怒れる危険な男たち。加えてヨンニー本人も、怒れる危険な男である。

ヨンニーは重々承知していた。葬式が終われば、アーリア人同盟唯一のメンバーである自分は、ストックホルムのコカイン密売組織の引き継ぎ計画とその後の政府転覆計画について厳しく問い質《ただ》されるだろう。しかしアメリカ側は一度「じっくり考えろ」と言ってきている。ヨンニーが正しくカードを切れば、再度その言葉を引き出せるかもしれない。フィンランド人投資家から４００万ユーロの裏融資を受けたことはまだ知らせていない。ケンネットはこの件についての情報共有を遅らせていた。正しい言葉で話したいと言っていた。兄亡きあと、ヨンニーにはケンネットが口にしたであろう正しい言葉がどんなものか、わかりかねていた。

フィンランド人がこの正義の運動に加わった今、アメリカ人は不要になったとも言えるが、彼らは組織に安定性をもたらす。ヨンニーは彼らを通じて、自分が大きな全体の一部だと感じられるのだ。この外部投資家の件では下手な真似をすると、とんでもないことになる可能性もある。たとえば、処刑されるとか。

そろそろ時間だ。葬式を始めよう。

弟は、兄ケンネットをあらゆる方法で称えたいと思っていた。参列者が教会の階段を上がる時には飲み物のサービスも用意した。ケンネットはアイリッシュウィスキーに特別な情熱を抱いていた。ダブルに必ず水を4滴。カリフォルニア時代には、マリブのバーテンダーがジムビームのケンタッキー・ストレート・バーボンをまちがったやり方で出した結果、ナイフが手を貫通する目に遭っている。水4滴が足りなかったのだ。

スウェーデンに戻ってから、ケンネットは少し好みの幅を広げた。寒さを感じる季節になると、ウィスキーにコーヒー、ブラウンシュガー、クリームを混ぜて飲むこともあった。温かく、おいしく、気分を高揚させる。ただし主材料はアイルランド産以外認めない。

そういうわけで、飲み物はアイリッシュコーヒーにした。儀式っぽい感じがするからだ。4人の男が集合し暖まった頃合いを見て、ヨンニーは短い歓迎スピーチをした。最初に、なぜ自分たちがよりにもよって教会に集まっているかについての説明をした。ケンネットはここ、一族の墓に埋葬される。きっと本人もそれを望んだだろう。式では牧師が進行役を務めるが、ヨンニーは、けっして話の中に神やイエスの名を出してくれるな、さもなくば牧師さんは自分で思っていたより早くそのおふたりに会うことになる、と説いておいた。

「俺がどれほど兄貴を愛していたか、みなさんよく知っているでしょう。どうぞ、中へ入って下さい。

そしてケンネットが、俺の選んだ棺桶に眠ることをどれほど誇りに思うか、想像してみて下さい」

興味を惹かれた参列者から声が上がった。何人かは驚き、頷いている。エングヴァルの小さな弟は、明らかに自分のするべきことを心得ている。

ヨンニーは戦略的に教会の入り口の階段に立ち、会堂に入る参列者ひとりひとりと握手をした。すべての行動は兄への偽りない尊敬の気持ちからだった。しかしその裏には別の思いもあった。ヨンニーが自分では認めがたいある感情。

アメリカ人たちは、まだ正式にケンネットの後継者を定めていなかった。もちろん選択肢はヨンニー以外にないのだが、それでも公的な発表は行わないといけない。創設者死去に伴うスウェーデン支部閉鎖の選択肢もあり得るのだ。ただしアメリカ人幹部たちが、それを知らせるためだけにわざわざ大西洋を越えてくるとは考えがたかった。ならば今夜、ヨンニーはきっと昇進する。

スウェーデン支部の次期支部長は、脳内の考えに浸りすぎて教会内の騒ぎが聞こえていなかった。最後に会堂に入ったヨンニーは、恐ろしいものを目にすることになった。

4人の来賓は信者席にすわらずに、ずらりと並んで牧師と棺桶の脇に立っていた。左にふたり、右にふたり。ヨンニーの目に、遮るものなく飛び込んできたのは、想像を絶する光景だった。

牧師がヨンニーと参列者たちに微笑んだ。棺桶に向かって頷き、とてもかわいらしいと言った。みなさまが席にお着きになったら、式を始めさせていただきます。

牧師の話は誰も聞いていなかった。みな、ヨンニーがゆっくり自分たちの横を通り過ぎ、前に進むのを待っていた。ヨンニーは恐る恐る棺桶に触れ、目の前の光景が本当かどうかを確かめた。

本当だった。

　ヨンニーが名誉と敬意を表すために手配した棺桶は、黒から薄い青に化けていた。両側面は、鉤十字と炎のかわりに緑の野原を跳ねる白いウサギになっている。蓋はふわふわした白い雲と金色の文字の装飾。「わが子を慈しむ神がここに眠るわたしを見ていて下さる」。

「みなさま、胸がいっぱいでいらっしゃるのでしょうね」牧師が落ち着かなげに続けた。「どうぞ、おすわり下さい」

　アーリア人友愛同盟のリーダーが一行の沈黙を破った。ほかの連中とは違って、胸にではなく額に鉤十字のタトゥーを入れることを選んだ男だ。

「どうでもいいが、ヨンニー、あの蓋にはなんて書いてあるんだ？」

「えっと……」ヨンニーは口を開きかけて、最後までは言えなかった。「知らないほうがいいと思います」

　ところがリーダーは、本当に純然たる好奇心から知りたいと思っていた。だがもうその必要はない。ウサギで十分。それと薄い青の背景にふわふわの白い雲。

「帰るぞ」リーダーが言った。

　そして帰った。アメリカ人その2、その3、その4もあとを追った。

　牧師は困惑していた。故人の弟からは1万クローナで棺のデザインには苦情を言わない、神の名を持ち出さないと約束していた。この棺のどこに文句をつけるのか。これ以上に趣味のいいデザインは考えられないくらいだ。

　ヨンニーは今になってようやく茫然自失状態から回復しつつあった。アメリカ人はこの件で俺を責めるつもりか？

「なあ、待ってくれ。もちろん、まさかこの俺が……」

牧師はここで牧師人生最大の過ちを犯してしまった。故人の弟が慰めを必要としている気がして、数歩進み出ると彼を長々と優しく抱きしめたのだ。

1分後、牧師は実の母親すら見分けがつかないくらいこっぴどく打ちのめされていた。ヨンニーは棺桶とこの状況を消し去ろうとでもいうように、牧師を殴り続けた。しかしその結果は、4人のアメリカ人がヨンニーの説明を聞かないまま立ち去っただけだった。棺桶はまだそこにある。牧師がそこに倒れている。

弟は現実に帰った。拳についた血を革のズボンで拭き、あらためておぞましい棺桶に苦々しい思いで目を向ける。

ケンネットがあの中にいるとしたら大惨事だ。いなかったら……おい、一体どこへ行っちまったんだ?

ヨンニーのスウェーデン支部長としての人生は始まる前に終わった。それならそれでいい。今はもっと大事な使命ができた。兄が受けた辱めのために何者かが死なねばならない。そして兄が今一体どこにいるのかを突き止める必要がある。

おっと、牧師が動いている。ヨンニーは屈みこみ、牧師の耳元で囁いた。血だらけの男は頷いた。ふたりの間に、牧師は足を滑らせて階段から落ちたとする合意が成立した。

ヨンニーは牧師をその場に残し、自分の車に乗り込むと電話を取り出した。葬儀屋の番号に繋ぐ。ベアトリス・ベリは1回で出た。ヨンニーは自分の名を告げ、これから殴り殺しに行くつもりだがベリさんは一体どこにいるのかと言った。

ベアトリス・ベリが恐怖に震え上がったのは、言うまでもない。

41 スウェーデン

仕事は絶好調だった。注文の電話は週末にも鳴りやまなかった。今この時、土曜の午後にもだ。

「はい、誇りある最期。でもたぶん、まだ少し先」アランが電話に出た。滅多に離れることのないソファの横の小さなテーブルに、たまたま会社の電話が置かれていたのだ。

近くの町で葬儀会社を営むベアトリス・ベリだった。名乗りながらパニックになっている。アランとは知り合いではなかったが、サビーネがベリのところに何度か棺桶を配達していることは知っていた。たしか一番最近では、おとといo。

「おや、こんにちは。葬儀会社の社長さんですか。土曜日に電話とは？　どなたか緊急で地下に埋まりたがっている？」

ベアトリス・ベリは答えなかった。かわりになにか言ったが、正確には聞き取れなかった。ともかくひどく動揺しているようだった。言葉が支離滅裂になり、ついには泣き出した。「許して」むせび泣く。「許して下さい！」

アランは体を起こしてソファにすわりなおした。いつもの電話とは違うようだ。「もちろん許しますよ、ベリさん。でも、なにを許さなければいけないかわかったほうが、もっと簡単に許せるかもしれない。土曜日に電話してきたことかな？　その場合は、電話を切って水に流すだけだ」

アランはしばらくベリを泣かせておいた。そうする必要があると判断したからだ。しかし、さすがにうんざりしてきた。「そろそろ、しゃきっとしていいころじゃないかな？　さもないと、先ほど許すと言った言葉を撤回することも考慮せねばならない」

「ありがとう、わかりました。では……ああ、なにがあったか話してみなさい」ベアトリス・ベリは言った。

そしてどうにか、事の次第を話した。

葬儀会社の土曜日のシフトは、通常ひとりでも容易にこなせる。しかしその日は特別で、ふたりの埋葬が予定されていた。これは通常よりもふたり多い。ひとりはまだ幼い少女で、家族はクラスメイトが参列できるようにと土曜日を選んでいた。もうひとりは……ともかくおぞましい。

「わたしがなんの話をしているかは、おわかりかと思います。どちらも御社のサビーネ・ヨンソンが絵を描いた棺ですから」

アランはユーリウスとサビーネの仕事の詳細は把握していなかったが、12歳の少女の棺のことは覚えていた。とても愛らしかった。目にした時、できるものなら自分の101年の人生のせめて何年か分だけでも、その子の12年に譲ってあげたいと思った。もちろん、叶うわけはないのだが。しかし葬儀会社の社長が言う「おぞましい」棺桶のことはわからなかった。

「エルヴィス？」アランは言った。

「いいえ！」ベアトリス・ベリが言った。「鉤十字と白人至上主義と神のみぞ知るなにかです。わたしはこの仕事をして18年になります。18年です。間違えたことは一度もありません！」

「今日までは？」アランが疑問を呈した。

「今日までは」ベアトリス・ベリはふたたびむせび泣いた。それでもどうにか、搬送車1が番号2の棺を受け取り、搬送車2が番号1の棺を受け取ったことを説明した。

「それだけ？」アランが言った。「入れ替えればいいだけじゃないのか？」

そうはいかない。やってしまったことはやってしまったことで、やり直しはきかない。

ベリは数分の間に、それぞれの関係者からの電話を受けた。ひとつは怒り狂った牧師からで、12歳の少女の家族がこの世でもっともおぞましい棺を目にする前に、葬儀を中断していた。その1分後、今度は……。ベアトリス・ベリの声がそこで途切れた。

「今度は？」と、アラン。

「男の声で、今からわたしを殺しに行くって言ったんです！　わたしがどこにいるか確かめるために電話をしてきたんです」

ベリがふたたび泣き出した。

しかしアランは、さらなる涙攻撃に耐えるつもりはなかった。「ほらほら、ベリさん。誰かがあなたを殺しに来る途中だと言うなら――信じる必要などない話だが――、そこから逃げたほうがいいんじゃないですかね。こんな風に、その場に留まって特に解決策につながらない電話をしている間に」

「逃げるのはわたしじゃないんです！」ベリが叫んだ。「あなたたちです！」

＊＊＊

アランは2階から、新婚ほやほやのヨンソン夫妻を召集した。ふたりは下りてきてアランがソファに寝転んでおらず立っているのを見て、重大事だと察した。

「わが社はどうやら、鉤十字とかヒトラーとかの棺桶を作ったようだね？」と、アラン。

サビーネとユーリウスは頷いた。

「ヒトラー本人の絵は描いてないけど。彼の精神だけね」サビーネは言った。

「たった今、葬儀会社から電話があった。鉤十字棺桶が路頭に迷って、かわいい棺桶と入れ替わったそうだ。ほら、あのハトとか雲とかの。鉤十字の発注者が気分を害しているのも理解はできる。少し前に葬儀会社に電話してきて、この混乱の背後にいる女を殺すと言ったらしい」

「それで？」ユーリウスが心配そうに言った。

「それで……葬儀会社の女社長さんは、保身のためにこちらに罪をなすりつけた。ここの住所を教えたそうだ。今まさに、怒れるナチがわれわれの元に向かっていると思われる。歴史を思い返すと、怒れるナチには要注意だ。いや、ナチ全般に」

「ちくしょう、なんてこった」ユーリウスが言った。「それを早く言えよ。今すぐ逃げよう。今すぐだ！」

「非常に正しい分析に思える。さて、忘れちゃならないのが――」

アランは「大事なもの」と言おうとしていた。もちろん黒いタブレットのことで、すでに手に持っていたのだが、そこまで言うことができなかった。突如あたりが地獄と化したからだ。店の３つの窓が続けて激しく揺れた。ズダダダという音から察するに、何者かが店に向かって通りから機関銃で攻撃していると思われた。アランとユーリウスとサビーネは１列になって裏庭に通じるドアを這い出し、どうにか最初の攻撃を生き延びた。短い間隔を挟んで、建物の反対側に向けて攻撃が再開された。

ユーリウスとアランは霊柩車の後部座席に乗り込み、サビーネが運転席に着いた。数秒後、ユーリウスは助手席に収まった。

「逃げろ！」ユーリウスが言い、1秒後にサビーネが車を出した。

「ここは狭いな」と、アラン。「棺桶には先客がいるかな？　いなければわたしがそっちに行こう」

＊＊＊

霊柩車はメーシュタを駆け抜け、欧州高速道のE4号線を南へ向かってひた走った。アランは、来週月曜の配達予定が永遠にキャンセルされた白地に赤いバラの棺桶に入り込んだ。少々の調整は必要だったが、中はたいへん快適だった。十分な量の酸素が取り込める仕組みさえあれば、新婚夫婦がいちゃつくたびに蓋を閉めてしまってもいいと思った。だがその提案は、当面先送りするのが最善だ。助手席の男は先ほど自分たちを襲った弾丸の雨あられに、すっかり震え上がっている。ユーリウスには初めての経験なのだ。アランは昨日のことのように1937年のグアダラハラを思い返した。この世にしがみつきたければ、つねに頭を下げ続けていなければいけない、そんな毎日だった。フランコはこの戦いで大敗を喫した。その後いろいろあって、ようやく内戦は終結した。それが人生。

アランの心が80年ほど時を遡りさまよっている一方で、ユーリウスはサビーネの隣で黙り込んでいた。心臓が激しく打ち、頭は真っ白だった。

サビーネが少しスピードを上げた。アランは、体をあちこちよじりながらどうにか上着を脱ぐと、頭の下に敷いた。さて、タブレットの時間だ――傷ひとつ付かずに持ち出せてラッキーだった。

「メーシュタで発砲事件だそうだ！」少しして、アランが報告した。

「本当？」サビーネが返した。


アランはタブレット、サビーネはハンドルを持っていた。ユーリウスは徐々に働き出してきた脳みそ以外なにも持っていない。自分自身の癒《いや》しのためにも、気を奮い立たせて検証を始めた。

「俺たちの現状はこうだ」声に出して言い、息を吸った。

誇りある最期株式会社は、今や開店休業状態で、この先いかなる収入も見込めない。店の金庫には約10万クローナの非課税の金が眠っており、そのまま喜んで眠り続けるだろうと思われる。非課税のまま。さらに同社代表の３人は、明らかに彼らを殺すことしか考えていないナチから逃亡中である。逃亡に使われている車両は、何百メートル先からでも容易に判別できる車種だ。ナチはおそらく同じ高速道路を追跡中だろう。

「車を乗り換えたりしないよな？」アランが不安げな声を出した。「せっかくくつろいでいるのに」

「まずは道路を変えましょう」サビーネが言い、ふたりの同意を待たずにウップランズ・ヴェスビーでＥ４号線を下りた。

42

スウェーデン

つい感情にまかせて突撃してしまった。衝動的に店の外から銃をぶっ放したりせず、静かに落ち着いて棺桶の間を歩いていって、邪魔するやつらを片っ端から葬式の材料にしてやるべきだった。殺せたのは、棺桶のそばのテーブルに置かれたノートパソコンだけだった。それ以外、店内に価値があるものはいっさい残されていなかった。なにより、人間がひとりもいなかった。

ただ、裏庭から霊柩車が走り去るのは目撃した。運転席には年寄りの女、助手席には年寄りの男。連中が去って5分が経過していた。どこへ向かったかは知らないが、普通に考えてＥ４号線の南行きだろう。霊柩車ならたとえ5分遅れでも追いつける。

愛車のＢＭＷに乗り込み、ストックホルムに向けて時速１７５キロで走り出した。まっすぐ前だけを凝視し、黒い霊柩車を探す。

ウップランズ・ヴェスビーを少し過ぎたあたりで、ようやく状況を冷静に見られるようになった。連中がストックホルム中心部を潜伏先に選んでいるなら、とっくに追いついていていいはずだ。だが、いまだできていない。

ソレントゥナとシースタの中間点あたりで諦め、スピードを落とした。すでに各方面へ向かう複数の出口を通過している。これ以上続けても無意味だろう。いったん家に戻り、計画を練り直すことにした。

＊＊＊

３人は、オスロに通じるＥ18号線に乗るため、高速２６７号線に向かってメーラル通りを走っていた。

「オスロには行ったことがないんだ」アランが言った。

「そのまま行かずに終わるわよ」と、サビーネ。「オスロに行ってどうするわけ?」

その質問はつまりどこへ行くかという意味だった。そして、命ある身でなにをするか。

ノルウェーの首都に向けて数十キロ走ったあたりで、サビーネはこれといった目的もなしにふたたび南に針路を変えた。20分後、アランのタブレットに深刻なニュースが流れてきた。ストックホルムでテロを疑われる事件が発生したという。トラックが通行人を巻き込んで暴走し、発砲があったとする情報も行き交っている。

ユーリウスとサビーネは、はじめてアランの話をもっと聞きたいと思った。

どうやら事件は2、3時間前に発生したらしい。乗っ取られたトラックの運転手はすんでのところで脱出した。犯人逮捕には至っていない。全域が封鎖され、警察によって人々が市内中心部から避難させられた。数人が恐怖でショック死している。タブレットでわかる情報は以上。

恐ろしい話だった。ユーリウスは全身の震えを抑えられない反面、悲劇が起きたのが、少なくとも好都合な時間で助かったとつい考えた自分を恥ずかしく思った。警察が全面封鎖しているとなれば、ナチは身動きが取れない。その間に自分たちは包囲された首都を離れて距離を稼ぐことができる。

ユーリウスが考えられたのはそこまでだった。サビーネが警察の検問に向かってまっすぐ車を走らせて行ったからだ。

「蓋を閉じとくよ」アランが言った。

警察官ふたりのうちひとりが敬礼し、ストックホルムであった重大事件に関して車両及び通行人の捜査のため検問を設置していると告げた。

「今ニュースで知りました」サビーネが言った。「なんて恐ろしい」

警察官がサビーネとユーリウスを見た。そのまま視線を後部の棺に移す。お仕事で運転中なのですねと言った。

「そうです」と、サビーネ。

「仕事です」ユーリウスが念を押す。

運転席の女と助手席の男は、この種の業務にふさわしい服装をしていない。男のほうは派手な色合いの上着に皺の寄ったシャツ、くたびれたギャバジン地のズボン。女のほうは首にメダルをぶら下げて、引退したヒッピーのように見える。

用心深さは善行以上に警察の義務でもある。

「身分証明書を拝見できますか」

「もちろん」と、サビーネ。「もちろん、できません。そうだ、思い出した。店にバッグを忘れてきちゃったの。あたしたちみたいな業界は、なにを置いても急を要する仕事があるんです」

しかしユーリウスは、サビーネのバッグが自分の足元に置かれているのに気づいた。幸運のなせる業。サビーネの運転免許証を探し出し、自分のパスポートと一緒に渡した。

「外交官ですって?」警察官が驚いた声を上げてユーリウスに言った。

「ニューヨークの大使館から帰国したばかりです」と、ユーリウス。

「大使館はワシントンにあるんじゃ?」

「ニューヨークの国連ビルからです。その前にワシントンの大使館にいたんです」

警察官はまじまじとユーリウスを見た。「少々お待ち下さい」そう言ってもうひとりの警官のもとへ行く。二言三言、言葉を交わして、ふたりそろって霊柩車へ戻ってきた。

「失礼します」もうひとりが言った。こちらも同じくらいに警察官だ。

「失礼します」サビーネが言った。「急ぎの搬送があるんです。お巡りさん、なにか問題でも？」

「警部です。問題はありません。まったくありませんよ。ただ規則に従わなければいけませんので。後ろを調べさせていただいてよろしいですか？」

それはサビーネがもっとも望まないことだった。

「警部さん、お願いします！　ご遺体の尊厳をお考え下さい！」

警部は、自分が第一かつ最大に考慮するものは国家の安全だと言った。後部ドアを開け、白い棺桶と積載用の台を調べた。棺桶を引き出し、これからすることへの謝罪を口にすると――蓋を開けた。

「どうぞ安らかに、お巡りさん」アランが言った。「いや、警部さんでした。横になったままご挨拶するご無礼をお許し下さい」

警部は後ろによろめいて尻もちをついた。同僚の警察官は驚きのあまり罵った。混乱が収まると、容疑者の葬儀屋2名と生気に満ち溢れすぎている遺体1名はエスキルストゥーナ警察署に尋問のため連行された。

始まりこそ緊迫していたが、取調べの雰囲気は徐々に和らいでいった。これはひとえに、第一取調官ホルムルンドが、本件はきわめて奇妙な事態と言わざるを得ないが、状況からストックホルムのテロ事件とは無関係であるとの理解を示したおかげだった。

サビーネは、3人は棺桶業者で南部には仕事で向かっており、すべては座席がふたつしかない車に3人乗る問題を創造的に解決したがゆえのことだと説明した。

「創造的なだけではない」ホルムルンドが言った。「違法でもある。乗用車の搭乗者はシートベルトの着用が義務付けられている。前部座席は１９７５年から、後部座席は１９８６年から」

「でも、わたしはすわっていなかった」アランが言った。「横になっておりました。それに後部座席の定義とは？　わたしが乗っていたのは荷台だったと申し上げたい」

　ホルムルンドはこの程度の荒馬には慣れっこだった。

「カールソン、名前はそう言ったかな。今回に限って見逃してやるつもりでいたが、口答えが得策だと思っているようなら、こちらも考え直したほうが良さそうだ」

「いえ、いえ」と、ユーリウス。「こちらのカールソンは１０１歳なんですが、１１０歳くらい耄碌してるんです。気にしないで下さい。このじいさんには間違いなくシートベルトをさせますので。約束します。実際のところ、拘束衣でもいいかと考えていたくらいです」

「おやおや」と、アラン。「まあ、いい。捜査官殿、耳がだいぶ遠くなったとは言え、あなたのお言葉は、しかと聞きました。わたし自身とこちらの若造ヨンソンに代わってお詫びいたします」

　第一捜査官ホルムルンドは頷いた。このような日に、馬鹿を相手にしている時間はない。これ以上捜査する理由もなかった。女が葬儀会社を経営している裏も取れている。

「では、帰って結構」ホルムルンドが言った。「カールソンはこの先も棺桶に入って行くなら、シートベルトをつけるんだな。生きている間は。そうじゃなくなったら、もううるさいことは言わない」

＊

車に戻ると、ユーリウスは荷台のアランにシートベルトの類いを見つけないといけないと言った。

「ああ」と、アラン。「もういい、忘れろ。次回は死んだふりをするから」

43 スウェーデン

たった1日でいろいろなことがあり過ぎた。サビーネがエスキルストゥーナの東にペンションを見つけたので、そこでひと息ついて今後の方針を検討することにした。

問題は、住む場所、仕事場、会社、そして未来を失ったことだ。唯一残ったものが霊柩車。

ペンションのオーナーのルンドブラード夫人は年のころ75歳くらいのふっくらした女性だった。予約なしに現れたお客に喜びを隠さない。「もちろん、葬儀屋さんご一行様のためのお部屋はございますよ。5部屋のうちたまたま5部屋が空いておりますので、どうぞお好きな部屋へ。夕食は？　ハム入り豆スープか、または……豆スープハム入りをお出しできます」

アランの意見は、ハム入りだろうがなかろうが豆スープは誰にも喜びをもたらさない。だがひょっとしたら、料理を腹に流し込むための飲み物が出るかもしれない。「それはいい」とアランは言った。

「コップで出されるものはなんですかね？　ビールかな？」

「ミルクですよ、もちろん」ルンドブラード夫人が言った。

「もちろん」アランが言った。

スープのあと、サビーネはユーリウスと一緒に泊まる部屋で会議を開催した。話はユーリウスがすでに認識している事実から始まった。棺桶会社は、あそこにいた何者かが望んだとおりに死んだ。ナチは少なくとも、会社の代表であるサビーネの名前は把握していると思われる。彼がまったくの無能でもない限り、会社登記事務所でアランの名前も見つけるだろう。だがユーリウスの名前はない。

「新たな収入源が必要ね」と、サビーネ。「まっさらの新しい人生。できればお金を使い果たしてしまう前に。なにかアイデアは？」

以前のユーリウスは、あまり真剣に考えずにアイデアを出していた。あのころは。でも今は？

「きみのお母さんに敬意を表して、また霊視業界の仕事を始めてみるのはどうだろう？」

アランは興奮を抑えきれなかった。死者と話すとは楽しそうだ。生きている連中の口から出てくる話は大抵つまらない。もちろん例外はある。マルムショーピングの老人ホームで部屋が近かった男は、フィンランドの冬戦争で塹壕を掘ったそうだ。興味深い仕事だ。いや、本当のところ、まったくそんなことはない。だが男は話がうまかった。作業中、1時間につき10分間休憩があったが、その時間はいっそう仕事に励んだそうだ。凍死するといけないから。

サビーネは考えている間、アランの話を聞く耳のスイッチをオフにしていた。

「実現可能な道だろうか？」ユーリウスが尋ねた。

「塹壕？」と、アラン。

サビーネは101歳の老人を一瞥し、ユーリウスに答えた。「いいえ。でもひょっとしたら。なんとも言えないわね」

もし母親が本物の霊能力者だったと仮定するなら、自分たちに前途はない。サビーネは母親の才能を1オンスたりとも受け継いでいないからだ。

けれども、もし母親が詐欺師だったら、いや、そうではなかったにしても、常用していた幸せのクスリのおかげで自分の幻想を信じていたなら、別の光が射してくる。

ユーリウスは詐欺師をすてきな職業だと考える少数派に属していたので、サビーネに母親が実際のところなんだったかは、まったく気にする必要はないと力強く断言した。

サビーネはユーリウスの親切な言葉に感謝しつつ、おそらく幻想説がもっとも可能性が高いと言った。「あれを真似することならできる。もっと進化させることも可能かも」

母からは、自分の交霊術をどうしたいとか、新たな高みに引き上げたいとかいう話を長年聞かされていた。今でもそらで言えるくらいだ。母の願いが叶わなかったのには理由がある。最後の数年は、ほとんどベッドから起き上がれなくなっていたからだ。

サビーネのお気に入りはオレコリンコにまつわる話だった。

もし、彼がまだ生きていたら？　インターネットで彼の所在と今の仕事ぶりを見つけ出せるかも？

「わたしのタブレットを使うつもりじゃないだろうね」と、アラン。

「もちろん、そのつもり」

44 スウェーデン

アメリカ人たちはヨンニーといっさい連絡を取らず、またヨンニーからの連絡も拒絶して、ロサンゼルスに帰った。兄弟分をウサギの絵の薄らぼんやりした青い棺桶で葬ろうなんてやつに話すことはなにもない。ぶち殺してもよかったが、問題はそこだった。ケンネットの弟は、ケンネットの小さい弟であることが理由で救われた。ただ、これでストックホルム支部はおしまいだ。創設者とともに死んだ。アーリア人同盟への資金援助計画はただちにキャンセルする。

一方のヨンニーはまだ未来に希望的観測を持っていた。棺桶をごちゃ混ぜにした犯人をきちんと処刑したあとで、再度ロサンゼルスに連絡を取るつもりだった。

ビビッていた葬儀屋の女社長の話で、少なくともケンネットは正しい棺桶に入っていたと判明した。行き先を間違えただけだった。今ケンネットはヨンニーの元に戻ってきている。今度こそちゃんと葬式をあげてやりたい。不幸にも、式を取り仕切る牧師がひどく転んでけがをして、しばらく臥せっている。ヨンニーは新たに牧師を見つける案はあきらめた。時間がない。そこで夕方、手近な売店でチューリップの花束を買い、入院中の牧師を訪ねた。牧師はヨンニーの心配に感謝し、鼻の骨折と右の頬骨のひびについて話した。奉仕に戻れるようになるまで6週間から8週間はかかると思われる。

「2週間半だな」ヨンニーは言った。

そのあいだ、ケンネットは例の棺桶屋にいてもらう。ヨンニーは慰めが欲しくて、あそこなら土の下と変わらないくらい寒いはずだからと、自分に言い聞かせた。

優先事項は明らかだ。まずは、棺桶荒らしの連中をてめえの腸《はらわた》の海に沈める。ありがたいことに、棺桶屋のホームページで自分が探し出す相手はサビーネ・ヨンソンという女だとわかった。それと注文する時電話で話した男。おそらく逃げる時に女の隣にいたやつだ。サビーネと霊柩車が見つかれば、誰かわからないそいつも一緒にとっつかまえられる。

女については、インターネットであっという間にさらに詳しいことがわかった。

誇りある最期株式会社の常任取締役はこの女だった。役員として名前が載っているアラン・エマヌエル・カールソンが、助手席の男だろう。これで身元は割れた。サビーネはほかに異世界株式会社の取締役にもなっているが、こちらはすでに廃業して清算されている。異世界株式会社？　なんの会社かは悪魔のみぞ知るってやつか。

さすがインターネットだ。異世界株式会社は霊視が専門だった！　この世におさらばした人間と話をするらしい。ヨンニーは突如胸に沸き起こった、兄にもう一度会いたい気持ちを脇に押しやった。最後に一度だけ話したい……。いや、だめだ！　こんな馬鹿らしい話を信じられるわけがない。

サビーネ・レベッカ・ヨンソンとアラン・エマヌエル・カールソン。会社名義の黒い霊柩車に乗っている。登録された住所に戻ってくることはまず考えられない。必ず見つけ出す。間違いなく。ただどうすればいいのかがわからなかった。

45 ロシア

「おはよう、ヴォロージャ。調子はどうだ？　なにか心配事でも？」

そのとおりだった。プーチン大統領には懸案事項がいくつかあった。同僚のトランプがいよいよ完全に脱線しそうなのだ。

「ワシントンの阿呆が、平壌《ピョンヤン》の馬鹿を本気で怒らせた。どうしたらいい、ゲーニャ？」

　ゲンナジー・アクサーコフは親友のデスクの前にすわった。無敵のふたり組だ。単に優れているだけではない、最強の組み合わせ。かつてサンボと柔道のマットの上でそうだったように。

だが、ふたりが言うとおり、成功が過ぎるということもあり得る。多かれ少なかれ、ロシア大統領が今考えているのがまさにそのことだった。

　ゲーニャの抜かりない指揮のもと、ロシアは秘密裏にアメリカと戦争を始めていた。若い男女からなる部隊がインターネット上を行進し、文字どおりにアメリカの野球帽をかぶってドクターペッパーの蓋を開けながら攻撃にかかっている。

　内側から。

　戦いの場はフェイスブック、インスタグラム、ツイッター、ブログ、ホームページだ。それぞれの場所で、フェイク・アメリカ人ウェブ兵士が全方位に向けて銃を撃ちまくる。ある日は左翼運動を攻撃し、翌日には右翼運動に同じことをする。フェイスブックでナショナル・フットボール・リーグ《NFL》の選手が国旗の前で膝をつく権利を支持し、ツイッターでは同じ選手を愛国心がないと糾弾する。銃規制法の厳格化への支持を表明し、同じ問題に抗議の声を上げる。メキシコ国境の壁を要求し、反対する。医療制度改革で新たな試みが提案されるたびに賞賛し、批判する。ＬＧＢＴＱ問題ではありとあらゆる意見を広める。大衆を焚きつけるが、大衆が誰だろうと、彼らがなにを支持しようとおかまいなしだ。

　大事なのはアメリカ人同士を敵対させること。分断された国家はいずれ弱体化する。

　戦いの混乱がすっかり静まったころ、ロシア大統領と親友は自軍がすべての戦闘に勝利を収めたことを知る。だが、戦争そのものは？

プーチンはすべてがうまく行き過ぎではないかと考えていた。ゲーニャは不可能すらも可能にした。稀代の分断専門家トランプを、見事ホワイトハウスに据えたのだから。あれは犠牲の上に成り立つ勝利だったのか。もはやコントロール不能な怪物を生み出してしまったのだろうか？

アメリカは間違いなくばらばらになるだろう。それは良い点だ。しかし国家とはあたかもシベリアトラのごとし。手負いのトラは恐ろしい。アメリカはいまだ世界最大の軍事国家だ。ロシアの支援を受けて自国を座礁させようとしている男は、その任務に対する歴史的不適格性を発揮して、今まさに北朝鮮との核戦争に突入しようとしているのではないか。ロシア東部の目と鼻の先で。

それは彼らの計算外だった。今後の展開はまったく予想がつかない。顧みるに、プルトニウムの遠心抽出器なんぞ送るべきではなかったかもしれない。

「そうかもしれない」ゲーニャも言った。「だが、今さらどうしようもない」

かつての妙案が尻を齧《かじ》りにきている。米中が貿易協定について話し合っている横で、北朝鮮がさらなる核実験を実行したら、間違いなく騒ぎになる。ロシアにとって米中が仲良く手を携えることは必ずしも最善とはいえない。

現在のリスクは、連中が共通の敵の存在に気づくことだ。習近平はトランプとの会話術を会得したようだ。あるいは、ゴルフコースで必要なミスショットの数を間違えなかったか。なんであれ、習の思惑どおりに進んでいるように見える。

「今さらどうしようもない」ゲンナジー・アクサーコフが繰り返した。「なるようにしかならない。ヴォロージャ、欧州に集中しよう」

プーチンは頷いた。「スウェーデンに行っていたんだろう？　どうだった？」

ゲーニャが顔をしかめた。「知らないほうがいい。それよりスペインとドイツだ。ドイツに関していいニュースがある」

プーチンが微笑んだ。「そうなのか？　メルケルは自分で思っているほど、あの大きな尻で安定してすわっていられないということかな？」

46 スウェーデン

エスキルストゥーナ・キュリーレン紙の記者、ベラ・ハーンソンは読者を求めていた。この仕事は読者がいなければ意味がない。今日のような日にその目的を意識するなら、当然テロ関連の記事を載せることになる。どうせそれ以外の記事は、誰も読まない。

ベラは警察発表の事件報告書にざっと目を通していた。昨晩バーで喧嘩？　だめだ。農場で動物虐待の疑い？　ほかの日ならば衝撃的なニュースになるが、今日は違う。

車2台がデパート外の駐車場でお互いバックで衝突した件は、一方の車を運転していたのがイスラム教徒だったらしいが、これもテロと関係づけることはできない。

でも、つぎの件にはなにかあるかもしれない。

ストックホルムで攻撃があった数時間後、霊柩車が1台捜査を受けている。処分なしで釈放。

ただ、尋問は行われた。

なぜ？

スウェーデンには、「開かれた政府」と呼ばれる考え方がある。公的機関の行った、記録した、発言した、さらには考えただけの件ほぼすべてについて、国民が知りたいと表明した場合、直ちに情報を開示する義務があることを意味する。一般市民の場合、わざわざそんな手間をかける人間は少ない。しかしジャーナリストとなると話は別だ。

あばた顔の第一取調官兼警部のホルムルンドは、長い一日——しかも土曜日だ——を終えて家路につこうとしていた。そこへ不運なことに、ドアの前でベラ・ハーンソンとかいう若い女の記者につかまった。聞こえないようにため息をつき、記者をオフィスに入れた。

経験豊富なホルムルンドは、目の前の記者にわざわざ嘘をつくことはしない。それでも今日は、真実に触れる部分を伏せて話すことを選択した。それで記者の興味を失わせ、あとに続く面倒くさい質問攻めを免れようと考えたのだ。

真相といっても、棺を運ぶ車を検問で停止させ、捜査を実施しただけだ。いや、棺に遺体はなかった。現場の警部が確認している。ただ搭乗者のうち最低1名がシートベルトをしていなかった。

「葬儀屋をシートベルト未着用で連行したということですか?」ベラが言った。

実際は葬儀屋ではなく棺桶メーカーだったが、ホルムルンドは訂正しないでおいた。「ご存知のとおり、昨日は非常事態だったのでね」

ベラ・ハーンソンは警部を探るような目で見た。「取調べはどこで行われたのですか。取調責任者はホルムルンド警部でよろしいですか」

「そうだ、わたしだ。実際のところ、取調べといってもシートベルト着用を怠った男に対してわたしから一方的に話をしただけで終わった」

この件をテロと結びつけて記事にすることはできない。しかし続けていくつか質問し回答を受けているうち、ベラは違う切り口を思いついた。こちらのほうがずっと良い。すでに頭の中にできあがっている記事は、間違いなく掲載に値する。問題は、日曜は紙版の発行がないことだった。ならばウェブ版だ。しかし記事は翌朝まで出さずにおく。できる限り長い間ニュースサイトのトップに表示させるためだ。この新しき世界では、クリック回数を稼ぐことこそ肝要なのだ。

47 スウェーデン

オレコリンコは以前にも増して活躍していた。彼ほどの才能をもって呪術医をすると、どうやら儲かる商売になるようだ。アイデアを拝借するとしたら、サビーネには実地研修が必要だった。アフリカはすぐお隣ではないので、当面は自前の知識にすがるしかない。

まずは霊視ビジネスにおける競合の現状を確認しておく必要がある。サビーネは夕方から夜にかけての時間を部屋で市場分析に費やした。気の滅入る仕事だった。アランは横で玩具を取られたと文句を言いどおしだし、この数年はピンからキリまで実に多種多様な霊視業者がひしめいて、市場が飽和状態だとわかったのだ。供給が溢れている。新規参入は容易でも、財政的に成り立つ位置に着くことは、サビーネの経営能力の欠如に関係なく、そもそも困難に思われた。

ユーリウスはサビーネをそっとしておくことにした。彼女もそれを望んでいると考えたからだが、例のでたらめアスパラガスビジネスのことで頭がいっぱいだったせいもある。ペンションの女主人はロビーに旧式の電話機を置いていた。ばあさんが買い物に行っている間、ちょっと借りて国際電話をかけられたのに、グスタフ・スヴェンソンの番号を書いた紙切れを失くしてしまった。おそらくニューヨークのレストランのテーブルに置いてきてしまったのだろう。

ユーリウスはグスタフの番号を持っていない、グスタフもユーリウスの番号を持っていない（ユーリウスは電話も持っていない）となると、ビジネス仲間であり親友でもあるふたりの再会はかなりの可能性で叶わない恐れがあった。ユーリウスはさらに考え、二度と無理だとほぼ確信した。これはいくつかの異なる基準で悲劇といえた。なによりユーリウスはあのスウェーデン・インド人が好きだったし、同時に硬いもので頭を殴ってやる必要があるとも感じていたからだ。

サビーネとユーリウスがそれぞれの仕事にかまけている間、アランはペンションの共有スペースに落ち着けるソファを見つけていた。サビーネが休憩するのを待って、ソファに寝転びタブレットで最新ニュースをチェックする。まずは、スウェーデン人の郵便配達遅延問題に対する怒りが、意図したとおりに展開していない件。規定では1日で着くはずの手紙の多くが2日かかっている問題で、郵便電気通信庁は業務改善ではなく規定変更の方向で動いているという。新規定に基づくと、今後は全郵便物が配達に2日を要することになる。これで一気に配達保障成績は100パーセントに近づく。アランは、郵便電気通信庁長官はボーナスをたんまりもらえるだろうと思った。

ほかには、フランスの極右政党、国民戦線の幹部が北アフリカ料理のレストランでクスクスを食べ、たいそう気に入ったニュース。これが非愛国的であるとみなされ、幹部はただちに党を追放された。あるいは自主的に降りたか。アランは「クスクス」がなにかわからなかった。おそらくアラブ世界におけるハム入り豆スープに相応するなにかだろう。その手のものにはうんざりなので、自分だって降りるだろうとアランは思った。とはいえ、なにから降りるかは定かではない。

サビーネがタブレットを取り戻しに来るまでに、スウェーデン軍がヘリコプター隊に巨額の資金投入を行った結果、予算を使い果たしたニュースにも目を通すことができた。地面にずらりと並ぶヘリコプターは、壮観だった。


夜の調査を終えて、サビーネの母親と同じ業界でサービスを提供する女性49人、男性ひとりのリストが完成した。

「どういう状況かな?」翌朝の朝食で、ユーリウスが尋ねた。サビーネの浮かない表情が気になる。

「よくはないわね」

サビーネは見解を詳しく説明した。世間は今、エンジェルカードやタロットカードや振り子で溢れている。女たちは遠隔ヒーリングに熱中し、魂の障壁を壊し、動物と会話する。恋愛占いをする。テレパシーで悩み相談をする。エネルギーの普遍的法則を完全に理解している。過去と現在と未来を光る灰やコーヒーの粉や水晶玉に見る。

「そんなことわざわざしなくたって、過去くらい見られるだろう」と、アラン。「わたしは見られたぞ。記憶力がこんなひどいことになるまでは。それに、現在は現在でしかないだろうに」

そんな単純な話ではない。過去はいくつかの出来事が並行して作られるもので、それらがすべて一体となり個々の人間の現在を形成する。同じことが個々の人間の未来にも言える。

「守護天使の正しい知識がないと、霊的に迷ってしまうのよ。室内に悪い気が満ちている場合は、さらにひどいことになる」

ユーリウスは、サビーネが自分と同じくらい霊的に迷っていることにはとっくに気づいていた。もちろんアランも。だが仕事は仕事だ。この混沌とした霊視業界において、サビーネが重要と考えるポイントはなんだろう?

それが問題だった。この状況で客観的に良いニュースと言えるのは、除霊や異世界との対話のような、交霊術に特化している同業者がほとんどいないことくらいだ。つまり、母の生前の専門分野こそ、成功が見込めるマーケットになると、とサビーネは言った。

異世界の良いニュースといえば、とアランが言った。最近、あちらのランキング上位に動きがあった。タブレットによれば、ウズベキスタンの117歳になる農婦が、飼っていた牛の尻に下敷きにされて亡くなったそうだ。

サビーネは日が過ぎるごとに、この101歳老人に嫌気がさしてきていた。102歳の誕生日には牛をプレゼントして、幸運を祈るのもいいかもしれない。

48 スウェーデン

ストックホルムでのテロ事件の翌日、エスキルストゥーナ・キュリーレン紙が首都から100キロ離れた警察署の驚くべき無能ぶりを報じた。警察はテロリスト拘束に躍起になるあまり、もっとも罪なき市民を躊躇なく弾圧した。死者ですら容赦されない（ベラ・ハーンソンは棺桶に遺体が収められていなかった件には触れないことにした。また生きた死体が収まっていた事実はハーンソンの知るところではなかった）。

ベラは記事の中で担当取調官と警察幹部を名指しし、優先順位の概念を理解していない無能集団だと書いた。無実の霊柩車を取り調べる！　つぎはなにがくる？

記事の鋭い切れ味は、結びに向かうほど鈍る印象があった。またひどく長文になった。そこでベラは最後の最後に、段落をひとつまるまる削除した。今回の弾圧――ちなみに弾圧ではないが――は、実際に当日のテロ事件に関連する疑いがあったためだと警察が断言した箇所だ。

無能な警察は地元紙の購読を増やす。

無能な警察は全国紙の購読も増やす。

すぐにストックホルムの各紙オンライン版にも、霊柩車の記事の要約が並んだ。

その結果、ふたつのことが起きた。

ひとつは、明らかに無能ではないメーシュタの警察官がある事件との関連の可能性に気づいたこと。記事に示された新たな手がかりが、前日に発生した棺桶店への銃乱射事件の捜査を前進させるかもしれないと考えた。１、２件電話をすれば確認が取れる。

もうひとつは、アーリア人同盟の構成員、つまりヨンニー・エングヴァルが、死すべき連中はスウェーデン国内を旅行中だと確信したことだ。

「ブタどもめ、南へ向かっているのか」ヨンニーはひとりごちた。「また道路に戻ったんだな？」

はじめヨンニーは、自分の頭の良さにほくそえんだ。しかしすぐに、スウェーデン南部には選択可能な裏道が複数通っていることに気づいた。痕跡はもはやほとんど残されていないだろう。
ヨンニーには、記者が記事に書いた以上の情報が必要だった。

49

スウェーデン

コンセプト開発が続いていた。１０１歳のアランが66歳のユーリウスに、フェイスブック広告で正しい顧客層に最大限にアプローチする方法を講義している間、サビーネは霊柩車で振り子と水晶と占い棒と不快な匂いの没薬《もつやく》の入手に勤《いそ》しんだ。組織の限られた財源を尊重するため、振り子はホームセンターの特売品の測鉛線を使い、占い棒はペンションの庭から棒を拾ってきて自分で削り、水晶はただの海塩の塊で代用することにした。没薬は、オイルランプの燃料の力を借りて自作した。原料の１割がエビのスープで９割が油のこの燃料を、奥の手として２本の灯心で燃やすことにした。１本は燃焼用、１本は光と煙と匂いの拡散用だ。

　ペンションの老女主人はサビーネの商売道具を興味深そうに見て、用心深そうに尋ねた。葬儀屋の奥さんはこれを一体なにに使うのかしら。サビーネはほぼ見たままだと答えた。あたしたちはただの葬儀屋ではなく、ほかにも専門があるものですから。土の下に送り出したばかりの人たちと交信するんです。ルンドブラード夫人の目の色が変わった。つまり、葬儀屋の奥さんは、ボルイェと交信できるということ？

老女主人は、短い宿泊期間中、これまでも折にふれて亡き夫の話題を出していた。この24時間だけですでに、生前の職業や亡くなって15年になるといった有益な話はすべて聞いていた。霊視の基礎はつまり背景知識である。

いいだろう。実際に営業を始める前に本番さながらの稽古ができるのはありがたい。

実際のパフォーマンスを目の当たりにして、ユーリウスとアランはいたく感銘を受けた。よく知らなければ、本当に死んだ夫がサビーネを介して未亡人に話しかけていると思ったかもしれない。夫は遺した妻に永遠の愛を誓い、猫が8年前16歳で死んだと聞いて悲しんだ。煙草をやめてほしいと迫られると、そのとおりにすると約束した。

すべて成功したかに思われた。けれども、亡き夫が妻を恋うるあまり毎晩涙に暮れてよく眠れないと言ったとたん、女主人が心臓発作を起こして倒れてしまった。

「ああ、たいへんだ」女主人の体が前方に傾き、テーブルに鼻から倒れこんだのを見て、ユーリウスが声を上げた。

サビーネは恐怖のあまり交霊用の椅子から飛び上がり、天井のライトをつけた。ユーリウスが老女主人の容態を確認する。

「死んでるの？」と、サビーネ。

「たぶん」と、ユーリウス。

ただひとり冷静さを保っていたのはアランだった。

「もうじきめでたく再会できるわけだ。旦那は煙草の件が嘘だったら、今すぐ消しとかなくちゃ」

サビーネは、アランの敬意を欠いた発言に、やっぱりあなたはどこかおかしいと噛み付いた。ともかく、交霊用ツールを片付けてキッチンで緊急会議だ。女主人はそのままにしておくしかない。全員がキッチンのテーブルに着いた。サビーネは額に皺を寄せ、ユーリウスはペンと紙を持ち、アランはしゃべるのを禁止された。

「もうここにはいられない」サビーネが言った。「どこに行くのがいい？　そしてその理由は？」

ユーリウスは先ほどのサビーネのパフォーマンスを称えた。あれならきっと大儲けができるはずだ。十分な規模の顧客基盤があるどこか。即断の時だ。ユーリウスは「ストックホルム」と紙に書いた。その下に「ヨーテボリ」。そして「マルメ」。

ストックホルムは直ちに却下された。あそこはナチが多すぎる。ユーリウスが「×」を書く。

ヨーテボリはどうだろう？　スウェーデン第二の都市。「△」。

それともマルメ？　コペンハーゲンにも近い。橋の両側を合わせれば、人口は約400万人。

ユーリウスは「○」と書く。目的地は投票の結果、1票が無効票により2対0で決定した。残る問題は、亡くなった女主人をどうするか。

「警察は呼べないぞ」と、ユーリウス。

警察はだめだ。棺桶に入った生きた老人の死体を見つけられた翌日に、死んだ老人の死体を見せたりしたら、間違いなく厄介なことになる。

ユーリウスは宿帳を見てみた。2日後にギリシア人2名の予約が入っている。それ以上の期間、女主人が放っておかれることはないだろう。

「人は死んだら、死んでいる」ユーリウスが言った。「これ以上辛い思いをすることはない」

決まりだ。ルンドブラード夫人はそのままにしておく。

「良い決断だね」アランが言った。

「黙ってなさいって言わなかった?」サビーネが言った。

＊＊＊

ホルムルンド警部の週末は散々だった。こんなことならあの棺桶屋の取り調べなどしないほうがよかったと思うほどだった。日曜午後のコーヒー休憩の時間にもならないうちに、その代償は電話２本という形で警部の時間と精神力を奪っていった。どちらもいい勝負の奇妙な電話だった。

最初の１本は郊外でペンションを営む高齢の女性からだった。動揺した声で、殺人未遂の疑いがある３人の人物を通報できるか知りたいと言った。自分のペンションに１泊した３人組が、夫と会話ができるかもしれないと交霊会を持ちかけてきた。自分がショックを受けて倒れたところ、テーブルに置き去りにしてぷっつり姿を消してしまった。

「ちょっと待って下さい」ホルムルンド警部が言った。「連中は誰を殺そうとしたんです?　あなたですか?　ご主人ですか?　それとも別の誰か?」

「わたしです、もちろん。夫はすでに死んでいますから」

「いつ?　だってご主人とお話ししたんでしょう?」警部は霊視の仕組みにあまりなじみがない。

女性は説明した。夫は15年前に亡くなっているが、その彼に君が恋しくて仕方ないと言われ、脳から酸素がなくなったような気分になり、あとのことは覚えていない。霊媒師と仲間のふたりは自分が死んだと思ったのだろうが、そんなに簡単に死んだりしない。自分は連中が思うよりずっと強い、そして今、正義を求めている。

ホルムルンド警部は要点に絞った話を聞きたかったが、それは言わずにおいた。かわりに法律の仕組みについて説明した。死んでいる人間と話すことは、それがその時点で失神している人間ではない場合、殺人未遂の定義に入らない。自分が理解する限りにおいて、いかなる罪の定義にも入ることはない。広義の悪ふざけの類いに対する量刑の基準は存在しない。「残念ながら」と警部は言い添えた。

ようやくこの通話を切ったか切らないかというところで、別の電話が鳴った。

今度は男で、「関心のある市民」と名乗った。男は、前日霊柩車に対して行われた弾圧でなにがあったのかを詳しく知りたいと言った。

警部は男の問いにきっちり答えた。「関心のある」市民は往々にして「不満のある」市民に変わる傾向があり、無難に逃れたいと願っただけの人間の仕事を何倍にも増やすからだ。本件は、霊柩車に乗った3名が検問の一斉捜査で引っかかり、簡単な取り調べをすることになっただけだ。そこですべての疑念は晴れた。どこを取っても「弾圧」といえるものではない。

関心のある市民は引き下がらなかった。霊柩車は取り調べのあとどこへ向かったのかが知りたい。

みんな一体どうしたっていうんだ？　警部はこんなことにかまけている時間はない！　しかし関心のある市民のお相手を最初の電話の女主人に投げたら、お互いに苛立たせあうことになるんじゃないか？　いい考えだ！

「お探しの連中は、その夜エスキルストゥーナ郊外に泊まった可能性を否定できません。詳しい話は、クリップへレン・ペンションのルンドブラードさんに電話してお尋ねすればいい。親切な人だ。話すことがたくさんあるでしょう」

ぶちっ。関心のある市民が電話を切った。どうやらもう関心がなくなったらしい。上等だ。

ヨンニーはルンドブラード夫人に電話するつもりはなかった。直接訪問する気だった。まだ滞在中なら、３人の宿泊客も。ところで、３人とは？　サビーネ・ヨンソンにアラン・カールソンにあとひとりは？

まあいい。３人めには、喉を掻き切ってやる前に自己紹介してもらおう。

ケンネットの事故から1週間が過ぎていた。キャンセルした葬儀からは1日。兄を失った悲しみが、ヨンニーの胸に重くのしかかっていた。

＊＊＊

つぎの目的地はマルメ。３名のうち2名は車両前部座席にすわり、1名は後部に置かれた棺桶に黒いタブレットとともに横たわっていた。棺桶の蓋は閉じてあるが、空気穴をついさっきドリルであけたばかりだ。車は国道55号線を南に向かって進んでいた。

ストレングネースの南でアランが蓋を開けた。「マルムショーピングの老人ホームに閉じ込められる前は、このあたりに住んでいたんだ。家を空まで吹き飛ばしていなければ、ちょっと見に寄ることもできたんだがなあ」

「自分の家を吹き飛ばしたの？」サビーネが言った。

「無視しろ」ユーリウスが言った。

マルムショーピングを過ぎ、ノルショーピングの北で、車はふたたびE4号線に乗った。そこからはスウェーデン一交通量の多い高速道路で南を目指す。

サビーネとユーリウスは、テロ事件の話題を除いてアランの話をまったく聞こうとしなかった。ふたりは首都で起こった事件にすっかり動揺していた。アランはそれに気づいて言った。

国全体が今回の事件の悲劇と衝撃に覆いつくされているようだ。何人かの市民が犠牲になっている。当然テロリストは逮捕され、自白した。アラーがこの世でもっとも偉大な存在であると主張している。アラーに今回の事件についてどれほど責任を負わせることができるかは、なんとも言えない。神のことは本当によくわからない。みなそれぞれに独自の言い分があるから。聖書によると、神は悪魔との賭けで故意に子ども10人の命を奪ったりもしているのだ。

サビーネはこの話を聞いたことがなかったが、ユーリウスは知っていた。「旧約聖書のヨブ記だ」

ユーリウスはそれ以上なにも言わなかった。威圧的だった父親の記憶が甦り、体が震える。52年前、無理やり堅信礼を受けさせられた。当時は暇さえあれば聖書を盗んでは売り飛ばしていた（1冊25オーレ、2冊なら40）ユーリウス少年だったが、それでもいくばくかの信仰心は残っている。

海外メディアは、スウェーデンが純真さを失ったと論じていた――この地上の楽園は、いわゆる難民に向けた寛容さに対する報いを受けたのだと。

アランは思わずぶつぶつ呟いた。自分の短い生涯においてだけでも、スウェーデンは船を爆破する左翼とか、新聞社を爆破する右翼とか、大使館を爆破する赤軍派とかに苦しめられてきた。大臣を誘拐して箱に閉じ込めようとした輩《やから》もいた。そして今は、そこらじゅううろつき回って外国人を手当たり次第に銃撃し、逮捕されて檻の中に入れられる連中。

彼らに共通しているのは、それぞれに理由があることだ。その中には、聞こえてくる声に従って外務大臣を殺した男も含まれる。一方で、通りで首相を銃殺した男がなにを考えていたかはついぞ知れない。男がすでに死んでいるからでもあるが、犯人がほかにいるかもしれないからだ。

たしかにすべて悲しい事件ではある。だがそれをスウェーデンの「純真さ」と結びつけて語られても、アランはそんなものはヴァイキングの時代にとっくに窓から逃げ出していると思ってしまうのだ。

「なにをさっきから後ろでぶつぶつ言ってるんだよ？」ユーリウスが言った。

「さあね」と、アラン。

タブレット以前は、すべてがずっと簡単だった。

退屈ではあった。だが簡単だった。

１０１歳老人はネットサーフィンを続けた。それが最近の習慣だからだ。

スモーランド地方のアルヴェスタでごみ収集業者が問題を抱えているニュースを発見した。市営のアルヴェスタ廃棄物処理会社が35年間、「ＡＲＡＢ」を略称に用いていると気づいた市民が、当局に対して、この略称は広く「アラブ」人と悪臭を結びつけて連想させると苦情文を提出したらしい。

これはアランが好きなタイプのニュースだ。仲間たちにも知らせてやらないわけにはいかない。

「人の生活にはそこまでゆとりがなくなったのか？」ユーリウスが不思議そうに言った。

「アルヴェスタはここからそんなに遠くないだろう？」と、アラン。「ちょっと見に行ってみないか？」

「見るって、なにを？」サビーネが言う。

アランもよくわからなかったので答えなかった。かわりに黒いタブレットにキスをして、ごみ収集車のニュースを教えてくれたお礼をした。終わり良ければすべて良し。

南へ向かう旅は続いた。ヴェーナモまで来たあたりで暗くなってきた。アランのタブレットの助けを借りて、サビーネはその日の宿を見つけた。前日の宿と比べてもさらに素朴なペンションだ。主人は年配の女。先刻、鼻からテーブルに倒れ込んだ老婦人を彷彿とさせる。

「このばあさんとは交霊会はやらないぞ。いいな?」ユーリウスが言った。

50 スウェーデン

ヨンニー・エングヴァルがクリップヘレン・ペンションに到着するころには、すでに夜になっていた。駐車場に霊柩車はない。間に合わなかった。

実際は交霊会のテーブルで死んでいなかったペンションのオーナーは、キッチンで新しい豆スープを作っていたところに、予期せぬお客を迎えた。

ナチは老女主人を怯えさせないよう努めた。まずはばあさんの好きに話させてからだ。脅して吐かせるのは後でいい。

「こんにちは!」朗らかな声色がわれながら気持ち悪い。

「こんにちは」ルンドブラード夫人が返した。「今晩泊まる部屋をお探しかしら?」

豆スープはヨンニーの好物だった。おいしいし、スウェーデン的だし、本物だ。ボウルのへりにマスタードがちょっと添えてあって、クリスプブレッドとミルクが一緒ならなおいい。

「そうですね」と、ヨンニー。「あと、食事もいいですか?」

ルンドブラード夫人はお客をテーブルに案内した。スープはほぼできあがっている。ふたり分の食器の用意をしながら、食事の相手ができて嬉しいと言った。今日は本当に散々な一日だった。よかったらお若いお客さんに聞いてほしい。

老女主人は自分から話をした。ヨンニーが尋ねるまでもなかった。

あの恐ろしい連中が到着したのは——霊柩車に乗ってきたのよ！——昨日のことだった。お若いお客さんが来るほんの数時間前、彼らから交霊会に誘われた。亡くなった夫と会話できるかもしれないからと言って。とてもうまくいっていたのに、自分が興奮のあまり気を失ってしまうと、ゴロツキどもは姿を消した。あまりに非キリスト教徒的で言葉もない。

本当は真っ先に連中が向かった先を知っているか聞くつもりが、気づくとほかの言葉が口から出ていた。「交霊会?　おくさん、本当にだんなさんと話したんですか?」

「ええ、そうよ。あの人、天国で幸せだと言っていたわ。それに聞いてちょうだい！　煙草はやめたって！　わたしの愛しい聡明なボルイェは、煙草をやめたの！」

その言葉に惹かれたのはこれで2回目だった。ばかばかしいとはわかっている。だが胸が高鳴るのを止められない。あの世のケンネットと話ができるかもしれないのだ。今回は前の時よりもその思いが長く胸に残った。

スープはすばらしくおいしかった。老女主人の髪は、白くなる前はブロンドだったのだろう。だが今のほうがずっといい。

「すごく料理が上手なんですね。ところで、そのひどい連中がどこへ行ったか知ってますか」

いや、もちろん老女主人は知らなかった。彼らが消えた時には気を失っていたから。

「そうですよね。なにか盗られませんでしたか？　あるいは残していったものは？」

いや、どうやら強盗などではなかったようだ。残したものといえば、カウンターに置かれたメモだけだ。そう言ってＡ４の紙を手渡す。こう書かれていた。

ストックホルム　×
ヨーテボリ　△
マルメ　◯

マルメか！

やつらが向かっているのはそこだ。

「お優しい若い方、おかわりはいかが？」老女主人が尋ねた。

「いらない。うるせえババアだ」ヨンニー・エングヴァルはそう言い捨てて出て行った。

最後のひと言で、すっきりした。

51

スウェーデン

「今朝のトランプはどんな様子だ?」ユーリウスが朝食の席で切り出した。

そろそろ出発の時間だった。マルメまであと150キロメートル。今後どこに落ち着くかは、到着してあらためて考える。ひとつずつ着実に。ユーリウスはこのモットーを実行するため、アランの黒いタブレットのニュースをさっさと終わらせて、その分早く次のステップに進もうと考えた。

「よくぞ聞いてくれた」アランが言った。「この困難な状況を鑑みるに、今日は省略してもいいと思っていたんだ。だが、もちろんわれわれが寝ている間に、1、2件ニュースが入ってきている。ああ、おまえさんたちは寝ないでほかのことをしていたのか。壁越しになにか聞こえていたようだが」

「いいから話を始めて」と、サビーネ。

そうだ。トランプだ。先日トランプが指名したばかりの新任の広報部長が、着任後すぐ部下を全員クビにすると広報したために、自分がクビにされた。

「最新ニュースをありがとう」と、ユーリウス。「さて、じゃあそろそろ――」

「ちょっと待て!　今の話はほんの前振りだ。どうやら、大統領の最短期間で最多数の人間をクビにする戦略の裏にいるのは、われらが友人のバノンらしいぞ」

「俺たちの友人?　誰だ?」

「スティーブン・バノンさ。首席戦略官の。ニューヨークの空港で会った無愛想で赤ら顔の男だ」

「ああ、そんな名前だったのか。あの男が大統領の首席戦略官だったとは知らなかった」

「いや、今は違う。もうクビになった」

＊＊＊

マルメが近づいていた。ユーリウスが助手席で舟を漕いでいる。アランは棺桶でいびきをかいて、必要が生じればすぐにでも死んだふりをする準備は万端だ。サビーネはひとり物思いに耽《ふけ》っていた。スウェーデンで新しいビジネスを始めるのは気が進まなかった。うっかり怒らせたナチが住む国より、外国のほうが安全ではないだろうか。でも、どこ？　この仕事は、異世界の誰かと繋がるだけではなく、彼らがなんと言っているかを理解しなければいけない。加えて、これで本当に経済的発展を見込めるかは不明だ。

サビーネの考えは、次第にすべての始まりへと戻っていった。

オレコリンコ。呪術医。現地の言葉で言えばムガンガ。母のヤトルドがいつも口にしていた名前だ。ほかの誰とも違うビジネスモデルとして。

アフリカ。

くそ、くそ、くそ。

口には出さずに罵ったはずが、ユーリウスが声なき声を聞き取って目を覚ました。「なにを考えてた？」

「なんにも」

サビーネにはわかっていた。アランとユーリウスが準備したフェイスブックの広告ページに書かれた「霊媒者エスメラルダ」として、この道を進むしかないのだ。拠点はマルメ。怒れるナチのいるストックホルムからは６００キロ離れていて、コペンハーゲンという巨大市場まで橋１本を挟んだだけの街だ。

＊＊＊

ナチに追われる身で事業の拠点を定めるのは、容易なことではない。住む場所もそうだ。この３人組の場合、解決法はユーリウスをリスクに晒すことだった。登記簿に唯一載っていない名前の主だからだ。賃貸アパートの空き物件はマルメの各地区で見つかったが、その中で中心部から7キロ離れたローセンゴルド南側にある、２ＬＤＫで家賃月６０００クローナ強の物件に当たりをつけた。地の利は最良とは言えないが、３人にとっては良い選択だった。中心部で３００から４００万もかかる物件は当然手が出ない。

ユーリウスは契約の意志を伝えるため、公営住宅局（空きアパート物件と違ってローセンゴルドにはない）の外で車を降ろされた。

そして驚いたことに、断られた。

「規則がありますので」と、40代と思《おぼ》しき女性担当者が言った。

「どんな規則です？」規則どおり、規則を憎むユーリウスが言った。

「お話によると、現住所と定収入をお示しできないとのことでしたね。そこが問題になります」

ユーリウスは担当者の顔を見た。「現住所は、今まさにここで作ろうとしてるんです。契約も済んでないのに、おたくのアパートを住所として出すわけにはいかないでしょう？」

「たしかに」担当者は言った。「ただ、お客様のお年からは前住所があると推察せざるを得ませんが、お出しいただいた書類にご記入がありません。お名前もシステム上該当者が見当たらないのです」

この国ってやつは！　どこにもプライバシーってものがないのか？　歯磨きひとつ好きに買えない

のか？　その言葉をぐっと呑み込んだ。

「お嬢さん」かわりに言う。「外務省で外交官として奉仕する身のため、キューバ危機以来スウェーデン国内に住所がないんです。これまでもたびたび深刻なホームシックに苦しんできました。けれども今ほどその辛さが身に沁みたことはありません。公的機関にこんな扱いを受けるなんて」

そこでユーリウスはスウェーデン王国外交パスポートを取り出し、テーブルに置いた。

担当者は目の前の冊子をじっと見た。手に取って開く。しばらく黙り込み、口を開いた。「定収入は？　おわかりですよね、その――」

「当然、スウェーデン国内ではなんの収入もありません」ユーリウスは切り返す。調子が出てきたのが自分でもわかる。「セーシェルの開発投資銀行でわたしの名前を検索してみて下さい。きっとお探しのものが出てくるでしょう」

担当者がここで降参してくれたのは幸運だった。銀行名はとっさに出てきたものだったし、もし書けと言われても、ユーリウスは「セーシェル」と正しく綴ることができない。

「お客様がお困りなことは理解できたと思います」担当者がしぶしぶ言った。「お手続きの方法を、確認いたします」

「急いで下さい。時差ぼけがひどいので」ユーリウスは言った。「急ぎの出張でニューヨークのスウェーデン大使館に行って帰ってきたばかりなんです。ワシントンのことですが」

担当者からたっぷり1分は説明を聞かされた上司がやってきた。外交官殿がローセンゴルドに居住希望とはなんとも妙な話だが、住宅局としては歓迎だ。むしろ誇りである。

「外交官殿、収入証明は特別に不要とさせていただきます。ご希望のお部屋は家賃3か月分前金でのご契約はいかがでしょう。これならご負担にならないのでは？」

＊＊＊

新居は5階建てアパートの1階だった。ベッドルーム2部屋のうち、ひとつはアラン、もうひとつはユーリウスとサビーネが使う。それとキッチン。リビングは交霊会と心霊術用の部屋にする。家具は中古品で揃えた。どうにか家らしくなるまで、霊柩車いっぱいに積んで2往復した。その前に、ユーリウスとサビーネは宵闇に紛れて赤いバラの絵の白い棺桶をアパートに運び込まねばならなかった。

「交霊会の部屋に似合ってる」サビーネが満足そうに言った。

「どこで寝たらいいか決められないな」アランが言った。「部屋にはブラインドがついているが、棺桶からも離れがたい。何度も言うが、蓋をいつでも閉められるから……」

「買ってあげたベッドで寝なさい」と、サビーネ。「ドアは閉めてね」

52　スウェーデン

週明け、メーシュタ署のヴィクトル・ベックマンから連絡を受けたエスキルストゥーナ署のホルムルンドは、棺桶屋が襲撃されたと聞いても驚くこともできないほど消耗していた。むしろ襲撃犯にかすかな共感を覚えたほどだ。それゆえ同僚の質問にも丁寧に正確に答え、心からの幸運を祈った。

アラン・カールソン。ユーリウス・ヨンソン。サビーネ・ヨンソン。

ヴィクトル・ベックマンは新たな情報をしっかり頭に叩き込んだ。

2名はスウェーデン外務省に属している。最低でも2名はメーシュタの棺桶屋に関わっている。そしてその店に最低60発の銃弾が撃ち込まれた。事件後、外交官2名は警察に通報せずにエスキルストゥーナに向かい、検問に引っかかった。3名のうち棺桶内で横になっていた1名は、尋常でなく生命力に溢れている。

どういうことだ?

3名ともいかなる犯罪への関与も疑われない。しかしベックマン警部は、情報を得るために尋問を行いたかった。

サビーネ・ヨンソンとアラン・カールソンはメーシュタの店の住所に住民登録がされている。一方ユーリウス・ヨンソンは、その日午前中にマルメのアパートに自身で住民登録手続きを行っていることが判明した。疑念解明のためマルメに飛ぶ準備はできたが、その前に探りを入れるうえでなにが有効かを探っておきたい。

ヴィクトル・ベックマンは公安へは連絡しなかった。連中は警察からの通常の問い合わせにも答えやしない。かわりに外務省に電話をすると、アラン・エマヌエル・カールソンとミドルネームなしのユーリウス・ヨンソンの名前を告げ、実際に同名の外交官がいるか確認した。

警部の電話は交換手から別の人間に転送され、また別の人間に転送された。それから1分待ち、さらに3分待ち、やっとつぎの人間が電話を取った。

「マルゴット・ヴァルストロームです。どういったご用件でしょう」

ベックマン警部は心底仰天したが、すぐに気を取り直した。まず外務大臣の手を煩わせることについて、それが本意ではなかったと詫びた。ただ、以下2名の身元確認をする必要があった。外交官のカールソンとヨンソンだ。

普通、マルゴット・ヴァルストロームが外務省にかかってくる電話にいちいち出るようなことはない。しかし、壁に反響して聞こえてきたカールソンとヨンソンの名前に耳が反応した。職員がシステムでは見つからないと言っている。ここは取り返しのつかない事態が発生する前に、自分が介入するのがよさそうだと判断した。

「そのふたりなら、実在していることも外交官であることも、わたしが証明できます」ヴァルストロームは言った。「なにか問題が？」

「いえ、いえ」ベックマン警部が言った。「何者かが機関銃で彼らを襲撃したようなのですが、それ以後ふたりとも所在不明になっているものですから」

マルゴット・ヴァルストロームの目にその瞬間、キャリアが粉々に崩壊していくさまが浮かんだ。やはりあの奇人たちのことは平壌《ピョンヤン》に置いてきて、運命に身を委ねさせるべきだったのでは？　いや、たとえ今どんな事態になっていようと、あれで良かったのだ。さもないと、金正恩《キム・ジョンウン》に今現在よりも強力な武器を与えることになりかねなかった。どちらに価値があるかといえば間違いなく……。

「なんと言いました？　銃で襲撃された？　撃ち返したのですか？」

ベックマン警部は詳細を説明した。外交官ふたりはいっさい発砲していない。負傷した形跡もない。ただ棺8つが蜂の巣になった。あとラップトップのパソコンも。

主要登場人物たちにふさわしく信じられないような話だった。マルゴット・ヴァルストロームは攻撃は最大の防御であると考え、窮地を脱出できるよう神に祈った。

「ベックマン警部といいましたね？　まずお伝えしておきますが、わたしは外務大臣としてあなたの任務を代行する意向はありません。外交官カールソンとヨンソンがなにかしらの犯罪行為を行った疑いがあるなら、捜査を進めることは当然ながらあなたの権利、いえむしろ義務です。そうでないなら、取り扱いに慎重を要する情報を提供します」

ベックマン警部は再度、現時点では彼らふたりともいかなる犯罪にも関わった疑いはないと伝えた。ただ、直接話をする機会を持つことを希望している。

「残念ながら、それについては力になれそうにありません」ヴァルストロームは言った。「最後にふたりに会ったのは、ニューヨークでトランプ大統領と秘密会談を持った時なのです。警部がこの情報にどのような意味を見出すかはもちろん自由です。ただ、ぜひともこの件は、警部だけの心に留めておいていただきたいのです。世界平和の名のもとに」

ヴィクトル・ベックマンは外務省に電話をしたことを後悔していた。外務大臣から世界平和の責任なんてものを足元に投げられてしまった。自分なら最悪の敵に対してだって願わないようなものを。

「おっしゃることはわかりました、大臣」警部は言った。「あらためて申しますが、件の外交官2名が現在いかなる犯罪にも関与した疑いがない以上、新たな捜査を始める理由はありません。ただこの機会に、一件お聞きしてよろしいでしょうか。彼らを襲撃した人物にお心当たりは？」

マルゴット・ヴァルストロームに、いっさいの心当たりはなかった。「いいえ、ありません」そのとおりに答える。「ただ、トランプ大統領とグテーレス国連事務総長にご存知か確認する用意はあります。ご存知との答えなら、おふたりから警部に直接連絡していただくほうがよいでしょうか」

賭けだった。だがこれがうまくいった。

「ええ？ くそっ、やめてくれ」ヴィクトル・ベックマンは思わず口を滑らせた。もう十分だ！ ヴィクトル・ベックマンは最近婚約したばかりで、婚約者と近々ポルトガルにゴルフ旅行に行く予定がある。休日にはメーシュタＩＫの女子サッカーチームでコーチを務め、去年の秋にはメーシュタトーナメントで好成績を収めることができた。将来の昇進を確かなものにする助けになるかもしれないと控えめな希望を持って、週に1度はリーダシップと組織運営論の夜間講座で勉強もしている。毎月最後の土曜の夜にビールとポーカーを楽しむ仲間もいる。

これらすべてを、第三次世界大戦を始めた人物として歴史に名を残すことで犠牲にするつもりは、毛頭なかった。

「大臣、うっかり汚い言葉を使ってしまったことをご容赦下さい。ですが、これ以上の調査は控えたいと思います。少なくとも今は。ところで、もしご関心があればですが、ヨンソン氏がおそらく現在居住しているのは、マルメのアパートということがわかっております」

ヴァルストロームはできるものなら、アラン・カールソンと彼のアスパラガス農家の友人のことは忘れてしまいたかった。しかしそんなことを言えば疑わしく思われるかもしれない。「たいへん関心があります」と大臣は言った。「もしかしたら、テリーザ・メイがヨンソンに送って欲しい情報があるかもしれません。よろしければ詳しい住所を教えていただけますか」

イギリスの首相だって？ これはどういうことだ？ いや、そんなことは知らなくていい。知・り・た・く・な・い。ヴィクトル・ベックマンは、外務大臣に住所を伝えるとそそくさと挨拶をして電話を切り、サッカーチームの練習に出かけた。グラウンドに着いたのは、ほかのメンバーが来る40

分も前だった。

マルゴット・ヴァルストロームは、テリーザ・メイの名前を出したことに少し罪悪感を覚えていた。だが、嘘をついたわけではない。もちろん、メイ首相はユーリウス・ヨンソンが存在していることも知らないし、なにより今は自分の国をばらばらにするのに忙しくて、彼になにかを求めてくる公算は極めて低いわけだが。

53

スウェーデン

フェイスブックにスウェーデン語とデンマーク語で大々的に展開した広告ページは、第１週に７アクセスがあり、結果４件の予約が入った。１件はデンマーク、３件はスウェーデン国内からだった。サービスは2種類用意した。異世界との交流と、悩める魂の救済だ。交霊会はローセンゴルドにある霊媒師のアパートで行い、１回につき３０００クローナ。除霊その他は当然、霊が実際に憑いている場所が望ましいため、追加料金としてエスメラルダと助手の交通費、宿泊費が必要になる。

最初の４件の予約は、すべて他界した大切な誰かとの会話を希望する顧客からだった。４名ともローセンゴルドまで来た。３件の交霊会はいずれも成功した。４件目は、最近溺死した漁師の案件だった。絶望した恋人は、最後に彼と会話をしたいと言った。エスメラルダは漁師と繋がり、その瞬間恋人にもまったく同じことが起こった。溺死した男はじつは溺死などしておらず、エンジンが壊れたボートでボーンホルム島の海岸に漂着していた。漁師は救助されると当然まっさきに恋人に電話をかけた。恋人は喜びの涙を流したあとで、返金を要求した。

54 スウェーデン

ヨンニー・エングヴァルはマルメのグスタフ・アドルフ広場のカフェで朝のコーヒーを飲んでいた。一緒に頼んだサラダは、野菜を特別しっかり洗うように言った。ヨンニーは、社会に蔓延するホモセクシャリティの原因は食品中の毒素にあるとする研究結果を信じるネオナチの一派に属している。グスタフ・アドルフ広場は食事にふさわしい場所とは言えないかもしれないが、細かいことにいちいちこだわってもいられない。グスタフ4世アドルフは王としては総じて無能だった。ナポレオンとの戦争に手を出したはいいが大敗を喫し、フィンランドを失い、終戦後には王位をも失った。そのうえ国外追放され、数年後一文無しのアルコール漬けの身となりスイスのどこかのパブで最期を迎えた。王として人生を始め、伯爵に降格され、グスタフソン大佐として数年生き、酔っ払いとして死んだのである。けっして華々しい生涯とは言えまい。

ヨンニーはサラダを食べ終えると、ここ数日毎朝の恒例で市街地図を取り出し、検証に入った。すでに中心地と港地区、それに北東に隣接するアーレフと周辺は確認ずみだった。今日の予定は市の西部と南部。通りをひとつひとつ往復して、駐車中もしくは移動中の霊柩車がないか見ていく。

しかし集中力を保つのは容易ではなかった。兄のことが頭から離れない。エスキルストゥーナのペンションのばあさんがしていた話も、つい思い返してしまう。本当に死んだじいさんと話したのか？

たしかにサビーネ・ヨンソンは、霊視が専門の異世界なんとか会社の社長だった。どうやらそこから棺桶屋に変わったらしいが、ばあさんのペンションでふたたび霊視会社に戻ったと思われる。

一案として、あの女の喉元にナイフを突きつけている間にケンネットと繋がらせるのはどうだ？　だが、やつを信頼していいものか？　もし兄貴が交霊中に霊媒師を生かしておけと言ったらどうする？　それはどっちがしゃべっていると判断すべきか。ケンネットか、サビーネ・ヨンソンか。

だめだ、死ぬべき女に兄弟を繋ぐ役目は任せられない。ほかを探す。ヨンニーは、こんなことはまったく信じられない気持ちがある一方で、つねにすぐそばに兄の存在を感じていた。つまり、兄貴はまだそのあたりにいるってことだ。異なる次元に。そうじゃなきゃいけない。

ネットで検索すると、国中の霊媒師がヒットした。スコーネ県南部に限定すると20人ほどに減った。ほとんどはヨンニーが求めているサービスを提供していないので、さらに絞り込める。残った数人をざっと眺めながら、もしかしたらここにサビーネ・ヨンソンの広告があるんじゃないかという考えが頭をよぎった。霊柩車で走り回るような能天気な女とはいえ、居場所を探す人間に情報そのものを提供するなんて真似をするだろうか？　いや、さすがにそこまでの馬鹿はいまい。

最終的に4人の候補が残った。ボグダン、アンジェリク、ハリエット、そしてエスメラルダ。

ボグダンは即却下。ハリエットの名前には霊媒師らしい響きがない。アンジェリク？　ヨンニーの感覚では、その名前はポルノ俳優だった。それにこのポルノ会社は明らかにユダヤ系の経営だ。

残るはエスメラルダ。アラブかもしれないが、それは見てから判断すればいい。

55 スウェーデン

収入9000クローナ、うち半分が起業準備の経費に消える。フェイスブックへの支払いは明らかに賄えない。おまけに肝心の広告効果は急低下していて、長期的に見てこのビジネスに今後の発展は望めそうになかった。

しかし数日後、新たに3件の問い合わせがあった。はじめの2件は期待はずれに終わったが、3件目は悲劇的な事故で亡くなった兄との交霊を希望する男性からだった。いつものように、顧客から得る背景情報は交霊会成功に不可欠だ。エスメラルダはキッチンにすわり、コンピューター経由で男性に電話した。老人ふたりがいるリビングに戻ってきた時、エスメラルダは顔面蒼白だった。ユーリウスは安楽椅子にすわり、アランはタブレットを手に赤いバラの絵の白い棺桶で横になっていた。

「なにがあった?」ユーリウスが尋ねる。

サビーネは黙ったままだったが、アランが答えた。

フランスの新大統領が誰も聞いていないと思って汚い言葉を使っていた。それからドイツの首相がモスクワでプーチン大統領にLGBTQ問題について話した。アランはLGBTQがなんのことかわからなかった。北朝鮮の報道機関っぽい響きだが、まさかそんなことはないだろうね?

ユーリウスは、あんたに聞いたんじゃないとぴしゃりと言った。サビーネがひどくうろたえているのが見てわかんないのか?

いや、まったくわからないとアランは言った。棺桶の蓋が視界を妨げているものでね。だがサビーネが悩みを晴らしたいと言うなら、それは全員にとっての利益となる。一番の心配事はこのＬＧＢＴＱ問題以外だというわたしの考えは正しいだろうか？　だとしたら、わたしも最大限の支援ができる。この言葉の意味を教えてくれたら、なおのこと。

サビーネはアランの話をまったく聞いていなかった。必要な時はそうする術をすでに身につけていた。たった今、ヨンニーという名の顧客から交霊会の予約が入った。兄ケンネットを呼び出したいと。

「いいじゃないか」ユーリウスが言った。「ケンネットについてはなにかわかったかい」

「わかりすぎた」と、サビーネ。「あたしたちが作ったナチの棺桶に入るはずだった男よ」

「その後、わたしたちを襲撃してきたやつか？」と、アラン。

「いいえ、ケンネットは撃ってない。撃ったのは弟のほう。その弟が明日ここに来る。１時に」

56 スウェーデン

ヨンニーは市の南部でもツキに恵まれなかった。東部は明日回る予定だったが、ついでに今日下見をしておくことにした。どうせこれから霊媒師のエスメラルダのところへ向かうのだ。ヨンニーはケンネットを失った深い悲しみから救われたらいいがと願った。

エスメラルダに本当に宣伝どおりの力があるとしたらどうなる？　少なくとも、最後のお別れを兄に伝えることができて、さらに返事が聞けたら？　想像してみる。兄弟の間に両方向のコミュニケーションラインを築けたら、もうふたりとも寂しい思いをしなくていいのだ。

予定よりだいぶ早く着いてしまった。ローセンゴルドにあるエスメラルダのオフィスは、自宅兼用のようだった。ここから4、5ブロック先のはずだ。だが――あれは一体なんだ？

突然のことだった。ついに見つけた。

霊柩車。

駐車してある。

この車で間違いない。だが、近隣のビルはどれも大きく階数も多かった。1軒1軒ドアをノックして確認して回ることはできそうにない。

ヨンニーは自分の車から降りた。霊柩車に近づき、ボンネットに手を触れる。温かかった。ついさっきまで動かしていた証拠だ。フロントガラスには翌朝までの駐車券が置いてある。今日このあと使う予定はないのだ。

だとしたら、サビーネ・ヨンソンと仲間の連中が出てくるまで見張っていればいい。

「あわてて決めないことだ、ヨンニー」自分に言った。「あわてて決めないこと」

もうすぐ1時だった。エスメラルダが数ブロック先で待っている。

まずはエスメラルダのところに行こう。「あわてて決めないこと」

＊＊＊

測り知れない理由により、メーシュタで機関銃を手にしたナチが今度はマルメに姿を現し、霊媒師エスメラルダに狙いを定めた。偶然でこんなことが起こるだろうか？　偶然でもない限り？　偶然に違いない！

ユーリウスとアランの脳はたしかに老化し衰えてきているが、今回のことでは一切ぼろは出していないと思っていた。サビーネ・ヨンソンとマルメ中心部から南東に7キロ離れたアパートの間にはなんの繋がりもない。

賃貸契約の連絡先はユーリウスだけだ。ユーリウスとサビーネの繋がりも表には出ていない。会社にも、メーシュタのアパートにも。

「文字どおり、まったくなにもない……」ユーリウスは言った。

その時気づいた。アランもユーリウスもサビーネも、エスキルストゥーナの警察で身分証明書を提出した。あそこで警察のシステムに、ふたりと一緒に自分の名前が登録されたはずだ。だが、このヨンニーとかいう男がどうやってそのデータを手に入れる？

それでも結論として、ナチがエスメラルダに予約を入れた理由は、交霊会の最中に彼らをできるだけ多く死刑にするためとしか考えられなかった。

ただ、なぜ本名で予約を入れたのかは謎だ。

新たな結論として、結論を出すのは不可能だということになった。流れに沿って考えてみる。おそらくナチは本当に霊媒師を探していただけなのだろう。それでたまたまマルメに行き当たった。こんなことはとても信じられなかったが、ほかの選択肢も同じくらいに信じられないのだ。

「頭がおかしくなる」ユーリウスが言った。

「わたしもだ」アランが励ますような顔で言った。

「とっくにおかしいじゃない」サビーネが言った。

というわけで、段取りを決めた。

交霊会の間、エスメラルダことサビーネはひとりでナチ男ヨンニーに対応する。アランとユーリウスは状況が許す限り武装して別の部屋に潜んで待機。威嚇的な様子が見られたら、ただちに踏み出して、そして……どうする？

弱い。この計画ではだめだと3人とも自覚していた。それでもユーリウスは出かけて、野球バットとエアガンを買ってきた。

「金正恩《キム・ジョンウン》でもあるまいし」と、アラン。「わたしにはバットは無理。ピストルをくれ」

サビーネも自分にできる準備をした。コーヒーを作り、マグカップに睡眠薬4錠をすり潰して入れておく。われらが殺人犯候補が、殺人行為に至る前に眠気を催したところで、害にはなるまい。混入したコーヒーは、試しに少量なめただけで眩暈がするほどだったが、味のほうは問題なかった。

最後の最後に、霊柩車を4ブロック離れた場所に移動することを思いついた。万が一、運が自分たちに味方をしてくれた時に、寝た子を起こすようなことがあってはならない。

＊

時間がじりじりと過ぎていった。11時。11時15分。17分。12時10分前。12時20分。1時20分前。

1時ちょうどに、ドアチャイムが鳴った。

来た。

アランはエアガンを持ってキッチンに、ユーリウスは野球バットを手に玄関の物置に隠れた。サビーネはメダルやらなにやらで全身装備していた。交霊用の部屋はふさわしい暗さで、趣きある棺桶が隅に置かれ、没薬の香りに満ち、真紅の布で覆ったテーブルに温めた石が置かれていた。

サビーネは緊張してドアを開けた。そして歓迎の挨拶を――。

「ヴァルストローム外務大臣？　どうしてこんなところに？」

「ああ、おわかりいただけたのですね。ユーリウス・ヨンソンさんを訪ねてきました。お友達のアラン・カールソンさんも。わたしたち、ちょっとした知り合いで、お聞きしたいことがあったものですから」

サビーネはあらゆる事態に備えていたつもりでいた。だがこれは想定外だった。まさか外務大臣が偽名を使って予約するだなんて……。

サビーネの考えがさらにおかしなほうへ進んでいこうとしたその時、大臣の背後に別の人物がひょっこり姿を現した。ボディガード？　違う。

「こんちは。ヨンニーです。ここで合ってます？」

57

スウェーデン

ヴァルストローム外務大臣はベックマン警部を脅してカールソンとヨンソンに対する捜査を中断させたものの、本件をこのままにしておくつもりはなかった。スウェーデンに帰国してからのふたりに一体なにがあったのか？　居住していたと思われる店を何者かが機関銃で襲撃しているとは？

頭に浮かんだ恐ろしい考えに眩暈を覚えた。北朝鮮の諜報員がスウェーデン国内で活動していて、スウェーデン国民を処刑しようとしているとしたら？　つい最近も、北朝鮮国民がマレーシアで殺されているではないか。同様のことをスウェーデンでスウェーデン国民に行うと考えるのはやや論理が飛躍している気もするが、し過ぎているとは言えないのでは？

ただ……手法はどうだろう。毒殺から銃の乱射は飛躍し過ぎている？

カールソンとヨンソンが襲撃後、警察に通報しなかった点も解《げ》せない。恐れていた？　金正恩《キム・ジョンウン》やドナルド・トランプの前ではまったく動じている様子は見えなかった。ふたりより恐ろしい人間などいるだろうか？

こうした考えが頭からずっと離れない。ユーリウス・ヨンソンのマルメの住所は入手している。だが自分が不適切に外交パスポートを発行させた外交官ふたりの動向を、ある意味で私的に調査するために、ストックホルムからマルメまでわざわざ出向くことは考えられない。

なにか仕事にかこつける機会でもない限りは。

＊

過去1年以上にわたって、国境警備はデンマークとスウェーデン両国にとって悩ましい問題だった。困窮した難民がヨーロッパを縦断してデンマークに到着すると、デンマーク人は喜んで彼らをスウェーデン側の海峡にと送り出した。

それでうまくいっていた。うまくいかなくなるまでは。小国スウェーデンが、ドイツを除く欧州諸国全体を合計した以上の難民を受け入れた時点で、制度が崩壊した。難民が住める場所はもはやない。難民認定の審査は適切な時間で行える限度を超え、ましてや輝かしい未来を提供することは不可能になった。それだけではない。ひとりで到着する子どもたちは、ぎょっとするほどの割合で17歳の少年ばかりだった。実際に17歳かどうかは関係ない。彼らは世界のどこかもっとも悲惨な地域に住む家族から先陣として送り出される。故郷の家長は、持てる自尊心すべてを賭《と》して、残った家族の全員を生き延びさせることを使命とする。ほかの子どもたちは路上で育って犯罪者の学校で学ぶか、ヘロイン中毒になるしかない。それ以外に耐え抜く道がないのだ。

ほかの欧州諸国はお人好しなスウェーデンを笑った。反して、全EU加盟国がスウェーデンとドイツに倣えば難民問題は解決しうると考える国はほとんどない。審判の日が来る前に金の星を集めておく考えは、もう古いのだ。

ともかく。スウェーデンは強制的に隣接国デンマークとの国境を閉鎖した。何人《なんぴと》も、はじめに徹底的な審査を経てからでないと橋を渡ることを許されない。何千もの人々が2国間を行き来し、ひどい待機状態を強いられた。

結果はたちまち表れた。スウェーデンは地上の楽園としての名声を失い、亡命希望者の数は全体のほぼ全員から限りなくゼロにまで落ち込んだ。一方で、大都市マルメとコペンハーゲンの中間地点は大混乱をきたした。過去数十年ではじめて、スウェーデンとデンマークは自由気ままな往来が不可能な、ふたつの異なる国家だったと認識される事態になった。肌が何色だろうと関係なく。

しかし今、そうした関係性にも雪解けの時期がやってきた。スウェーデンは身分証明書の提出をデンマーク側において要求することを停止する案を検討している。そのかわりスウェーデンはより効率的な国境警備の体制を再整備し、そのための新たな財源、人材を投入する。と、長々説明してきたが、つまり、首相は外相にマルメで国境警察に新たな政府方針の説明を行うための出張を命じた。加えて、可能であれば、期間内に準備できるわけがないと不安を抱える公務員を安心させること。外相は諸外国の論調を一蹴し、勤勉な公務員諸氏に対して、より大きく包括的な世界の重要な一役を担っていることを理解させるのだ。

政治家はこれを「出席証明」と呼ぶ。

外相は民間機でストックホルムからマルメに飛び、国境警察との会合を成功裡に終わらせた。帰りの便まで、3時間ほど空き時間がある。しばらく考えて、警護チームにこのあとマルメで個人的な所用を済ませたいと告げた。

所用とは？　警護員は詳細を知りたがった。外相は古い知人を訪ねるだけだと言い（ただしどのくらい古いかは言わず）、危険はないと請け合った。説明を受け、警護員は外相が希望する住所まで同行すると、ビルの前で任務を離れた。安全確保は重要だが、個人としての誠実さも同様に重要である。

58

スウェーデン

ヨンニー・エングヴァルは玄関に立つふたりの女のうちひとりに見覚えがあった。どちらがエスメラルダかは一目瞭然だ。首に金ぴかの飾りをかけているほうだ。もうひとりはもっと会社やなんかで働いていそうな雰囲気で、こちらの顔に、なぜかなじみがあるのだった。

マルゴット・ヴァルストロームは顔色を変えた。状況は一転、安全を確信できなくなったと感じた。背後に突如現れた男は、革の服に身を固め、総じて荒っぽい雰囲気を漂わせている。外相はサビーネに向き直った。

「先ほども言いましたが、ユーリウス・ヨンソンとアラン・カールソンを訪ねてきました。でも、お客様のようですから、わたしはまた出直してまいります」

サビーネはとっさに考えを巡らせた。「ここにはそんな名前の人間はおりません」

しかしヨンニー・エングヴァルは聞き流したりしなかった。ヨンニーはヨンニーでぴんとくるものがあった。

「アラン・カールソンだって？」ゆっくり繰り返す。

霊柩車が停まっていたのはほんの数ブロック先。俺はなんて馬鹿だったんだ。

「俺もアラン・カールソンってやつを知ってる」ヨンニーは続けた。「ストックホルムの北で棺桶を作る会社の役員に名前があった。その棺桶会社は霊視をしてる別の会社と繋がりがある……」

「一体なんの話を――」サビーネは最後まで言わせてもらえなかった。

「そしてカールソンの霊柩車が、すぐその角を曲がったところに停めてあった」

「霊柩車？」サビーネは、すっとぼけて言った。

「霊柩車？」ヴァルストローム外相は、より本心から言った。

しかし、見知らぬ男はそこでナイフを取り出した。

「ご婦人がた、こっちを向いたままゆっくり中に入っていただけるかな？　話し合いたいことがある。今日はついてる日だ」

最後の言葉は的確とは言えなかったが、ヨンニーはまだそうと知らない。

ヨンニーは兄と繋がれるはずだった時間がなくなってしまったと気づき、内心では悲しい気持ちになった。その悲しみが怒りに変わる。気持ちが昂《たかぶ》り、声の調子も変わった。

「他人様《ひとさま》を刺し殺すなんて何年かぶりだから、さぞいい気分だろう。だがその前に教えろ。俺が棺桶を注文した時に電話を取った男はどこだ？　名前はカールソンだな？　お前らふたり、いっぺんに殺《や》ってやる。あと、あんたもだ」ヨンニーは外相のほうを見て言った。「前に会ったことがあるか？」

マルゴット・ヴァルストロームは、アラン・カールソン一味とは関わり合いになるべきではないと嫌というほど知っていたはずだった。だが時すでに遅し。唐突に、通りで待つ警護員たちがはるか遠くに感じられる。自分の身分を明かしたら、果たして生き残れる可能性は上がるのか下がるのか。外相は心を決めた。

「おもしろいこと」外相は言った。「わたしもそうではないかと思っていました。ひょっとして、マドリッドのスウェーデン大使だったことはありませんか？　そうだとしたら、わたしたちは同僚です。わたしは、ストックホルムで外務省トップを務めています」

ヨンニー・エングヴァルは一瞬混乱した。

「外務大臣ってことか？　ちくしょう、一体どういうことだよ？」

サビーネはこの隙を見逃さなかった。「おふたりとも、お静かに。今、繋がっているのを感じます。ケンネット？　あなたですか、ケンネット？」

狙いどおり、効果抜群だった。ヨンニーは完全に気を逸らされ、サビーネが両手を高く掲げ宙を仰ぐと、目を大きく見開いた。サビーネの動きは薄暗い部屋では不気味さすら帯びていた。長い影がそばの棺桶に落ちる。

サビーネのはったりは、ヨンニーを10秒以上騙し続けることはできなかったかもしれない。けれども、外相はその半分の時間で状況をすばやく察知し、そして起こるべきことが起こった。外相ははじめの2・5秒で、大声で悲鳴を上げれば外の警護員が聞きつけて救助に来てくれるだろうかと考えた。つぎの2・5秒でその考えを捨て、隣の机に置かれたテーブルランプを引っ掴むと台座部分で思い切りナチの頭を殴った。

ヨンニー・エングヴァルは床に倒れ込み、失神したか死んだか――あとで確認しなければいけない。

「手を挙げろ！」

アランがエアガンを手にキッチンのドアから飛び出してきた。

「あんたは、俺がやつの頭をバットで殴る前に出てきて気を逸らす段取りだったはずだ。後じゃなくて」反対側のドアから出てきたユーリウスが言った。

「そしてあなたがやつの頭をバットで殴るのは、大臣がランプでそうするより前じゃなくちゃいけなかった。後じゃなくて」サビーネが言った。

それにしてもいい当たりだった。大臣の一撃は。マルゴット・ヴァルストロームは、テーブルランプを手に茫然自失の状態だった。

「よくやった、マルゴット」ユーリウスが言った。「マルゴットとお呼びしてよかったかな？」

大臣は頷いた。「ええ、ぜひ」

礼儀作法は、大臣の重要事項リストの下位にある。

アランとユーリウスはそれぞれの潜伏場所で、表の劇的な展開に耳をすませていた。外務大臣は一体どこから出てきたのだ？

本来の計画では、アランがリビングに通じるキッチンのドアから出ていき、エアガンを振りかざすことになっていた。ナチが銃を持った１０１歳などなんの害もないと気づくまでの数秒で、ユーリウスが野球バットでぶん殴る。

「なんだかんだで、うまくいった」ユーリウスが総括した。「アランは鈍臭くて役立たずだったな」

「あなたも」と、サビーネ。

「本当にうまくいったのかしら？」ヴァルストローム外相が言った。「わたしの足元に、死んだかもしれない人が転がっているんだけど。わたしが殺したかもしれないんだけど」

「まあまあ」と、アラン。「そんなに小さなことで、良い気分に水を差すものじゃない」

「呼吸してるのが聞こえるから大丈夫」サビーネが言った。「ところで、ちゃんとご挨拶をしていなかったわ。サビーネ・ヨンソンと申します。ユーリウスと同じ名字ですが、結婚しているわけではありません。まあ、何事も遅すぎるってことはないけど」

外相はぼんやりとサビーネの差し出した手を握った。「マルゴット・ヴァルストロームです」

「ええ、存じてます」

「本当に俺と結婚したいのか？」ユーリウスが言った。顔が輝いている。

「あら、もちろんよ。愛しいユーリウス」

ショックでぼんやりしていた外相が、ふとわれに返った。

「お願いだから、プロポーズはまた改めてにしていただけます？　本格的におかしくなりそう」

　この場にいるのが、精神的に限界すれすれの外務大臣と互いのことしか目に入っていない新婚ホヤホヤカップルである以上、場を取り仕切るのはアランの仕事だった。

「この場はわれわれが可能な限りきれいに後始末をすることにして、大臣にはすべて見逃していただくのが最善と思うのだが、どうだろう。マルメ郊外の交霊会の部屋で失神したナチに関連して、大臣がスウェーデンと世界に向けて説明することは、個人的にもキャリア上も、なんの利益にもならないと推察する」

「でも、さすがにこのまま……」外相が言う。

「立ち去る？　いい考えだ」と、アラン。「ナチを独力で排除したのがスウェーデンの外交を牽引するお人だったのだから、文句なしだ。大臣がなさったことの意義はたいへん大きいが、いかんせんやり方があまり外交的ではなかった。こんな滅茶苦茶な話、ほかにお聞きになったことはありますかな、大臣殿？」

　いや、ない。

　アランの考えでは、大臣は帰る前に少なくとも説明を聞く権利がある。アランは手短に説明した。どのように自分とユーリウスがメーシュタに行き着き、サビーネに会い、多少の個性を持たせた棺桶を売る冴えたビジネスアイデアに協力し、たまたまたったの一度だけ手違いがあり、その結果今床で寝ている男にあり得ないほどひどく恨まれ、銃を乱射され、逃げ出したか。

「なぜ警察に通報しなかったんです？」マルゴット・ヴァルストロームは言った。

「警察なんてとんでもない！」ユーリウスが言った。「必要がなければ警察を呼んだりするもんか。あったって呼ばない」

「でも……」と、外相。

そこまでだった。意識を失い床で伸びていた男がかすかに動き出した。呻き声を上げ、なにか言った。サビーネが駆け寄る。

「ナチさん、さあ、起きてすわって。そうそう、床の上でいいから。頭がすっきりするように、コーヒーをどうぞ。」あんなふうに頭を閃光に打たれたなんて、信じられる？」

「コーヒー？」外相が言った。「それは本当に……」

賢明か、と外相は問うつもりだった。けれどもヨンニー・エングヴァルはすでに起き上がり、マグカップを手にしていた。

「閃光って？」必死で自分がどこにいるか思い出そうとしている。

睡眠薬の入ったコーヒーを一気に飲み干すと、まだぼんやりしたまま、多少の抵抗はしたもののユーリウスに後ろ手に縛られた。

「なにをする？」ヨンニーは言った。「おまえは誰だ？　ここはどこだ？」

「これで大丈夫」サビーネが言った。「この人今、睡眠薬を4錠飲んだから、あと数分でまたむにゃむにゃ言ってしばらくのあいだ眠り込む」

外相はこの時点で限界だった。これ以上聞きたくないし、関わりたくもない。アランに向かって言った。「カールソンさん、この先どうするか、計画を教えていただけますか。わたしの警護員が外に

2名控えておりますが……」

「警察はだめだぞ」ユーリウスが言った。

アランは、できることなら、自分のことは自分でできそうな大臣は、ここには無用の警護員を引き連れて、ただちにお帰りいただくのが良いと提案した。残されたわれわれは、史上最高の眠気に襲われているナチに最善の方法で対処する。大臣が心配することはなにもない。たしかに自分の周辺では過去何年かのあいだに事件がひとつふたつ起きてはいるが、どうもこの性格のおかげで生き延びるのを許されているようだ。いや、価値があるからじゃない。一般的な良識というやつだ。

一般的な良識？　外務大臣ヴァルストロームは目を閉じた。自分のキャリアはもう終わりだと感じていた。一体なにを間違ってしまったんだろう。少なくとも道徳的観点で言えば、なにも間違ってなどいない。ただ、地球にささやかな平和をもたらしたいと、それだけが目的だったのに、どうしてこんなことになったのか。

すべてが明るみに出たら、どれほど謝罪と説明を繰り返したところで不十分だろう。これまでの経験で学んだメディアの原動力の本質が正しければ、自分は新聞やテレビできっと徹底的に叩かれる。

おかしな話だが、すべてを失ったという認識が、逆にヴァルストロームを冷静にさせた。自分がしたことに誇りを持ち、まっすぐ前を向いて地獄へと進んでいこう。

ただ、それが現実になるまでは、最善を尽くさねばならない。明日にはブリュッセルで外相会議がある。来週は、首相とフランス新大統領の政権の滑り出しと、近く行われるドイツ総選挙への関与について分析する会議が連日続く。予定を組んだ段階では、ＥＵ全体の未来は危機に瀕していると予測していた。後日、現アメリカ大統領はいかれているという認識に至った。ゆえに世界の未来は、いっそうヨーロッパの未来にかかっていると言える。スウェーデンはそのすべてにおいて重大な役割を担う。たとえ同国の外務大臣兼国連安全保障理事会代表が、マルメ郊外のアパートで、ぶちのめされたうえ薬を盛られて床に転がるネオナチを前に立っていたとしても。

「ちょっと聞いてくれ」しばらく離れていた黒いタブレットを手に取る時間を見つけたアランが、さっそく言った。「ドナルド・トランプが国務長官にＩＱテストを受けろと言ったそうだ」

今、なんと言った？

だめ、こんなにあっさりと自分の使命をあきらめてはいけなかった。世界はまだマルゴット・ヴァルストロームを必要としている。そうよ、そうだった。「では、わたしは帰ります」外相は言った。

通りに車を停めて待機していた警護チームのところへ戻る。

「なにも問題はございませんでしたか、大臣」チームのひとりが言った。

「もちろん」マルゴット・ヴァルストロームは答えた。「あるわけないでしょう？」

＊＊＊

外務大臣と警護員は去った。アランとユーリウスとサビーネは、床で眠るナチを取り囲んで立っていた。この男が目を覚まして正気に戻る前に、ここから連れ出してどこかに捨ててくる必要がある。

「絨毯にでもくるんでいくか？」ユーリウスが言った。

「この家にあったらね」と、サビーネ。

「わたしの棺桶を貸してやってもいい」と、アラン。

サビーネの顔が輝いた。「最高！　アラン、あなたはじめて意味のあることを言った！」

ユーリウスとサビーネは意識を失った男を抱え上げて運んだ。アランは横でナチのポケットを探る。

「なにしてるんだ？」ユーリウスが言った。

「敵を知るのさ」と、アラン。

車の鍵、嗅ぎ煙草の缶、運転免許証とクレジットカードと現金３７００クローナが入った財布を見つけた。「ありがとう、ヨンニー・エングヴァル」アランは免許証の写真に向かって言った。

現金を財布から抜き出すと、あとはゴミ箱に捨てた。

なんとかナチを棺に納めると、サビーネは１０１歳老人を黒いタブレットとともにキッチンのテーブルにすわらせ、つぎの指示があるまでは動くなと命じた。これはアランにも好都合の提案だった。

ユーリウスには３人の持ち物を買ったばかりのスーツケースに詰め込む任務を課し、サビーネは霊柩車を取りに行った。昼日中に、棺桶を持って４ブロックも５ブロックも歩くわけにはいかない。棺運搬人の役目は自分とユーリウスが引き受け、スーツケースを転がす係はアランに任せた。


外務大臣とナチのために開いた交霊会から１時間半後、３人はアパートをあとにした。ユーリウスとサビーネは眠りこけるナチで満杯の棺桶を汗だくで運び、アランはその後ろを鼻歌まじりについていった。アパートの正面玄関までは半フロア分階段を下りるだけだったが、ひと苦労だった。当然のことながらご近所さんにも会った。両手に買い物袋を提げた女性が、棺桶を見てひっと声を上げた。

「薬を過剰摂取した」アランが言った。「ヘロインだよ。おそろしい薬だ」

女性はなにも答えなかった。おそらく外国人なのだろう。

「ヘロインスキ」念のため、スロベニア語で言い直しておいた。

59 スウェーデン、デンマーク

アランとユーリウスとサビーネは、霊柩車の前部座席にぎゅうぎゅう詰めですわっていた。後部座席はナチが占領していたからだ。

10分後、意識のない厄介者とは無事に別れることができた。今ではヨンニー・エングヴァルは、繁華街からほど近く、うまい具合に誰もいない公園のベンチにすわっている。ユーリウスとサビーネが愉快とは言えない作業をしている間、アランは車の座席で白いプラスチックカップを見つけて、ナチの手にそれを持たせた。たちまち、仕事中に眠りこけてしまった物乞いのできあがりだ。

「あまり長くここにすわっていないほうがいいぞ、ヨンニーくん。風邪を引く」それがアランの別れの言葉だった。

状況は相変わらず予断を許さないほどに入り組んでいた。ナチ問題はもちろんすでに遠い過去の話だが、事態収拾に奔走し、新鮮な空気を吸っているうち、サビーネの脳はふたたび働き出した。

今こそ、新たな未来のために脳を使う時だ。そうだ、少なくとも、大事なことを考えるために。最善のシナリオ、すばらしいアイデアのために。

サビーネは心を決めた。

ユーリウスはサビーネが新たな目的地を見つけたことに気づいたが、新たな一手のアイデアは彼女のものだと考えて、口は出さずにおいた。

マルメを出て高速道路に入り、気づけばデンマークに向かう橋に近づいていた。サビーネは減速して橋の通行料金を用意した。

「これまでのことを考えたら、国境を越えるのが一番だと思う」サビーネが言った。

「デンマークか」と、ユーリウス。

「デンマークは大好きだ」とアラン。棺桶に戻ってすっかりくつろいでいる。「と思う。まだ行ったことがないからな。いや、あったかな？」

「デンマークじゃ近すぎる。あたしたちを殺したがってる連中から逃げなくちゃいけないのよ」サビーネが言った。「それに食べていくためのお金が欲しいなら、今のビジネスモデルじゃ絶対に無理」

サビーネは続けた。あちこち話が逸れながらも、自分たちの未来について大いに語った。すべて、ナチが頭にテーブルランプの一撃を喰らった時に思いついたのだと。

「あのランプは落ちるべき場所を心得てたな！」アランが言った。「わたしが来年まだ生きていたとして、社会民主党に投票しなかったら、間違いなく呪われる」

「アランも選挙に行ったりすることがあるのか？」ユーリウスが言った。

「わたしが知る限り、ない」

サビーネはふたりに少し黙っていてと言い、話を続けた。「ともかく、少し考えたの。これ以上、霊柩車を乗り回してるわけにはいかない。間違いなくナチにはすぐ見つかるし、きっと前よりもっと怒ってるだろうし」

アランは、ナチがどのくらい怒っているか、金正恩《キム・ジョンウン》とドナルド・トランプとの比較で語ろうとしたが、黙っていろと言われたのを思い出してやめた。

「つまり、霊柩車はもう終わり」サビーネは繰り返した。「そしてスウェーデンももう終わり」

アランは棺桶の中で体を起こした。どうやらおもしろい話になりそうじゃないか。口を挟まずにいられなくなった。「お若いサビーネお嬢さんは、なにかいい考えがあるようだね？」

「そうみたいだな」ユーリウスも頷く。

サビーネも頷いた。交霊会ビジネスが花開き、1週間どうにか生き延びたのなら、そろそろ国際的に考えるべきだ。広く大きな世界に出れば、ナチと仲間の連中からは見つかりにくくなる。反面、心霊術業界での競争は、自国に留まりつづけるよりもずっと厳しくなるだろう。どんな死に方をしたかを前もって聞き出せた霊だけを呼び出す、出たとこ勝負のようなやり方ではとてもやっていけない。

「俺たちに必要はものはなんだ？」と、ユーリウス。

「商品開発」と、サビーネ。

「それで、この美しき緑の地球上のどこが、俺たちにとって最高の商品を開発できる場所になる？」

「ちゃんとすわってる？」サビーネが言った。

「ご覧のとおり、すわってるよ」と、ユーリウス。

「ちょうどまた横になったところだったけど、そういうことなら」アランは言って、起き上がった。

「よろしい。今向かっているのは、コペンハーゲン空港。そこにこの霊柩車を永遠に駐車しておいて、ダルエスサラーム行きの飛行機のチケットを3枚買う」

「ダルエスなんだって？」ユーリウスが言った。

多種多様な性質の挫折を経て、ゲンナジー・アクサーコフは今一度勝利の匂いを嗅ぎ取った。それも世間を騒がせる類いの。ドイツのメルケルが敗北に向かっていると認識しているのは、この世で自分ただひとりのようだ。勝利とは、勝ってその後の支配が不可能ならば勝利とは言えないのだ。

ゲンナジーは、異様なほど大量の金を自分と親友のために管理していた。全資産が海外で安全に守られている。ゲンナジーのフィンランドのパスポートによって、安全性はより増しているとも言える。世界がロシアやロシア国民にどんな制裁を課そうと、フィンランド人アクサーコフの資産を凍結することはできない。ゲンナジーは財政的には安全だった。つまり大統領も。

近年、ふたりはいくつかのレベルで成功を収めていた。11万6千のツイッターアカウントを駆使して、アクサーコフと部下のインターネット部隊はイギリスのEU離脱に関する国民投票を前に、有権者に働きかけを行った。すべてを自動生成のボットアカウントに頼るのは素人の技で、すぐに見抜かれる。完璧なバランスとは、完全自動生成、半分自動生成、100パーセント人力のアカウントの組み合わせだ。ただし発信するメッセージは統一する――イギリスはヨーロッパに背を向けよ。

投票結果が「52対48」で離脱と判明すると、ヴォロージャは喜びに声を上げて笑い、ゲーニャの背中を叩いた。ゲーニャは謙遜して答えた。たとえ自分がなにもしなくとも、結果は容易に「51対49」になったと思われる。

イギリスのEU離脱決定からしばらくして、今度はアメリカ大統領選挙があった。恐ろしいほど良い結果になり、それが今では単に恐ろしいことになっている。

オランダとフランスの議会選挙は、ゲーニャとヴォロージャの手にも負えない結果となった。オランダでは、モスクワから甚大な支援を送ったにもかかわらず、自由党は政治的混乱を引き起こすほど勢力を増大させることができなかった。中道右派の第一党、自由国民民主党《VVD》はその後２００日もの時間を要し、どうにか連立政権を成立させた。

フランスではあやうく不戦敗を喫するところだった。計画では、まず左右両派をともに支援し、論争で潰しあいをさせている隙にマリーヌ・ル・ペンを突進させ、残った対抗馬１頭と戦わせて、その時点でロシアが対抗馬を沈ませるはずだった。しかしこの馬は、モスクワが沈ませるまでもなく失態を演じて自滅し、代わりの馬が道のど真ん中を歩いてどこからともなく現れた。ゲーニャが体勢を立てなおす間もなく、けっきょくフランスには親ＥＵ大統領が誕生するに至った。下世話な連中がマクロンは同性愛者だとニセの情報を流したが、マクロンと支持者たちを逆に燃え上がらせただけだった。フランスで自分を捧げられるものがあるとしたら、多種多様な選択肢があるロマンチックな出会いだ。

このへまに続いて、スウェーデンでの大失敗もあった。４００万ユーロをネオナチに投資したはいいが、その謝礼に本人が死んでみせた。機密報告書の一致した見解によると、遺された弟は兄の死のあと葬儀会社を襲撃して滅茶苦茶にしている。

この件でもっとも信じがたい話は、弟（兄同様ナチ）が殺そうとした相手が、アラン・カールソンとその一味だった件だ！　平壌《ピョンヤン》で大騒動を引き起こしたあの１０１歳の老人は、外交官に昇進し、どうやらその時点で件の葬儀関連会社に入社していたようだ。結果、カールソンはごく短期間のうちに２度もロシアの国家的利益に反する行動を起こしたことになる。

これらはすべて、スウェーデン外務大臣が不注意にも省内で盗聴防止のされていない電話機を用いて某警察官と交わした通話内容を傍受し、導き出された結論である。金正恩《キム・ジョンウン》はおそらく正しかった。例の老人は追跡して捕らえ、喉を掻き切っておくべきだった。しかし現時点では、ふたたび所在不明となっている。

ゲンナジーは1、2週間待つことにした。その後再度、亡きネオナチの生きた弟に連絡を取り、投資の期限と条件を繰り返し聞かせてやる。あるいはほかの選択肢として、等式からこの男を消す。

待っている間に、近く訪れる復讐の時を思って楽しむことにした。誰もがドイツ総選挙について、社会民主党候補は弱すぎる、メルケルの勝利は明らかだと言う。ゲンナジーの見通しは違う。社会民主党は、選挙で大敗した場合メルケル政権内に留まることを拒否する。なにをしたところでけっきょく政治的自殺だからだ。ロシアの戦略は、すでに弱体化している与党をさらに弱体化させること。同時に極右愛国主義政党のAfDこと〝ドイツのための選択肢〟を堅実かつ秘密裏に支援する。これで、ロシアは実際にメルケルには指一本触れずに2点攻撃ができる。メルケルは選挙には勝つだろう。しかし連立政権を成立させることはできない。これが理解された時、メルケルもついに断念する。ロシアがなにより必要としないもの、それはベルリンの絶対無敵の女だ。

「社会民主党は、最新の世論調査でさらに3パーセント以上支持率を下げた」ゲンナジー・アクサーコフは大統領に言った。「そのうち2パーセントは、われらが友のAfDが引き受けている」

「天才だな、ゲーニャ」プーチン大統領が言った。「前にも言ったかな？」

「何度もだ、大統領閣下」親友が微笑んだ。「あまり何度も言うから、そろそろ信じようかという気になってきた」

61 デンマーク

サビーネは運転席で黙ったまま、自分が下した国外移住の決断についてあらためて考えた。車は橋を渡り、コペンハーゲン空港に向かうトンネルを進んでいる。

あまりにも長い間タンザニアのオレコリンコのことばかり考えていたので、これぞすべての問題の正しい解決策だと、気持ちが高まっていた。タンザニアという国にも、良い点はたくさんある。たとえばナチズムはいまだ誕生していない。標高が高いためヘビもあまりいない。ヘビは、サビーネが広い意味でナチ以上に嫌いなもののひとつである。サビーネの嫌いなものは順番に、ヘビ、ナチ、戦争、死に至る病だ。カールソンが惜しくも5位。戦争と暴力はタンザニアが提供するもののリストには載っていない。残るは死に至る病だが、あの国にはそうしたものを癒す業《わざ》があるらしい。母の話をすべて鵜呑《うの》みにすれば、オレコリンコの治療はまさにそうなのだが、当然鵜呑みにはしない。

サビーネはすでに調べをつけ、新たなインスピレーションの源を見つけていた。国境を挟んだすぐ隣のケニアでハンナという女性が手がけるビジネスのサイトだ。みずからを女王《クイーン》と呼び、月曜から金曜まで病気の治療、除霊、燃え残った炭のお告げで人生相談を行うほか、追加料金を払えば、さらに深刻な病である癌やエイズも治療しているのだ。土曜は休日で、日曜には教会に通う。念のために。

ハンナは、希望者には喜んで瀟洒な自宅や15台の自家用車を見せる。「わたしは呪術師で、この仕事に長けています」ずらりと並ぶ車の間で、繰り返し口にする。「父と子と聖霊の御名《みな》において」

ハンナにはいろいろな面で感心させられた。ただ、人の注目を集める点ではまだ不十分だと思った。

サビーネは、この業界の厳しさをすでに熟知している。

圧倒的指導者として隠遁生活を送るオレコリンコの手法は、ハンナのビジネスと大きくかけ離れている。セレンゲティ国立公園のサバンナにテント村を立ち上げ、メインテントのほか、サブテントを研究室にして奇跡の薬を作っている。調合方法は明らかなものも、一部秘密のものもある。

ひとりから受け取る報酬額はわずかだが、その分大きな集団を相手にする。薬はテント村の内部で、指導者オレコリンコの祝福を受けた時しか効果がないと謳《うた》う。

サビーネはオレコリンコのそのビジネスをもっと知りたいと思った。大人数の集会は、現代ヨーロッパの交霊会業界では新しさがある。サビーネの母にはそれがわかっていたのだ。そしてこれこそがサビーネが進む道でもある。愛する助手と、こちらの意向もおかまいなしになぜかふたりにくっついてくる101歳老人とともに。

62

スウェーデン

ヨンニー・エングヴァルは、自分が持っていたと思しき白いカップに誰かが5クローナコインを入れた拍子に目が覚めた。ここはどこだ？　すごく寒い。コインを入れたのは誰だ？　しかも、なんで？

ヨンニーはテーブルランプと睡眠薬を過剰摂取した副作用に苦しんでいた。ただ最初の一件は覚えていないし、つぎに見舞われた一件も推測の域を出ない。

自分はどこか公園のベンチにすわっているのだと気が付いた。どこかがわかる前に、誰かが急に目の前に屈み込んできた。

「あなた、どうしたの？」

女だ。ほんの数センチしか離れていないところに顔がある。誰だ、この女？　なにが起きている？目の焦点が合うと、人格も戻ってきた。「なんだってんだ？」ヨンニーは言った。「おまえには関係ない。キモい顔見せやがって」

女は公園のベンチで眠り込む物乞いの男を哀れに思い、財布にコインを見つけて恵み、眠っていた男が目を覚ましかけているのに気が付いたのだ。ひどい有様。かわいそうに。

「まあ、なんてこと」女は言った。「わたしに腹を立てる理由なんてないでしょう？　ちょっと歩きましょう。ちょうどいい店があったら、温かいスープをごちそうするから」

スープ？　ヨンニーはぼんやりする頭で考えた。必死で立ち上がる。女が手を貸した。

「どけろ。あんたの助けはいらない」ヨンニーに押しのけられた善きサマリア人の女は、あやうく転びそうになった。

ヨンニーのおなじみの口調が戻ってきた。自分は誰で、この手の中のナイフがなにをしたがっているかを女に教えてやった。女は恐れて1歩下がり、また1歩下がった。それでもなお勇敢だった。

「お望みのとおり、どけましょう。でも、スープはどうするの？」

ヨンニーはアメリカ製アーミーナイフの磨き上げられた30センチの刃を出して、女の喉元に突き付けた。「もういっぺん『スープ』と言ってみろ」

女は言わなかった。なにも言おうとしなかった。ヨンニーは女を傷つけることはせず、その場を立ち去った。ともかく頭が痛くてなにもできない。

数ブロック先で、頭がふらふらしたままのナチはカフェを見つけて入った。サンドイッチとコーヒーを注文し、気を取り直す。

今の今までヨンニーは、埋葬の日に兄の体面をひどく傷つけた人間を殺してやると奮闘するあまり、視野狭窄の状態に陥っていた。

しかし、自分に課したその闘いをまさにやり遂げんとしたその瞬間、青天の霹靂《へきれき》としかいいようのない閃光に打たれた。このままで終わらせるわけにいかない。終わらせるものか。それに、400万ユーロを手にしてケンネットの遺志を果たすのだ。

ヨンニーは馬鹿なわけではなかったので、自分は霊媒の女と外務大臣にやられたのだと理解していた。断じて軽視できることではない。優先事項のリストから外すつもりも毛頭ない。400万とそれでなにをするかは、とりあえず後回しだ。外務大臣は今後もし道ですれ違いでもしない限り生かしておいていいが、あのクソ霊媒師と仲間の連中はだめだ。絶対に許さない。

まずは見つけ出す。数日、数週間、数か月かかったとしても、かまうものか。携帯電話に重大ニュースが表示された時にも、ヨンニーはその思いを強くしていた。

新たなテロ事件発生か。コペンハーゲン空港にて。

コーヒーとサンドイッチはあとだ。

63 デンマーク、スウェーデン、ドイツ

サビーネは、短時間のうちに2度もアランの働きが役に立ったと認めざるを得なかった。運転席からアランに、タブレットでダルエスサラーム行きの一番早い便を検索するよう指示すると、これからすぐにあると答えが返ってきた。フランクフルトとアディスアベバで乗り換えがあり、やや遠回りにはなるが、問題ないだろう。ただ、間に合うように空港に着けるかどうか。サビーネはほんの少し速度を上げ、到着後は即座に、可能な限り創造的に駐車しようと決意した。

　コペンハーゲン空港ターミナルすぐ外の路上に、ちょうどいい場所を見つけた。駐車禁止の標識２本と進入禁止のコーンの間を塗ってジグザグ気味に入れる必要があったが、見事やり遂げた。合法性に対してつねに批判的なユーリウスでさえ感銘を受けるほどだった。

　カウンターでチケットを買った。荷物は機内持ち込みで収まるはずだが、その必要すらなかった。アパートを出る時、ほかのふたりの手が塞がっていた中、アランが３人分の荷物を入れたスーツケースを忘れてきたからだ。

「たったひとつのことも覚えていられないわけ？」サビーネが言った。「たったひとつ」

「たったひとつで、ほかにはなにも忘れていない。希望の兆しだ」アランが言った。

　しかしこれがむしろ幸いし、チェックインがスムースにいった。空港到着から20分後、３人はフランクフルト行きの飛行機の２列目の席に収まった。

「シャンパンはいかがですか？」客室乗務員が言った。

「まさか、読心術がおできになる？」アランが言った。

　空港閉鎖の直前、ぎりぎり最後に出発したのはルフトハンザ航空８３１便だった。すでに引き上げられていた危険警戒レベルは、ストックホルムでのテロ事件を受けてさらに厳重になっていた。そこへ、ターミナル3の入り口のすぐ外に、特徴的な駐車違反をしている疑わしい車両が発見された。

デンマークでは一般的に、隣国スウェーデンは24時間態勢で自爆テロリストを輸入していると信じられている。シリア内戦では、デンマークの全人口を上回る数の人間が、戦車や爆弾や化学兵器の空爆を逃れて国外へ避難している。ほとんどがトルコに行き着くが歓迎されず、多くはそこからハンガリーの電気フェンスや狙いを定めた催涙弾などの罠を全力で避け、さらに北を目指す。

ポケットに6000ドルを入れている人たちは、催涙弾に見舞われることなくより遠くの国へ逃れることを許されるが、行った先の国でも歓迎されることはない。たとえばデンマークでは、そのままさらに先のスウェーデンへと案内される。そしてスウェーデンでは、誰もこれ以上先に逃げる場所を知らない。それでもスウェーデン人は電気フェンスや催涙弾に反対し、命からがら故国を逃れてきたと主張する人々が実際はテロリストだと確定できない以上、彼らの頭上に屋根を提供することに決めた（選ばれし少数の賢明なスウェーデン人は、テロリストへの訓戒として可能な限り難民キャンプを焼き払うことに力を尽くす）。

こうした経緯から、デンマーク人はスウェーデンナンバーの霊柩車には爆薬が満載されており、甚大な被害をもたらす恐れがあると結論づけた。出発便はすべてキャンセルされ、到着予定の便の航路が変更された。空港内の人間は避難させられ、警察は爆弾探知ロボットを配備した。

警報発令からわずか数分で、インターネットにニュース速報が流れた。不審な黒い霊柩車が数千人の旅客に危険が及ぶ位置になんらかの意図を持って配置されている。

「おい！　そんなところにいたんだな！」ヨンニー・エングヴァルは声を上げた。「飛んで火に入る夏の虫ってところか。間抜けな年寄りどもめ」

サビーネ・ヨンソンの一味はほかの旅行客と一緒に空港で足止めを食らっているはずだ。数キロ離れた場所にある車を取りに行くため、タクシーを止めた。

「ローセンゴルドまで頼む」

到着後、当然運転手は料金を請求した。しかしヨンニーはポケットに財布も車の鍵もないことに気づき、運転手に、自分の車のトランクをこじ開けてくるから待っててくれと言った。取ってきた機関銃の助けを借りて、ヨンニーは運転手の気を変えさせた。

「名前は？」ヨンニーは運転手の額に銃口を押し当てて聞いた。

「ベングトです」運転手はそう言って泣き出した。

「よろしくな、ベングト。あんたは見返りなしに俺をコペンハーゲン空港まで乗せていくってことで、俺たちふたりの意見は一致したよな」

「殺さないで」

「同意の意味と取る」

＊＊＊

オーレスン橋が近づくと、ベングトは通行料金を用意するため速度を落とした。

「まさか橋の金なんか払って、スウェーデンを太らせるつもりじゃないだろうな？」ヨンニーが怒りを含む声で言った。

ベングトは、最初に脅された時以上に、男を恐れる気持ちが強くなっていた。ラジオのニュースで、機関銃を持つこの男と自分が今まさに向かっている空港でテロ発生の恐れがあると聞いたからだ。論理的に考えて、この男もテロリストの一味と結論づけざるを得ない。

ベングトは男の言うとおりにした。アクセルを踏み、時速１２０キロで料金所を突破するタクシーの姿が、防犯カメラに撮影された。

橋に入るとさらに加速した。空港まであと数分。

これまでのところ、アーリア人同盟は知性を結集してまったく状況分析をせずにきた。しかし空港まで残り数キロのところで、ヨンニーは非自主的な運転手にスピードを落とすよう命じた。ここからは正しい手順を踏むことが大事なのだ。間違いがあってはならない。

あわてて判断しないこと。

そうだ、ケンネットの思い出を汚した連中は、空港で足止めを食らっている。しかも自分たちでこの場面を盛り上げたのだ。ユダヤ人ニュース会社のサイトによれば、逮捕者はまだ出ていない。ということは、ラジオで言っていたとおり、ほかの旅行客と一緒にどこかの格納庫に避難させられている。

まず最初に、その格納庫を見つける。

＊＊＊

人は戦争やテロや絶望的な貧困から逃げる。避難する先に戦争やテロや絶望的な貧困が存在しない場所を求めるのはごく当たり前のことだ。そうでなければ逃げる意味がない。

スウェーデン王国はそれら3つの特徴を持たない。よってスウェーデンは人々が逃げ出す国ではなく逃げ込む国だ。つまりスウェーデンとデンマークを結ぶオーレスン橋のスウェーデン側国境警備は、ほぼ一方向のみで実施されている。スウェーデンに入る車両はすべて検問の対象となり、反対車線でスウェーデンを出る車両は料金所を通過するだけだ。

とは言え、時速120キロでゲートを突破した車両が何事もなく見過ごされるわけではない。この場合、デンマーク警察側に車両の車種、色およびナンバーの情報が提供される。ところがたまたま同じ時間帯に、たとえばコペンハーゲン空港でテロ攻撃が予測される事態では、その料金未払いは捜査中案件のデータベースに加えられたのち、「証拠不十分」として削除され終わりになることが多い。ただひとつ例外は、問題の車両の運転者が、軽率にも警察の検問に遭遇して止められた場合である。

＊＊＊

警察はコペンハーゲン空港から800メートル手前の道路に通行止めのコーンを立てた。通過車両の運転者は敬礼とともに、空港は捜査のため閉鎖中であると短い説明を受け、Uターンして引き返すよう求められた。いつ再開されるかはメディアの情報を参照してほしい。ふたり組の巡査のうち、ひとりが車を止めて運転者に話をし、その間に部下がごく機械的にナンバープレートを確認した。

先輩巡査のクロウは、スウェーデンナンバーのタクシーを止めてすぐ、ただならぬ雰囲気に気づいた。運転席の男は怯えていて、助手席の客は極度に緊張し明らかに革の上着の下になにかを隠している。後輩巡査のラースンが咳払いをした。ナンバープレートになんらかの問題があるのだ。やつはその情報を持っている。

「身分証明書をお願いいたします」クロウ巡査は言った。「そちらのかたも」と、ヨンニー・エングヴァルにも声をかける。

近くで完全武装した約20人の同僚が、いっせいに非常事態を察知した。

ベングトはタクシー運転者登録証を出した。

「悪いが今日は免許証を家に忘れてきた」ヨンニーは言った。

クロウはラースンからメモを受け取った。先刻、国境で橋の通行料金を踏み倒した車両。

それだけか？　いや、さらなる捜査が必要だろう。

「車から降りてもらえませんか。おふたりとも」クロウは言った。

ベングトがドアを開け、片足を出し、もう一方の足も地面に着けた――瞬間に、頭から地面に身を投げた。「テロリストです！　助手席の男はテロリストです！　ライフルを持っています！」

ヨンニーが隠していた銃の記述として、最後の一文は正しいとは言えないが、それはさておき。

ヨンニーの物騒な人生は、厄介な状況には手にした武器で対処するのが最善であるとの教えを授けていた。デンマーク警察は彼らのアメリカ人の同僚ほど喜んで引き金を引かない。ヨンニーはすかさず懐から機関銃を取り出し、安全装置を外そうとした。その瞬間、20人の警察官のうち行動不能に陥らなかった12人に撃たれた。残り8人はただ呆然と立ち尽くしていたが、それは結果になんら影響を及ぼさなかった。ヨンニーは最初の1発でほぼ致命傷を負い、2発目で絶命した。その後の35発によりさらに確認不能な回数、死亡した。

15分後、件の霊柩車の確保が完了した。危険物の類いはいっさい搭載されていなかった。

これにより、コペンハーゲン空港への攻撃は回避された。不審車両は証拠物件として押収され、武装したテロリストは排除された。ちなみに、その日の英雄はスウェーデン人だった。名前はベングト・レーヴダル。職業はタクシー運転手。

フランクフルトで乗り換え機の待機中、サビーネとアランとユーリウスは衣服を新調した。アランはもちろん黒いタブレットを持ってきていた。

アランはスカンジナビア半島を脱出できたのは良かったと言った。信じるかどうかはわからないが、この短期間で2度目のテロ攻撃があったそうだ。今回はコペンハーゲン空港。われわれがほんの1時間前までいた場所だ。

「まったく」と、サビーネ。「この世界はどうなっちゃうの？」

64 ドイツ

自由世界のリーダーたる人物が業務時間の大半を費やし、自国民の一部を選りすぐってツイッターで罵倒しているこの状況では、代理を務める人物が必要だ。そして63歳のアンゲラ・メルケルがその人となった。ルター派牧師の娘として生まれ、豪邸ではなくベルリンの街なかのアパートで育った。月曜から金曜までの睡眠時間は4時間。だが、たまに週末は日の出までゆっくり眠ることもある。いくつかある偏った好みの中でも、キャベツスープには並々ならぬ情熱を持っている。お供はビール。

首相もけっきょくはドイツ人なのだ。

休日には少しだけ仕事を片付けたり、夫と手を取り合ってオペラに出かけたりする。特別な日には少し遠くまで行って――イタリアのアルプスを歩く。

彼女は物理学者の肩書きも持ち、彼は物理と理論化学の教授をしている。ふたりの間の物理化学は１９８４年のどこかで発生したと思われる。

首相としてのメルケルは、トランプ大統領の対極にいる。物腰柔らかで、分析的で思慮深い。この混乱した世界におけるその意味を、誰よりも理解している。本来はこの秋での首相退任を計画していた。しかしそれでは、トランプやプーチンやその他が率いるこの世界は、どうなってしまう？

メルケルは決意した。有権者が投票さえしてくれたら、あと４年。その後のことは、世界がみずからどうにかするだろう。

＊＊＊

ベルリンのドイツ連邦情報局本部はいくつか秘密作戦を実行していた。そのひとつ、監視下にある人物がルフトハンザ航空を用いて移動したとの自動通知が発信された。

スイス・スウェーデン人の核兵器専門家アラン・カールソンはワシントンのドイツ大使館に濃縮ウラン４キロを遺棄し、スウェーデンに飛行機で帰国して以降、姿をくらましていた。

そのカールソンがふたたび動き出した。たった今コペンハーゲンを出てフランクフルトに向かっている。一体なんの目的で？

さらに調べると、全旅程はコペンハーゲン－フランクフルト－アディスアベバ－ダルエスサラームと判明した。疑問は残る。一体なんの目的で？

例のウラン4キロの出所は、かつてCIAがあらゆる正当性に反して支援していたコンゴの濃縮施設だった。連邦情報局は、同施設研究室に勤務する現役の研究助手の協力により、密輸ウランがアフリカ大陸を通過するルートを、いくらかの遅れをもって追跡するに十分な情報を入手した。

それは、タンザニアを抜けてモザンビークに入り、南下してマダガスカルへ向かった。その後同国沖合いで、北朝鮮籍のばら積み貨物船「名誉と力」号に積み込まれた。そして前回と同じ船が偶然にもキューバへ向けて再出航し、現在は帰路にある。これも前回同様、大西洋とインド洋を経由する迂回ルートだ。

北朝鮮が、無くなったウランを補充するタイミングということか。だとしたら、アラン・カールソンの役割は？　カールソンは今後の展開を明らかに知っているようだった。本人が紙ナプキンの手紙でメルケル首相宛てにそう書いている。今度は500キロだと！

しかし全体を通して見ると、この情報の分析は難しい。カールソンが未曾有の量のウランを密輸しようと企んでいるなら、なぜ事前にドイツの首相に知らせたりするのか。しかも紙ナプキンで。

連邦情報局長は、メルケル首相にみずから報告したいと思っていた。しかし首相にその時間はない。議会選挙を控えてますます多忙を極め、ほかになにもすることができなくなっている。なにも言えなくもなっている。世論調査ではメルケルが有勢だった。懸念は、メルケルの政策も失敗だったとロシアが誤情報を流して介入してくることだった。事実ソーシャルメディアは、社会民主党のシュルツは無能の象徴であると見ている。加えて極右政党の台頭。もちろん多数派にはならないまでも。

政治評論家たちは、世論調査での相対的なメルケル有勢の要因はかなりの部分で、対立政党の上層部がみずからも近い考えのメルケル陣営を攻撃する弱点を見つけられていないところにあると考えていた。一般のドイツ人も同じだろう。だが実際、その多くは首相の全般的な有能さと世界のほかの国々の現状に負うものと考えられる。アメリカ合衆国ではなにかしらの診断書が必要な人間が大統領に選出され、その1年前には英国で国民投票が行われ、キャメロン首相の「われわれは当然すべての外国人を追い出すべきではないのでは?」の修辞的な問いかけに、「なにが悪い。いい考えだ!」との答えが返ってきた。ポーランドでは人々が全力で民主主義に反対している。ハンガリーではほぼその仕事が完了している。これに加えて、マドリードはカタルーニャを正常化できていない（またはカタルーニャがマドリードを正常化できていない）。そして危険人物と恐れられ、それゆえたちまち世界でのさばり始めている男——金正恩《キム・ジョンウン》。

こうした世界の中心にいるのが、メルケル首相だ。平野に立つ太古のオークの木のごとく揺るぎない。周囲には実った穀物が揺れ、彼女はおのれの立つ場所にただ立ち続ける。

投票日まで世界情勢や国内政治の議論が安定を保っていれば、メルケルにはあと4年の任期が残され、世界は安心に包まれる。ただしロシアは除く。そしておそらくはアメリカの、今思いついたことやその理由もすぐに忘れて、つぎの瞬間には気が変わっているあの男も。

ドイツ連邦情報局長は首相に呼ばれた。執務室のドアをノックし、入室を許可された。

報告は、例のスウェーデン出身の問題人物アラン・カールソンがふたたび監視網にかかった件だった。場所はフランクフルト。ほかでもないタンザニアへ向かう途上とのこと。

首相は現在判明している詳細をすべて聞いた。濃縮ウラン500キロにもあらためて言及があった。首相の返答は、その場での連邦情報局総予算の1000万ユーロ増額だった。

メルケル首相は、核兵器関連活動家カールソンの企てがなんであれ、また近日中に報告にくるよう指示した（投票日がいつかにかかわらず、500キロの濃縮ウラン問題は監視が必要だ）。局長は顔を赤らめ、自分は数日後にバハマへ家族旅行に行く予定があると告白した。だが当然、休暇中であろうが毎分毎秒、首相のために働く所存である。ただ、ベルリンからナッソーまで、最低でも10時間は機上の人となる。その間、地上で任務に就く諜報員と密に連絡を取り続けることが可能かわからない。

「僭越ながら提案いたしますと、首相、わたしが音信不通となっている間に重大案件が発生した場合には、当局の東アフリカ支部長から直接首相にご連絡をさせる方法が合理的かと。それは困るということでしたら、無論わが家の旅行はキャンセルいたします」

アンゲラ・メルケルは首相の仮面の下に人としての心を持っていた。連邦情報局長が帰宅して妻と子どもたちに、電話のそばにすわっている必要があるから旅行はキャンセルだと告げるような事態は望まなかった。

「ダルエスサラームの支部長にわたし個人の携帯電話番号を知らせて下さい」メルケルは言った。「昼夜を問わず、カールソンが濃縮ウラン施設もしくは密輸業者の疑いがある人物から300キロ圏内に接近した時には、ただちに連絡するよう指示を忘れずに。良い旅を。ご夫人とお子様たちによろしく」

＊＊＊

連邦情報局長は、６年ぶりの休暇に入る前に済ませるべき仕事のひとつとして、ダルエスサラームを拠点に活動する連邦情報局員２名に作戦計画書を送った。カールソンとその一味はアディスアベバ発のエチオピア航空で翌日13時20分に到着する。添付情報は、重大案件発生に備えての首相直通の番号である。局長が音信不通の時に限って使用すること。

65 ロシア

ゲンナジー・アクサーコフはストックホルムの私設諜報員からの電話を切り、受話器を置いた。いや、叩きつけたというほうがふさわしい。さらに隣に置かれた椅子を蹴飛ばした。

「どうした、ゲーニャ」向かいにすわるプーチン大統領が尋ねた。

「アランくそじじいカールソンの野郎だよ」

「あの１０１歳の？」

「そうだ。あのじじい、ふたりめのナチも殺しやがった。４００万ユーロをドブに捨てたことになった」

プーチンはそんなはした金では誰も破産したりしないと言った。だが、一体なにがあった？

ナチのやつがデンマーク警察の対テロ作戦部隊相手に攻撃を仕掛けて、一瞬で蜂の巣にされた。

プーチンは内心、それと101歳はなんの関係があるのかと不思議に思った。コペンハーゲンで爆発物が積まれた霊柩車が発見されて警報が鳴ったのではなかったか？

「霊柩車はなにも積んでいなかったらしい。単なる違法駐車だ」

「違法駐車？　誰が？　ああ、待て。みなまで言うな。了解だ」

66 タンザニア

オレコリンコの奇跡の薬テント村はセレンゲティ国立公園のマラ川沿岸にある。アランとユーリウスとサビーネはダルエスサラームの空港前で乗り込んだタクシーで、車だとここからまる一日、さらに先の道を見つけるのに人生の半分くらいかかると陽気な運転手から教えられた。なにしろマラ川は全長400キロ、セレンゲティ国立公園の面積はおよそ1万5千平方キロメートルある。

「彼らには生存圏《レーベンスラウム》があるんだ。あのライオンたちには」アランが言った。

「もっと厳密な住所が必要だな」と、ユーリウス。

「それと、車以外の形をした移動手段」と、サビーネ。

ジュリウス・ニエレレ国際空港の国内線ターミナルまでは500メートルだった。

3人はすでにタクシーに乗り込んでいたので、予定を1日の旅から2分の旅に変更した。運転手は先ほどまでの陽気さを失った。メーターを動かす間もないほどすぐにまた止めなくてはならなかった。まず車を出し、説明はそれからにすべきだった。

タクシーの後ろを、連邦情報局諜報員2名が黒のフォルクスワーゲン・パサートに乗って尾《つ》けていた。ふたりとも緊張感に満ちていた。カールソンを見失ってはならない。年を取ったほうの男が馬鹿なことを始めたら、ただちに連邦情報局長か、あるいは首相に連絡を取ることになっていた。

67 コンゴ

コンゴのカタンガにある鉱山は、国連の意向により公的には数年にわたって閉鎖されていた。結果、隣接する核研究所へのウラン供給はただちに停止された。１９４０年代、広島と長崎に落とす爆弾用のウランを提供した返礼としてアメリカの支援を受けて建てられた研究所だ。

金さえ渡せばなんでも差し出す国にこの種の能力を持たせることを妙案と考えたのは、当時世界中でアメリカだけだった。アメリカ人は、その特殊な交換価値を持つ代物を誰よりも豊富に持っていたため、けっきょく優先されたのはアメリカの利益だった。実質的に国全体を買ったのだ。金で。

しかしついにアメリカも、コンゴにおける法と秩序に対するほかの国連加盟国の要求を支持する側に回った。それによりカタンガの鉱山と研究所は、壊れやすい世界平和に対する脅威ではなくなった。

いや、なくなったのか？

現地採用の監視員が、ほかでもない国連の資金援助により、鉱山でウラン探査が行われないよう厳格に監視する任務に就いた。隣の研究施設もすみやかに閉鎖された。

毎月末、この監視員のリーダーを務めるグッドラック・ウィルソンがウィーンの国際原子力機関《IAEA》に報告書を提出した。多少の違いはあれど、内容はいつも同じだった。「すべて平穏。信頼してお任せ下さい」。

グッドラック・ウィルソンは自分以外の監視員を厳選していた。まず３人の弟、そしてもっとも信頼できるいとこ７人。全員が監視員として共通の目的を有していた――大金持ちになる。それで世界がどう思うかについては話題にもならなかった。

毎朝、閉鎖された核研究施設の床下から、地下の通路を通ってきた元助手の４人が這い出してくる。そして濃縮できるものはなんでも濃縮する。計算上、最後は合計15人で利益を山分けすることになるはずだが、実際には11人だった。４人の助手は、自分たちが用無しになったら事故が起こることを知らなかった。予算上の収入はグッドラックが５０００万ドル、弟といとこの10人が各５００万ドル得られることになっていた。存在しない坑夫たちは日に８ドル受け取ってウランを採掘し、しごく満足していた。施設が閉鎖されて６年後、西側の立て坑が予定外に彼らの頭上で崩れるまでは。人知れず終わるはずだったこの件がそうならなかったのは、本来いるはずのない坑夫が17人そこにいたことが明らかになってしまったからだ。17人も死んだら、さすがに揉み消すことはできない。ＩＡＥＡは平穏なはずの坑道に、なぜ坑夫がいたのか問い質した。その答えを待たず、詳細の確認に調査官が派遣された。

グッドラックと部下たちは濃縮ウランの量が５００キロになるまで待つ計画だった。ロシア経由で北朝鮮から依頼があった分だ。しかし、とりあえず今ある４００キロに鉛シールドを施し、近くの村の空き家に隠した。先日発生した地滑り後にできた空き家はいくらでもあった。４人の研究所助手（うちひとりは連邦情報局の手先）も、ウィーンから調査官が到着する前日の朝、施設地下の通路が崩れて、計画どおり犠牲になっていた。

ＩＡＥＡから来た調査官たちは規則違反を見つけられなかったが、警戒は怠らず、監視員の半分を信頼できる人員に交代させた。グッドラック・ウィルソンの見立てによれば、信頼できない人員だ。

何事もいつかは終わりがくる。監視員リーダーのグッドラックはこの仕事からこれ以上金を搾り取るのは無理だと悟った。ここまで稼いだ額は８０００万ドル。うち半分以上がグッドラックのものになった。これ以上できることはない。ささやかであっても、人は手にしたもので満足するべきなのだ。

68 タンザニア

ジュリウス・ニエレレ国際空港の国内線ターミナル出発ロビーのベンチで、サビーネはこれまで時間がなくて後回しにしていた地理問題の研究に没頭していた。アランはこの目的のためにしぶしぶ黒いタブレットを譲り渡した（データローミング料金は引き続き、バリのいくらなんでも間抜けすぎるホテル支配人の負担だった）。

その結果、まずセレンゲティのムソマ空港まで飛行機で移動することが決まった。その後、現地で目的地への行き方を聞けばいい。オレコリンコの奇跡の薬テント村は、ムソマでは有名なはずなので、案内できる人間を見つけるのは難しくないはずだ。

飛行機は単発機で13人乗りだった。うち９席はイタリアのコンサルティング会社の社員で、創立25周年記念にセレンゲティまで２、３日のサファリ旅行に来ていた（毎日必ず15分の会議を開き、税金控除も受けている）。もう3席は出発直前にスウェーデン人の小グループが予約を入れた。

　諜報員2名は、「名誉と力」号にウランを運ぶ疑いのある人物を監視する任務を負っていた。前回の小さな荷物は、タンザニアとモザンビークを抜けて南へ向かった。諜報員はベルリンの本部にアラン・カールソンからけっして目を離すなと命じられたが、そのアラン・カールソンが今、ルートと正反対の北へ向かおうとしている。

　尾行は、たとえ相手が101歳の老人だろうが、みずからすすんでやりたい仕事ではない。見つかるリスクが大きすぎる。自己中心的で尊大な諜報員Aは、ウラン問題で想定と反対方向に向かう考えが気に入らなかった。ベルリンにいる魔女のばあさんが、ちょっと変な考えに取りつかれたことが理由ならなおさらだ。ついでに言うなら、作戦計画書のフォルダを持ち運ぶなど、この自分にふさわしい役目ではない。自分は支部長で、隣にいる女とは違う。

「これはお前が持ってろ」とAは従順な部下にフォルダを渡した。「それと席の予約を2枚。俺はコーヒーでも飲んでくる」

　その日のプレシジョン・エアは、どうやら諜報員Aの味方のようだった。残席はひとつしかなかった。貧乏くじは喜んで弱気な部下に押し付ける。胸に良心の呵責はいっさいない（顔には意地悪な笑みがある）。自分はその間、タンザニアとモザンビークの国境の監視を続ける。昇進を目指すなら、動きがある時は動きがある現場に出るのが一番だ。

　この場合の貧乏くじとは、カールソンを尾行し、どんな馬鹿なことをしでかすかを見るほうだ。ことが動く場所からはほど遠い。

　というわけで、くじに負けた部下は最後の空席を割り当てられ、本来であれば自分の姿を晒してはいけない尾行相手の隣にすわることになった。

諜報員Bはくよくよ悩むのはやめて仕事に入ることにした。カールソンに話しかける。もしかしたら有益な情報を得られるかもしれない。挨拶をし、名前のかわりに仕事で来た女性実業家と名乗った。

「ほお、それはそれは」アランが言った。「お仕事がうまくいくといいですなあ」

「そうですね、ありがとうございます」諜報員は答えた。すぐに話題を変える。

まずは探りを入れてみよう。そちら様はどんなご用件で、ええと……どこでしたっけ……。

「ムソマ?」アランが言った。「われわれはムソマに向かってます。女性実業家さんも同じでは?」

諜報員Bは自分を呪った。行き先を忘れるなんて! たしかに空港では嵐のようにあわただしかったけれど。この国は大きい。面積で言うとドイツの約3倍ある。ダルエスサラームのことなら自分の掌《てのひら》のように知っている。それから首都のドドマ。もちろんモロゴロも。それにアルーシャ。

でも、ムソマって? あんな北西部のはしっこの? 今日まで聞いたこともない地名だった。

アランは、あっけらかんと話し出した。あそこにいるサビーネ——2列前にすわる女の子——は霊媒師で、新たな霊感を求めている。セレンゲティには大層優れた治療師がいるのだそうだ。名前はオレコリンコ。いや、言い間違いではない。人は誰でもなにかしらの名前で呼ばれるものだ。わたしの友人ユーリウスは、サビーネの隣の席の男だが、シャツを着替えるみたいに人様の名前を変えたりする。わたしはそんな真似はしない。

「治療師?」諜報員Bは言った。

「呪術医? 難しい言葉はほぼ記憶に留めておけなくてね。簡単な言葉でも苦労するほどだ」

計画はオレコリンコを訪ねてその術を学ぶこと。新たな霊的エネルギーを得ること。サビーネならもっと詳しい話ができるかもしれない。女性実業家さんが興味をお持ちなら。「まさかおたくも、霊視商売をしてらっしゃる？　またはツアー内容に盛り込むとか？」

これはどういうこと？　核兵器専門家にしてウラン密輸容疑者のカールソンがサバンナの呪術医に会いに行って霊的エネルギーを得る？　この場でやむにやまれず嘘をついたにしても、もう少し巧妙にできたのではないか？

いいえ、当社では霊視は扱っていません。諜報員Bは、自分は不動産ブローカーなのだと言った。実際それは、ダルエスサラームでのAとBの表向きの職業だった。

だがこの答えも意図した効果を得られることはなかった。アランにはおもしろい話に聞こえたらしい。タンザニアのサバンナには、さぞ泥壁小屋の良い物件がたくさんあるのでしょうなあ。

この101歳は皮肉を言っているのか、それとも空気を読めないのか。そばにいると落ち着かない気分にさせられる。タンザニア最大の都市でなら不動産ブローカーをしているふりもできよう。だけど斡旋する不動産物件がほとんどないかもしれない地域で、こんな話は通らない。ムソマだっけ？

「そうですね、泥壁小屋はわが社の主要物件ではないんですよ」必死で確信に満ちた口調に聞こえるように言う。「ただ、特設のサファリキャンプを見たいと思って」

「ああ、やっぱりツアーの仕事なんだね？」

飛行中のその後の時間も、アランと諜報員Bの間ではさらにいくつかの会話が交わされた。ドイツ人諜報員には、自分がした作り話の詳細を整理する時間が必要だった。これまでのところはまったくうまくいっていない。飛行機が着陸態勢に入り、ムソマが人口10万人以上を抱えヨーロッパ式の建物が立ち並ぶ本物の都市であることがわかって、事態はましになるどころか悪化した。

「ほら！」アランが窓の外を指して言った。「これはまた、不動産ブローカーさんが喜びそうな眺めだ！　なんとまあ！　ご自分が向かわれる街の名前も、どんな街かもご存知ないとはねえ！」

諜報員はひどい自己嫌悪に陥っていた。それにカールソン嫌悪にも。このくそじじい。

＊＊＊

滑走路は土が剝き出しだった。狭い上に必要な長さに対して1メートルの余裕もない。街の中心部にあり、ヴィクトリア湖の南岸に接している。

小さな空港ビルの外には、料金を稼ごうとタクシーが何台か停まっていた。みな口を揃えてどこでオレコリンコを探せばいいか知っていると言うが、外国人客3人をそこへ連れていってまで金を稼ごうという運転手はいなかった。150キロもの走行距離に加えて道路状況が悪く、フィアットやホンダやマツダは100パーセント間違いなく途中で立ち往生する。

しかしサビーネは、それほど遠くない場所で客と荷物を降ろしているランドクルーザーを見逃さなかった。座席が3列あるオープンカーでタイヤも頑丈そうだ。どんな道でも立ち往生などしそうにない。サビーネは、運転手が仕事を終え、荷物の持ち主に挨拶して見送ったところに近づき、乗せてもらえないかと尋ねた。

運転手はそれはできないと言った。自分はこの辺りの人間ではないし、これからマサイマラのキャンプに戻る。つぎのツアー客が2日後に到着するので、それまでに帰らないといけない。

サビーネはすぐには諦めなかった。話を続けてみると、運転手の仕事場所はセレンゲティと国境を挟んで接するケニアにあることがわかった。オレコリンコのキャンプからも十数キロの場所だ。外国人3人の申し出は、運転手にとって俄然興味深い話になった。どちらにしろ戻らねばならない道を行くのに、料金を払ってもらえるのだ。たとえ少し遠回りすることになってもありがたい。

ドイツ人諜報員は80メートル離れたところで彼らを見ながら、困り果てていた。見える範囲でほかにランドクルーザーはいない。タクシーの限界についてはすでに立ち聞きして知っている。

諜報員Bはダルエスサラームの上司に電話をし、状況を伝えた。上司からは新情報の提供があった。アメリカ人がたった今、「名誉と力」号の現在位置を知らせてきた。あと2、3日でマダガスカルの南端に到達するようだ。

核兵器専門家カールソンが伝えてきた情報が正しいとしたら、新たな濃縮ウランの受け渡しはそのタイミングにその場所で行われる可能性が高い。今回は初回よりもかなり大きな積荷になるはずだ。密輸ルートは、姿を消した研究室助手のおかげで多かれ少なかれ判明している。密輸犯にとって最大の困難は、タンザニアとモザンビークの国境を越えることだろう。つまりそれがどこかと言うと、諜報員Bが今現在いる地点から1800キロメートル離れた場所だ。

Bは、カールソンはやはり密輸犯の一味で、例の情報はこちらを試す意図があったのかもしれないと考えた。Bにとって喜ばしいことがあるとしたら、それが上司を負かす機会になることだった。

「それでカールソンは、そっちでなにをするという話だった？」

Bは会話の一部を再現して聞かせた。

Aがけらけらと笑った。「霊視とは、今のおまえには悪くないかもしれないな。あの男の発想をいくらかでも借用してみたらどうだ？」

「くそっ、こうしている間に、出発してしまいました！」従順な諜報員は言った。いつもよりやや従順さに欠ける口調ではあった。

上司Aは、自分もたいへんなのだと嘘をついた。こちらは、もうすぐ荷物をまとめてモザンビーク国境に向かう。自分たちの従業員名簿に名前のある現地の国境警備員の長に、喝を入れるつもりだ。

「おまえはしばらくそっちにいて、メルケルを喜ばせておいてくれ。おもしろくないかもしれないが、仕方がないのだ。もし例の５００キロを押さえてすべてわたしの手柄になった時にも、同じことが言えるが。われわれにはそれぞれに役割がある。そうだろう？」

諜報員Bはため息をついた。こっちには普通車のタクシーしかない。アスファルト道路ならもちろん問題ないが、サバンナでは役立たず。さっき理解させられたとおり。

「だったら自分でランドクルーザーを買ったらどうだ。ヘリコプターでもいいが」上司が言った。

カールソン問題で唯一良かったことは、連邦情報局予算に無駄遣いの金が追加されたことだ。

オフロード車を買う？　Bは考えた。今、なにより欲しいのは新しい人生だ。「どうすればいいか、自分で考えます」Bはそう言って、挨拶せずに電話を切った。

＊＊＊

オレコリンコの奇跡の薬テント村まで残り10キロの地点で渋滞が始まった。１万人もの人々が同じ時間に同じ場所を目指すのだから仕方がない。道は狭く、２台がすれ違うのもやっとだ。反対側を走る車の列も途絶えることはなかった。すっきりと癒された人々が続々とキャンプから帰っていく。

遠方から来る人々は車を使うが、多くはバイクかモペットに乗ってやってきた。ほかは自転車、もっとも貧しい人々は徒歩で来る。ウシツツキが上空でさえずると、アフリカスイギュウの群れが危険な距離まで近づいているとわかる。車に乗っていない人々がいっせいに最寄りの四輪車に登りだす。ボンネットや屋根や誰かの膝の上、おかまいなしだ。鳥が去ると、大混乱がいつもの混沌に戻る。ライオンやヒョウは昼間眠っているので心配はいらない。ゾウは遠くからでも見えるし音も聞こえる。

時おり列が少し空いて、スウェーデン人３人と運転手が乗ったランドクルーザーは５００メートルほど進んでまた止まることを繰り返していた。

運転手の名前はメイトキニといった。メイトキニは、このままではつぎに予定されていたサファリガイドの仕事の時間に間に合わないのではないかと心配になってきた。それでも自分の決断に後悔はなかった。お客は３人とも愉快な人たちだし、たっぷり払ってくれる。

アランは助手席にすわり、メイトキニから借りた双眼鏡を覗き込んで、イボイノシシからキリンからなにからなにまで見るものすべてにコメントし続けていた。さらに、黒いタブレットからサバンナの外の世界のニュースを読み上げ、メイトキニには自分の人生の大半について話して聞かせてやった。ユーリウスとサビーネは２列目の座席から最善を尽くして楽しい雰囲気作りに貢献した。メイトキニはユーリウスの質問に対して、断言はできないけれど、セレンゲティの気候はアスパラガス栽培には向いていないのではないかと思う、と答えた。

メイトキニはケニア出身のマサイ人だった。国境のこちら側にくることはめったにないと言う。ついさっき送ったお客がどうしてもムソマから出発すると言い張ったのだそうだ。メイトキニは反対したのだがお客は聞く耳を持たず、けっきょく心配するのは諦めた。おそらくはダルエスサラームに着いてタンザニアを出国する時になってはじめて、自分たちが違法入国したことに気づくだろう。

「7日間の禁錮刑または数千ドルの罰金といったところでしょうか」メイトキニは言った。

「または数千ドル上乗せして、禁錮はなし?」アランが案を出した。

たしかに、それもいいかもしれない。だがタンザニア人には誇りがある。メイトキニはアランにその国の法律に従うことを推奨した。

「それ以外の方法なんて夢にも思ったことはない」アランは言った。

ユーリウスは後ろの席でもじもじした。こうした広く法律に従う態度は、大陸から大陸に伝染病のように広まっているらしい。

メイトキニは奇跡の治療などのいんちき臭いものは信じていなかった。彼が信じるのは神、そして野生の動物と共生する人間の力だった。マサイ族は今では狩りをしていない。それは何世代も前の話だ。当時は、ライオンを倒すまでは一人前と認められなかった。今日、成人の儀式では最初に割礼を行い、その後1年にわたって野外で生き延びさせる。成功した者だけが、本物のマサイの戦士に格上げされるのだ。実際に戦争をしたことは一度もないが、それが彼らの呼び名だ。

「ドイツの選挙はメルケルが勝ちそうだ」アランが黒いタブレットを見ながら言った。「これでしばらくはヨーロッパもまとまるだろう。スペインが内戦にならない限り。カタルーニャ人はマドリッドにうんざりしている。その気持ちはわかるな。前回同じことが起こった時は、あそこにいたからね」

「1936年だ」ユーリウスが言った。「そのころからなにか変わった可能性はある」

「ひょっとしたら」と、アラン。

ユーリウスは運転手に向かって言った。「本当に、ここでアスパラガスを育てるのは難しいと思うかい、メイトキニ？」

＊＊＊

諜報員Bはレンタルのランドクルーザーの運転席にいた。渋滞で車はほとんど動かない。さっきから一定の間隔を置いて、人々が許可なく車に乗っかかってくる。15分ほどそのままいて、またなにかの合図でもあったかのように突如飛び降りる。

明らかにすべてがうまくいっていない。自分が重要な動きのある場所から数千キロメートル離れているらしいこと。アラン・カールソンが今ではこちらの存在を知っていること。奇跡のテントとやらでなにをしているか、どう説明すればいいのだろう。実際にたどり着いて、不幸にも尾行相手に遭遇するようなことがあった場合。ここで再度考える。でももし見つけられなかったら、尾行の意味がないではないか。

ところで、そのそもそもの意味とは、一体なんなのか。

ああ、列が動き出した。そろそろ渋滞も解消――いや、まだだった。

＊＊＊

「到着したようです」メイトキニが、うたた寝していたアランを起こした。

計画とはかなり違った旅になった。すでに日は暮れかかり、3人が夜を明かす場所はどこにもない。周囲の数千人のタンザニア人たちは、明日にはきっと奇跡の医者に会えるという希望に満ちて、就寝時に焚く火の準備にかかっているようだ。野生動物は火を避ける。火とともに、2時間交替で槍や棍棒を持った見張りを立てれば、生き延びる可能性が「ほぼ」から100パーセントに上がる。

アランは周りに合わせればいいと思ったが、ユーリウスとサビーネは焚き火の案には気が乗らなかった。焚き火をするにはまずサバンナに乾いた小枝を集めに向かわねばならないし、今や刻一刻とあたりの闇は濃くなっているのだから、なおさらだ。

サビーネはメイトキニにこれからどうするのか確認した。明日までここであたしたちと一緒にいてくれないかしら。そうすれば車の中で眠ることができるから。

実際のところメイトキニの予想よりも、テント村には早く到着できた。ただ、このあとの予定は？おそらくムソマに帰るのだろうが、メイトキニが向かうのは逆方向だった。すでに話したとおり、もうじき到着するつぎのツアー客を4日間楽しませなくてはいけない。タンザニア国境のこちら側で3人の小旅行に付き合うのは、難しいと思われた。

「わたしたちは、とくに急いでいるわけではない」アランが言った。「きみが住んでいる場所がどんな様子か見てみるのも楽しそうだ」

メイトキニは、マサイ王国は国境のどちら側でも変わらないと言った。それでも、3人がキャンプに数日間滞在するのは大歓迎だった。今はオフシーズンなので滞在費もそれなりに安くなる。ただし、ここではあまり時間を取れない。明日、遅くとも暗くなる前には出発する必要がある。

アランとユーリウスとサビーネは、奇跡体験はまる一日で十分だと考えた。

全員の意見が一致した。メイトキニは車を脇に寄せて、全員に毛布を配った。誰も食事のことは頭になかったが、その心配は無用だった。ひとつの場所に1万人も集まれば、なにかしらの商業活動が自然発生するのは人間の性《さが》というもの。ふたり組の女性が、ごちそうのたっぷり詰まった籠を持ってきた。ユーリウスがサンドイッチ8個とコカコーラ4本を頼んだ。

「酒の類いはないよね？」アランが尋ねた。

「それ以外のことは考えられないわけ？」サビーネが言った。

「この人たちは、マサイ語かスワヒリ語しか話さないんですよ。あなたの話がわからなかったんだと思います」メイトキニが言った。「通訳すると、売っているのはコカコーラだそうです」

「人はすべてを手に入れることはできない」アランが言った。

「さあ、そうでもないかもしれないですよ」メイトキニは言って、グローブボックスからコニャーギの大瓶を取り出した。

「なんとまあ！　これはどういった類いのお楽しみかな？」

タンザニアでいちばん人気のあるアルコールだ。お薦めの飲み方は、スライスしたライムを添えてオンザロック。クランベリージュースで割ってもいい。

「もしくは、瓶から直接？」

「わたしはそうやって飲みます」と、メイトキニ。

「これは美しき友情の始まりになると思うね」と、アラン。

「友情に乾杯」メイトキニは言って、コルク栓を肩越しに放った。

「新規加入はオッケーか？」ユーリウスが言った。

＊＊＊

課報員Bがようやくテント村に着いた時には、すでに周囲は真っ暗闇だった。食べ物を売る女たちも姿を消していた。車の中央座席を寝床にしつらえたが、食べるものも毛布もない。Bは1年ほど前、シンガポール勤務を打診されたことを思い出した。受けていたらどうなっただろうと今になって考える。寒さで目が冴えて、このまま朝まで眠れずに物思いに耽ってしまいそうだった。

東南アジアでの仕事を断ったのは、フランツのためだった。歯医者の仕事を愛しているから行きたくないと言った。Bがパートナーを代弁して上司に辞退を申し出たちょうど3週間後、フランツは数か月前から仕事だけではなく部下の衛生士のことも愛していたことがわかった。彼女と、彼女の今ではすっかり完璧な歯。

別れはちょっとした修羅場だった。フランツは、妻がどこにいてなんの仕事をしているかわからないことに限界を超えて疲れてしまったと言った。Bははじめから自分の職業について、国家に雇われている身という以外明かせないと言い続けていた。長い間、フランツはそれをわくわくすることだと思ってきた。しかし結婚して3年、同じ話を繰り返す妻が、嫌になっていた。自分は、日陰の女と子どもを持っていいものか？　息子か娘が、学校で母親の職業についての作文が課題に出たら、なにを書いたらいい？　「母さんは人に言えない仕事をしています」？　教師は彼女を娼婦だと思うだろう。フランツとて時にそう疑ってしまう。

このごたごたの最中に、Bはフランツに地球の反対側に一緒に行ってほしいと言った。「国家に雇われている身」として、レーデルハイムからどこへ？　日陰の妻を持つだけでも十分に荷が重いのに、そのうえ海外で日陰の妻を持つなど、絶対に無理だ。加えて衛生士がいる。それに彼女の歯。Bは彼らを殴ったところでなんにもならないとわかった。そうしたい気持ちはやまやまだったが。

以来彼女は、日陰なだけではなく孤独である。アフリカで行方の知れない濃縮ウランを見つけ出すという不可能に近い任務は、あらゆることからの逃避でもあった。水曜の午前9時、ダルエスサラームでその仕事の依頼があった。9時5分、Bは依頼を受けた。

＊＊＊

翌日の儀式は11時に始まり暑さが厳しくなる13時に終わる予定だった。キャンプは7時には活気づき始め、食べ物の籠を持った女たちも戻ってきた。英語とスワヒリ語で儀式の決まりを説明する看板があちこちに立っていた。祈祷に加え、５０００シリング（または2ドルでも代用可）支払えば、奇跡の薬をひと口とオレコリンコの祝福を授けられる。現金がない人々は集団での祈祷のみになる。

「2ドルは安いな」ユーリウスは言った。「大量販売のアスパラガスひと束分と変わらない」

「そうね」と、サビーネ。「でも、1日に1万束のアスパラガスが売れたら、けっこうな額になる」

大集会では2万ドルをかき集め、さらに自身のテントでの対面治療には20分で１０００ドル、60分で２５００ドル取る。ここには巨大な需要があるのだ。

サビーネは最初の列ではなく2番目に並び、３時から短いほうの体面治療を予約した。終わるころには、たっぷり学べているだろうと考えた。

オレコリンコは観衆に聞こえるようマイクを使って話した。マイクの声は、８台分のカーバッテリーを電源にした巨大なアンプふたつから聞こえてきた。見事な運営だった。サビーネがざっと数えたところ、２００人ほどの女たちが歩き回り、「キコンベ・チャ・ダワ」（ひと口の奇跡の薬）を売っていた。ごくまれに、ひどく打ちひしがれた様子の人には無料で渡している。

ユーリウスとサビーネは、出されるものはなんでも受け取った。薬は苦く、体のどこにも即効性は感じられなかった。アランはコルク栓の抜けた瓶に少しコニャーギが残っているのを見つけて、奇跡ならこれで十分だと思った。

呪術医は、はるか遠くの高い演台に立ち、スワヒリ語の歌を歌っていた。歌が終わると、助手がステージに上がった。助手はすでにいくつかの効果が出ていると説明した。薬はオレコリンコが祝福したもの（たった今したところ）で、彼が立ち会う場で飲まないと効果が出ない。もっとも大事なのが、疑いの心を手放した人にのみ働くことだ。

「オレコリンコを信じない人を、彼の薬もまた信じません」助手が英語とスワヒリ語とマサイ語で言った。「みなさんで祈りましょう」

助手が祈りの言葉を唱え始めた。まずは英語だ。

「神よ、キコンベ・チャ・ダワをあなたの僕《しもべ》オレコリンコの力で満たしたまえ。またその力で、疑いの心なき者たちの肉体と魂を満たしたまえ。喘息と気管支炎に、リューマチと精神障害に働きたまえ。抑うつと失業に。ＨＩＶとエイズに。癌と肺炎に。不運と恋愛生活の不振に。不妊と家族の許容範囲を越えた妊娠に。ああ、神よ、オレコリンコと弟子たちを光の道に進ませたまえ。あなたの善を示したまえ。あなたはわたしたちのすべて！　アーメン」

サビーネの隣にいた男は、祈りに自分の細菌性前立腺炎が含まれていなくて落胆していたが、それ以外は四方八方で歓喜の声が上がった。

オレコリンコがふたたびスワヒリ語で歌い出した。リズミカルで単調なメロディを太鼓の伴奏に合わせる。それがおそらく30分は続いた。その間、２００人の女たちは観客の間をぬって歩き回り、この後に行われる祈りへのリクエストを集めた。前立腺炎持ちの男は、自分の病にも注意を向けてもらえたと満足していた。

儀式は1時間ほどですべて終了した。予定では2時間とされていたが、助手の説明では今日のオレコリンコは通常と比べてより強い霊力に満ちており、1分ごとに発する癒しのエネルギー量が多かったため、誰も損はしていないとのことだった。

オレコリンコは後方に立って助手の言葉に頷くと、「ハレルヤ」のひと言で集会を締めくくった。会場中に「ハレルヤ」と応える声が沸き起こり、1万人の観衆が一斉に困難に満ちた帰り道に向けた支度を始めた。前立腺の炎症やエイズからも解放され、みな心満たされている。

会場には、対面治療の予約をした人々だけが残った。それ以外は、ドイツ連邦情報局から来た従順でふさぎこんだ諜報員がひとり。

＊＊＊

サビーネの20分間の対面治療は、オレコリンコの瞑想から始まった。アラン、ユーリウス、メイトキニはテント後方に置かれた椅子にすわらされ、対話には参加しないよう言われていた。対話の相手が増えると、オレコリンコはそれだけ放出するエネルギーが増えるため、料金もそれに応じて上がる可能性がある。

「金を取るやり方を心得てるな」アランが言った。

「しっ！」ユーリウスが制した。

瞑想を終えると、オレコリンコは目を開けてサビーネと視線を合わせた。「わが子よ、わたしはそなたのためになにができるだろう」オレコリンコが言った。

サビーネは、自分がこの男の子どもだとはこれっぽちも感じられなかったが、ついにずっと望んでいた場所に来たのだと思った。母親のヤトルドも一緒だったらどんなによかったか。

「率直にお尋ねしたいことがいくつかあります」サビーネは言った。「まず、あなたの魔法の飲み物には、あなたの魂と神の助けのほかに、なにが入っていますか」

オレコリンコは警戒するようにサビーネを見た。以前、ジャーナリストに会ったことがある。この女もそうなのだろうか。中には、奇跡の薬をこっそり持ち出して研究室で分析した輩もいた。結果、政府令で「人体の健康に害を及ぼすおそれはなく販売を許可する」と発表される事態になった。あの時は、さまざまな苦悩を抱えた議員7人がヘリコプターで奇跡の男に会いに来たものだ。

「効果をもたらす材料は、今そなたが言ったとおりだ。神の力を、僕《しもべ》であるわたしが仲介している。だが神とわたしは本質において共生している。ほろ苦い味はムタンダンボー由来だが、この草のことは知っているのではないかな？」

サビーネは知らなかった。しかし残念なことに、奇跡を起こす男が、秘密の材料について言及するつもりがないことはわかった。その手のものなら自分で見つけて、適当な話を添えて輸出し、ヨーロッパに適したビジネスモデルにすることもできる。ただ神となると、そんなに単純にはいかない。神の長所と短所については、そのお膝元ではすでによく知れ渡っているのだから。いや、ちょっと待って、神って？　オレコリンコは〝呪術医〟じゃなかったっけ？

「わたしは自分の国で、霊視と除霊をしているのですが、こうした仕事のご経験はありますか」

オレコリンコのボディガードの４人ににわかに緊張が走った。オレコリンコ本人はサビーネを凝視する。どうやらひどくまずいことを言ってしまったらしい。

「呪術は悪魔の業《わざ》だ」オレコリンコが言った。「そなたが〝呪術師〟だとしたら、キコンベ・チャ・ダワを飲むことは死に繋がる。あれは正しい道を選んだ人たちのためのものだ」

どういうこと？

「正しい道」サビーネは呟いた。テントに緊張が走る。なにをしくじってしまったのだろう？

「正しい道」オレコリンコが繰り返した。声を抑え、敵意すら感じさせる口調で、講釈を垂れるように話を続けた。呪術とその業と戦うことがいかに大事かについて。幸いにもタンザニアでは、１年に５００人もの女呪術師が処刑されている。それでも足りないくらいだ。悪はつねに一歩先を行っている。唯一の慰めは、男女の呪術師がたがいに殺しあっていることだ。最近も、ンゴロンゴロで呪術師の男が女を殺して遺体をばらばらにした。そのひとつひとつが自分に幸運を運ぶと信じていたのだ。現在は禁錮18年の刑に処されている。今のところ彼にもたらされた幸運はそれだけだ。だが、男の呪術師を刑務所に入れるだけではだめだ。やつらは刑務所の中だろうがなんの問題もなく邪悪な行為を続ける。連中も女呪術師とともに死ぬべきなのだ。

サビーネは混乱していた。この人物は、本心から一般的な呪術と自分の行為は別ものだと主張しているのだろうか？　自分はこの男のためにここまで来たのに。恋人も巻き込んで。あとアランも。

このタンザニアへの旅はまったくの無駄だったという思いがサビーネを呑み込んだ。それともただ単に自分が、未来のビジネスのお手本を選び間違っただけ？　前立腺炎を治すために野草の根っこから抽出した聖なる液体を飲むことが呪術じゃないなら、なにがそうだと言うのだろう？

愚かにも、サビーネはこの疑問を口にしてしまった。オレコリンコは答える代わりに、ボディガードに合図を送った。全員が1歩前に踏み出し、さらに1歩進む。そして今にも……。

その瞬間、メイトキニが立ち上がった。スワヒリ語でなにか言う。その毅然とした響きに、ボディガードが踏み出した足をその場で止めた。あたりをきょろきょろ見回し、テントの外の低木林に目を走らせる。オレコリンコの権威を貶めるような行為だったが、本人は背をまっすぐ伸ばしてすわったまま、メイトキニを鋭く睨みつけるだけだった。

マサイの男は、なんらかの手で自身と友人たちの時間を稼いだのだった。アランとユーリウスとサビーネにすぐにテントを出て車に乗り込むよう言った。

「だが、わたしも聞きたいことがあるんだ」アランが言った。

「やめておきなさい」メイトキニが、オレコリンコから目を離さないまま言った。「わたしが言ったとおりにするのです。今すぐ！」

およそ1分後、一行は奇跡の薬テント村から車で走り去った。しばらく経って、メイトキニはようやく安堵の息をついた。まずは、厳しい物言いになってしまったことを謝罪した。しかし状況は、サビーネとほかのふたりが思う以上に危険だったのだ。

「さっき聞きたかったことがなにか、言ってもいいかな？」アランが言った。

「どうぞ」

「あの男は、本当に自分の力を信じているのかね？」

メイトキニはつい笑ってしまった。「テントにいる時にその質問をしなくてよかったですよ、カールソンさん。していたら、これ以上長生きできなかったはずだ」

「どっちにしろ、そんなには生きられないと思うよ。ところでおまえさんは、やつらをなんと言って止めたんだ？」

「アフリカの毒矢の木から仲間が見ていて、連中がおとなしくしないと撃ってくると言ったんです」

「アフリカのなんだって？」

「あいつらには、ちゃんと伝わったんです。襟のボタンを外してネックレスを見せたので、わたしがマサイ族だとわかったからです。近くでわたしの仲間が見ていると、信じるに足ると判断したんですね。周囲に低木林や、疑わしい岩や穴が少なくとも10か所ありました。今ごろはわたしが嘘をついたと気づいているでしょうが、もう遅い」

「うしろの車がやつらじゃなければだけど」サビーネが不安そうに言った。

メイトキニはミラー越しに、後ろの車の車種とフロントガラスに張られたステッカーを確認した。

「違いますね。あれはレンタカーだ。たぶん観光客がドライブでもしているんでしょう。オレコリンコや彼の手下ではありません」

「アフリカのなんだって？」アランが繰り返した。

「毒矢の木。先端に毒を塗った槍を撃つためにわたしたちが身を隠す場所のことです。槍の当たり所がよければ、毒が効いて体重700キロのスイギュウでも10秒で殺せます。オレコリンコみたいなやせっぽちの人間なら、1秒もかからないでしょう」

「この流れで言う『わたしたち』って、誰のこと?」サビーネが問いかける。

「マサイ族です」

「でもあなた、自分たちは平和的だって言わなかった?」

「もちろん。でも、こちらに害を及ぼす相手に対しては別です」

「たとえば、スイギュウとか?」

「そう。またはペテン師とか」

69 タンザニア、ケニア

サビーネはいまだになにが悪かったのかわからなかった。オレコリンコは〝呪術医〟だ。そしてサビーネは〝呪術師〟のふりをした。

「そうですね、おそらくサビーネさんが思うほど、単純な話ではないんです」メイトキニが言った。

「説明しましょうか?」

「お願い」

メイトキニが話し出した。

アフリカ大陸では、呪術師はよくないものと考えられている。死ぬまで殴るのが一番だが、できるならば全身にガソリンをかけて火をつけるとさらにいい。つまり、オレコリンコの部下たちがサビーネにやろうとしていたのはそういうことだ。だから急いで逃げた。

サビーネは震え上がった。「でも、ナイロビの女王《クィーン》の話を読んだわよ。贅沢な家に住んで車を15台も持っている呪術師。誇らしげなキャリアウーマンって感じだった」

メイトキニはサビーネを感心したように見つめた。なるほど、サビーネさんは、女王を知っている？　だが彼女は呪術師ではない。ムガンガだ。この言葉は、よく誤った意味に翻訳される。呪術師は人間を乱すことを得意としている。村に雷が落ちたら、通常それは女呪術師の仕業とされる。占い師の男が呼ばれ、鏡や動物の腸《はらわた》を見たり水晶玉を覗いたりして、雷を落としたと疑われる女呪術師の居所を告げる。そしてその女と、万全を期して女の家にも火をつけるのだ。

「証拠もなしに？」サビーネは言った。

「いえいえ、証拠ならあります。占い師の言葉です」

とは言え、呪術師たちは悪賢い。少なくとも、自分たちが呪術師と疑いをかけられる条件にあてはまると感じている時には。

「疑いをかけられる条件？」

「そうです。裕福な中年女性や、さらに言えば未亡人。村の人間が妬《ねた》むような人物です」

「成功した女性だ」アランが言った。「あらゆる年代、あらゆる大陸の男どもは、そうしたご婦人がたが気に食わない」

「このところおそろしくご賢明だな」ユーリウスが言った。以前のわが友アランが懐かしい。今ではすっかりなにかに毒されているじゃないか。

アランが考えこむように頷いた。「黒いタブレットの悪しき点だな。心からお詫びする」

メイトキニは、ほかの場所の事情は知らないが、アフリカでは金持ちの未亡人が占い師の水晶玉に現れることが目立って多いと言った。

「悪賢いって言ったわね」と、サビーネ。「どういう意味？」

メイトキニは教師のような役回りを楽しんでいた。この人たちは、世界の中でもこのあたりの暮らしについて、本当に驚くくらいになにも知らないのだ。

「この大陸での避雷針の売上げは、ほかの大陸全部を合わせたよりも大きいんですよ。丘に避雷針を設置すれば、それほどお金をかけずに雷を村からそちらに逃がせます。そして疑わしき呪術師は、そのまま疑わしいだけの存在でいられます」

「でも、ナイロビの女王には避雷針は必要ないでしょう？」

「そのとおり。なぜなら彼女は呪術師ではないからです。先ほど言ったとおり、ムガンガです。当ててみましょうか、サビーネさん。ムガンガとはなにかを説明してほしいと思っていますね？」

メイトキニは答えを待たずに話を続けた。

さて、ひとつには、ムガンガは神を信じる――それ以外なにも必要ではない。ただ、この神への信仰がほかのあらゆるものと少しずつ混ざっている。たとえばハーブ、儀式と魔術的な力の源。真のムガンガは、すべて人間が向き合う苦悩とは、身体的または生まれ持っての原因があると理解する。根本的な原因が人智を超えるものだとしたら、虫垂炎の手術は意味を持たない。同じことがＨＩＶとエイズにも言える。これらの例には、無形の力がより大きな効果を持つ。

「無形の力？」

「魔法。悪霊払い。オレコリンコの恵みによる奇跡の薬もそのひとつといえるでしょう。つねに善なる行いたる目的を持ったものです……それ以外が警戒すべきもの、呪術です」

ユーリウスはこの会話にまったく参加せず聞いていただけだった。しかし、急にあることが知りたくなった。「ちょっといいかい、メイトキニ。グリーンアスパラガス。これにはなにか魔法を感じられるか？」ユーリウスは今、摑みかけたビジネスチャンス以外のなにも考えられずにいた。グスタフ・スヴェンソンの奇跡のアスパラガス！　すべてを癒す！　今すぐ買おう！

「いいかもしれません」メイトキニは言った。「でもわたしは、虫垂炎になったら手術を選びますね」

サビーネには考える時間が必要だった。母親の話はすべて、言語的誤解に基づくものだったのか？　今こそ、母のそんな理想などまったく役立たずだと認めて、却下するべき時ではないのか？　それともまだ第３の道がある？

＊＊＊

タンザニアとケニアの国境までは３時間かかった。道路の脇にやや大きめの岩が印として置かれているだけで、メイトキニがスピードを落として教えてくれなければ、スウェーデン人３人は間違いなく見落としていた。

「わたしの故国へようこそ」岩の横を通り過ぎながら、メイトキニが言った。

「ねえ、後ろのレンタカー、あたしたちがオレコリンコのところを出てからずっとついて来ているんだけど」いまだにさっきのショックを引きずるサビーネが、震えながら言った。

絶対に火をつけられたりなんかしたくない。ガソリンをかけられようがかけられまいが。

アランが振り返り、じっと後ろの車を見た。メイトキニの双眼鏡も借りる。

ちょっと遠すぎてはっきりしないが、おそらく人は運転席にしか乗っていない。女だ。ブレザーを着ている。アフリカのサバンナで？　あのブレザーには見覚えが……まさか……。

「メイトキニ、ちょっとそこで停めてくれたら、わたしが後ろのご婦人と話をしてくるよ。どうやら古い知り合いのようだ」

そろそろ日も暮れかかるころだった。マサイ族の運転手は、周囲の様子にぐるりと目を光らせた。右手の小高い丘では、ゼブラの群れがゆったりと歩いている。平穏。左手ではヒヒの集団が夜の準備をしている。こちらも平穏。上空では鳥の動きも見られない。つまり近くにライオンもスイギュウもいない。メイトキニは、今なら車を停めても安全だと言った。だが、カールソンさんはなにをするにしても、手早く済ませないといけない。15分もすれば暗くなる。その後は誰であれ一歩たりとも車外に出ることは許されない。

停まる？　ここで？「知り合い」ってどういう意味？　どこでもない場所のど真ん中に知り合いがいるなんてことがあるの？　サビーネの不安がユーリウスにも感染していた。野生の中の野生にいる時に１０１歳の不安定な良識を信じるなど、あまりお勧めできた行為ではない。このまま進み続けたほうがいいんじゃないだろうか。

「親愛なるアスパラガス農家よ、深呼吸だ。吸って、はいまた吐いて。わたしなら大丈夫、見ていてごらん」アランが言った。

メイトキニが道の脇に車を寄せて停めると、レンタカーも同じようにした。１５０メートル後方。アランはランドクルーザーから地面に降り立った。数歩、後ろの車に向かって進む。双眼鏡で再度確認すると、間違いない、やはりそうだ。双眼鏡を下ろし、ブレザーを着込んだ女を大声で呼ぶ。「おおい、こっちへおいで！　不動産ブローカーのお嬢さん！　恥ずかしがらないで！」

70　タンザニア、ケニア

前夜、諜報員Bは後部座席で寒さに震えながら、どうにか数時間だけ眠った。日が昇って少し気温が上がってから、さらに数時間。そのあとはまったく無為に過ごした一日だった。１万人の人間がいる中でカールソンに出くわさずにいるのは容易だったし、反面、見つけ出すことは不可能だった。できることといえば、彼らの車を見張っておいて、出発したら安全な距離を取って追跡するくらいだ。いや、半分安全な距離か。後にわかったことだが、彼らは来た道を引き返さなかった。それどころか、オレコリンコのテント村までの道路よりさらに悪路を通って、北上した。

諜報員なら誰でも、車での尾行には最低ふたりによる協力体制が必要だと知っている。ひとりが前を行き、もうひとりが後ろにつく。無線での連絡も欠かせない。

しかし諜報員Bは、このなんの意味もない任務にまったくのひとりで就いていた。そして道路は道路ではなかった。どちらかといえば家畜用の道。見つかる危険性は大。

Bは可能な限り大きく距離を取った。前の車のミラーを照らしてしまうのを避けてライトも点灯しない。ただ、こちらの視界から消えないようには気をつける。今この瞬間、すっと曲がられてしまったら、そのまま永遠に見失ってしまうだろう。

ぎりぎりのバランスが求められる仕事だった。昨晩から頭を離れない考えにも、悩まされていた。なぜこんなことになってしまったのだろう。アフリカのサバンナの未舗装で石だらけの道をたったひとりで走っている。考えられうる限りの完全なる単独任務。隠密に。すでに十分だめな人生をフルタイムでさらにだめにしているような気がしてくる。

その時、事態がさらに悪化した。尾行対象がとつぜん車を停め、まるで彼女が古くからの友人であるかのごとく呼びかけてくる。

諜報員BはUターンしてそのまま消えることも検討した。しかし状況は複雑だ。101歳の敵とは、おそらく簡単に友人になれる。それにこうして見つかってしまった以上、むしろ方針を変えたほうが良いのではないのか。

そして、わたしはなにを手放すことになる？ 戻ったらすぐに辞表を出そう。レーデルハイムで見回り警官でもやるとか？ それもいいかもしれない。でももし歯痛が起こって、近所の歯科医院にいく必要が生じたらどうしよう？

Bは老人と彼の車に向かってゆっくり進んだ。車を降り、黙ったままアランの前まで行った。

「やあやあ、こんにちは」アランが言った。「この前お話しした時から、よさそうな物件は見つかりましたかな？」

ふたりは、地球上でプロの不動産ブローカーがもっとも仕事で訪問しそうにない場所にいた。諜報員Bはこの7年、極秘の人生を送ってきた。消耗し苦しんでいた。飢えていた。渇いていた。

自分自身と人生に疲れきっていた。そして今目の前に、敵かもしれないが友達かもしれない男が立っている。

もう十分だ。諜報員Bは心を決めた。

「いいえ、だめでした。わたしの名前はフレドリカ・ランガー、職業はドイツ連邦情報局職員で、アフリカから濃縮ウランが流出するのを阻止する任務に就いています。たとえば、北朝鮮とかに」

「およその線だろうと思い始めていたよ」アランが言った。「ダルエスサラームの空港でわれわれの後ろに並び、機内ではわたしの隣になった。自分の目的地がどこかもわかっていなかった。ムソマには斡旋するような不動産物件はないだろうとわたしが推測すると、あんたは同意した。そしてそれは笑ってしまうほど大間違いだった。そしてついさっき、後ろにいるのがあんただとわかった——昨日からそのブレザーを着替えていなかったからね。こんなサバンナの真ん中で、あんたが追いかけるのはわたしとわたしの友人たち以外にない。そうだろう？」

「ええ、まさに」諜報員Bは言った。人生でこんなにプロ意識に欠けていると感じたことはない。

「なにがあったんです？」メイトキニが言った。

「あれもこれもだ」と、アラン。「おふたりとも、ご紹介したほうがよろしいかな？」

この時点で、メイトキニは棍棒とナイフを手に構えていた。だがアランの口調から必要ないと判断した。みじめな諜報員は、すでに自分がサバンナでいっさいの武器も持たずに4人の容疑者に接近を試みていたことを自覚していた。失敗が雪だるま式にどんどんふくらんでいく。

儀礼的な紹介の手続きが終了すると、アランは自分たちの新たな仲間もメイトキニのキャンプに招いてもらえるだろうかと言った。なにしろ話すことが山ほどある。「そう思わんかね、ランガーさん」

ランガーはそう思った。

「そして、こんなところに突っ立ってはいられない。そう思わんかね、ランガーさん」

ランガーはそう思った。

「なら行きましょう」メイトキニが言った。「わたしについてきて下さい、ランガーさん」

＊

アランはドイツ人諜報員の車に乗ることにした。これですぐにおしゃべりを始められる。諜報員ランガーはおかげで少し気分がよくなった。カールソンがこちらをからかうつもりなら、じきにみずから墓穴を掘るだろうし、そうだとしても自分が間違った場所にいる事実は変わらない。武器も持たず、よけいなことも話しすぎた。ただ少なくとも、カールソンの狙いを知ることはできる。

周囲がみるみる暗さを増す道中、アランはランガーに、身の上話を思いつきで挟みこみつつ、熱気球旅行の経緯をかいつまんで話して聞かせた。諜報員ランガーはすべて信じた。カールソンの潔白を信じざるを得ない話ばかりだった。本当にウラン密輸業者で北朝鮮の使いをしているなら、どうして国に留まらず脱出したのか。それにウラン密輸業者が、4キロの濃縮ウランをアメリカに持ち込もうとした挙句、ワシントンのドイツ大使館にアンゲラ・メルケル宛てラブレターを添えて押し付けるなんて、正気で思いつくものだろうか。

「北朝鮮の研究室長は、最初の何倍もの量が来ると話していた」アランは言った。「おまえさんが関心を持ってここにいるということは、問題のウランはこのあたりに来ているのか」

そうだ、それこそ諜報員が疑っていたことだった。それを否定する理由はない。より正確に言うなら、コンゴあたりに。数か月前、カールソンとヨンソンを拾ったのと同じ船が、今ふたたび海に出ている。「それなりの理由から、受け渡しはマダガスカルのすぐ南の海上で行われると確信しています」

「だったら、おまえさんはこんなところでなにをしているんだ？」

諜報員ランガーはむっとした。「カールソンさん、あなたがいなければ、わたしだってこんなところにはいません」

「あ、そうか」アランが言った。

＊＊＊

道路状況はどんどん悪化していった。ある地点では、アフリカ特有の豪雨で洪水が発生し、道路が通っているはずの場所の大部分もしくは全体が沈んでいたために、ルート変更を余儀なくされた。あちらこちらで、道路が川に変わっていた。道路の中央が岩や大木に塞がれ、２車線の道幅が狭まって一時的に1車線道路になっているところもあった。ケニアのサバンナでは道路標識が見られることはほとんどない。道が2車線に戻ったところで左右どちらの車線を選ぶかは、常識によって決定される。左側通行の国で生まれ育ったメイトキニは、左を選んだ。

一方、諜報員ランガーは、意に反してこの地を訪れただけの人間だ。さらに生まれてからの33年間をフランクフルト・アム・マインを通るＡ５号線の目と鼻の先で暮らしてきた。Ａ５は時速２００キロ対応でケニアの郡道Ｃ12は最大10キロだが、前者と後者の決定的な違いはそこではない。ドイツは車が右側通行で、ケニアは左側通行だという点だった。

　ざっくり言えば、前方に大きな岩が現れた時、諜報員はメイトキニと違うほうを選んで回り込んだ。岩の反対側の水流はふたつの浅瀬に分かれ、間は10メートルほど離れていた。左側は通常どおり道路として機能していたが、右側は直近の豪雨で路面の土が大量に流され、その先は通常時の水深30センチから1・5メートルほどの深さになっていた。メイトキニのようにつねに左側通行で運転する地元のマサイ族は、自分たちから見た陥没地点の手前には、親切にも警告標識を出していた。しかし奥にまでは注意を払わなかった。つまり、諜報員ランガーが走ってきたほうには。

　ランガーが注意深く傾斜を下っていくと、水深が30センチから一瞬で5倍になった。車は激しく前傾し、両前輪が水面下で見えない穴に深くはまり込んでしまった。エンジンが水に浸かり、数秒後には停止した。

「おっとっと」アランが言った。落ちないように手で体を支える。「推察しろというなら推察するが、諜報員のお嬢さんはわれわれをトラブルに巻き込んだようだよ」

　諜報員ランガーは事態がどんどん悪化していると思った。しかも尋常ではない度合いで。数時間前、自分がアフリカ大陸の誤った場所にいることが明らかになった。そして現在、誰かが車を引きずり上げて修理してくれるまでは、その誤った場所からけっして脱出できない事態になった。

　その後、アランと諜報員が反対側に渡るまではちょっとした冒険になった。メイトキニは木の枝を定規代わりに長さを測り、ふたりがボンネットを伝って乗り移るためには、どの程度まで水に入って自分の車を寄せればいいかを割り出した。そしてどうにか無事に、ふたりはユーリウスとサビーネとともにメイトキニの車に乗り込むことができた。

「あなたの車は置いていくしかないですね」メイトキニは言った。「反対側から引き上げることになるでしょう。牽引用ロープが必要ですし、野生動物に囲まれて真夜中にやる類いの仕事ではありません。それに水没する道を選んだわけですから、使いものになるとも思えません」

「選んだわけじゃない」諜報員ランガーは言った。

71
ケニア

諜報員はひとり、メイトキニがガイドとして勤めるキャンプ場で借りたテントの中にすわっていた。すべてに幻滅して動揺が収まらず、一睡もできないまま気づけば夜明けを迎えていた。キャンプの敷地内にあるサバンナの谷間に続く草と低木林の丘の斜面全体に、テントが点在しているのが見える。わずか200メートルほど下方に行けば、動物たちの巨大な水飲み場がある。日が昇ったら、ディクディクのつがいが渇きを癒しにやってくるが、すぐにゾウの群れに場所を明け渡すことになる。谷は圧倒されるほどの静けさに満ちていた。ドイツと同じだ、そしてまったく違う、と諜報員ランガーは思った。

平穏はアランとユーリウスのふたりに破られた。キャンプラウンジから続く道をふたりでとぼとぼ歩いてくる。野生動物は夜明けとともに狩りを終えるため、もう散歩をしても安全な時間だった。

「おはよう、諜報員さん。よく眠れたかな？」アランが尋ねた。

「朝食を持ってきた。よかったら一緒にどうだい」ユーリウスが手にしたトレイを持ち上げて言った。

諜報員さん？　ああ、そうだ、もうばらしたんだった。そしてカールソンは自分が知っていることに思慮を働かせる人間ではない。

「ありがとう。よく眠れました」諜報員ランガーは嘘をついた。「朝食もいいですね。どうぞ、おすわり下さい」

女ひとり男ふたりで、コーヒー、目玉焼き、パパイヤを分け合って食べた。パパイヤはキャンプの畑で収穫されたものだ。3人はこれからのことについて話した。夜明けの涼しさは、標高2000メートル、赤道のすぐ南の地にふさわしい昼間の暖かさに変わりつつあった。

アランは、持参した黒いタブレットで見つけたニュースを共有できれば嬉しいと言った。その場合、前回から何人の人間が新たに地中海で溺死したかについては省略するつもりだ。ユーリウスがこの話を聞くのはもううんざりだそうだから。

ユーリウスは、諜報員さんを自分とサビーネと同じ目に遭わせるものじゃないとアランに言った。もう長くそれで苦しんでいるからだ。しかし諜報員は、礼儀正しくアランの申し出に頷いた。サバンナと低木林の外の世界でなにが起きているかを知るのも楽しいだろうと思った。東の最高指導者はまた新たな戯言を言ったりしていないだろうか？

もちろん言っただろうとアランは推察するが、タブレットにはなにも届いていない。かわりに、もし興味がおありなら、ちょっと違う話をご提供したい。

「興味はない！」ユーリウスは言ったが、アランは続けた。

懐かしの故郷スウェーデンでは、公共交通庁が公安警察局の提言に反して、東ヨーロッパの企業に対し意図的に全データベースの情報を送っていたそうだ。戦闘機パイロットと政府職員に関する機密情報の取り扱いを外注に出したのだ。その後の報道で、同庁長官には、更迭のうえ罰金7万クローナの処分が下されたものの、最低400万クローナの退職金が支払われたことが明らかにされた。

「推察するに、諜報員ランガーさん、スウェーデンにはあなた方の同僚は駐在していないだろうね。どう考えても、そんな必要はない」アランが言った。「あの国では、われわれは互いに、誰に対しても、秘密なんてものは持っちゃいないのだ」

アランはユーリウスがむっつり黙り込んでいるのに気づいた。ニュースのせいか？　ちょっとくらいは大目に見てくれてもいいだろうに。

トランプはあいかわらずトランプのようである。一方サウジアラビアは西洋的退廃に向けてまっしぐらだ。女性に車の運転をする権利が与えられたのに留まらず、今度は1983年以来、男性も女性も映画に行くことが許されたのだそうだ。ひょっとしたら、この騒ぎもおさまらないうちに、今度は飲酒すら普通に行われるようになるのではないか。

アランは自分のこの考えに、ユーリウスが機嫌をそこねたままなにも反応を示さないのに気づいて、話題を変えることにした。「今度のニュースには、おまえさんも元気になるかもしれないぞ、ユール。サッカーの試合で、あわれなセネガル人選手が膝にボールを当てられた時、相手の南アフリカチームにペナルティキックを与えたガーナ人審判が永久追放されたそうだ」

ユーリウスは依然黙り込んだまま（自分の名前はいかにユールではないかについてのコメントは除く）だったが、ドイツ人諜報員は対照的だった。

「膝でボールを蹴っちゃいけないの？」ランガーは生まれてこの方、スポーツを楽しみとして見るのは避けてきた。いや、楽しみ全般を避けてきたのだと、今になって思う。

「そう、問題はそこだ。だが国際サッカー連盟《FIFA》は――ちなみに腐敗で有名な組織だが――審判が腐敗していると考えた。再試合になるそうだ」

友はあいかわらずしかめ面を続けている。こうなったら最後の手段だ。スポーツで言うなら、「ユーリウスのコートにボールを入れる」というやつだ。

「話は変わるが、諜報員さん、おまえさんはアスパラガスに縁があったりはしないかい？」

諜報員ランガーにとっては思ってもみなかった質問だった。

「アスパラガスですって？　長年にわたって、どちらかといえば親しく良い関係を築いていると思います。祖父は生まれも育ちもシュヴェツィンゲンなんです」

「シュヴェツィンゲン」と、アラン。「酒を割る飲みものっぽい響きだ」

諜報員ランガーは、酒ならシュヴェツィンゲンの人間も1杯や2杯、ひょっとしたら夜が明けるまでに3杯くらいは飲むかもしれないが、市の名前はアルコールとはいっさい関係ないし、むしろアスパラガスとの関係が深いと言った。

「もっと聞かせてくれ！」ユーリウスが身を乗り出して言った。

「おかえり」アランが言った。

フレドリカ・ランガーは生まれてこの方、大のアスパラガス好きだったことが発覚した。グリーンではなくホワイトのほうだが、アスパラガスには変わりない。祖父のギュンターは当時のシュヴェツィンゲンでも指折りのアスパラガス農家だった。砂土の地面を這い回り、1本1本のアスパラガスと個人的な関係を築き上げるようにして育てていた。家では、祖母のマチルダとともに、この白金色の植物で作るすばらしい料理の数々を考え出した。前菜からメイン料理からデザートまでだ！

「白？」ユーリウスが言った。「本物のアスパラガスは、緑だろ？」

これは、バリにいたころユーリウスとグスタフ・スヴェンソンが唯一議論になった点でもあった。スウェーデン・インド人は自分たちの作物には多様性を持たせるべきだと主張した。２割は緑ではなく白にすべきだと。

諜報員ランガーは、１年ぶりに笑顔になった。「僭越ながら申し上げますが、ヨンソンさん、ご自分がお話しになっていることの意味がおわかりではないようですね」

＊＊＊

メイトキニのサファリキャンプのお客は予定通り到着し、ガイドに迎えられた。スウェーデン人とドイツ人の４人組は、数日間自分たちで時間を潰すことになった。

アランはその日々を、ラウンジ横の大きなベランダで、緑に覆われた谷間と水場の景色を眺めて過ごした。見るそばから移り変わるドラマのような眺めを楽しめる。ディクディクの後にはゾウが来て、ゾウたちが水を飲み終わると、ライオンが目覚める時間になる。サイも1頭で定期的にやってきた。それにキリンのなんと不便な体の作りよ。水を飲むためには開脚をしなくてはいけないのだ。

１０１歳老人は、景色はもちろんのこと、すべてに満足していた。バーのジョン青年は、頼まなくても飲み物を持ってきてくれる。おまけに彼の技術がすばらしかった！　なんということか、ジョンがタブレットを「ネットワーク」と呼ばれるなにかに接続したとたん、世界中のニュースが5倍の速さて飛び出してくるようになった。もちろん、中身は同じだが、それでもありがたい。

サビーネはラウンジの奥で過ごすのを好んだ。そこならアランのひっきりなしのおしゃべりに妨害されずに集中できる。頭の中ではずっと、集団ミーティング形式交霊サービスの案を何パターンも考えていた。沿うべき原則は「騙し取るならひとりから３００ドルではなく、１万人から数ドルずつ」だ。そして神は排除するという強いこだわり。

「集団交霊サービス」サビーネはひとりごちた。「水曜日午前11時、天国のエルヴィスに繋がります。参加費10ドル。20ドルで個人の質疑応答受け付けます」

だめだ、うまくいきそうにない。参加者の心を開くお茶を加えてみるとか？　秘密のお茶？　少量のＬＳＤを加えたら、評判もあがるんじゃないか……。

「調子はどうだい？」アランがすぐそばまで来て言った。

「邪魔しないで！」サビーネは声を上げた。

あまりよくない、と心で呟いた。

＊

ユーリウスと諜報員ランガーは、ほとんどの時間をラウンジの反対側で、キャンプのオーガニックガーデンを眺めて過ごした。気候と標高２０００メートルの条件は、まちがいなくアスパラガス栽培に適しているという点でふたりの意見は一致していた。しかし鉄分の多い赤土はいけない。ユーリウスは、白のマズパラガスならどんな土だろうが育つかもしれないが、緑には上質な砂質土が必要だと言った。諜報員ランガーも黙ってはいない。白だって緑と同じ土が必要だ。ただし、緑のほうはどんな土で育てようが関係ない。どちらにしろ、食べられた代物じゃないから。

ふたりのアスパラガス愛好家の関係はおおむね良好だった。ただ緑か白かの話になるとそうはいかない。

尊大な諜報員Aが、電話で妨害してきた。連邦情報局が現地採用した国境警備隊の隊長と隊員80人と協力し、タンザニアとモザンビークの国境には見えない壁が構築されたという。密輸犯が引っかかるのも時間の問題だ。「こっちにいられなくて残念だったな。手柄はすべてわたしのものだ」

元従順な諜報員Bは、今では新たなアスパラガス関係のおかげで気力が充実していた。上司の不幸を祈るくらいはなんでもない。「それはよかった。もしウランがすり抜けていってしまったら、わたしの責任にすることもできますしね。そうでしょう?」

上司の諜報員Aは、Bから反抗的な言葉を聞くのに慣れていなかった。「おい、自分が適当な場所にいる知恵がなかったからと言って、そんなに動揺するなよ。そっちはどうだ。カールソンは？　見つかったのか?」

「いいえ」諜報員Bは嘘をついた。「ただ、借りた車がサバンナの水流で穴にはまってしまいました。水没地点から引き上げられるのは、2、3日後になると思います」

諜報員Aが声を上げて笑った。「そいつはおもしろい。久しぶりに笑ったぞ。じゃあ、しばらくはそっちにいるんだな」Aは、報告書によると「名誉と力」号はまだ喜望峰とアガラス岬に向かって航行中だと告げた。そして、ほぼ間違いなくマダガスカル島南の沖合いにやってくる。つまり、ウラン密輸犯がタンザニアとモザンビークの国境をいつ越えてもおかしくはない。「そしたら、わたしから首相にじきじきにお電話をさしあげて、このニュースを伝えるしかないな」

通達どおりに休暇中の連邦情報局長経由で連絡したところで、きちんとしたキャリアアップの助けにはならないと、Aは考えていた。

諜報員ランガーは、ラウンジのユーリウスのところに戻った。ユーリウスと一緒にいると、生きる熱意にも似たなにかを感じられる。

「こんにちは。間違った種類のアスパラガスが好きなそこのあなた。ご一緒していいかしら?」ランガーはにっこり笑って声をかけた。親しみのこもった言い合いだ。緑か白かの対立。

ユーリウスが答えた。「やあ、色の区別がつかないあんたか。どうぞ、すわって」

72 ケニア

数日後、ツアー客は世界で8番目の不思議といわれるこの場所に大いに満足して帰っていった。メイトキニはふたたびアラン、ユーリウス、サビーネとドイツ人のための時間を取れるようになった。まずは水没した車をどうにかしないといけない。サビーネからは、自分たちは可能ならあと数日このキャンプで世話になりたいと話があった。ここのラウンジは考えごとをするのに適しているから。でも、まだ自分が望むような将来のビジネスプランを作り上げるには至っていなくて。

メイトキニは喜んだ。このスウェーデン人のお客さんたちがまだしばらくいてくれるなら、なによりだ。しばらくはやるべき仕事もない。もちろん、ドイツ人さんと車の件は別にして。「ドイツ人さん」と、諜報員Bは思った。それに「諜報員さん」。他人に話してもかまわない名前と身分を持てる状態でこの世に存在するって、どんな気分なんだろう。

「わたし、フレドリカっていうんです」諜報員Bは言った。「よろしくお願いします」

メイトキニがばつの悪そうな顔をした。

フレドリカ・ランガーの電話が鳴った。まさか、ボスがついに……？

そうではなかった。任務に戻れているかを確認する、15回目の電話だった。フレドリカはうんざりした気持ちで、復旧中だと応答した。車はあと1時間ほどで水流から引き上げられる。その後エンジンの修理をして、明日の朝にはムソマから飛行機に乗れると思う。

「直接マダガスカルに来い。そこで落ち合おう。野郎ども、どうやらすり抜けやがったようだ」

電話は終わった。メイトキニが話を続ける。「それじゃあ、さっさと車に向かったほうがいいですね。みんなで行って、あなたの……フレドリカの車がちゃんと動くようにして、お見送りしましょう。その後、わたしたちは暗くなる前に、帰り道で本物のサファリツアーをすればいい」

アランは、水場で見かける動物たちを、さらに近くで見られるのはおもしろそうだと言った。黒いタブレットでもキリンやヒョウの写真を見てはいるが、本物は違う。

ほかのふたりも賛成した。ユーリウスはフレドリカが帰るのは残念だったが、仕事とあれば仕方がないと理解していた。

＊＊＊

途中何度か寄り道してサファリを楽しみつつ、1時間ほどで諜報員ランガーが数日前にランドクルーザーの前半分を不適切に駐車した地点に到着した。水流はその時から変わっていなかった。車のほうはそうではなかった。

「誰かがもう助けにきていたようですね」メイトキニが言った。

「そのお礼に車をもらっていったんだな」アランが言った。

フレドリカ・ランガーは両手で顔を覆った。自分をタンザニアに連れて行く手段だったはずの車を、誰かが盗んでいった。南部に戻るのに必要だったのに。この先どうしたらいい？

メイトキニは、フレドリカを慰めようと必死だった。キャンプには、約束どおりサファリツアーをしてから戻る。スウェーデン人たちをキャンプで降ろしてから、夜通し運転してムソマまで送っていく。「帰りの便が出る前に車が盗まれたと報告すればいい、フレドリカ。もっとひどいことになっていた可能性もあるんです。そうでしょう？」

たしかにそのとおりだった。フレドリカは、メイトキニの提案を受け入れた。

だが、物事は計画どおりにいかないものなのだ。

＊＊＊

サファリツアーは最高だった。簡単には感動しない性質《たち》のアランですらも、目の前の光景に心を奪われずにはいられなかった。この岩だらけの道を道路と呼べればの話だが、メイトキニは道路でたまたま遭遇した動物を見せるだけの男ではなかった。自分自身も車も公的な資格を得て、野生動物の生息場所を見つけ出し、そこへ案内するプロだった。

母ヒョウがライオンに目を光らせている間に、遊びで喧嘩する子どものヒョウ。ゼブラの群れ。トムソンガゼルとヌー。巨大な母親ゾウと、後ろ脚の間をちょこちょこと歩く生後1週間ほどの赤ちゃんゾウ。水面に鼻先と目だけを出している4頭のカバたち。夜になり、水場を出てエサを探しにいくのをそうして待っているのだ。ひとことでいえば、夢のような光景。

誰も気づかないうちに、突然あたりに夕闇が迫ってきた。

「おっと」メイトキニが言った。「道路に戻る時間です」

車はすぐに探していた道に戻り、キャンプ目指して走り出した。

赤道近くに来ると、薄闇があっという間に真っ暗闇に変わった。野生動物の目が道路の両脇で光っている。多くの動物が仕事を始める時間なのだ。

サバンナを30分ほど走ったところで、はるか前方に赤い光が見えた。車のテールライト？　そうだ、間違いない。

「なんてこった、渋滞か」アランが言った。

近づいてくる。停車していた。なにかトラブルがあったようだ。メイトキニが一行に命じた。

「車内にいて下さい！　足1本たりとも外に出さないように！　アラン、あなたのことですよ！」

「わたしのことは心配しなさんな、メイトキニ。必要がなければ動かないから」

荷台に大きな木の箱を積んだ青のハイラックスだった。メイトキニは、左後輪の横の地面に置かれたレンチを見て、パンクしたのだと気づいた。運転席に男がひとり。警戒した様子でサイドウィンドウを下げて顔を出した。メイトキニがランドクルーザーを横につけた。助手席にすわっていたアランはこの状況に高揚していた。新たな人との出会いはいつも心躍るものだ。

「こんにちは」アランは言った。「わたしはカールソン。アラン・カールソン。おたくのお名前は？」

ハイラックスの男は小柄な中年の黒人だった。アランを胡散臭そうに眺めてから口を開いた。「スミス。スタン・スミス」

「それはまあ」と、アラン。「テニスをしている？」

「違う。タイヤがパンクした」スタン・スミスが言った。どう見ても、混同されそうにはない、同姓同名の白人で身長2メートルのテニス選手がいることは知らなかった。

メイトキニは言った。パンクしたタイヤの横にレンチがあるのを見たけれど、スミスさんはまさかこの暗闇の中、タイヤ交換のために外に出たのでは？　もしそうなら、それは絶対にお勧めできない。

スタン・スミスは少し躊躇してから答えた。「俺は車を離れていない。仲間だ。20分前、ライオンに連れて行かれた」

なんと恐ろしい話。だが、スミスは冷静で、取り乱していないように見えた。

「辛い話をさせてしまった、申し訳ない」メイトキニは言った。「よかったら、こっちの車に乗らないか。すぐ近くにうちのキャンプがあるから、今日は泊まっていったらいい。明日の朝いちばんに、誰かにここまで送らせて、タイヤの修理も手伝わせるよ」

スタン・スミスは首を振った。「ありがとう、だがけっこうだ。荷物を置いていけない」

アランは荷台の大きな木の箱を見た。「ちょっとお尋ねするが、あれにはなにが入っている？」

スタン・スミスは今度も答えるのに躊躇した。「必需品だ」

「必需品」アランが繰り返す。「なるほど、それは持っていたほうがいい。ただもちろん、どういった種類のものかにもよる」

　たとえば——。

　スタン・スミスはまたも躊躇した。アランはある種のことを頭に刻み付けるのが得意だ。

「貧乏人のための物資だ」スタン・スミスは言った。この件についてはこれ以上話したくないという本音が見え見えだった。「いいから行ってくれよ。今夜ひと晩くらいなら、ここで問題ない」

　メイトキニは肩をすくめ、そのまま走り去ろうとした。スタン・スミスの言うとおりだ。夜明けまで車から出なければ危ないことはない。助けが不要なら、無理にこちらの申し出を受ける必要もない。話はそれで終わりのはずだった。アランがあることに気づきさえしなかったら。

「いいブリーフケースだ、スミスさん」アランが言った。

　立ち往生していた男はびくっと反応した。

「実を言うと、わたしもそれとよく似たものを運んだことがある」アランは続けた。「北朝鮮のデザインだ。間違いない。北朝鮮のブリーフケースは、全種類にわたってよく知っているのだ。むしろ種類は非常に限定されているのだが」

　状況はここで新たな方向へ動いた。グッドラック・ウィルソンことスタン・スミスが、北朝鮮のブリーフケースを開けると中からリボルバーを出した。ハイラックスのサンルーフを開けて座席に立ち、順番にランドクルーザー前部座席のアラン、メイトキニ、そして後部座席の男女へと向ける。

「動くな！」

　この一瞬、時間が止まった。グッドラック・ウィルソンは、その間に状況を分析することができる。自分は今、漆黒の闇に包まれたケニアのサバンナの中央にいる。世界最大のライオンの生息地だ。

空港までは約7キロ。そこから濃縮ウラン400キロ入りの箱を飛ばす。今夜か、遅くとも明日の夜には。タイヤはパンクしている。しかし代わりの車がやってきた。手にしたリボルバーの力を借りて、その車を奪ってしまえばいい。リボルバーは周囲を持ち主の言いなりにできることで知られている。今回は、このじいさん、運転手、後部座席の3人のやつらとこっちの車を交換させる。

この場合、ウランの問題が残る。置いていくわけにはいかない。大箱を開けて、人質に10キロのウラン40個をランドクルーザーにひとつずつ運ばせることもできる。だが、その作業は外に出て地上で行わねばならない。リボルバーの脅威と、そしてライオンの脅威にも晒されて。リボルバーはそのような状況でも、果たして連中の規律を保つことができるだろうか？

それに、そうだ、この連中。一体何者だ？　あの年寄りの白人は、どうしてこのブリーフケースのことがわかったんだ？　あり得ない。

さて、時間が停止している間に、人間の脳はどのくらいの働きをすることができるだろう。グッドラック・ウィルソンはまだ考え続けていた。別の選択肢は、数百万ドルの案件に脅威を与えているこの連中を銃で皆殺しにすること。だが、それではここから動けなくなる。朝まではだめだ。朝になれば助けを借りずに車かタイヤを交換できる。それまでに通りかかるサファリカーが一体どれくらいいるっていうんだ？

ここで、その一瞬が終了した。止まった時間がふたたび動き出す。マサイ族であるメイトキニは、投擲《とうてき》用の棍棒をズボンに結び付けて持ち歩いていた。40メートル離れた場所で動く野生動物にも命中させることができる。その一撃は動物に、自分に思考力があることを忘れさせる程度の衝撃は与えられる。

動物も人間も、本質的に大きな差異はない。たった3メートルの距離からなら、スタン・スミスを自称しながら別名がありそうな男の額に命中させるなどたやすいことだった。スイギュウでも棍棒で脇腹を打たれたら痛みを感じる。人間の額なら、当たり所によっては死に至る。

メイトキニは光の速さで動いた。

「いい投げっぷりだ」アランが賞賛の声をあげた。

「ありがとう」と、メイトキニ。

ユーリウスとサビーネは、電光石火の出来事になにも言えなかった。フレドリカ・ランガーも同様だったが、3人の中では最初に口を開いた。

「実際のところ、なにが起こったの？」

アランが答えた。

「実際のところなにが起こったか。わたしの推察では、諜報員のフレドリカは、たった今、大事な500キロのウランを発見したのだよ。いやはや、本当に世界は狭い」

73

コンゴ

数か月前にマダガスカルに試験貨物を配送し、北朝鮮へ引き渡した企ては、大きな冒険だった。しかしその後の平壌《ピョンヤン》までの旅は順調だった。グッドラック・ウィルソンは、サバンナでのアランたちとの不運な遭遇から遡ること数日前に、「大博打作戦《ジャックポット》」を開始した。遥か遠くの最高指導者から500

キロのウラン購入の希望があり、それが思わぬ事情で400キロになった。そして作戦が開始された。つまり、40億年ごとに威力が半減するウランを、村のど真ん中にある小屋にこれ以上置いておけなくなった。

だが、4キロならなんでもないことも、400キロとなると話は別だ。狙いを絞った賄賂のおかげでブルンジ経由でタンザニアに持ち込むのは簡単だった。しかしつぎの国境であるタンザニアとモザンビークの警備が頑強だった。国境警備隊がやたらと真面目に仕事をしている。胸糞悪い連中だ。

さらに、前回うまく切り抜けたとはいえ、どうやらあちこちに痕跡を残してしまっていたらしい。グッドラック・ウィルソンは、名前のわりには運を信じていない。信じているのは知恵だ。

新たな作戦を立てる必要があった。

そしてそうした。

濃縮ウランもしくは国際市場で金になるその他の胸躍る商品に目を光らせる全員が、貨物はもっとも海岸の近いタンザニアか、つぎに近いモザンビークに向かうものと読んでいた。そこでグッドラック・ウィルソンは別ルートを設定したのだ。まっすぐ北上し、マサイ王国のあるセレンゲティを目指した。マサイ族は牛を飼い、山羊《やぎ》を育てていて、現代世界との接点はほとんどない。なにより、毎年夏にはより豊かなエサ場を求めて北に移動する野生動物のように、国境を気にしない。タンザニアとケニアの国境はマサイの土地にまっすぐ通っている。警備隊はいない。マサイに、200頭の牛を地面の特定の線を越えて飼うことはできないと言ったところで、なんの意味もないからだ。

計画では、ハイラックスでウランをコンゴからブルンジ経由でヴィクトリア湖の南へ、さらにセレンゲティへと運び込み、ケニアとの国境を越えることになっていた。そしてそこから、地面に毛が生えた程度のキーコロック空港へと向かうのだ。ミネラル分豊富な赤土の滑走路1本と、新聞スタンド並みの大きさのターミナルビルしかない空港。ナイロビからエア・ケニアがサファリに飢えたツアー客を運んできて、ツアーを終えた客を拾って帰る。日が沈むと新聞スタンドは店じまいし、空港の機能は止まる。翌朝まで、だれも敷地内に入ることはない。

たとえ目的は不純でも、飛行機に必要な着陸灯と適正な航行システムさえ装備されていれば、暗闇の中、たまに通りかかるキリンやゼブラを除いてほかに目撃者のいない滑走路は、自由かつ容易に着陸しふたたび離陸することができる。グッドラック・ウィルソンはロシアに頼んで、適当なパイロットと連絡を取るだけでよかった。それですべてうまくいく。なぜロシアかというと、まるで夜出る幽霊みたいな北朝鮮とは接触できないからだ。

荷物を積んだ飛行機は海岸方面に向けて飛び、そこからは高度40メートルで海上を進む。向かうは、マダガスカル島南端のきれいにならされた平地だ。秘密裏に上陸した北朝鮮人がそこで待機し、荷物を受け取る。もちろん、代金８０００万ドルと引き換えだ。

グッドラック・ウィルソンはこの最後の部分だけが少し心配だった。とはいえ、少しだけだ。先の試験配送分の10万はきちんと支払われた。あの時は前払いだった。ある日突然、アジア人らしき見知らぬ男がグッドラック・ウィルソンのオフィスの前に立っていた。両手にブリーフケースをひとつずつ持ち、ひとこと「名前は？」とだけ言った。

「グッドラック・ウィルソン」監視役リーダーの男は答え、同じ質問を相手に返すことはしなかった。

アジア人は頷き、言った。ブリーフケースのひとつには同意した額の金が入っている。もうひとつは、鉛シールドを施した荷物の持ち運び用に、雇用主が厳密に指定したものだった。

それだけだった。アジア人は、姿を現した時のように気づくと消えていて、以来見ていない。グッドラック・ウィルソンには真実は知りようもないが、男はカンパラの北朝鮮大使館から来たのだろうと思った。ウガンダからコンゴに入るのは簡単だし、戻るのも簡単だ。グッドラック・ウィルソンならアルバート湖を魚釣りボートで渡るやり方を選ぶが、ほかにも手はいくつかある。

それはそれとして、肝心なのは北朝鮮には配送手段があると証明できたことだ。彼がそうしたのだ。あの時はすべてがうまくいった。今度もまたすべてうまくいく。

と、グッドラック・ウィルソンは思っていた。

74 ケニア

アフリカのサバンナの荒地向けに設計したランドクルーザーでも、使用頻度が高いと週に1度はパンクする。ハイラックスで同じ条件下なら、その回数はさらに増えるだろう。ただし短時間の走行で、かつきちんと注意をはらうドライバーなら、タイヤ交換せずに済む可能性は大いにある。

しかし道はごつごつした石でいっぱいで、リスクはつねに目の前にある。日暮れ後はとりわけ注意が必要だ。万が一事故が起きた場合、路肩にいるのが自分だけとは限らない。希望に反してライオンがエサを求めて闇をすり抜けてくるかもしれない。マサイ族が「殺人機械」と呼ぶヒョウも。ハイエナもけっしてありがたくはない。なかでももっとも獰猛な動物はアフリカスイギュウだ。もしパンクがおあつらえの場所で起こったら、スイギュウたちのその夜の狩りはおしまいになる。そしてその場所がどこかは、知りようもない。

つまり、夜にタイヤがパンクしたら守るべきことは——。

朝が・来る・まで・車の・中に・いろ。

だが、もし時間がなかったら？　荷台に400キロの濃縮ウランを積んでいて、そのうえ飛行機がお粗末な言い訳で闇に紛れて40分前に着陸し、イライラしながら荷物の到着を待っていたら？　そしてそれに8000万ドルがかかっているとしたら？

おそらく誰もが同じことはしないだろう。けれどもグッドラック・ウィルソンはけっきょくのところ運を信じた。ただし自分のではない。お気に入りのいとこサムエルの運だ。このいとこは、懐中電灯とともにタイヤ交換へと送り出され、スペアタイヤを取り付けてナット交換に取りかかったところまでは、あらゆる統計値を否定するかに思われた。そしてそこへ、まったくなんの前触れもなく二方向からメスライオンが2頭姿を現したのだった。

ライオンは論理的にものを考え、そしてつねに同じ考え方をとる。エンジンで動く乗り物と生き物を見て、生き物が賢くも乗り物内に留まる限りは両者の区別をする能力はない。たとえば、サファリ好きの人間を満載したオープンキャブが到着したら、ライオンは全体をひと塊に見て、個々の人間をエサだとは見なさない。考えることはみっつ。一、これは食べられるか？（いや、大きすぎて無理だ）。二、これは自分を食べるか？（いや、長年生きてきてこの種の自動車や大型車に攻撃されたことはない）。三、これとつがいになれるか？（いや、さすがにこの種類は好きになれない）。

しかし、もしひとりがそのゾウサイズの乗り物の安全な車内を離れたとしたら、ライオンはその問いにまったく違う答えを出す。一、これは食べられるか？（食べられる。そしておいしい！）。二、これは自分を食べるか？（食べるわけがない。どうやって？）。三、これとつがいになれるか？（いや、さすがにこの種類は好きになれない）。

ライオンの得意技は、最初の一撃を獲物の鼻と口に食らわすことだ。よってグッドラック・ウィルソンの耳には、最初くぐもったガサガサいう音しか聞こえなかった。その後いとこの手から、レンチが硬い地面に落ちた音が響いた。その時になってようやく、暗闇に光るふた組の目と、骨を噛み砕く音に気づいたのだった。

そして理解した。

自分がたったひとり残されたと理解したのだった。最初に考えたのは、いとこといとこの家族のことではなかった。これで浮くことになる４００万ドルをどう山分けしたものかということだった。結論は、自分が独り占めする。こんなことで仲間割れを起こしたくはない。

メスライオン２頭が、いとこの遺体の残骸を群れのオスと子どもたちのごちそうにするため低木林に引きずっていった。それからすぐ、道路後方に１台の車が姿を現した。こんなところに？　なにもない、どこでもない場所の真ん中に？　しかもほぼ真夜中のこんな時間に？　ちくしょう！

75

ケニア

メイトキニは、３歳の時点で槍、ナイフ、棍棒の扱い方を身に着けていた。４歳の時、牛追いをしていて、不運にもスイギュウと遭遇した。スイギュウにとっての最大の不運は、４歳児が投げた槍がほぼ狙いどおりに命中したことだった。どうにか低木の陰に身を隠したものの、あとはただその肉体からゆっくりと生命力が流れ出るにまかせるのみだった。11年後、15歳になった少年はサバンナへと送り出された。持っていたのは身に着けた衣服、背中にしょった槍、ナイフ、棍棒のみ、ほかはなにもない。それがしきたりだった。1年後村に帰ってきた少年たちは、本物のマサイの戦士として大人の世界に入ることを認められる。戻ってこなかったらそれで終わりだ。

そう、メイトキニは戻ってきた。友達もみなやり遂げた。3歳のころから生き延びる術を学んできた子どもなら、多くはそうなる。

32歳となった今、メイトキニは同行者たちに、絶対必要とする以外の衣服はすべて脱ぎ、車内に積んだ毛布を残らず集めて欲しいと言った。メイトキニ本人は、車の後部座席にもぐりこみ、予備のガソリン缶を出してきた。

それから両方の車を囲むように、ガソリンに浸した服と毛布を巧みに積み上げると、全員に懐中電灯を渡し、どちらの方向を照らせばいいか指示した。マッチを服と毛布の山に落とす。すぐさま火がつき、炎が大きく立ち上がった。

「これでいい」メイトキニは言った。「わたしは外に出て、あの箱の中身を運びますから、みなさんはできそうなら、ひとつずつ受け取って下さい。これでうまくいくでしょう」

最後の安全策として、メイトキニはフレドリカに金梃《かなてこ》を持たせた。ガソリン缶の脇にあったのを見つけていたのだ。

「なにか近づいてきたのを見たら、これを投げて下さい」

フレドリカは真剣に頷いた。今この瞬間、ふたたび現場にいる諜報員の気分に戻っていた。

10分後、メイトキニは作業を終えた。火はまだ燃えていた。フレドリカ・ランガーはまだ金梃を手に構えていた。最後にメイトキニは、スタン・スミスの遺体を車から出して水路に横たえた。

「ライオンのために置いていくの？」サビーネが言った。

「いえ」メイトキニが言った。さほど遠くない低木林の陰に光る4組の目に気づいていたのだ。「ハイエナのためですよ」

＊＊＊

一行はキャンプに戻った。今や状況は大きく変わっている。フレドリカ・ランガーはメイトキニに、詳しい話はせず、もう急いでムソマに行く必要はなくなったとだけ伝えた。

「すばらしい」メイトキニは言った。「そういうことなら、遅い夕食の前にラウンジでちょっとしたお楽しみをグラスに注いでもらえるよう、ジョンにお願いしてもいいですか？」

「ラウンジでグラスにちょっとしたお楽しみ。わたしには魅力的な響きだ」アランが言った。

ほかの3人にも異存はなかった。

＊

フレドリカ・ランガーは、アランも含めてラウンジにいた誰よりも楽しい時間を過ごしているように見えた。それもそのはず、アランのおかげもあって濃縮ウラン400キロを横にしてすわっていられるからだった。検量も済んだし、準備は万端だ。つまり、アランが以前メルケル首相に贈るのに成功した量の100倍。

謀報員ランガーの上司は、お目当てのウランはケニアにあったというのに、何日もの間タンザニアとモザンビークの国境線600キロメートルを見張っていた。今はマダガスカルで同じことをしているはずだ。フレドリカは、上司に電話して報告するまで、少し考える時間が必要だと思った。

なにをするべきだろう？　自分がすべてに疲れきっている点を考慮しないとしてだけど。

「お疲れのようだね、謀報員さん」アランが言った。「いや、フレドリカだった。最近、心配事が増えたとか？」

さすがカールソンだ。こちらのことはすべてお見通し。

＊＊＊

全員がベランダに集合してテーブルを囲み、遅めの3品コースディナーを楽しもうという時だった。谷を覆う漆黒の闇の彼方に、突如ふたつの光が浮かび上がった。車のヘッドライトだ。はじめはただ闇にちらちらと瞬くだけだったが、今では明らかに何者かが、ひょっとしたら複数人、ゆっくりとこのキャンプに向かってきているとわかる。

ユーリウスは心配になり出した。

サビーネは心配になり出した。

フレドリカ・ランガーは心配になり出した。

メイトキニは、棍棒を持っているか確認した。

「お客さんかな?」アランが言った。「楽しみだ!」

前菜が到着した。けれども誰も手をつけようとしない。車が近づいてくる。ああ、神よ！　普通の中古車じゃないか！　タクシーだ！　あの車で遠路はるばるやってきたっていうのか？

「まさか、スタン・スミスを探しに来たわけじゃないわよね」フレドリカが問う。念のため、さっきの金梃を取りに行って手元に置いていた。

「うーん」と、メイトキニ。「でも、それでうちに来るでしょうか?」

タクシーはベランダのすぐ前で止まった。男が運転手に礼を言って金を渡し、降りてきた。目で、立ち並ぶ人々の中に誰かの顔を探している。左からふたりめのユーリウスをとらえる。

「やあ、友よ」グスタフ・スヴェンソンが言った。「会えてよかった！」

76 インドネシア

バリの地でひとり孤独にグスタフ・スヴェンソンでいることは、容易ではなかった。だが、シムラン・アーリヤバト・チャクラバーティ・ゴーパルダスに戻っても、状況が好転するとは思えない。グスタフを生産地不詳野菜の輸出業界に導いた恩師は消えてしまった。残されたグスタフが不適切な判断をしたためにスウェーデンの卸売業者は逮捕され、不定期禁固刑に処された。アスパラガスは大豊作だったが、グスタフには出荷する先がなかった。アスパラガスと出費ばかりがかさんでいった。

足りないものはユーリウスと現金だった。

後者についていえば、まだ少しは手元に残っていた。グスタフは、頭を捻りに捻って、最後にある考えを捻り出した。これ以上のアイデアはない。残った金をすべてつぎこんで相棒を探すのだ。

だが、一体どこで？　最後に生存が確認された場所はアメリカだ。その前が平壌《ピョンヤン》。今ごろはアルゼンチンかもしれない。あるいはニュージーランド。あるいはその間のどこか。

グスタフは、電話さえかけられたらと切望した。だがそれはかなわない。なぜならユーリウスが消える前、最後にしたのが自分の電話を手放すことだったからだ。グスタフにやるよ、と。

メッセージを送る？　メール？　だめだ、ユーリウスはアドレスを持っていないはずだ。それを言うならグスタフも。残された選択肢は、ユーリウスの友達のアランが持っていたタブレットだ。バリにいた時は毎日接続しっぱなしだった。今でもたぶん。だが、それがなんの役に立つ？

ひょっとしたら……。

無謀なアイデアがむくむくと沸きあがった。

グスタフはユーリウスから携帯電話をもらった。それはユーリウスがアランからもらった電話で、アランがタブレットと一緒にホテル支配人からもらった電話だ。支配人は、１０１歳になる直前の１００歳の老人に電話とタブレットのセットを渡す前に、すべての設定を済ませていた。

グスタフは、ユーリウスが連絡してきた時に電話の電源を切っていた自分を呪った。罰として、この新しいテクノロジーを正しく使う知識を習得することにした。最初に理解したのが、電池は充電しないと減っていくことだった。

つぎに学んだのが「ブルートゥース」なる代物だ。それから、これまた珍妙な響きの「ローミング」と「テザリング」。それから……なんだって！　「わたしのｉＰｈｏｎｅを探す」だって？　グスタフには、これ以上奇妙な機能はないように思えた。今、自分がこの手に持っているのに？　しかしさらに深く学んでみると、このサービスはアランの黒いタブレットにも使えることがわかった。

ひょっとしたら……。

だが、いくらなんでもそんなに簡単な話ではないのでは？

そしてまた思った。やってみればいい。これまでは、なにをやってもいつも最悪な展開にしかならなかった。そろそろ運がまわってきてもいいころじゃないか？

77　ケニア、ドイツ

ということで、グスタフ・スヴェンソンは「彼の」「ｉＰａｄを」「『探』し出し」、めでたく正式に一行の仲間として迎えられた。つぎはウランの始末だ。アランはオフィスの電話の前にいた。呼び出し音が４回、そして相手が出た。

「もしもし？」

メルケル首相は私用の電話に出る時はいつもこう切り出す。自分の名前は名乗らない。

「もしもし、あなたですね」アランが言った。「わたしがお話ししている相手は、首相ご自身でいらっしゃいますか？　もしそうでしたら、わたしの英語は通じますか？　ロシア語のほうがよろしい？　北京語でも対応可能ですが」

「そちらはどなたですか」アンゲラ・メルケルはロシア語で尋ねた。

「言ってませんでしたかな？　アラン・カールソンです。じつは、恐ろしい量の濃縮ウランを首相に代わりまして発見いたしました。以前お贈りした分に加えてです」

アンゲラ・メルケルはまだ朝食をとっていなかった。寝室の外に置いた小さなデスクにガウン姿のまますわり、その日の仕事に関する書類に目を通していたところに電話が鳴った。側近中の側近10人のみが知っている携帯電話。

「この通話は安全だと思えません」首相は警戒心を隠さなかった。「わたしの番号はどうやって？」

「不思議に思われるのも無理はありません。わかります、首相。わたしはどこの馬の骨ともわからない。その疑念はすばらしい。そして重要でもある。率直に言って、とくにあなたの地位においては」

「ありがとうございます。でも質問にはお答えいただいていません」

「そうでしたか？　だとしたら、この40年ですっかり忘れっぽくなってしまったせいでしょう。ですが、わたしがわたしだと信じないわけにいかなくなると思います。つい先日、わたしは首相に手紙を書かせていただきました。あの急ぎの、ナプキン数枚に書かれた手紙です。しかし、今になって思うと、あれは英語で書いてしまったな」

メルケル首相は、数ミリメートルほど警戒心のレベルを下げた。「続けて下さい」

「ええ、貴国の国連大使との夕食はじつに楽しかった。彼はなんて名前だったかな？　コンラート！　そうです。良い人でした。勘定ももってくれたし、なにもかもです。お酒代も。まったくしみったれたところのない男でした。しかし、ドイツ人はウオツカにリンゴの香りをつけるだなんて、信じられない。一体なぜ？」

アンゲラ・メルケルの心の警戒レベルは、さらに数ミリ下がった。「そうですね、憲法にはウオッカにリンゴを入れよと書かれておりませんが」首相は言った。「ところでカールソンさん、できましたらあの……先ほど言及されたナプキンの手紙についてもっとお聞きできますか」

もしも電話の向こうの男がそこに書かれた内容を再現することができれば、少なくとも名乗っているとおりの人物と信じる要素にはなる。すでに手紙が何語で書かれていたかにも触れているのだ。

「ああ、そうだ、たしかに。じつはですね、コンラートは化粧室に行っていたのです。おそらく、その……つまり、少々戻ってくるのに時間がかかりまして」

「ナプキンの話を」メルケル首相は言った。

「ええと、あのナプキンは、テーブルの中央に置かれたケースに入っていまして、そこから1枚取って書き始めました。そしてもう1枚、さらにもう1枚。内容について掘り下げる必要はありませんね？　もうお読みになったのでしょう？　というわけで、わたしがあなたにあの手紙を書いた張本人です」

この男は、本人が自称する人物ではないのか、あるいはただの馬鹿なのかと、アンゲラ・メルケルは考えた。しかしそこで思い出す。件の人物はたしか１００歳を少し越しているのではなかったか。もう一度チャンスを与えようとメルケルは考えた。

その時、自分でも気づかないうちに心のガードがさらにもう1ミリ下がった。

「この対話を続けるなら、カールソンさんが自称するとおりの人物であると確認したいと思います。そういうわけで、ぜひともお聞かせいただきたいのです。あなたが——もしあなたがあなたなら——わたしに書かれた手紙の内容を。たとえ、わたしがわたしでも」

最後のひと言は、今話している相手が恐喝犯である場合に備えてだった。そう言うことによって、場合によっては自分がこの奇妙な会話に参加したと認めずに済む逃げ道を作ったのだ。

「やっと理解できました」アランは言った。「もしあなたがあなたなら——わたしはそうだと思っています。だってこちらから電話をしたんですから——、あなたへの手紙に書いたのは、わたしとアスパラガス農家の友人ユーリウスがどういう経緯で北朝鮮のブリーフケースに入った濃縮ウラン4キロを偶然見つけたかについてです。ところで、ご存知でしたか？　北朝鮮のブリーフケースはすべて同じ見た目をしているのですよ」

「続けて下さい」アンゲラ・メルケルは言った。

「了解。さて、はじめわれわれは、問題のブリーフケースを、なんて名前だったかな、そう、トランプだ、アメリカ大統領に引き渡すつもりでした。しかし、あの男はそれにまったくふさわしくないことがわかりました。世界のリーダーたちに共通する特性をまったく持っていないと気づいたのです。もし、このような発言をお許しいただけるなら」

「続けて下さい」

「それで、彼のことは忘れました。若者風に言うなら。ですが、あなたのことは、メルケル首相、わたしの黒いタブレットのおかげで、信頼がおけると考えたのです。きっとあの4キロについては、すでにうまく処理して下さったことでしょうし、さらにあと400キロお引き受け下さる余裕もおありだろうと、そう思っております」

　カールソンは本人がそうだと主張する人物で間違いない。証拠は、ナプキンに書かれた内容をほぼ正確に再現できたことではない。手紙の文体と同じあの半分混乱状態のような口調が一貫していたからだ。首相は、心のガードを完全に下げた。「400ですか？　500だったはずですが」

首相の言うとおり、とアランは思った。アランとユーリウスは箱の中の包みを数え、重さを量り、再度量ったが、やはり100キロ足りなかった。だが密輸犯が400キロと残り100キロを分けて送るとは、まず考えられない。リスクを最小限にするためなら、半分ずつにするのではないか。

「完全に正しいご見解です、首相」アランは考えをめぐらせ終えてから言った。「それはおそらく、ひとつにはわたしの情報源が完全に信頼に足るものではなかったこと、そしてひとつには配送上の問題もあったのかもしれません。十中八九は、その両方だと思います」

アランは言ってからもしばらく、その言葉について考えていた。

「まだつながっていますか？」首相が言った。受話器の向こうの沈黙がやや長すぎるように感じた。

「ええ、つながってますよ。そして、分析を終えました。配送上の問題と申し上げておきます」

アンゲラ・メルケルは自分の置かれた苦境を認識していた。選挙は3日後に迫っている。そしてこのタイミングで400キロの濃縮ウランを抱え込もうとしている。これはきちんと、慎重に処理しなくてはいけない。

「まだつながっていますか？」アランが言った。

もちろん、つながっていた。

「この400キロを、そちらへお送りしたいと思っております。ただ、前回のほうが少し簡単ではありました。今ここにある分は、北朝鮮製だろうがなかろうが、ブリーフケースひとつには収まりませんからね。飛行機1機が必要です。アフリカから――今わたしがいる場所からの。そしてドイツでは滑走路がいるでしょう。いえ、あくまでも、わたしどもが着陸時に撃墜されないよう首相が裏で糸を引く気がおありならの話ですが。考えてみて下さい、400キロのウランがベルリンに降り注ぐ」

首相は頭を抱え込んだ。そして考えた。選挙前日に、400キロのウランがベルリンに降り注ぐ。

気を取り直し、先ほどから気になっていた質問をまとめた。カールソンさんとウランは今どこにいるのか、より具体的に教えてはもらえないものか。また、ひょっとしたら、今回もわが国の別の代表と協力しているのではないか。問題のアフリカには、わが国から数人が駐在している。

アランは、自分はケニアにいると言った。はじめはケニア政府に連絡を取ろうとも思ったが、当地でも先日選挙があった。その意味では、ドイツより少し進んでいるともいえる。しかし結果はあまりにお粗末で、勝利を収めたばかりの人物が最高裁によって即座にその勝利を無効にされ、けっきょく一から再選挙となった。対立候補が本当に勝利を騙し取られたのか、彼らが騙されたように見えるように相手を騙したのかはわからない。そういうわけで、アランはウランの重荷をその手に預けるのはメルケル首相がより安全な相手だと考えた。

手なのか肩なのか――どちらもありがたくはないが、カールソンの言い分は理解できた。そこで話は戻るが、人間トラブル磁石であるカールソンが、荷物を持っていようがいまいが、飛行機での入国を許可されない限り、この話は収まらない。

「そして、今回の件でのドイツ代表との連携はどのように？」

「よかったです、ありがとう」アランは言った。

アンゲラ・メルケルは、この人物は質問に答えない独特の才能に恵まれていることに気づいた。

「問題の荷物はわが国から引き取りにうかがうのが最善でしょう」首相は言った。「では、正確な地理情報をご提供下さい。こちらでできることを考えます」

正確な地理情報？　どうやって伝える？　ここで、アランの朝食がテーブルに並べられた。

「その件は必ずお伝えするようにいたします、首相。ただし、正確な地理情報はわたしの専門ではない。わたしはむしろ、行き当たりばったりが得意なものですから。明日の朝、同じ時間に、またお電話してもよろしいでしょうか。詳細はその時にお話ししましょう」

首相は答えようと口を開きかけた。しかしアランは空腹でこれ以上時間がなかった。電話が切れた。

「朝食ができたぞ、アラン」ユーリウスが言った。

「わかってる。今行くよ」アランが言った。

78　ケニア

近いうちに資金が尽きることは目に見えている。グスタフ・スヴェンソンが加わったことで、食い扶持《ぶち》も増えた。サビーネはスウェーデンの女起業家時代から計算が得意だった。最初に知ったのは赤字について、それから預金。これは棺桶の売上げが上がって以降のことだ。そして今ふたたび赤字に戻りつつある。

　利益につながりそうな霊視ビジネスのアイデアは、この先も浮かんできそうになかった。いっそLSDでトリップしてダメ人間になってしまいたいと自棄にもなりかけた。ただマサイマラ国立保護区にドラッグの市場は存在しない。どちらにしろサビーネが本当にその一歩を踏み出すことはない。母親がそれで電車の前にいた幽霊を祓《はら》いにいったことを思うと、自分も同じことをしてしまうリスクは十分に考えられた。ただここでは電車の前ではなくライオンの前になるが。

ラウンジでアスパラガスを語り合う会には、ユーリウスとフレドリカのほかに今ではグスタフ・スヴェンソンも加わっていた。「語り合う」では表現が控えめすぎるかもしれない。彼らはアスパラガスを「崇拝している」。

3人とも、海抜2000メートルと赤道直下の気候は完璧であるとの認識は共有していた。種類は、たぶん緑。もしくは白。もしくは両方。話している相手が誰かによる。

しかし、なにを話したところで悲劇でしかなかった。土地がまったく不毛なのだ。しかもずっと昔から。近隣の谷には200万年前の人類が残した遺跡があるのだが、まったく同じ堅い赤土が現代のアスパラガス愛好家たちにも呪いをかけていた。

「それなら新しい土を買えばいい」アランが言った。そばのベランダで、鼻先をタブレットにくっつけている。「その件ならもう一度言うが、買わないほうがいい。わたしが今代わりに買っておいた」

サビーネとアスパラガスを語り合う会のメンバーたちは、一瞬なんのことかわからなかった。

「土を買った？　ここの？　どのお金で？」サビーネが言った。

「土を買った？　ここの？　どの種類の？」ユーリウスが言った。

「どの種類の？」と、グスタフ。

「どの種類の？」と、フレドリカ・ランガー。

ネットサーフィンをしながらも、アランは周囲をとびかう文句や不平に辟易していた。そしてどうにかしようと決意した。ナイロビには砂質土が豊富にあって、クリック数回で注文できた。手始めに400トン。これだけあればそこそこもつだろう？

「もう一度聞かせて。どのお金を使って、４００トンの土を買ったの？」サビーネが言った。

「どの金も」アランが答えた。「アフリカでは何事もそんなに急に進まない。まずは送り状がくる」

「それで、一体誰がその代金を支払うの？」

「ああ、そういうことか。棺桶ビジネスの売上げがまだいくらか残っているだろう？」

「いいえ」

「それなら、少し考えさせてくれ」

サビーネの財政問題に対する抗議の声は、目前の話題にかき消された。フレドリカ・ランガーが誰よりも強い熱意を見せた。「まじですごい！」フレドリカは声を上げた。「４００トンもあれば、オーガニックガーデンの向こうの畑全体で使っても十分なくらいよ。夜もちゃんと見張りを立てなくちゃ。ヒヒがわたしたちのお楽しみを台無しにしたらいけないもの」

グスタフ・スヴェンソンの顔がぱっと明るくなった。「４００トン！」声を上げたが、実際それがどのくらいの量なのかはあまりぴんと来ていなかった。

一方ユーリウスは、すでにつぎの段階の検討に入っていた。「ということは、どうやってトラックを誘導すればいいかな？　オーガニックガーデンの向こう側はすぐ斜面になっているから、みやげ店とオフィスの間に押し込むのがいいかも。みんな、どう思う？」

サビーネを除いて誰ひとりとして、自分たちには土の代金を支払う十分な資産がない点を考慮していなかった。今いるこの場所に住んでいるわけではないと思い出す者もいなかった。少なくともフレドリカには、遠く離れた場所に別の生活がある。

「今度はどんな無茶苦茶を引き起こすつもりなの？」盛り上がる集団が去った後で、サビーネはベランダのアランに近づいて言った。

「無茶苦茶?」アランが言った。「みんな滅茶苦茶幸せそうだったじゃないか」

「でもあたしたちにはお金がないのよ」

「前だってなかっただろう。気楽にいこう、サビーネ！　人生は一度きりだ。人生で確かなことはそれだけさ。どのくらいの長さか、それはいろいろだがな」

79 ケニア、マダガスカル

フレドリカ・ランガーは戦利品の上にすわっていた。つまり、ウランに。そして手には首相の電話番号。緊急時を除いて使用してはいけない番号だ。

「これも緊急時、あれも緊急時」アランが言った。「電話ならわたしがかけようか?」

そしてアランは電話をした。明日の朝、再度かけ直す予定だ。フレドリカは非現実的な気分になりながらも、同時に勇気が得られる気もした。

上司は自分を完璧な場所に配置しておきながら、フレドリカをなんらかの動きがある可能性から数百キロも離れたサバンナに飛ばした。そして、大どんでん返しが起こった。マダガスカルにいる上司がいつ部下の動向を確認する電話をしてきてもおかしくない。心配しているからではなく、雑用やそれどころか無駄用を押し付ける相手がいないと困るからだ。

フレドリカはバーでジョンにコップ一杯の水を頼んだ。注いでもらった水をどうにか少し喉に流しこみ、鳴った電話に出た。

「フレドリカ・ランガーです。ご用件はなんでしょう」のっけから上司を苛立たせるつもりだった。

「わたしだ。この馬鹿め。ムソマにはもう着いたのか？　もうとっくに――」

遮って言う。「いいえ、ムソマに行くのはやめました。まだここで粘っています。ウランと一緒に」

諜報員Aは耳を疑った。ウランを見つけたのか？　そっちで？

「ええ、ご存知のとおり、こういうことはまま起こります」

「触るなよ！　すぐそっちに行く。場所はどこだ？」

「ケニアです」

「だから、ケニアのどこだ。馬鹿なのか？」

諜報員ランガーはあたりを見回した。「サバンナだと思います」

「ちゃんと答えろ、ランガー。さもないと、そっちに行ったらぶん殴るぞ」

「その前にわたしを見つけなくちゃ」

なにが起きている？　上司の俺に逆らうつもりか？

「クビになりたくなかったら、正確な場所を教えろ。今すぐに！」

この脅し文句は意図したとおりには作用しなかった。

「クビ？　でも、メルケル首相は最後にお話しした時、昇進の可能性をほのめしていましたよ」

諜報員Aはその瞬間、呼吸困難に襲われた。うすのろランガーが俺を出し抜いて首相と話した？

電話番号はどうやって手に入れたんだ？

「ええ、もちろん、番号はわたしではなく、支部長であるあなたがお持ちになるはずでした。どういうわけだか、あなたが上司なわけですから。でも支部長は、上司たるもの作戦計画書フォルダを運ぶ役目はふさわしくないとのお考えで、わたしもそのとおりだと理解しました——１００グラム近くの重さはありましたから」

　ここでさらに大騒ぎになった。

「今すぐ番号を教えろ！」支部長は言った。「命令だ！」

「いえ、無理です。この回線のセキュリティは低すぎますから。わたしを不適当な場所に飛ばして残念でしたね。わたしが代わって電話しておきましょうか。ああ、馬鹿なこと言ってしまいました。電話はもうしておきました」

　諜報員ランガーの耳に、支部長の荒々しい呼吸音が響く。

「首相は勲章の授与についてもお話しでした。わたしにですよ、支部長にではありません」

「いいか、聞け」諜報員Aは粘った。

「でも、勲章をいただいたからってなんだっていうんです？　かわりに退職します。おそらく代休が1年分くらいあるはずなので、さっそく休みに入らせていただきます。二度とわたしの顔を見なくてすみますよ。さらに良いことに、わたしはあなたの顔を見なくてすみます」

　フレドリカ・ランガーが支部長に話した内容は必ずしも正確ではなかった。ベルリンに電話をしたのはフレドリカではなくアランだ。しかし諜報員Aの気分を害してやっても、罰は当たるまい。退職のくだりは最高に気分がよかった。すぐに本当の話にしなければ。

「だが、頼む、ランガー」諜報員Aが言った。「頼む……教えるんだ……どこに……今、どこに……」

　上司は呼吸が乱れすぎて、一度にひと言しか話せなくなっていた。

「ですから、ケニアです。と思います。すみません、ちょっと今忙しいんです。アンゲラから別の電話に連絡が入ったみたいなので。とってもすてきな方ですよ。じゃあ、さようなら」

フレドリカは電話を切ると、キャンプの敷地から蛇行して水場に流れこむ小川に電話機を放り捨てた。

「うまくいったかい?」アランが言った。そばでずっと様子を見ていたのだ。

「とっても。ありがとう」元諜報員ランガーが言った。「とっても」

80 ケニア、ドイツ

アランからの2度目の電話は、初回からきっかり24時間後にかかってきた。メルケル首相は最初の呼び出し音が鳴るや受話器を取った。

「おはようございます、首相。首相。首相のことは『首相』とお呼びできるうちに、できるだけ多く首相とお呼びしておこうと思いまして――日曜になにが起こるかわかりませんから」

「おはようございます、カールソンさん」メルケル首相は言った。

「首相、お知らせするためにお電話しました。例の包みをどこでお引き取りいただけるか。というか、箱ですが。箱をいくつか。ウランです、つまり」

「それはよかったです。今回はきっちりお知らせ下さるよう願います。耳元で受話器を叩きつける音はもう聞きたくはありませんので。お願いします」昨日と同じガウン姿で、寝室の外に置かれたデスクでペンを手に取った。

アランは、マサイマラ国立保護区のキーコロック空港に夜間、ドイツ機が低空飛行で隠密に着陸する案を推奨した。

「ベルリンから直線航路で来るとしたら、カンパラ上空でやや左に向かえば、さほど遠くまでいかないうちに田舎の風景のなかにキーコロックが見えてきます。ヴィクトリア湖を越えてすぐくらい。旋回航路の場合は、反対方向からになります。ケニア沿海部のラムからはまっすぐ右手方向です。およそ1時間でキーコロック上空です」

カールソンは正気なのか？

「ナイロビのケニア政府に状況を説明すれば、より合法的な段取りも可能かもしれません。ただし、連絡をしてから引き取りまでの間に政府が転覆する可能性も捨て切れません」

メルケル首相は、他国の領域に不法侵入する展望について電話で確認を取る意向は持っていなかった。とりわけ明後日には選挙を控えているのだ。そこで代わりにこう答えた。「おっしゃるとおりにしましょう。座標を教えて下さい」

アランにはその意味がわからなかった。だが隣にいたメイトキニが話を聞いていて、ドイツ首相が求めているものの意味をすばやく紙に書き留めた。

「今メモを受け取りました。ああ、なるほど、座標とはそういうことですね。最初は、核分裂の式のことかと思いました」

アランは詳細を伝えた。アンゲラ・メルケルはメモを取った。

「荷物はいつごろ準備ができそうですか、カールソンさん？」

それは首相の都合で決めてもらってかまわない。今晩でも、あるいは明日でも。

アンゲラ・メルケルは直接日にちを指定することは避け、明後日の夜なら目標に定めてみる価値があるという言い方をした。たとえば、時計の文字が、0100になる時間。

「ほかに、それまでに話し合っておくべきことはありますか」首相が言った。

アランに突如インスピレーションが湧き上がった。「ええ、たぶん。お言葉に甘えるのなら」

「どうぞ」

「じつは、ウランが北朝鮮に渡らないよう確実に阻止するため、いくらか経費がかかりました」

メルケル首相はなにやら話の雲行きが怪しくなってきたと感じた。これまでのところ、カールソンは報酬について要求するそぶりは見せていない。「経費?」と首相は言った。

「いくつかあるのですが、われわれの目的達成に利するとして、400トンの土を購入する必要が生じました」

土? 濃縮ウランと一体なんの関係があるのだろう? いや、首相は知りたくはなかった。「それで、土400トンの相場は現在どのくらいなのですか?」首相は冷ややかな口調で尋ねた。

砂が豊富に含まれた高品質な土で、ナイロビからの輸送に特別な手配をする必要がある。

「1000万前後」アランは言った。

「1000万ユーロ。400トンの土に?」メルケル首相が言った。

やはり、このカールソンという男はただの悪党だったのだ。強請《ゆすり》が目的なだけの。

「まさか、そんな」アランは続けた。「1000万ケニアシリングです」

アンゲラ・メルケルはすぐにラップトップで現在の為替レートを調べた。安心した! ケニアシリングは０・００８ユーロ。カールソンは現レートに基づき、この2分間の通話で裕福なほうの国が得た黒字分に相応する額を請求しているのだろう。通話時間はすでにその倍になっている。

「あなた方の土の代金は、当然補塡されるでしょう、カールソンさん」首相はそう言いつつも、その土になにを、もしくは誰を埋めようとしているのかはけっして知りたくないと思っていた。「口座番号をお知らせ下されば、すぐに手配いたしましょう」

「少々お待ち下さい、首相」アランは言い、メイトキニに助言を求めた。

海外からの支払いはキャンプでは日常茶飯事だった。メイトキニは必要な数字と文字列をアランに書いてよこした。

「ありがとうございました」首相は言った。「よろしければ、そろそろ電話を切ります。このあといくつか、片付けねばならないことがありますので」

実際、山のようにあった。まずは、キーコロックへ派遣する飛行機の手配だ。その後すぐ、今は時期的に無難さが第一に求められる本職へと戻る。投票所は48時間後に開場の予定だった。

81 ドイツ

アフリカでの特別任務を終えたC－１６０トランザール機がコッヘム＝ツェル郡にあるドイツ空軍基地に着陸した時、ドイツ連邦議会選挙は投票開始から数時間が経過していた。

内容物不明の箱40個は空港の貨物車両で３００メートル運ばれ、装甲バスに積み替えられた。ここからが最後の旅程だった。９キロ離れた先の掩体壕《えんたいごう》には、さまざまな物資とともに４キロの濃縮ウランが格納されていた。ここにもうじき補給品が追加される。

装甲バスは、戦略上、軍用機飛行場の東側にあるもっとも遠い門に停車した。門は一部、ふたつの大きな選挙ポスター用の看板の陰に隠れ、まるで首相その人がこの移送を監視しているかのようだった。首相はポスターのなかでモナリザを思わせる笑顔を浮かべ、車両の間で濃縮ウランを運ぶ兵士を見下ろしている。首相は訴える。「豊かに、そして幸せに暮らせるドイツのために」。

首相の微笑には相応の理由があった。選挙結果予測は、複雑な政権交渉は避けられないにしても、メルケルの勝利を伝えていた。加えて、首相の使者は何事もなくケニア往復の任務を終えていた。幸いなことにケニア人は、自分たちの心配で手一杯だった。

およそ1時間後、掩体壕は封鎖された。首相と大学教授の夫はすでに投票を済ませ、ふたりだけで静かに夕食をとった。

「けっきょくカールソン氏はドイツの民主主義には影響を及ぼさなかった模様だね」教授が言った。

「そうね、投票締切まであと1時間。まだなにかする時間は残されているけれど」首相は返した。

82 ケニア

「完璧な人間はいない。ましてや、わたしは」アランが謝罪した。

メイトキニとサビーネはアランをキャンプのオフィスに呼び出し、キャンプの銀行口座にドイツから8万ユーロの入金があった理由を説明するよう求めた。アランは気を利かせて、メルケル首相に自分が購入した土の代金に相当する金額の支援をお願いしたと説明した。そして首相も本心からの善意で応じてくれたのだと。

「でも、８万ユーロって実際の値段の10倍じゃないの」サビーネが言う。

「そうだ、わかっている。ケニアの通貨はゼロの数が多すぎるんだよ。それですっかり混乱してしまった」

「アラン、ほんとのこと言っちゃいなさいよ」サビーネが厳しく問い詰める。「ドイツの首相からお金を騙し取って、ただで済むわけないでしょ？」

ちょうどそこへユーリウスがやってきた。最後の部分だけを聞き、口を挟む。「別にかまわないじゃないか。で、なにがどうしたって？」

83　スウェーデン

マルゴット・ヴァルストロームはまだ職を失っていなかったし、大勢を見る限り今後もその状況が変わることはなさそうだった。だからといって、ヴァルストロームの不安が収まるわけではなかった。アラン・カールソンは、ローセンゴルドのナチの男については生かしておくと請け合った。しかしその数時間後にコペンハーゲン空港近くで発生した警察との衝突において、男は間接的にみずから命を絶った。この件について誰もカールソンを責めることはできない。いや、できるのか？　そもそもこの空港でのドタバタ劇の発端は、カールソン（あるいは運転していた誰か）が霊柩車を出発ロビーのメインエントランス外の道路に駐車していたことだった。それがなにを引き起こすかくらい、誰にでもわかるというものだ。

外務大臣は、警察の追加捜査の行方をつねにチェックし、最新情報を得るようにしていた。そして今、捜査は終了した。防犯カメラの映像と一般情報を総合的に判断し、本件の主要被疑者はサビーネ・ヨンソンであることは明らかだった。カールソンとヨンソンには共犯の疑いがかけられるが、怠慢検事はなんらかの理由で本件の罪状は「違法駐車」であり、2名に罰則適用はなしと判断を下した。ただしサビーネ・ヨンソンについては7000デンマーククローネの罰金を科す。

いずれにせよ、3人が国外脱出していて良かったと大臣は思った。ナチの男がこの世を去ってどう思うかは、あまり考えないようにした。立場上、誰かの死を願ったりはしない。

ヴァルストロームは、首相と昨日のドイツの選挙結果について分析する会議に向かっていた。数時間はカールソンに取り憑かれずに済むと思うと、少し気分が良くなった。

＊＊＊

「やあ、マルゴット。すわってくれ」首相のロベーンが言った。

両大臣は、ドイツ連邦議会選挙は期待した好結果に終わらなかったとの考えで一致した。最後の最後に極右が支持を伸ばし、社会民主党は逆に伸び悩んだ。この事実はともに重く受け止められた。

マルゴット・ヴァルストロームは、良識派勢力が期待や予想に反する結果に終わった理由について、現実的な分析をしていた。その要因とは、投票日数週間前、ハリケーン・イルマが発生したことだ。プエルトリコに甚大な被害をもたらし、フロリダ州にも数日間にわたり深刻な脅威であり続けた。この期間中、ドナルド・トランプはひと言も愚かな発言を漏らさなかった。加えてメディアにも、それ以前に見られたトランプ得意の愚行以外に、集中すべき問題があった。この限られた期間――しかしドイツの選挙にとってはきわめて重大な期間――、トランプは事実に反してアンゲラ・メルケルの明確な対立相手として見られていなかった。一般市民の記憶力は良いかもしれないが短期的だ。トランプが一時的にでも世界平和に対する脅威としての存在感を弱めてしまうと、メルケルの重要性の比重も失われ、大統領のいとこである極右にその分を持っていかれてしまうことになる。

ロベーン首相は、外相の率直さに驚かされた。その分析は独特ではあるが完璧に理に適っている。ここでロベーン首相はメルケル首相に電話で祝意を伝えることにした。とは言え、議会の状況には今後いろいろ難しさもあるだろう。「ここにいてくれ、マルゴット。メルケルとわたしの会話できみに隠しておかなければいけない件はひとつもない」

10分後、電話はメルケルにつながった。ロベーンはメルケルと広くヨーロッパに祝意を表した。メルケル首相に代表される安定はすべてにおいて善きものだ。

メルケルはロベーンに感謝した。すでに世界中のリーダーたちから10本以上祝意の電話を受けていて、この電話もそのひとつではあるが――それだけではない。自分の直近の運命に大きな役割を果たしてくれたアラン・カールソンは、言うまでもなくスウェーデン人である。

ロベーン首相はスピーカーフォンで通話をしていたため、外相も聞くことができた。衝撃的な展開だった。

「あらためてお礼を申し上げます、ロベーン首相」メルケルは言った。「お電話をお借りして恐縮ですが、貴国民アラン・カールソン氏によろしくお伝え下さいますよう、お願いいたします。カールソン氏の模範的な働きにより、金正恩《キム・ジョンウン》に与えるべきではない支援を与えずに済んだのです」

ロベーン首相は会話が思わぬ方向へいき驚いていたが、それ以上のことには思い至らなかった。ニューヨーク後のカールソンのさらなる冒険については、マルゴット・ヴァルストロームがきちんと話す時間を見つけられないままだったからだ。

「そうしましょう」ロベーンは言った。「とくにお伝えしておくことはありますか?」

アンゲラ・メルケルは勝利を収めて上機嫌だった。政権成立のため直面するさまざまな課題は、まだ完全には見えていない。「ああ、もしベルリンに来ることがあれば、ぜひわたしを訪ねるようお伝え下さい。一緒にキャベツスープを楽しみましょうと」

ヴァルストローム外相は耳を疑った。アラン・コンドハナニヲシヤガッタ・カールソンが、ドイツ首相と友達だって?

通話が終わると、外相は首相に言った。「わたしはそろそろ帰宅いたします。今日は長い一日でした」

84 マダガスカル、北朝鮮、オーストラリア、アメリカ、ロシア

マダガスカルでは、北朝鮮の密使が8000万ドルを手に、来ることのない大量のウランを待ち続

けていた。「名誉と力」号はこれ以上停泊させておけない。アメリカの衛星の注意を引く危険があるからだ。すべての責めは自分が負わされることになると認識した密使は、みずから重荷を肩に担ぐことを決意した。よって８０００万ドルとともに煙と消えることを自分自身に許したのだった。

金正恩《キム・ジョンウン》は怒りくるった。ウランについてはまだいい――今ではプルトニウムの遠心抽出器を手に入れたのだから。しかし、金だ！「名誉と力」号の船長が明らかに一枚嚙んでいる。帰国した暁には、必ずやその行いに値する歓迎を受けることになるだろう。

船長にもそれはわかっていた。おそらく船がオーストラリアの西海岸で唐突に座礁したのはそれが理由だ。船長はこの機会を逃さず、パースの入国管理局で政治難民の申請をした。それに伴う審問では、知っていること、これまでに関わったことは洗いざらい申告した。その中には、インド洋で籠に乗って漂流していたところを発見した１０１歳のスイス人の話も含まれていた。オーストラリア側はこの情報を即ＣＩＡに流し、ＣＩＡはトランプ大統領に報告した。

インド洋のアラン・カールソンが行ったことはすべて、マルゴット・ヴァルストロームがすでに国連に提出していた報告書で読むことが可能だったが、72ページの文書は72ページもあるので、ドナルド・トランプには長すぎた。ゆえに大統領は自力で結論を出した。

「人間てのはどこまで馬鹿になれるんだ？」トランプは言った。「スウェーデンの共産主義者が籠に乗って海を漂流していたところを、北朝鮮の共産主義者に拾われる？　屁みたいな偶然ってやつか！」

大統領はＣＩＡにカールソンを逮捕し、裁判にかけろと命令した。

「罪状はなにになりますか、大統領？」新任のＣＩＡ長官が疑問を呈した（前任者は同じ大統領によってクビにされていた）。

「そんなクソくだらないことを、わたしがいちいち考えないといけないのか？」大統領が言った。

ＣＩＡ長官はただちに謝罪し、この件はひとまず脇に置いておくことにした。どうせ２週間もすればば、大統領はすべて忘れてしまう。

＊＊＊

ゲンナジー・アクサーコフは怒り以上に困惑を覚えていた。すでにかなり怒ってもいたが。

「ゲーニャ、どうしたんだ？」プーチン大統領が親友の様子を見て言った。

「ああ、どこから始めたらいいんだ？」と、ゲーニャ。

「一番気にかけていることから始めればいい」ヴォロージャは言った。

ゲーニャはそのとおりにした。

コンゴの現地連絡員のグッドラック・ウィルソンがウラン密輸任務に失敗した。最初の兆候は、ロシアの手配で輸送機の飛行を行う予定だったパイロットからの報告だった。マサイマラにある極小空港に宵闇に紛れて着陸したものの、ウィルソンとウランが姿を現さなかった。指定の時間にも、不測の事態に備えて翌日の夜に設定した予備の飛行時間になってもだ。

「まさか、尻尾を巻いて逃げた？」大統領が言った。

それ以上だと、ゲーニャは大統領に話して聞かせた。尻尾どころか、グッドラック・ウィルソンは全身残らず、空港から７キロ離れた地点でハイエナの大集団に食われてしまった。車は道の脇に停まったままだったが荷物はなくなっていた。タイヤがパンクしたと思われる。

「運が悪かったな」プーチンは言った。「それで、ウランは今どこにある？」

それについては、ゲーニャにもわからない。パイロットと繋がりがある空港関係者が、国籍不明の飛行機が数日後の夜、キーコロック空港に着陸後、すぐに離陸したと証言している。その情報からすると、ウランはすでにケニアどころか、アフリカ大陸で発見される可能性も極めて低い。

「ひょっとすると、あり得る話だが」プーチンが言った。「金正恩は、必要としていたものをすでに持っているかもしれないぞ——それどころか、持つべき以上を持っている」

ゲーニャもその点は同意せざるを得なかった。しかし話はこれで終わりではない。

「そうなのか？」

そうなのだ。ここでまたアラン・カールソンが登場する。

「スウェーデンでおまえのナチを殺した男か」

「ああ、さらにデンマークでも」

「今度はなにをした？」

「今、やつはアスパラガス農家をやっている」

プーチン大統領はアスパラガスが好物だった。

「いいじゃないか。どこで？」

「ケニヤの谷で。マサイマラだ。ハイエナがウィルソンを食った低木林と空港の中間地点だよ」

大統領が声を上げて笑った。「どうやって知ったんだ？」

「あのじじい、ツイッターでつぶやいてたんだ！」

プーチンの笑い声がさらに大きくなった。

「誰かを殺しに送ろうか?」ゲーニャは考え込んだ。

けれども、プーチン大統領は負けを潔く認める男だった。「われわれは、１０１歳に騙されたってわけだよ、ゲーニャ。じいさんの好きにさせておいたらいい。それより、ワールドカップの心配だ。どこよりもドーピングしたチームに勝たせないとな！」

85

スウェーデン、アメリカ、ロシア

スウェーデンの国連安全保障理事会理事国としての1年目は、終わりに向けて磨《す》り減りつつあった。

まさに磨り減っていると、マルゴット・ヴァルストロームは思った。

この1年、多くのことを成し遂げた。しかし北朝鮮とアメリカの緊張緩和は、そのうちに含まれない。歴史的エゴイストが太平洋の両側にひとりずついる状況は、ふたり分ほど過剰だった。

本当のことを言うと、自分の失敗の責任はアラン・カールソンに取ってほしいくらいだった。わずか数か月の間に、４つの大陸で大混乱を引き起こしてきたのだから。その後しばらく噂は聞いていないが、まさか5つめの大陸に向けて準備を進めていたりはすまい。

けれども心の奥底では、カールソンがなにも悪くないことはわかっていた。ただ、間違った場所に間違ったタイミングで居合わせる能力に長けているらしいことは確かだ。

それも１０１年の間、ずっと。

＊＊＊

「民主主義は闇に死す」ワシントンポストはこのモットーを掲げ、トランプ大統領がホワイトハウスでの最初の1年間で口にした嘘と誤謬《ごびゅう》をひとつひとつ検証した。シンプルに解釈すれば、同紙のこの主張は「真実に勝利あれ」の流れに沿っていると考えられる。

だがそうではない。1年の終わりが近い今、大統領の1日の虚偽発言回数は平均5・5回となっているが、大統領の弁護のために、これは同じ過ちを何度も繰り返すがゆえに平均値を押し上げているだけだと指摘しておかねばなるまい。前日にもその前日にも同じ間違いをしているのに、個々の虚言をすべて虚言として数えるワシントンポストのやり方は、乱暴過ぎると言えるだろう。

大体そのやり方では、トランプ大統領はオバマ前大統領の健康保険改革について、最低でも60回嘘をつき、でっちあげ、真実を捻じ曲げたことになる。またアメリカの税負担について自説を述べる時には、その都度訂正を入れられたとはいえ、１４０回も誤った発言をしたことになってしまう。フェイクメディアは間違いなく、悪意に満ちた人間の形を取ってきている。

＊＊＊

ゲーニャとヴォロージャは例年どおり一緒に新年を祝った。伝統に則り、真夜中にカップ1杯のお茶で乾杯する。ふたりの目標は、ロシアにその価値に見合った世界的地位を与えること（願わくばそれよりさらに少し上）。こんな大事な話を酔っ払ってするわけにはいかない。

ちょうど1年前、ふたりはアメリカの発展のため、そして来るべきドナルド・J・トランプの就任式のために乾杯した。選挙の夜以来、ゲーニャのインターネット基地所属の若者部隊が総力をあげて証拠隠滅に従事し、一方でほかの３部隊は着実に新たな陣地を広げつつ、アメリカ崩壊が確実に進むよう道を固めていた。

さらに1年前には、ふたりはイギリスのEU離脱《ブレグジット》の決定を祝って乾杯した。２年続けて、偉大なる勝利を収めたわけだ。

２０１７年はそれほどの成功とはいえなかった。もちろんアメリカの混乱ぶりは多くの点ですばらしいことだが、同時に脅威でもあった。未来と向き合っていると謙虚にもなる。作戦上位には、今がトランプ排斥の時機かどうかの問題があった。そしてもしそうなら、同時に金正恩《キム・ジョンウン》も。代案はあるが、それについてはヴォロージャとゲーニャはひと晩じっくり考える必要がある。

なによりこの1年における最大の失敗はヨーロッパを沈めるチャンスを逃したことだと認めざるを得なかった。フランスの今後はふたりが今もっとも頭を悩ませている問題だった。フランソワ・フィヨン対マリーヌ・ル・ペンの決闘の舞台の準備は万端だった。右派対極右。ゲーニャはル・ペンの有利に働くフィヨンに関する情報を握りつぶしていた。ところがカナール・アンシェネ紙の記者がその件をあぶり出して記事にした。このタイミングじゃないだろうが、間抜け野郎！　労働実態のない妻に税金から50万ユーロの報酬を支払っていた行為は、当然のことながら支持を得られなかった。フィヨンの命運は尽き、彼とともにロシアがパリ発でヨーロッパを沈めるチャンスも失われた。

その後のベルリンはまだましな展開になった。しかしあの９つの命を持つ猫のようにしぶといメルケルは、困難にも負けずに連立政権を成立させることだろう。

そうだ、すべては手に入れられない。中東情勢は比較的落ち着きを保っている。EUとNATOの愚か者たちは、長期的にはバッシャール・アル・アサドは必ずや規律に則った形で排除されることになると認めたがらない。アサドへの爆撃は、つまりロシアの影響力を排除するための爆撃であり、そのうえシリア国土には歴史的大混乱を引き起こした。現状、アサドが稀に行う化学兵器攻撃という悪は、ロシアにとっての善と見なすべきだろう。それで西側の似非《えせ》民主主義がリビアでの教訓からなにも学べていないと明らかになるからだ。そのうえ、ヨーロッパへの継続的な難民流入はロシアの目的にも適っていた。欧州大陸のお人好し国家のどこかでうまい具合に在留許可を得た貧しい難民は、近隣国の外国人恐怖症を増殖させる栄養になる。支援を受けた経験がない地域ほど支援することに意欲的ではない。人間の憤懣はこうして育まれる。

「親友よ、乾杯だ」ウラジーミル・プーチンがお茶のカップを掲げた。

「新年おめでとう」ゲンナジー・アクサーコフが返した。

ふたりは新年の贈り物《ノヴァゴードニエ・パダールキ》を交換し、未来を語り合った。

「つぎにわれわれの計画を実行するのはどこの国がいいと思う？」ゲーニャが尋ねた。「イタリア？」

「いや、あそこは自分たちで十分にうまくやっている」

＊＊＊

大晦日にお茶で乾杯する利点は、頭がすっきり働く状態で翌朝を迎えられることだ。ウラジーミル・プーチンは各国首脳との通話に使う大統領専用電話機の受話器を手にした時、金正恩の思惑など、知ったことではなかった。

その通話の背景には、平壌《ピョンヤン》とワシントンの馬鹿どもが度を越して好き勝手をし始めたという事情があった。今すぐ終わらせねばならない！　ウラジオストクでは、毎日恐ろしいほどの量の必要物資が荷造りされ、北朝鮮国境を越えて密輸されている。それもこれも、ロシアの命令で世界と戦わせている間、小さな大男とあの国の国民を餓えさせたりしないためなのだ。

金正恩は呼び出し音2回で電話に出た。

「おはよう」プーチン大統領は言った。「それとも『こんにちは』かな。そちらの時間で言えば」

「こんにちは、ウラジーミル・ウラジーミロヴィチ殿」金正恩が言った。「嬉しい驚き――」

「黙れ」プーチンが言った。「たった今から、おまえはわたしが言ったとおりに動け。手始めに、おまえたちクズ人民共和国は平昌《ピョンチャン》五輪に参加すると発表するのだ。それから、つぎは――」

さらにプーチンが、アメリカに対して〝魅力攻勢〟を仕掛けるよう命ずる前に、金正恩が遮って言った。

「恐れながら、ウラジーミル・ウラジーミロヴィチ殿、あなたにそんな――」

「もちろん、そんなことを言う権利はある」プーチンも言い返した。「まだ話は始まったばかりだ」

86 ケニア

黒、赤、黄色の小ぎれいなリボンで束ねた「フレドリカ・ランガーの地元産アスパラガス」は、ドイツ国内半分の地域で販売されている。価格は競合相手より2割ほど安い。なにしろ敵は、ドイツ産アスパラガスを実際にドイツで育てている点で経済的に不利なのだ。ちなみにフレドリカの地元産アスパラガスは、本人の意向ほどは地元産ではない。ケニアから配送すると時間がかかりすぎる。一方インドネシア方面の今後も考えなければならない——同じく、やはりドイツ産として。

グスタフ・スヴェンソンはもはやスウェーデン産としてのブランド力をすっかり失っていたが、ユーリウスはかまわないと思っていた。グスタフはケニアでの農場経営には必要な人材だった。畝《うね》と畝の間隔、溝の深さと広さについて、すべて適切な数字を熟知している。そして作物のひとつひとつに辛抱強く語りかける——ヒンディー語で。また同じくらい辛抱強く、配合肥料の割合の研究にも余念がない。ホワイトアスパラガスのためには、3分の2をゾウのフン、3分の1をスイギュウのフン。グリーンアスパラガスには、3分の2をスイギュウ、3分の1をヌー。

サビーネは日々ラウンジの奥のオフィスにすわって過ごしていた。彼女に起業の才能がないことは今や明らかだった。しかしその計算能力と他人が起業した事業を管理統括する能力は傑出している。剰余金の8割を新たな土地に投資し、残りの2割で某キャンプを買収した。元オーナーの男は、父親からそのキャンプを相続したもののいっさい関心はなく、コンゴの首都キンシャサでワインと女とコンゴの歌とともに破滅的な生活を送り続けるための金を必要としていたのだった。

メイトキニは3か月間毎日ケニアの赤いバラをフレドリカに贈り続け、ついに彼女の心を溶かした。さらに5か月後、フレドリカの妊娠がわかった。男の子だったら、メイトキニはウヴヴウェヴウェヴウェと名づけたいと言った。

フレドリカは、どうか女の子でありますようにと言った。

様々なことのあったこれらの日々を、アランは動物たちの水場が見えるベランダにすわって過ごしていた。新たな趣味はツイッターだ。どういうものかを知ると同時に、自分でもやってみようと思った。しかし、世界に向けて自分がどこにいるか触れ回っていることまでは、理解していなかった。

あの子たちがみんな自分の生活に満足しているのが一番だと、アランは思っていた。けれども、そんなアランの心に重くのしかかるなにかがあった。黒いタブレットに流れてくるニュースに一定の法則があることに気づいたのだ。

全体を見れば、世界は100年前よりずっと良い場所になっている。もちろん進歩の道は一筋縄ではいかず、浮き沈みを繰り返してはいるが、それでもここまで来た。

アランは今、流れは下方に向かっていると見ている。その危機《リスク》とは、それなりの数の人間がそれなりの時間をかけてそれなりにひどいことをし合うまでは、新たな危機が発生しないということだ。人間は、実際に危機を経験しない限り、新たに考えることをしないものである。

これまではずっとそうだった。だが、今度もまた同じだと断言できるだろうか？　最近発表された研究結果によると、知的水準の平均値は下降傾向にあるという。アランは、黒いタブレットに時間を使いすぎると会話能力を失うという記事も読んだ。タブレットの特性は、持ち主「と」話すのではなく、持ち主「に」話すに近い。その結果、人々はインターネットにはまり、馬鹿への一途をたどるばかりと言われるまでになったのである。

アランは、知性のみならず真実までも足場を失いつつあると気づいた時、大きな不安に襲われた。かつては、なにが真実でなにがそうでないか見分けるのは簡単だった。ウオツカは良い。2足す2は

５ではない。

しかし人々が互いに話をしなくなってからは、誰であろうと同じことを誰よりも多く言った人間が勝つ決まりになった。中にはその才能を磨き上げ、数秒ごとに同じことを繰り返すレベルにまで達した連中もいる。数秒ごとに同じこと。

アランは、自分が不安だと気づいてしまったことがなにより不安だった。現実とはこういうもの。それが明らかになるなら、ただ明らかになるだけでよかったのではないか。こんな馬鹿騒ぎなどいっさいなにも起こらずに。

サビーネはたまたまそばを通りかかって、アランが黒いタブレットを置くのを見た。腕を組み、虚ろな表情でサバンナを遠く眺めている。「なにを考えているの、アラン?」

「いろいろだ」アランは言った。「いろんなことを考えすぎた」

解説

書評家　杉江松恋

ひっこめ、トランプ。がんばれ、メルケル。

ヨナス・ヨナソン『世界を救う100歳老人』の世界を端的に言い表してみると、だいたいそんなことになりそうである。あと付け加えるならば、怖いぞ、プーチン。

2009年に本国スウェーデンで発表されたヨナス・ヨナソンの小説家デビュー作『窓から逃げた100歳老人』は、さまざまな言語に翻訳されて世界的なベストセラーになった。映画化もされ、日本では原作の邦訳版が刊行された2014年に『100歳の華麗なる冒険』の題名で公開されている（フェリックス・ハーングレン監督、ロバート・グスタフソン主演）。

その後も第2作『国を救った数学少女』（2013年）、第3作『天国に行きたかったヒットマン』（2015年）とヨナソンの長篇は刊行され（日本語版はいずれも西村書店）、第4作の本書で、ついにデビュー作の続篇が書かれた。その経緯は作者の「まえがき」に詳しいので繰り返さない。冒険小説史上、最高齢の主人公の物語が再登場である。

前作を未読の人でも本書は単体で楽しむことができる。煮ても焼いても食えないじじいが百年分の貫禄を見せつけて若造どもを圧倒する話、以上。ただ、背景ぐらい知っておきたい、と気にされる方もいらっしゃるだろうから、主人公アラン・エマヌエル・カールソンの略歴ぐらいは書いておこう。

1905年5月2日に生まれたアランは、10代の早い時期から自分の才覚で身を立てる必要に迫られ、ダイナマイト会社で働き始める。このときに身につけたのが、細かいことにこだわらず前向きな人生観と、爆破に関する専門知識だった。二つの世界大戦とそれに続く冷たい戦争の長い期間、アランは世界各所を放浪して過ごすことになるが、遠因となったのは彼の習得した爆破の技術だったのである。

前作の冒頭で描かれたのは、流れ流れて老人ホームで余生を送っていたアランが、窮屈な生活に耐えかねて脱出を図る場面であった。続篇の本書は、インドネシアのバリ島で豪華なリゾート生活を送っている場面から話が始まる。悠々自適の生活で羨ましいではないか、と読者が思う間もなく、アランと悪友のユーリウス・ヨンソンはあることをやらかし、熱気球で宙天高く舞い上がって、再び放浪の旅に出ることになってしまう。

前作『窓から逃げた100歳老人』は底抜けに前向きでまったく空気を読まないアランがさまざまな状況の中に飛び込み、常識で考えるとありえないような結果を引き起こすというスラップスティックな作品であった。行く先々ではスペインのフランコや北朝鮮の金日成《キム・イルソン》といった歴史上の重要人物と出会い、彼らに干渉することで事件を引き起こしてしまう。正史では描かれなかった裏面の出来事を、1人の男の仕業に還元する形で描いていくという歴史改変小説でもある。たとえば、世界最初の実用化された原子爆弾を完成に導いたのが物理学者たちの功績ではなく、ダイナマイトの専門家であるアランの余計な口出しだった、なんて種明かしには意表を突かれる。無垢《イノセンス》な精神の持ち主が世俗の間に投げ込まれ、軋轢《あつれき》を引き起こすというプロットの型があるが、アラン・カールソンの物語はそれを思い切り過激にしたものなのである。

そうした話の構造は本書にも引き継がれている。『世界を救う１００歳老人』で最も大暴れするのは、どんな公務よりもツイッターで自国民を侮辱する作業に熱心なドナルド・トランプである。イギリスのEUからの離脱（ブレクジット）といった事態によって揺れ動くヨーロッパにおいて、統合の象徴として踏みとどまろうとするのがアンゲラ・メルケルであり、インターネットを用いた世論誘導ですべてを操ろうとするのがウラジーミル・プーチンと、３人の大統領が今回の立役者になっている。彼らの間に成り立っている微妙な力の均衡を、要らないことをしでかして揺さぶるのは言うまでもなく、我らがアラン・カールソンだ。

ただし今回のアランは、誰かを吹き飛ばしたりせずおとなしくしている。加齢のせいではない。ある人物から貰ったタブレットで、インターネットを見ることに熱中しているからである。ネットサーフィン以外にはたいしたことをしていないにも関わらず、自ら騒動に巻き込まれてしまうのは持って生まれた才能としか言いようがない。トランプによる世界の混乱に拍車をかけているのがプーチンによる風説の流布、という話の構図からもわかるように、作者はネット社会がもたらした怒りっぽさ、不寛容の精神に懐疑の眼差しを投げているように見える。そこにアランは絡め取られてしまうのだ。本書は彼がそうした多すぎる言説の海を泳ぎ渡り、どこかへたどり着くまでの物語にもなっている。

アランは存在自体が迷惑な人物なのだが、その言葉に救われることも多々ある。全財産を失って本国に帰ってきたアランとユーリウスは、まず残った現金でビールを買って飲んでしまう。ついに本当の一文無しだ。しかしアランは言うのである。「これで身なりはぱりっと、しっかり休んで元気いっぱい。それから前より喉は渇いてない」と。大事なのは、この前向きさだろう。気楽にいこう、と彼は言う。「人生は一度きりだ。人生で確かなことはそれだけさ。どのくらいの長さか、それはいろいろだがな」とも。

生きていればいろいろなことが起きる。お金は使えばなくなる。世の中はどんどん悪くなっていくように見える。ドナルド・トランプが世界で最も強いと言われる国の大統領になる。でも悪い面ばかりあげつらっていても仕方ない、とりあえず前に進もうじゃないか、とアラン・カールソンの物語は教えてくれる。とても１０１歳までは生きられそうにないが、殺しても死にそうにないアランを見習って、明日ぐらいは空元気で生きてみようと思うのだ。

謝辞

鞭のように頭が切れる編集長のソフィア・ブラットセリウス・ツーンフォッシュに。

同じく編集者のアンナ・ヒルヴィ・シーグルドソンに。

ほかの誰にもできない調べものをしてくれた作家仲間のマティアス・ボーストレムに。

わたしの作品を世界中に広めてくれたエージェントのカリーナ・ブラントに。

作品を読んで、唸って、気に入ってくれた良き友ラース・リクソンに。

作品を読んで、唸って、じつは気に入ってくれていた伯父のハンス・イーサクソンに。

アスパラガス専門家のマルガレータ・ホアスとリラ・ビェシュに。不正確な記述をしていた作者に、妥当にも価値ある知識を授けてくれた。

天才的文化人フェリックス・ヘーングレンには、彼という人間でいてくれたこと、そして物語のインスピレーションを与えてくれたことに。

最後に、
プリンセスと、ヨナタンと、母さんに。こんな感じかな。

ヨナス・ヨナソン

ヨナス・ヨナソン　JONAS JONASSON
1961年スウェーデンのヴェクショー生まれ。ヨーテボリ大学卒業後、地方紙の記者となる。その後、メディア・コンサルティングおよびテレビ番組制作会社OTWを立ち上げ成功。テレビ、新聞などのメディアで20年以上活躍した後、『窓から逃げた100歳老人』を執筆、世界中で累計1500万部を超える大ベストセラー作家となる。続編となる本書は『国を救った数学少女』『天国に行きたかったヒットマン』に次ぐ4作目。
http://jonasjonasson.com/

中村久里子（なかむら・くりこ）
新潟県出身。立教大学文学部心理学科卒業。訳書に『国を救った数学少女』『天国に行きたかったヒットマン』『カシュガルの道』(いずれも西村書店)、共訳に『アンドルー・ラング世界童話集』（東京創元社）がある。福岡県在住。

世界を救う100歳老人
2019年7月6日　初版第1刷発行

著　者＊ヨナス・ヨナソン
訳　者＊中村久里子
発行者＊西村正徳
発行所＊西村書店 東京出版編集部
〒102-0071 東京都千代田区富士見2-4-6
TEL 03-3239-7671　FAX 03-3239-7622
www.nishimurashoten.co.jp

印刷・製本＊中央精版印刷株式会社
ISBN978-4-89013-799-2　C0097　NDC949.8

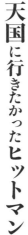

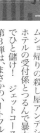